Arena-Taschenbuch
Band 1818

Inhalt

SCANRA
GALLA
TORTALL
MAREN
Corus
Tyra
Berat
Festung Jirokan
Shappa
Rachia
M'kon
Festung Wei
Chitral-Paß
Udayapur
Dach der Welt
N
S
W
O
Berge
Hügel
Städte

Danksagung

Jetzt, da sich Alannas Geschichte dem Ende nähert (zumindest, was mich betrifft), würde ich gern einigen von denen besonders herzlich danken, die mir während des Schreibens Hilfe und Unterstützung gaben: Claire M. Smith und meinen Freunden bei *Harold Ober;* meiner Familie, Ma, Pa, dem Cap'n und meinem Mann Tim; den verrückten Leuten bei ZPPR Productions, besonders George Zarr, der zu Alannas Welt die Karten zeichnete, und Pam Peterson, die mir in einigen schwierigen Phasen zur Seite stand; Pat, Ev, Rosy, Dawn und den anderen Bushi und Samurai von Investment Leasing Division; Steve McConnell und Vic Doria, deren »Schlachtsekretärin« mit einer Extra-Saite für ihren Bogen kam; Peter und Thomas von Books of Wonder, dem besten Buchladen der Welt; David Fickling auf der anderen Seite des großen Teichs; und den Mädchen vom McAuley-Heim, die mir die Grundlagen dessen beibrachten, was man wissen muss, wenn man Geschichten für Teenager erzählen will.

Ich möchte außerdem all jenen ganz herzlich danken, die Alannas Abenteuern in deutscher Sprache zu so großem Erfolg verholfen haben:

den Mitarbeitern des Arena Verlags, den Lektoren, dem Grafiker und insbesondere der Übersetzerin – sie alle haben offensichtlich hervorragende Arbeit geleistet;
den Mitarbeitern der Agentur Liepman, die dem Projekt den Weg geebnet haben; und ganz besonders meinen deutschen Leserinnen und Lesern, die so zahlreich an Alannas Geschichte Anteil nahmen. Ihr habt mir gezeigt, dass die Sprache kein Hindernis sein muss, wenn die Geschichte gut ist!

Vielen Dank
von

1
Die Löwin aus Tortall

An einem Nachmittag im März erreichten ein Ritter und sein bewaffneter Begleiter die Stadttore Berats im Lande Maren. Die Wachtposten lächelten hinter vorgehaltener Hand, als sie den Edlen musterten – von der Größe her hätte der bartlose Jüngling gut und gerne ein Knappe sein können. Nur an seinem Schild war abzulesen, dass er von höherem Rang sein musste. Laut äußerten sie ihre Zweifel, ob dieser junge Mann wohl seine Lanze halten, geschweige denn einen Feind damit aus dem Sattel holen könne. Als der Ritter das hörte, schenkte er ihnen ein breites Lächeln. Die Wachtposten, denen diese Reaktion gefiel, verstummten. Der bewaffnete Begleiter ruckte am Führungszügel des Packpferds, dann ritt die kleine Gruppe durch die Tore und in die Stadt hinein.

Die meisten Edlen gingen gut gekleidet, dieser Ritter aber trug ein ledernes Gewand, dem man ansah, dass es schon viele Reisen hinter sich hatte, und darüber einen weißen Burnus, wie er bei den Bazhir aus der Wüste Tortalls üblich war. Da der Ritter die Kapuze des Burnus zurückgeworfen hatte, konnte jeder sein kupferrotes Haar sehen, das er so geschnitten trug, dass es seine Schultern streifte. Seine Augen waren von einem seltsamen Violett, das die Blicke auf sich zog; sein Gesicht drückte Entschlossenheit aus. Vor ihm, in einer am Sattel befestigten Schale, ritt ein schwarzer Kater mit.

Der bewaffnete Begleiter war wie der Ritter gekleidet; die Brosche, die seinen Burnus zusammenhielt, war das Gegenstück zum Schild seines Herrn. Über ihn wagte keiner zu feixen – einen kräftigen, dunkelhaarigen Bürgerlichen mit Augen, die zeigten, dass mit ihm nicht zu spaßen war. Er war es, der sich nach dem Weg zur Herberge Zum Wandernden Barden erkundigte, während der Ritter neu-

gierig in den Straßen um sich blickte. Mühelos bahnten sie sich einen Weg durch die Menge und hielten auf die Herberge zu, nach der sie gefragt hatten.
Der Kater drehte den Kopf und sah zu dem Ritter hin. *Sie halten dich für einen Jungen.* Für die meisten klang seine Stimme wie ein Miauen, doch wenn er es wünschte, war sie so klar und deutlich zu verstehen wie die eines Menschen.
»Gut so«, entgegnete der Ritter. »Umso weniger Aufsehen errege ich.«
Hast du deshalb die Umhüllung nicht von deinem Schild genommen?
»Sei doch vernünftig, Immertreu«, lautete die schroffe Antwort. »Meinen Schild lasse ich bedeckt, weil ich vermeiden will, dass er staubig wird. Es dauert ewig, ihn zu putzen. Wer soll denn hier, so weit im Süden, von *mir* schon gehört haben?«
Der bewaffnete Begleiter, der inzwischen aufgeschlossen hatte, lächelte breit. »Du würdst dich wundern. Neuigkeiten haben's so an sich, auf die Reise zu gehen.«

Der Gastraum des Wandernden Barden war verlassen, bis auf den Wirt, einen Mann namens Windfeld, der sich nach dem Ansturm zur Mittagessenszeit ausruhte. Gerade hatte er angefangen selbst zu essen, als ein Stallbursche hereingestürzt kam.
»Beeilt Euch, Herr«, schnaufte der Junge aufgeregt. »Ein Ritter ist draußen im Hof – ein Ritter aus Tortall!«
»Na und?«, entgegnete Windfeld. »Wir hatten doch schon öfter Ritter hier im Barden.«
»So einen noch nie«, verkündete der Junge. »Der da ist nämlich ein *Mädchen!*«

»Mach keine Witze, Bürschchen«, begann Windfeld. Dann fiel ihm etwas ein. »Klar doch. Sir Myles hat mir von dem Mädchen geschrieben, das er vor einem Jahr an Kindes Statt angenommen hat. Er schrieb, sie hätte sich jahrelang als Junge ausgegeben, als Page und Knappe, bis sie zum Ritter geschlagen wurde. Bloß kam der Brief, als uns fast die Ställe abgebrannt wären, deshalb hab ich ihn nicht gebührend beachtet – was trägt sie auf dem Schild?«

»Der steckt in 'ner Hülle«, war die Antwort. »Aber ihr Lehensmann trägt 'ne schildförmige Brosche und die ist rot mit 'ner goldenen, auf den Hinterläufen stehenden Katze drauf.«

»Das muss sie sein – Alanna von Trebond und Olau, Sir Myles' Erbin.« Der Wirt stand auf, band die Schürze ab und warf sie auf den Tisch. »Wo wir ja schon den Shang-Drachen hier haben, müsste das eigentlich eine gute Woche werden. Im Hof vor den Ställen, hast du gesagt?«

Alanna von Trebond und Olau, manchmal auch wegen der großen Katze auf dem Schild »die Löwin« genannt, war überrascht, als der Wirt sie begrüßen kam. Der Besitzer einer gut gehenden Herberge nahm seine Gäste nur dann selbst in Empfang, wenn sie reich oder berühmt waren. Da Alanna ein Jahr oder länger in der Großen Südwüste von Tortall gelebt hatte, war ihr nicht klar, dass sie inzwischen tatsächlich berühmt geworden war.

Zu Fuß und mit ihrem Kater auf dem Arm wirkte sie klein und stämmig und eher gedrungen als muskulös. So, wie sie aussah, wäre keiner auf die Idee gekommen, dass es ihr gelungen war, jahrelang ihr Geschlecht geheim zu halten, um die harte Ausbildung zum Ritter zu durchlaufen. Und ganz gewiss ließ sich nicht erkennen, dass sie eine so hervorragende Schülerin gewesen war, dass einige Männer – und zwar solche, die es beurteilen konnten – sie als den besten Knappen von ganz Tortall bezeichnet hatten.

Genauso wenig sah man ihr an, dass einer der reichsten unter den Edlen des Königreichs sie an Kindes Statt angenommen und zur Erbin eingesetzt hatte. »Ich weiß nicht, ob Euch Sir Myles Bescheid gesagt hat«, erklärte Windfeld nun, »aber mir kommt die Ehre zu hier in Berat seine Interessen zu vertreten. Ich heiße Euch und Euren Lehensmann im Wandernden Barden willkommen.« Dabei nickte er zu Coram hinüber, der die Unterbringung der Pferde im Stall beaufsichtigte. »Was Ihr auch immer wünscht, lasst es mein Gesinde wissen. Hättet Ihr gern etwas Kühles zu trinken, um den Staub hinunterzuspülen?«

»Ich kümmer mich um das Gepäck und die Zimmer«, sagte Alannas Begleiter. »Ich weiß schon«, fügte er rasch hinzu, als seine Herrin den Mund aufmachte. »Du willst baden. Heißes Wasser und Seife, und zwar dalli.« Zu Windfeld gewandt, fügte er lächelnd hinzu: »Für 'ne Göre, die mehr oder weniger auf der Landstraße lebt, ist sie verdammt pingelig.«

Alanna zuckte die Achseln. »Was soll ich dazu sagen? Ich bin einfach gern sauber. Dank dir, Coram.«

»Dient er Euch schon lange?«, erkundigte sich Windfeld, während er sie in die Gaststube führte, ihr einen Platz anbot und sich gegenüber hinsetzte.

»Schon ewig«, antwortete Alanna. »Coram hat meine Windeln gewechselt und das lässt er mich nie vergessen. Er hat geholfen mich und meinen Zwillingsbruder aufzuziehen.« Zu einer Dienstmagd, die gekommen war, um sich nach

ihren Wünschen zu erkundigen, sagte Alanna: »Fruchtsaft wäre herrlich, falls es welchen gibt.«
Der Gastwirt lächelte, als sich die Magd entfernte. »Im Wandernden Barden gibt es alles, was Euer Herz begehrt, Lady Alanna. Wie geht es Eurem ehrenwerten Vater, falls die Frage gestattet ist?«
Die Magd kehrte mit einem Tablett zurück, auf dem ein Henkelkrug und ein Becher standen. Sie stellte beides vor Alanna ab. Die Ritterin trank einen Schluck und lehnte sich dann mit einem Seufzer zurück. »Als ich vor zwei Monaten von ihm hörte, ging es ihm gut. Coram und ich sind schon wochenlang unterwegs; man braucht nämlich eine ganze Weile bis hierher. Ich bin noch nie zuvor aus Tortall herausgekommen. Aber Maren unterscheidet sich gar nicht so sehr.«
Windfeld grinste. »Wie sollte es auch, wo doch Tortall und Tusain und Maren aus dem gleichen Holz geschnitzt sind? Diese drei sind die wahren Ostländer. Noch weiter östlich sieht es ganz anders aus.«
Alannas scharfem Blick entging nicht, dass sich das Gesicht des Wirts überschattete. »Gibt es irgendwelche Probleme dort?«
»Nur die übliche Krankheit, die ein Land hin und wieder befällt«, antwortete Windfeld. »Seit ungefähr anderthalb Jahren herrscht Krieg in Sarain. Nur ein Sarainer könnte Euch erklären, wie er anfing oder wie er beendet werden kann. Aber seht, Eure Zimmer sind bereit«, fügte der Wirt hinzu, als er ein Zimmermädchen an der Tür entdeckte. »Und Euer Bad.«
Die Ritterin hob ihren Kater hoch, der mit Windfelds Schürze spielte. »Komm mit, Immertreu«, sagte sie mit einem

Stöhnen und setzte ihn auf ihre Schulter. »Wir gehen uns waschen.«
Den Wirt, der zusah, wie sie sich entfernten, durchlief ein Schauder. Erst jetzt hatte er gesehen, dass die Augen des Katers nicht bernsteinfarben, grün oder grau waren wie normale Katzenaugen, sondern so violett wie die Alannas. Unwillkürlich machte er das Zeichen gegen das Böse.

Der Badezuber bot alles, was sich eine erschöpfte und schmutzige Ritterin wünschen konnte: Er war groß genug, dass sie vollständig hineinpasste, und er war mit heißem Wasser gefüllt. Zufrieden planschend, spülte sie den Dreck einer Woche aus ihrem Haar.
Ich brauche lediglich eine Zunge und Pfoten, kommentierte Immertreu.
»Riechst du deshalb so gut, wenn du eine Nacht im Wald verbracht hast?«, erkundigte sich Alanna.
Immertreu ignorierte sie und rollte sich auf dem Bett zusammen. Alanna schnitt ihm eine Grimasse und griff nach dem Kupferkessel mit dem klaren Wasser zum Abspülen. Sonnenstrahlen trafen das Metall und blendeten sie. Inmitten des grellen Lichts erschien ihr ein Bild:
Ein violettfarbener Edelstein von der Größe einer Silbermünze, eingefasst in eine goldene Scheibe. Seine Facetten warfen das Licht nicht zurück, sondern verschluckten es. Dahinter war Schnee, der dahinfegte wie in einem Schneesturm.
Das Bild verblasste, als sie blinzelte. Es war zwecklos, darüber nachzugrübeln, was diese Vision zu bedeuten hatte, das war ihr klar. Früher oder später würde sie es sowieso erfahren – es war nicht ihre erste. In der Zwischenzeit wurde außerdem ihr Badewasser kalt.

Coram klopfte, als sie sich gerade die Haare bürstete. »Ich hab gegessen«, rief er durch die Tür. »Ich geh mich jetzt erkundigen, wo dein Gelehrter wohnt, und dann mach ich mir 'nen schönen Abend. Tu uns beiden den Gefallen und handle dir keine Probleme ein!«

»Ich kann selbst auf mich Acht geben«, protestierte sie.

»Das ist es ja, was mir Sorgen macht.«

»Viel Spaß!«, rief sie, als sich seine Schritte entfernten. *Wieso macht er sich Sorgen um mich?*, überlegte sie. Sie suchte keinen Ärger; und heute Abend hatte sie überhaupt vor allen Problemen aus dem Weg zu gehen.

Als sie unten angelangt waren, ließ Immertreu sie im Stich und steuerte auf die Küche zu. Alanna fand eine Ecke, aus der sie den Gastraum gut überblicken konnte. Der Wandernde Barde schien zwar ein ehrbares Haus, aber sie war schon lange genug auf Reisen, um zu wissen, dass man nie vorsichtig genug sein konnte. Sie rückte ihr Schwert zurecht, damit sie es ziehen konnte, falls es nötig wäre; dann machte sie es sich bequem, um ihre Mahlzeit zu genießen.

Windfeld kam herüber, als sie fertig war. »Wenn es irgendetwas gibt, was Ihr haben wollt, egal, was, dann braucht Ihr es nur zu sagen«, erklärte er und nahm sich auf ihre Einladung hin einen Stuhl. »Für Myles von Olaus Erbin ist mir nichts zu viel. Er bezahlt uns gut als seine Mittelsmänner – ein großzügiger Mann, Euer Vater.«

Alanna lächelte. »Nicht nur in finanzieller Hinsicht, sondern in allem.« Als ihr wieder einfiel, was Windfeld vor ihrem Bad erwähnt hatte, erkundigte sie sich: »Was tut sich in Sarain?«

Der Gastwirt wandte den Blick ab. »Das Land zerfleischt sich selbst. Die K'mir-Stämme machen in den Bergen und manchmal sogar in der Südebene Jagd auf die Tieflandbewohner. Berg-Geborene fliehen scharenweise aus den Kampfgebieten nach Westen. Die Tieflandbewohner sind so damit beschäftigt, die K'mir zu erschlagen, dass sie alles andere vernachlässigen, sogar ihre Ernten. Erst als sie ihre Gürtel nicht mehr enger schnallen konnten, ließ der Kriegsherr Söldner kommen und schickte die Tieflandbewohner zurück auf ihre Höfe. Die Flüchtlinge reden kaum von etwas anderem als von Hunger und Tod. Meine Frau ist Sarainerin – es bricht ihr das Herz und es ist kein Ende in Sicht.« Er lächelte gezwungen und fügte hinzu: »Genug von diesen bösen Geschichten. Was bringt Euch hierher, falls Ihr mir diese unverfrorene Frage nicht übel nehmt?«

»Wir sind auf der Suche nach einem Gelehrten namens Nahom Jendrai«, erklärte Alanna.

»Ebenfalls ein Freund Eures Vaters. Er genießt einen guten Ruf, dieser Meister Jendrai.«

»Ich möchte, dass er mir etwas übersetzt.« Alanna griff in ihren Waffenrock und zog einen ledernen Umhang hervor. Sorgfältig öffnete sie ihn, zog ein Dokument heraus und entfaltete es. Es war eine Karte von den Ostländern und vom großen Binnenmeer. An der linken Kante und oben war sie verkohlt. Nur natürliche Landmarken wie Flüsse und Bergzüge waren eingezeichnet. Ein winziger Stern kennzeichnete eine Stelle auf dem Dach der Welt, dem großen Gebirgszug, der die Ostländer vom Rest der Welt trennte. Rechts waren in einer Spalte silberne Runen angeordnet – und um diese übersetzen zu lassen, war Alanna nach Maren gekommen.

»Sieht aus, als hätten das die Alten geschrieben«, erklärte sie. »Myles sagte, Nahom Jendrai aus Berat sei der beste Übersetzer.«

Windfeld berührte die verkohlten Stellen. »Wie ist denn das passiert, Mylady? Wisst Ihr es?«
Alanna fuhr mit der Hand über die Karte. »Ist Euch bekannt, dass Coram und ich bei den Bazhir lebten?« Windfeld nickte. »Halef Seif, unser Häuptling, sorgte sich um eine Bekannte, eine Zauberin, die in der Nähe des Tirragensees wohnte. Also zogen Coram und ich los, um nach ihr zu sehen.« Sie holte tief Luft. »Ihr Dorf erlebte einen schlimmen Winter, es war kalt und eine Hungersnot brach aus. Ein wandernder Priester redete den Bewohnern ein, sie müssten sich ›reinigen‹, indem sie ihre Zauberin töteten, dann würde sein Gott ihre Lagerhäuser mit Lebensmitteln füllen.«
»Derartige Dinge habe ich auch schon miterlebt. Wenn sie Hunger haben, verlieren die Menschen jegliche Vernunft.«
»Coram und ich trafen dort ein, als sie gerade begannen die Frau auf dem Scheiterhaufen zu verbrennen. Wir griffen ein und schafften sie weg, aber sie war bereits so schwer verletzt, dass ich ihr nicht mehr helfen konnte.« Auf seinen fragenden Blick hin erklärte sie: »Ich besitze die Heilgabe. Wie auch immer, sie starb. Die Karte war alles, was sie hatte. Sie bat uns sie Halef Seif zu bringen.«
»Und er schickt sie nun zu Meister Jendrai, damit der sie liest?«, fragte Windfeld.
Alanna schüttelte den Kopf. »Halef Seif wollte die Karte gar nicht haben. Er gab sie mir – er sagte, sie sei für mich bestimmt, nicht für ihn.« Sie lächelte ironisch. »Halef Seif kann ziemlich eigensinnig werden, wenn ihm danach ist. Er sagt, er sei glücklich bei den Blutigen Falken – das ist unser Stamm. Manches von dem, was er sagte – etwas von Vorsehung und dem Aufspüren einer Beute –, ergab keinen Sinn für mich. Tja, da bin ich also.«

Windfeld erhob sich, da einer der Gäste nach Bedienung rief. »Ihr habt einen weiten Weg auf Euch genommen, nur um Eure Neugierde zu befriedigen, Mylady.«
Alanna lachte. »Ich hatte gerade nichts Wichtigeres vor.«
Als ein zweiter Ruf ertönte, brüllte der Wirt mit einer Stimme, die die Dachbalken zum Beben brachte: »Geduld, Joss – du wirst schon noch was kriegen, bevor du heimgehst!« Er verbeugte sich vor Alanna und entfernte sich, um beim Bedienen zu helfen.
Eine Magd stellte ein Glas Wein vor Alanna. »Das schickt der da drüben, Mylady«, erklärte das Mädchen und deutete auf einen Mann, der an der Feuerstelle saß. »Er hat gesagt, ich soll Euch ausrichten, dass sich Rotschöpfe aus Sicherheitsgründen zusammensetzen müssen und ob Ihr Euch vielleicht zu ihm gesellen wollt, wenn das Glas hier leer ist.« Sie beugte sich herunter und flüsterte: »Ich will ja nicht respektlos sein, aber wenn er Euch nicht gefällt, *mir* gefällt er!«
Alanna sah zu dem Mann hinüber. Er prostete ihr zu. Seine Augen waren blaugrün, sein Gesicht gebräunt und pockennarbig. Das kurz geschnittene Haar war so kupferrot wie ihres; seine Nase hatte wohl mit mehreren harten Gegenständen Bekanntschaft geschlossen. Ein Schnurrbart umrahmte seinen sinnlichen Mund; darunter war ein ausladendes Kinn. Man sah ihm an, dass er ein hervorragender Kämpfer sein musste: Seine Schultern waren breit, seine Brust mächtig, Arme und Beine muskulös. Wie sie war er mit Hemd und Kniehose bekleidet. Außerdem fiel ihr auf, dass er keine Waffen trug, nicht einmal einen Dolch. Für einen Ritter war es wichtig, auf derartige Dinge zu achten: Waffenlos gingen nur Zauberer, Priester, Narren – und

solche, die keine Waffen brauchten. Es gab nur wenige Männer in dieser gewalttätigen Welt, die nicht darauf angewiesen waren, irgendwelche Waffen zu tragen.
Eigentlich müsste er hässlich sein mit seiner gebrochenen Nase und dem total vernarbten Gesicht. Wo er das wohl herhat? Vielleicht hatte er als Junge unreine Haut. Aber trotz allem ist er attraktiv!, dachte sie nervös. *Warum interessiert er sich für mich? Einige der Frauen hier sind wesentlich hübscher als ich.* Sie hob ihr Glas und trank, ohne ihre Augen von seinen abzuwenden.
Seit sie vor vielen Jahren am Hof angekommen war und bis sie ihren Schild errungen hatte, wussten nur wenige, dass sie ein Mädchen war. Prinz Jonathan war zwar ihr Liebhaber gewesen, gleichzeitig aber ihr Freund – und die Rituale, mit denen Jon um Edelfräulein warb, waren zwischen ihnen beiden nicht nötig gewesen. Manchmal hatte Georg Cooper, der sie ebenfalls liebte, mit ihr geflirtet. Aber wenn er es so weit trieb, dass er sie in Verlegenheit brachte, befahl sie ihm einfach damit aufzuhören. Viele der anderen Männer aus ihrer Bekanntschaft konnten sich nicht darüber hinwegsetzen, dass sie zur Ritterin geschlagen worden war, und wären niemals auf die Idee gekommen Interesse an ihr als Frau zu zeigen. Seit ihr wahres Geschlecht bekannt geworden war, hatte sie unter den Bazhir gelebt und für die war sie »die Frau, die wie ein Mann reitet« und geschlechtslos.
Sie hätte sich gern zu diesem Mann gesetzt oder ihm gezeigt, dass sie sich für ihn interessierte, aber sie wusste nicht, wie man das machte. Wie flirtete man als Ritterin mit einem Unbekannten? Edelfrauen signalisierten ihr Interesse mit ihren Fächern oder einem Taschentuch, das sie fallen

ließen. Die Bazhir-Frauen machten es mit ihren Augen über den Gesichtsschleiern. Aber sie besaß weder Fächer noch Schleier und ihr Taschentuch würde keiner bemerken, wenn sie es hier fallen ließ. Und der Mut, zu seinem Tisch hinüberzugehen und sich einfach zu ihm zu setzen, fehlte ihr.

Sie wusste nicht, dass ihre Augen flehten. Er grinste – es war ein bedächtiges, breites Grinsen, bei dem sich alles in ihr zusammenzog – und kam herüber.

»Liam ist mein Name«, stellte er sich vor und streckte seine riesige Hand aus. »Und du bist Alanna die Löwin. Aus Tortall.«

Sie erwiderte seinen kräftigen Händedruck. Liams Handfläche war warm und schwielig wie ihre eigene. »Darf ich mich zu dir setzen?«, fragte er. In seinen Augen lauerte der Schalk. Als Alanna nickte, nahm Liam Platz. »Bleibst du länger in Berat?«, erkundigte er sich, als die Magd mehr Wein und Früchte brachte.

Alanna schüttelte den Kopf. »Nicht länger als unbedingt nötig.« Sie füllte sein Glas. »Ich hatte vergessen, wie laut Städte sind. Ich habe nämlich bei den Bazhir gelebt.«

»Das habe ich gehört. Ich musste ziemlich herumfragen, bis ich erfuhr, was aus dir geworden ist, nachdem du den Herzog von Conté erschlagen hast.« Er sprach die Vokale so breit aus wie die Bauern und sein »R« verschluckte er fast.

Sie runzelte die Stirn. »Du hast es dir zur Gewohnheit gemacht, mein Tun zu verfolgen?« Sie war sich nicht sicher, ob ihr das gefiel.

Er nickte. »Menschen wie du verändern die Welt – ein kluger Mann behält solche Leute im Auge. Es war eine großartige Tat, den Neffen deines Königs zu töten und ihn als Verräter zu entlarven. Herzog Roger war ein mächtiger Mann.«

Alanna schaute weg. Sie fror. »Er verdiente zu sterben. Er versuchte die Königin zu ermorden.«

»Macht es dir immer noch zu schaffen?«

Als ihm Alanna einen Blick zuwarf, sah sie Verständnis in seinen Augen. *Er weiß*, dachte sie. *Er weiß von Dingen wie Verrat und Angst und wie einen die Leute ansehen, wenn sie wissen, dass man etwas getan hat, was sie für unmöglich halten.*

»Manchmal. Alle bewunderten ihn. Damals passierte alles auf einmal: Erst kam ich ihm und seinen Plänen auf die Schliche und dann entlarvte er mich vor dem gesamten Hof als Mädchen. Ich hätte gern Zeit gehabt die Leute daran zu gewöhnen, wer ich in Wirklichkeit bin. Und dann tötete ich ihn. Dabei macht mir das Töten wahrlich keinen Spaß. So grüble ich eben manchmal.«

»Das kannst du dir sparen.« Er nahm ihre Hand und drückte sie. »Er war durch und durch schlecht, das kannst du mir glauben.«

»Du *kanntest* ihn?«

Als er nickte, lag etwas Kaltes in seinen grünen Augen. »Wir lernten uns kennen – vor langer Zeit.«

»Wie? Und warum hasst du ihn? Mir kommt es nämlich so vor, als würdest du ihn hassen – alle meine Bekannten mochten ihn oder zumindest fast alle.« Ungeduldig setzte sie sich aufrecht. »Es ist unfair. Über *mich* weißt du alles.«

Als er leise lachte, wich die Kälte aus seinen Augen. »Ich werd's dir eines Tages erzählen, Kätzchen – falls du ganz, ganz brav bist«, sagte er und strich sich den Schnurrbart glatt.

Sie wurde rot. *Mädchen, wenn du nicht aufpasst, dann sitzt du in der Patsche!*, sagte sie sich. *Du weißt nichts von ihm und schon hat er dich halbwegs herumgekriegt!* Sie rückte von ihm weg. »Du flirtest mit mir«, sagte sie mit strenger Miene.
»Macht Spaß oder etwa nicht?«, grinste er.
»Wer *bist* du?«, wollte Alanna wissen. »Jetzt sei doch fair!« Sie brach ab, als sie einen Tumult an der Eingangstür hörte. Eine Stimme, die sie nur allzu gut kannte, grölte:

»Ein solcher Anblick war den Prinzen neu
Und sie ehrn den Bettler bis zum heutigen Tag!«

Alanna zuckte zusammen. »Das ist Coram, mein Freund«, sagte sie zu Liam und erhob sich. »Wenn ich ihn nicht aufhalte, singt er die Strophe von den Kaufleuten und den Fischweibern und dann können wir was erleben.«
Liam lachte mit blitzenden Zähnen. »Ja, das Lied ist mir bekannt.« Er küsste ihre Hand. »Wir sehen uns wieder – darauf hast du mein Wort.«

Mit Überredungskunst und Drohungen gelang es Alanna, ihren übermütigen Lehensmann in sein Zimmer zu schaffen, wo er auf dem Bett zusammenbrach. »Jendrai ist heut von seinem Landhaus zurückgekommen«, gähnte er. »Morgen Abend können wir hingehn.« Sekunden später schnarchte er.
Alanna verließ sein Zimmer. Sie wollte lieber schlafen gehen, als noch einmal nach diesem Liam zu suchen, der sie so aus der Fassung brachte. Gerade hatte sie ihre Tür aufgeschlossen, als der Gastwirt händereibend die Treppe heraufkam. Als er sie entdeckte, fragte er: »Braucht Ihr noch irgendwas?«
»Nein, danke«, antwortete sie, deutete mit dem Kopf zu

dem lauten Gastraum hinunter und fügte hinzu: »Hört sich an, als hättet Ihr mehr als genug zu tun.«
Windfeld strahlte. »Ja, heute Abend laufen die Geschäfte gut – sehr gut sogar. Was kein Wunder ist, da ich Euch und den Shang-Drachen im Haus habe.«
»Den Shang-Drachen?« Sie hatte nie Gelegenheit gehabt mit einem der berühmten Krieger zu sprechen. Das war schon immer ihr Wunsch gewesen und jetzt sorgten die Götter dafür, dass sie mit dem besten von ihnen das Gasthaus teilte. »Er ist hier? Könnt Ihr mich mit ihm bekannt machen?«
Windfeld warf ihr einen seltsamen Blick zu. »Ich hätte nicht angenommen, dass ich Euch noch mit ihm bekannt machen muss, so, wie Ihr Euch miteinander unterhalten habt.«
»Liam?«
»Liam Eisenarm, der Drache von Shang. Hat er sich nicht vorgestellt?« Alanna schüttelte den Kopf. »Und Ihr habt ihn nicht erkannt? Er wusste nämlich, wer Ihr seid – das hat er mir selbst gesagt.«
»Ich kenne keinen vom Orden der Shang und kaum einen, der etwas darüber weiß. Sie verkehren nur selten mit Edlen und mit den Bazhir ebenso wenig.«
»Tja, mir sah es so aus, als hättet Ihr Euch recht gut mit ihm vertragen«, sagte der Wirt schmunzelnd. Alanna lief feuerrot an und verschwand mit einem hastigen »Gute Nacht« in ihrem Zimmer.
Zu Gunsten von Windfeld und seinem Wandernden Barden muss gesagt werden, dass es weder an Alannas Bett noch an ihrem Zimmer lag, wenn sie nicht schlafen konnte. Das Bett war bequem; die Wände waren dick genug, um den Lärm zu dämpfen, der aus dem Gastraum schallte.

Zuerst kam es ihr vor, als seien es die kleinen Dinge, die sie wach hielten. Es fing damit an, dass ihr Kater an der Tür kratzte und Einlass begehrte. Dann fiel ihr das Licht des Vollmonds in die Augen, bis sie aufstand und den Vorhang vors Fenster zog. Als sie mit dem schnurrenden Immertreu neben sich wieder im Bett lag, fand sie das Zimmer stickig. Seufzend erhob sie sich noch einmal, um das Fenster zu öffnen, aber nur einen Spaltbreit, denn die Nächte waren noch kühl.

Es gelang ihr nicht, die Gedanken abzuschalten. Zum Teil lag es an ihrer Aufregung, weil sie nun endlich Gelegenheit hatte mit einem Shang-Krieger zu reden. Das, was sie von dem sagenumwobenen Kriegerorden wusste, hatte sie bruchstückweise erfahren. Die Krieger, die nach Sagentieren wie Einhorn, Vogel Greif und Phönix benannt wurden, waren die besten des Ordens und allen voran stand der Drache. Jeder Shang-Krieger bekam einen Tiernamen, sobald er eine Prüfung abgelegt und ein Jahr lang draußen in der Welt gelebt hatte. Sie wusste, dass in den Orden kleine Jungen und auch kleine Mädchen im Alter zwischen mindestens vier und höchstens sieben Jahren aufgenommen wurden, um das harte Leben eines Shang zu erlernen. Jeder musste mit den unterschiedlichsten Waffen umgehen können, dazu – und das fand Alanna noch interessanter – beherrschten sie mehrere Techniken mit bloßen Händen zu kämpfen.

Also war Liam der Drache von Shang. Damit war klar, warum er mutig oder gleichgültig genug war unbewaffnet zu gehen. Es gab kaum einen, der ihm gefährlich werden konnte. *Er hat Drachenaugen,* dachte sie, als ihr einfiel, wie sie die Farbe gewechselt hatten. *Fahlgrün, wenn er nichts preisgeben will, und* – sie musste lachen – *blaugrün, wenn er flirtet.*

Schließlich gab sie es auf. *Vielleicht werde ich ruhiger, wenn ich einen Ausritt mache,* dachte sie und zog sich an. Schon Augenblicke später galoppierte sie mit Immertreu auf Mondlicht, ihrer goldfarbenen Stute, aus Berat hinaus. Alanna war so tief in Gedanken versunken, dass sie ritt und ritt, ohne darauf zu achten, welche Strecke sie zurücklegte. Auch dem Weg oder dem aufziehenden Nebel schenkte sie wenig Beachtung. Mondlicht wurde langsamer und fiel in Trab, dann, als die Sicht noch schlechter wurde, ging sie im Schritt. Alanna war noch immer weit weg mit ihren Gedanken.

Ihr ganzes Leben lang hatte sie geplant eine fahrende Ritterin zu werden, die Welt zu durchstreifen und große Taten zu vollbringen. Nun lernte sie, dass es auch im Leben eines fahrenden Ritters langweilige Zeiten gab, zum Beispiel, wenn man durch Landschaften kam, die sich kaum veränderten. Auch wurde nicht jedes Dorf von einem grausamen Herrn beherrscht; wenige Straßenkreuzungen waren in der Hand böser Ritter. Wenn es der König von Tortall wünschte, könnte er sie immerhin wie die anderen Ritter, die sie kannte, zu Grenzpatrouillen einsetzen, damit sie dort Jagd auf Banditen und Räuber machte. Aber vermutlich würde sie der König für derartige Aufgaben nicht nehmen wollen. Roald war nämlich sehr verärgert, weil sie jahrelang gelogen hatte, was ihr Geschlecht betraf. Da er ein ruhiger Mann war, der es vorzog, Eintracht an seinem Hof zu halten, hatte er nicht viel gesagt. Er hatte jedoch keinen Zweifel daran gelassen, dass er ihr Tun missbilligte.

Und überhaupt – Tortall kannte sie schon. Sie wollte in Gegenden, die sie *nicht* kannte, Gegenden, die auf den meisten Tortaller Karten fehlten – wie zum Beispiel die Gebiete südlich von Carthak oder das Dach der Welt und was dahinter lag. Wenn sie die zivilisierten Regionen erst einmal hinter sich gelassen hatte, würden bestimmt neue Aufgaben auf sie warten.

Mondlicht blieb stehen und warf nervös den Kopf hin und her. Inzwischen war es so neblig, dass Alanna den Weg unter den Hufen ihrer Stute nicht mehr erkennen konnte. Sie stieg ab und nahm die Zügel, um das Pferd zu führen, aber schon ein kleines Stück weiter blieb Mondlicht mit schreckhaft angelegten Ohren stehen und rührte sich nicht mehr von der Stelle, sosehr Alanna sie auch drängen mochte. Die Ritterin war beunruhigt. Mondlicht war ein vorsichtiges Tier, aber ängstlich war sie nicht. Wenn sie sich so aufführte, als ginge da irgendetwas nicht mit rechten Dingen zu, hieß es aufpassen. Sie warf Immertreu einen Blick zu. Ihr Kater saß ruhig und mit gespitzten Ohren in seiner Sattelschale. Sie waren von Nebel eingeschlossen, der sogar das Klirren des Geschirrs dämpfte.

Jetzt spürte auch Alanna etwas Eigentümliches. Sie musste niesen. Der Glutstein, den sie am Hals trug, leuchtete hell und wurde warm auf ihrer Haut. Vor ihnen verwob und verflocht sich der Nebel, bis eine große Frau mit grünen Augen und schwarzem Haar daraus hervortauchte. Sie verstrahlte Zauberlicht um sich, der Nebel war ihr Gewand, auf dem Wassertröpfchen glitzerten.

Alanna hatte diese Frau erst einmal gesehen. Damals hatte sie ihr den Glutstein geschenkt. Jetzt ließ sie die Zügel los, sank auf die Knie und senkte den Kopf. »Göttin«, flüsterte sie.

»Wohin reitest du, meine Tochter?« Die Stimme der Unsterblichen war herrlich und schrecklich zugleich. Ein Widerhall von Wind und bellender Hundemeute lag darin. »Ist es nicht spät für einen Spazierritt?«

»Ich konnte nicht schlafen, meine Mutter.«

Eine kühle Hand legte sich unter Alannas Kinn und zwang sie den Kopf zu heben. Sie erwiderte den Blick der Großen Muttergöttin, ohne mit der Wimper zu zucken, auch wenn sie am ganzen Leib bebte. »Du hast alles erreicht, was du wolltest, nicht wahr? Ein Schild ist dein, und zu Recht. Du hast deinen größten Feind erschlagen. Wonach strebst du nun, Alanna?«

Alanna zuckte die Achseln. »Ich weiß nicht. Ich habe das Gefühl, dass es etwas *Wichtiges* gibt, was ich tun müsste, aber ich habe keine Ahnung, was es ist. Ich lasse mich einfach treiben. So kam ich hierher, um die Karte übersetzen zu lassen. Vielleicht weist sie mir einen Weg – oder braucht Ihr mich für irgendetwas?«, erkundigte sie sich hoffnungsvoll.

Die Göttin lächelte. »Ich plane nicht das Leben der Sterblichen, Alanna – das musst du schon selber tun. Halte dich an die Karte – der Weg, den sie dir weist, wird dir gefallen. Aber gebrauche deinen Verstand, während du reitest.« Sie hob Immertreu hoch, der zu ihren Füßen gewartet hatte. »Und du? Wirst du dein ganzes Leben lang umherwandern?«

Immertreu hatte eigenartige, leise Geräusche gemacht und mit dem Schwanz gezuckt. Jetzt, da ihm die Muttergöttin Beachtung schenkte und ihn anlächelte, hörte er gar nicht mehr auf. Alanna konnte sich anstrengen, sosehr sie wollte, sie verstand nicht, was er sagte.

Schließlich setzte ihn die Göttin wieder auf den Boden. Ihre Umrisse verschwammen, verschmolzen mit dem Nebel. »Noch ein Weilchen, mein Freund«, sagte sie zum Kater.

»Enttäusch mich nicht.« Immertreu kehrte zu Alanna zurück, sie nahm ihn hoch und presste ihn an sich. Die Unsterbliche war jetzt nur noch ein Schatten, ihre Stimme klang wie aus der Ferne. »Was wird aus dir werden, Alanna?« Dann war sie verschwunden.

Zum ersten Mal, seit Alanna Mondlicht gesattelt hatte, sah sie sich nun um. Sie befand sich in einem Wald; es war ihr unbegreiflich. Auf diesem Weg war sie mit Coram nach Berat geritten. Am Morgen hatten sie den Wald gleich nach Tagesanbruch verlassen und waren auf Äcker und Wiesen gelangt. Wie war es möglich, dass sie jetzt, im Verlauf von ein paar wenigen Stunden, eine Strecke geritten war, für die man sonst einen ganzen Tag brauchte?

Der Nebel war immer noch zu dicht, um gefahrlos zu reiten, und als sie einen Felsen fand, setzte sie sich, um die Morgendämmerung abzuwarten. Ihr war kalt, sie war durchnässt und müde. Gerade begann sie einzudämmern, als eine schwache Brise aufkam, die den Nebel verscheuchte und die Straße freilegte. Gähnend stieg Alanna auf ihre Stute und drängte sie in einen Trab. Immertreu legte sich wortlos schlafen. Alanna beneidete ihn darum. Bei jedem Gähnen knackten ihre Kiefer und ihre Augenlider waren schwer wie Blei. Schließlich nickte sie ein.

Ein Ruck – und ein stechender Schmerz, als sie auf die Straße knallte – weckten sie auf. Sie fluchte wie die Stallburschen und die Soldaten, bei denen sie in die Lehre gegangen war. Für Leute, die einschliefen und aus dem Sattel kippten, gab es Namen!

Mondlicht starrte auf Alanna hinunter und fragte sich, warum ihre Herrin beschlossen hatte abzusteigen und sich in den Schlamm zu setzen.

Fluchen hilft nicht, bemerkte Immertreu. *Außerdem hast du mich aufgeweckt.*
»Wollen Euer Gnaden vielleicht, dass ich die Vorhänge zuziehe, damit Euch das Licht nicht in den Augen schmerzt?«, schrie Alanna, die vor Verlegenheit hochrot angelaufen war. »Soll ich Euch zum Mittagessen rufen oder wollt Ihr für den Rest des Tages schlafen?«
Wenn du so bist, lässt sich nicht mit dir reden, antwortete der Kater süffisant und schlief wieder ein.
Als Mondlicht sie anstupste, erhob sie sich ächzend. »Es ist meine eigene Schuld«, knurrte sie. »Ich hätte in eine Klosterschule gehen können. Dort hätte ich nie ringen lernen müssen, keiner hätte mich auf den Schädel gehauen, ich hätte mir keine Knochen gebrochen und wäre auch nicht in den Dreck geflogen. Stattdessen wäre ich sauber und hätte hübsche Kleider an. Inzwischen wäre ich mit einem Adligen verheiratet, er hätte ein kleines Lehnsgut und wäre nicht sonderlich hell im Kopf. Vermutlich hätte ich sogar saubere, hübsche Kinder, ebenfalls nicht sonderlich hell im Kopf.« Als sie versuchte sich die Hände abzuwischen, bevor sie die Zügel aufnahm, stellte sie fest, dass ihre Kniehosen so schlammverschmiert waren wie ihre Hände. »Erklär mir bloß nicht, dass ich mir dieses Leben selbst ausgesucht habe und dass ich keinen dafür verantwortlich machen kann.« Mondlicht schüttelte den Kopf, als wolle sie sagen, das hätte sie auch gar nicht vorgehabt. »Ich wusste schon immer, dass in meiner Familie der Wahnsinn erblich ist.«
Als Alanna das Klappern von Hufen hörte, erstarrte sie. In dieser peinlichen Lage durfte sie kein Passant sehen! Entschlossen blickte sie in eine andere Richtung, als sich das Pferd näherte. Sie verkrallte ihre Hände in den Zügeln ihrer

Stute und ihr Gesicht lief noch röter an. *Grässlich, wenn mich jetzt ein Fremder sieht*, sagte sie sich. *Und das Allerschlimmste, was mir passieren könnte, wäre, dass da Liam Eisenarm kommt. Ausgerechnet jetzt, wo ich vom Pferd gefallen bin wie ein Anfänger*. Sie drehte sich um.
Tatsächlich. Liam gab sich keine Mühe sein Grinsen zu verbergen. »Ein schöner Morgen für einen Ausritt«, begrüßte er sie. »Bloß ein bisschen feucht.«
Alanna schluckte und versuchte sich zu beherrschen. »Ich kann dazu nur sagen, dass mir so was normalerweise nicht passiert!«
»Das habe ich auch keinen einzigen Moment lang angenommen.«
»Was hast du überhaupt hier verloren?«, erkundigte sich Alanna, die so verlegen war, dass sie jegliche Höflichkeit vergaß. »Für einen Morgenritt ist es eine gewaltige Strecke!«
»Ich sah dich fortreiten. Als du nicht zurückkamst, dachte ich mir, dass ich besser mal nach dir Ausschau halte.« Übertrieben freundlich fügte er hinzu: »Oh, komm bloß nicht auf die Idee, ich hätte gedacht, du wolltest dich aus dem Staub machen, ohne Windfelds Rechnung zu begleichen. Du hast ja deinen Lehnsmann und das Gepäck zurückgelassen. Also war mir klar, dass es darum nicht ging.«
Alanna war so wütend, dass sie nach Luft schnappte. »Wie kannst du es *wagen* –«
»Du magst es wohl nicht, wenn man dich neckt, was?« In versöhnlichem Ton sagte Liam: »Bind deine Stute an mein Pferd und reit mit mir. Ich werde dafür sorgen, dass du oben bleibst.«
»Ich komme schon allein zurecht!«
Mit einem Seufzer sprang der rothaarige Mann vom Pferd.

»Hat dir deine Mutter denn nicht beigebracht, dass man zu Fremden, die man unterwegs trifft, höflich ist?« Er band Mondlicht an seinem grobknochigen Gaul fest. »Ich könnte ein Zauberer sein und dich in eine Maus oder etwas Ähnliches verwandeln.«

»Du bist der Shang-Drache. Du wirst mich in *gar nichts* verwandeln.«

»Mach dir keine Sorgen«, sagte er munter. »Wenn ich mich anziehe, schlüpfe ich genau wie du erst in das eine Hosenbein, dann ins andere.« Er schnallte eine Decke von seinem Sattel und wickelte Alanna darin ein. »So. Du bist müde und nass und schlecht gelaunt – und absolut nicht in der Lage selbstständig heimzureiten. Außerdem bin ich auch mal eingeschlafen, Löwin. Ein Baum hat mich vom Sattel und in den Graben gefegt, genau vor den Augen der Männer, die ich befehligen sollte. Glücklicherweise haben sie mich nicht gehänselt – jedenfalls nicht sehr. Hinauf mit dir.« So mühelos, als wäre sie ein Kind, warf er sie hoch in den Sattel, stieg hinter ihr auf und umschlang sie mit den Armen.

»Schlaf, Kätzchen«, murmelte er. Die Stimme rumpelte in seiner mächtigen Brust. »Jetzt kann dir nichts mehr passieren.«

Coram erwachte spät, und zwar mit einem Kopf, den er nicht einmal seinem schlimmsten Feind gewünscht hätte. Er wartete eine ganze Weile darauf, dass seine Herrin und Ritterin mit ihrer Katzenjammer-Arznei kommen würde. Als sie nicht erschien, stand er auf, um sie zu suchen. Sogar das Anziehen tat weh. Er war gern bereit sich ihre bissigen Bemerkungen anzuhören, wenn sie ihn dafür von den Kopfschmerzen und der Übelkeit befreite.

Nachdem ihm das Anziehen solche Schmerzen bereitet hatte, war Coram absolut nicht begeistert, als er einen Fremden aus Alannas Zimmer kommen sah. War das nicht der Rotschopf, mit dem sie sich gestern Abend im Gastraum unterhalten hatte? Coram konnte sich nicht erinnern.
Er vertrat Liam den Weg. »Vermutlich hast du gute Gründe dich im Zimmer meiner Herrin aufzuhalten und die wirst du mir jetzt allesamt mitteilen, und zwar dalli!« Alanna hatte Freunde, die nicht nur sie selbst, sondern auch ihren guten Ruf beschützten, wie dieser Bursche sogleich erfahren würde!
Der Drache grinste, als er Alannas Freund erkannte. »Du musst Coram sein.«
»Richtig. Deshalb weiß ich aber immer noch nicht, wer *du* bist.«
Liam beäugte den kräftigen Lehnsmann. »Ich glaube, dass diese junge Dame selbst auf sich aufpassen kann.«
»Vermutlich hat *sie* dir das gesagt«, schnauzte Coram. »Sie irrt sich. Gibt es hier in der Stadt irgendwen, der für dich bürgen kann?« Corams Hand wanderte zum Griff seines Dolchs.
»Der Drache von Shang braucht keinen, der für ihn bürgt.« Liams Augen verfärbten sich fahlgrün. »Ich begreife ja, dass du auf sie aufpassen willst, aber Drohungen hab ich nicht gern.«
Coram zog die Stirn in Falten. »Du willst mir weismachen, dass du Liam Eisenarm bist?«
»Komm mit nach unten, bevor sie dich hört«, sagte Liam mit einem Seufzer. »Windfeld kennt mich.«
Als der Wirt Liams Rang bestätigte, sagte sich Coram, dass

er seine Taktik jetzt besser ändern sollte, und lud den Drachen zum Frühstück ein. Sein Katzenjammer ließ nach, als er etwas in den Magen bekam, und jetzt konnte er sich auch besser darauf konzentrieren, diesen rothaarigen Burschen auszufragen.

»Weiß Lady Alanna Bescheid, wer du bist?«, erkundigte er sich.

Langsam breitete sich ein Grinsen auf Liams Gesicht aus. »Sie weiß Bescheid.«

»Dann ist sie bestimmt vollkommen aus dem Häuschen, weil sie sich nicht entscheiden kann, was sie dich als Erstes fragen soll.« Coram überlegte einen Augenblick und sah dann in die inzwischen grauen Augen des Drachen. »Was will denn so einer wie du mit 'ner Alanna von Trebond?«

Der große, kräftige Mann zuckte die Achseln. »Sie ist ein hübsches Ding – sie ist anders als andere Frauen und sie hat eine Menge Kampfgeist. Und aus dem zu schließen, was ich über sie hörte, hat sie nichts gegen Männer.«

Coram lief rot an, als er an Prinz Jonathan und Georg, den Dieb, denken musste. »Trotzdem ist sie durchaus kein schlechtes Frauenzimmer.«

Liam lachte glucksend. »Sie ist eine zu gute Kriegerin, als dass ihr Ruf als Frau leiden könnte. Zumindest wird keiner etwas Schlechtes über sie sagen, wenn sie in der Nähe ist.«

»Ich hätt angenommen, dass der Shang-Drache die Wahl hat unter den hübschesten Weibern«, knurrte Coram.

Liam erhob sich. »Möglich. Aber sie ist ja nicht nur hübsch oder was meinst du? In ihrem Bereich ist sie so berühmt wie ich in meinem.« Er legte seine riesige Hand auf Corams Arm. »Ich bin kein Dorfbursche, der damit prahlen will, dass das Fell der Löwin in seiner Hütte liegt, Meister Smy-

thesson. Ich mag sie. Und *dich* würde ich vermutlich auch mögen, wenn du aufhören würdest ein verdrießliches Gesicht zu ziehen, nur weil ich in ihrem Zimmer war.«
Er ließ eine Münze für sein Essen liegen und schlenderte hinaus, während Coram das Gesicht in den Händen vergrub. »Es gab Zeiten, da war das Leben so einfach«, vertraute er seinen Handflächen an.
Immertreu hüpfte auf den Tisch, um an Liams Teller zu schnuppern. *Aber vermutlich auch langweiliger.*

Nachdem Coram bis mittags Botengänge erledigt hatte, fand er bei seiner Rückkehr Alanna vor, die sich mittlerweile angezogen hatte und ihre Waffen reinigte. »Mach kein so finsteres Gesicht«, sagte sie. »Ich bin noch nicht richtig wach.«
»Das Zimmermädchen sagt, deine Kleider seien schlammverschmiert gewesen. Was für 'nen Blödsinn hast du denn heute Nacht, wo ich dich mal aus den Augen gelassen hab, wieder angestellt?«
»Gar keinen«, gähnte sie. »Ich konnte nicht schlafen, also hab ich einen Ausritt gemacht.«
»Unterm Bauch von deinem Gaul?«
Alanna spürte, wie ihr das Blut in die Wangen stieg. »Die Sache ist mir so peinlich, dass ich nicht darüber reden kann.«
So leicht ließ sich Coram nicht abspeisen. »Hat das vielleicht was damit zu tun, dass dieser Liam heute früh in deinem Zimmer war?«
»Ich wurde müde und fiel von meinem Pferd«, sagte Alanna. »Liam habe ich unterwegs getroffen – er hat dafür gesorgt, dass ich sicher nach Hause kam. Er hat mich nicht angerührt.«

»Möglich«, grollte Coram, der inzwischen so rot war wie sie. »Aber das kommt vielleicht noch.«
Während er die Tür schloss, hörte er Alanna murmeln: »Dagegen hätte ich nichts einzuwenden.«

Sie trafen beim Haus Jendrai ein, als die Sonne den Horizont berührte. Nahom Jendrai kam sie höchstpersönlich begrüßen. Alanna hatte erwartet, dass er vom gleichen Schlag sein würde wie Myles von Olau: still, nachlässig gekleidet und geistesabwesend. Stattdessen stand vor ihnen ein gepflegter Mann Anfang dreißig, der umgeben war von Kindern, Bediensteten, Packtieren, Hunden und Gepäck. Er winkte Coram zu und bahnte sich einen Weg durch das heillose Durcheinander.
»Meine Frau hätte Euch ordnungsgemäß in Empfang genommen, Lady Alanna und Meister Smythesson, aber sie hat erst kürzlich ein Kind geboren und ruht sich aus. Unser sechstes«, erklärte er mit einem Lächeln. »Ein Mädchen.« Er nahm ihre Glückwünsche mit einer Verbeugung entgegen und fügte hinzu: »Das geschäftige Treiben müsst Ihr entschuldigen – unser Gepäck kam erst heute Nachmittag an.« Er führte sie ins Haus. »Ich freue mich, dass ich der Tochter von Myles behilflich sein kann. Ohne ihn wäre ich ein Adliger wie alle anderen, der sich um seine Ländereien kümmert, sich Sorgen macht, wie der König zu ihm steht, und Ränke schmiedet, um am Hof Macht zu erlangen. Meine Frau verwaltet das Lehnsgut – besser, als ich es jemals könnte –, und die einzigen Könige, mit denen ich mich abgebe, sind schon seit Hunderten von Jahren tot. Das verdanke ich Myles. Er war der beste Lehrer, den ich je hatte. Ein großartiger Kopf!«

Alanna nahm Immertreu, der sich in der Halle auf ein Wortgefecht mit einem Hund eingelassen hatte, auf den Arm. »Ihr wart also einer von Myles' Schülern?«
»Sechs Jahre lang.« Jendrai führte sie in ein Zimmer, das nur von der untergehenden Sonne beleuchtet wurde. »Hier ist es zu dunkel, denke ich.« Er machte sich auf eine erfolglose Suche nach Feuerstein und Stahl. »Ich habe den Mägden weisgemacht, ich hielte mir hier Dämonen, damit sie mir nichts durcheinander werfen. Unglücklicherweise zündet mir dadurch auch keine die Kerzen an.«
Alanna lachte – *jetzt* erinnerte er sie an Myles. Sie deutete auf die Holzscheite an der Feuerstelle und ließ ihre Gabe als violettfarbenen Funkenregen auf sie niedergehen, bis sie Feuer fingen. Dann scheuchte sie die Flammen mit raschen Gesten von dort zu den Kerzenleuchtern.
Angeberin!, schimpfte Immertreu.
Alanna sah ihn überrascht an. »Ich bin keine Angeberin. So ist es praktischer.«
Vor einem Jahr noch hättest du es auf kompliziertere Weise – eine Kerze nach der anderen – gemacht und eine Ewigkeit gebraucht, erklärte der Kater.
Alanna wurde rot. »Vor einem Jahr war ich noch anders.«
»Plaudern die beiden immer so?«, erkundigte sich Nahom Jendrai bei Coram.
»Oft genug.« Coram reichte ihm die Karte.
Jendrai breitete das Pergament auf dem Tisch aus und studierte es eine Weile. Schließlich fragte Alanna: »Sollen wir wiederkommen, wenn Ihr Gelegenheit hattet daran zu arbeiten?«
Überrascht sah er auf. Er hatte ihre Anwesenheit offensichtlich vergessen. »Nein, natürlich nicht – ich kann Euch sa-

gen, was die Karte zu bedeuten hat. Bitte kommt näher.«
Coram und Alanna, auf deren Schulter der Kater kauerte, traten an den Schreibtisch.
Jendrai ließ einen Finger über die Karte wandern. »Hier sind die Ostländer, das Binnenmeer, ein kleiner Teil der Südländer, damit sich der Betrachter zurechtfindet – dies war nicht als gewöhnliche Landkarte gedacht. Vieles ist weggelassen. Es gab auch damals Städte, Nationen, Straßen – Hunderte von Dingen, die nicht mit aufgenommen sind. Die interessanten Stellen sind hier, am östlichen Ende des Großen Binnenmeers.
Die gestrichelte Linie kennzeichnet das Dach der Welt – ein Gebirge östlich von Sarain. Und da, gleich innerhalb des Westrands des Gebirges, nördlich von der heutigen Hafenstadt Udayapur, liegt ein Tal. Am nördlichen Ende des Tals gibt es zwei Pässe namens Lumuhu und Chitral. Dieser Stern hier markiert den Chitral-Pass.« Jendrai klopfte auf den silbernen Stern, der in die Karte eingeprägt war. »Die Übersetzung dessen, was hier geschrieben steht, lautet: ›In Chitrals verborgener Kammer, bewacht von dem Wesen, das der Inbegriff der Zeit ist, wird für jene, die darum zu kämpfen gewillt sind, das Juwel der Macht aufbewahrt. Nehmt es auf eigene Gefahr, um ein Land damit zu retten, das in Nöten ist.‹«
»Das Juwel der Macht«, flüsterte Coram.
Alanna schauderte. »Märchen«, sagte sie verächtlich.
»Es gab Zeiten, da haben dich solche Märchen beeindruckt, Fräulein«, gab Coram zurück. »Dein Bruder wollte laufend die Geschichte von Giamo, dem Tyrannen, hören und du die von Norrin und Anj'la. Existiert es wirklich, dieses Juwel?«, fragte er dann, zu Nahom gewandt.
»Gewiss«, entgegnete der Gelehrte. »Wir in Maren erinnern

uns noch an die Veränderungen, die König Norrin und Königin Anj'la vor zwei Jahrhunderten bewirkten. Unser Reichtum und unser Friede sind ihr Erbe – seit ihrer Zeit gab es bei uns weder Kriege noch Hungersnöte, noch Seuchen.« Er klopfte auf den Tisch, um die erwähnten Übel nicht herbeizubeschwören. »Falls Ihr Gelegenheit findet unsere Hauptstadt zu besuchen, könnt Ihr Euch das Mauerwerk am Großen Mithros-Tempel und an den Zeremonientoren des Palasts ansehen. Dort taucht immer wieder das gleiche Motiv auf: Norrins Symbol des schneebedeckten Bergs, Anj'las Weidenzweig und zwischen ihnen das Juwel der Macht. Wir Marener wissen, was wir den beiden und dem Juwel zu verdanken haben.«
»Aber es wurde auch zu Bösem verwendet«, erinnerte Coram leise.
»Richtig.« Das Gesicht des Jüngeren verdunkelte sich. »Giamo stahl das Juwel, um sein gallanisches Königreich zu errichten, dann eroberte er Teile von Tusain, Tortall und Scanra.« Alanna sah Tusainer Armeen vor sich, die wie damals, als sie Knappe gewesen war, am Fluss Drell lagerten. Sie schluckte mühsam; ihre Erinnerungen an den Krieg mit Tusain waren nicht angenehm. »Irgendjemand raubte dem Erben Giamos das Juwel und so ging sein Kaiserreich vor vierhundert Jahren zu Grunde.«
»Märchen sind wichtig«, erklärte Jendrai Alanna. »Legenden sind lehrreich für uns und den Wissenschaftlern geben sie Anhaltspunkte zur Erforschung der Geschichte.« Er strich die Karte glatt, bevor er sie zusammenfaltete. »Das Juwel der Macht zu finden wäre das größte Abenteuer, das man jemals erleben kann.«
Immertreu und Alanna warfen sich einen Blick zu. Bei dem

Wort »Abenteuer« hatte der Kater die Ohren nach vorn gerichtet. Die Ritterin überlegte. *Wenn ich dieses Juwel finde und es zum Ruhm Tortalls mit nach Hause bringe, kann keiner mehr behaupten, ich hätte meinen Schild mit Zauberkraft und irgendwelchen Tricks errungen. Dann bin ich nicht mehr der Ritter seiner Majestät, über den von allen am meisten getratscht wird, sondern der ruhmvolle Vasall, der ein wertvolles Kleinod bringt, um seinen Regenten zu ehren.* Eine andere Stimme in ihrem Kopf flüsterte: *Das Dach der Welt. Hab ich jemals einen getroffen, der so weit gereist ist? Ein Ziel. Eine unbekannte Gegend. Die Muttergöttin sagte, der Weg, den mir die Karte weist, würde mir gefallen.*

Nahom seufzte und steckte das Pergament weg. »Ich bedaure nur selten, dass ich eine Familie und somit Verpflichtungen habe. Doch dies ist einer dieser Augenblicke. Liebend gern würde ich mich auf die Suche machen. Welches Land würde nicht gedeihen, wenn sein Herrscher dieses Juwel in Händen hielte?« Damit reichte er Alanna die Karte.

»Wie funktioniert es?«, fragte Alanna, die mit dem Glutstein an ihrem Hals herumspielte. »Muss man ein Zauberer sein, um damit umgehen zu können?«

»Giamo war keiner«, wandte Coram ein. »Und sieh dir an, was für einen Schaden *er* damit angerichtet hat.«

»Auch Norrin hatte die Gabe nicht – Anj'la allerdings war kräuterkundig und besaß die Heilgabe«, ergänzte Jendrai und ließ seinen Blick über einen Schrank mit Schriftrollen wandern. »Da.« Er zog eine heraus, blies den Staub ab (was Immertreu zum Niesen brachte) und breitete sie auf dem Tisch aus. »Sie ist auf Hochgallanisch verfasst – könnt Ihr diese Sprache lesen?« Alanna und Coram schüttelten die Köpfe. »Hier ist die Stelle, auf die es mir ankommt. Grob

übersetzt steht da: ›Besagtes Juwel übt seine Macht auf zwei Weisen aus. In den Händen derer, die ohne Zaubergabe sind, wirkt es auf eine natürliche Art wohltätig, indem es – soweit es in der Macht des jeweiligen Herrschers liegt – seine Kraft mit der vereint, die die Erde selbst innehat.‹ « Jendrai brach ab, um zu erklären: »Das Juwel funktioniert nur für jene, die *von Natur aus* zum Herrscher oder Eroberer bestimmt sind. Was auch erklärt, warum das Juwel in der Hand eines Gemeinen häufig besser genutzt wurde als in der eines Mannes von königlichem Geblüt. Wenn einer von hoher Geburt ist, heißt das noch lange nicht, dass er die notwendige Willenskraft hat.
Wo war ich? – ›In der Hand dessen, der die Gabe hat, der die Kunst des Zauberns versteht, kann das Juwel unmittelbarer verwendet werden: zum Heilen und zum Krieg, für Fruchtbarkeit oder Tod. Ein kenntnisreicher Herrscher, dem es gegeben ist, eigene Zauberformeln zu schaffen, kann neues Land aus den Tiefen des Ozeans entstehen lassen und einem toten Kind neuen Atem einblasen. In der Hand eines Herrschers, der Weisheit und Willenskraft in sich vereint, macht das Juwel alles möglich.«
»Das jagt mir Angst ein«, flüsterte Alanna. »Was hätte Roger mit dem Juwel der Macht angestellt?«
»Den Göttern sei gedankt, dass wir das nie erfahren werden«, antwortete Coram.

Die Luft draußen war frisch und erinnerte daran, dass der Winter noch nicht vorüber war. Alanna zitterte und schritt rasch aus, um nicht hinter Coram zurückzubleiben. Immertreu trottete voraus und schnupperte den Nachtwind. Alanna dachte sehnsüchtig an die Bazhir – für sie bedeutete

Winter kühler Regen, nicht Schnee und Eis. Sie zog den Wüstenwinter vor, denn irgendwie machte ihr kaltes Wetter auf eine unerklärliche Weise Angst.

Sie waren nicht mehr weit von der Herberge entfernt, als Coram sagte: »Was hast du vor?« Da er begriff, dass Alanna mit ihren Gedanken woanders war, erklärte er: »Mit dem Juwel, meine ich.«

»Ich glaube, wir sollten es suchen.«

»Wo ich ja weiß, wie sehr du die Kälte magst, hätt ich nicht gedacht, dass dir das Dach sonderlich zusagt.«

Alanna zog ein Gesicht. »Tut es auch nicht. Aber wenn dort das Juwel ist –«

Wir werden verfolgt, zischte Immertreu.

Coram blickte sich um. »Schurken.« Seine Stimme war nur so laut, dass ihn Alanna gerade noch hören konnte. »Bestimmt sind sie hinter unseren Geldbörsen her.«

Alanna warf einen Blick voraus zu der Straßenecke, wo ihnen ein Trupp dunkel gekleideter Männer den Weg versperrte. Sie zog ihr Schwert Blitzschlag, das schwach schimmerte. »Wieso sind da so viele, wo wir doch nur zu zweit sind?«

»Rechts von dir sind noch mal welche«, zischte Coram. »Vielleicht, weil sie sonst nichts zu tun haben?« Damit zückte er sein Breitschwert.

Zwei der Räuber trugen ebenfalls Schwerter, zwei andere kurze Äxte, drei waren mit eisenbeschlagenen Knüppeln ausgerüstet. Alanna vermutete, dass die übrigen Messer hatten.

»Lasst uns vorbei«, befahl sie. »Die Mühe, die es euch kostet, uns unser Geld abzunehmen, solltet ihr euch sparen.« Sie machte das Zeichen, das freies Geleit unter den Schurken sicherte. Georg hatte es ihr beigebracht.

Einer trat mit gezücktem Schwert nach vorn. »Bist du Alanna von Trebond aus Tortall? Die, die behauptet Ritterin zu sein?«
Coram wurde zornig. »Wenn du noch ein Schrittchen näher kommst, wirst du erfahren, dass sie wirklich und wahrhaftig eine ist!«
»Mit dir haben wir nichts zu schaffen, Meister«, bellte da ein anderer. »Verdrück dich auf der Stelle, sonst passiert was!«
»Ich verdrück mich, wenn ihr es genauso macht – oder wenn ihr ins Gras gebissen habt. Mir ist es so oder so recht.« Coram verlagerte sein Gewicht und stellte sich breitbeinig auf.
Alanna sah den an, der zuerst gesprochen hatte. »Ich bin Alanna von Trebond und Olau.«
»Wir bringen dir Grüße aus Tortall, und zwar von dem, der Kralle genannt wird. Wir sollen dir ausrichten, dass du jetzt, solange du noch kannst, deinen Liebsten betrauern sollst. Georg Cooper wird sterben, bevor der Sommer kommt. Aber *dich* sollen wir vorher zum Dunkelgott schicken!«
Damit stürzte er sich auf Alanna. Mit einem Schrei folgten die mit Schwertern und Knüppeln ausgerüsteten Männer. Alanna stellte sich Rücken an Rücken mit Coram auf, begegnete so dem Angriff des Wortführers und schlug seine Waffe beiseite. Als er sein Schwert mit einem Rückhandschlag ein zweites Mal gegen sie schwang, sah sie, dass er nicht ganz ungeübt war. Aber ihr war er nicht gewachsen. Sie hieb ihm ihr Schwert Blitzschlag quer über die Brust, wo es tief eindrang. Als er fiel, sah sie sich nach dem nächsten Feind um.
Sie hatte kaum Bewegungsfreiheit, kaum Gelegenheit sich einzelnen Gegnern zu stellen. Die Schurken verstanden

sich auf gemeinschaftliche Angriffe. Alanna und Coram wehrten, so gut sie konnten, ab und hielten die Augen offen nach jedem noch so geringen Vorteil. Jegliches Zaudern bedeutete jetzt ihren Tod.
Als einer der Knüppelträger ausholte und daneben schlug, durchbohrte ihn Alanna mit ihrer Klinge. Coram stieß einen wilden Schrei aus, ein anderer brüllte. Während ein Schwertmann schaute, was aus dem, der da brüllte, geworden war, stieß ihm Alanna ihr Schwert ins Bein. Auch er fiel mit einem Schrei zu Boden. Nun kam einer von denen, die nur Messer hatten, angehastet, um das zu Boden gestürzte Schwert seines Spießgesellen aufzuheben.
Ein schwarzer Klumpen fiel vom Dach und krallte sich in der Kopfhaut des Mannes fest. Während dieser versuchte Immertreu loszuwerden, kam er einer niederfallenden Axt ins Gehege. Eine Sekunde später fiel auch der mit der Axt dem schnellen, von der Seite geführten Hieb Alannas zum Opfer. Sie hörte, wie Coram nach Luft schnappte. Schweiß tropfte ihr in die Augen.
Alannas linker Arm brannte plötzlich. Sie riss ihr Schwert in einem halbmondförmigen Bogen zurück und tötete den Mann, der sie verwundet hatte. Sie blutete, aber sie wagte es nicht, den Kampf einzustellen und die Wunde abzubinden.
Mit einem grimmigen Fauchen stürzte sich Immertreu auf sein nächstes Opfer. Coram schrie auf und ging aus einer Schenkelwunde blutend zu Boden. Alanna wirbelte herum, um sich schützend über ihn zu stellen. Später erinnerte sie sich daran, dass ihr der Schweiß in die Augen rann, dass ihr Arm schmerzte, dass sie Angst um Coram hatte. Aber in diesem Augenblick wehrte sie nur automatisch ab, griff an und behielt dabei alles gleichzeitig im Auge.

Einen Moment lang verfing sich Blitzschlag unter der Klinge einer Axt. Bei dem Versuch ihr Schwert zu befreien wurde Alanna von einem Knüppel zu Boden gestreckt. Fluchend rollte sie sich ab und kam wieder hoch. Doch bevor sie sicher auf den Beinen stand, stürzten sich zwei der Männer auf sie und brachten sie zu Fall.
Als einer nach Alannas Armen packte und sie hinter ihren Rücken riss, biss sie sich auf die Lippen, um nicht zu schreien. Dass so etwas einmal passieren würde, hatte sie schon immer befürchtet. Jetzt, wo sie keine Waffe mehr hatte und ein Gegner sie packte, der ihr körperlich überlegen war, saß sie in der Falle. Der zweite der beiden Schurken griff feixend nach ihrem Waffenrock. Da gellte ein animalischer Schrei durch die Straße. Etwas prallte gegen den Mann, der vor ihr stand, dass er nahebei gegen eine Mauer geschleudert wurde und sich nicht mehr rührte. Liam kam mit beiden Füßen auf der Erde auf, wirbelte blitzschnell herum und trat nach hinten aus. Der Mann, den er getroffen hatte, schien einen Satz rückwärts zu machen und landete ein gutes Stück entfernt lang gestreckt auf der Straße. Jetzt zog der Drache das Bein an, dann kam es mit voller Wucht auf Alanna zugeschossen. Sie erstarrte. Der Tritt traf den Mann, der sie festhielt. Sie war frei.
Liam grinste, dann drehte er sich um und wandte sich denen zu, die noch übrig blieben. Sie setzten sich zur Wehr und starben, während der Schrei des Drachen durch die Straßen hallte. Alanna sah zu, doch währenddessen schnitt sie ihren Waffenrock in Streifen, um einen Verband herzustellen. Dann kniete sie neben Coram und untersuchte seinen blutenden Schenkel.
»Nicht so tragisch«, versicherte ihr Freund mit zusammen-

gebissenen Zähnen. »Es hat mich schon schlimmer erwischt. Der Drache ist 'ne Wucht, findest du nicht?«
Alanna nickte, während sie die Wunde verband und durch den Druck ihrer Finger das Blut zu stillen versuchte. Die Geschichten, die sie über die Shang-Kämpfer gehört hatte, waren noch weit von der Wahrheit entfernt. Der Drache verteilte seine Schläge und Tritte mit einer derartigen Geschwindigkeit, dass man nur noch verschwommene Bewegungen sah. Wenn er einen Mann traf, ging dieser zu Boden und stand nicht mehr auf.
»Du blutest ja auch«, keuchte Coram und hielt Alannas Arm fest. »Das muss versorgt werden!«
Alanna hörte ihn kaum. Liam hatte sie so beeindruckt, dass sie flüsterte: »So gut werde ich niemals sein.«
Coram schnaubte. »Dazu kann ich dir was sagen, was du noch nicht weißt.« Er setzte sich auf, schob ihre Hände fort und drückte selbst auf die Schenkelwunde. »Mit 'nem Schwert in der Hand bist du genauso schnell.«
Jetzt war wieder alles still. Diejenigen der Angreifer, die noch lebten und unverletzt waren, hatten sich aus dem Staub gemacht. Diejenigen, die blieben, waren entweder so schwer verwundet, dass sie nichts mehr kümmerte, oder sie waren tot.
Der Drache untersuchte einen Riss in seinem Ärmel und trat zu ihnen. »Seid ihr so weit in Ordnung?« Besorgt musterte er Alanna, der langsam schwindlig und ein bisschen übel wurde. Als Coram eine Hand ausstreckte, half ihm Liam auf die Beine. »Ich hab einen Freund besucht und war auf dem Heimweg, als ich den Krach hörte. Habt ihr denn nicht genug Verstand, um derartigen Problemen aus dem Weg zu gehen?«

Immertreu tauchte mit aufgeregt zuckendem Schwanz aus der Dunkelheit auf. *Coram und ich schon. Bloß die da nicht.*
Liam sah stirnrunzelnd auf den Kater hinunter. »Hast du –? Unmöglich.« Er fing Alanna auf, als sie schwankte und dann in Ohnmacht fiel.
»Mir kam's nicht so vor, als wär's 'ne schlimme Wunde.« Coram nahm Alannas linke Hand und besah sich den Schnitt in ihrem Unterarm. Dann, als er entdeckte, dass er hinten am Oberarm und bis zur Schulter hinauflief, fluchte er. Alannas Hemdärmel war blutgetränkt. »Ich reiß das zu 'ner Binde!«, erklärte er Liam und zog seinen Waffenrock aus. »Am besten bringen wir sie schleunigst in die Herberge – Windfeld kann einen Heiler holen.« Rasch riss er das Kleidungsstück in Fetzen, stellte einen Verband daraus her und legte ihn seiner Herrin an. Dann lief er los.
»Passiert ihr so was oft?«, fragte der Drache, der mit Alanna auf den Armen folgte.
»Sie hat sich schon einige Male überanstrengt, das dumme Ding. Auf verschiedenste Weise. Sie ist schnell bei der Hand damit, anderen zu befehlen, dass sie aufhören sollen. Aber auf die Idee, ihre eigenen Ratschläge zu befolgen, kommt sie nie.«
Windfeld übernahm die Sache, als sie den Wandernden Barden erreichten. Schon ein paar Minuten später kümmerte sich ein Heiler um Alanna, während ein anderer Corams Schenkel nähte. Liam ging in die Küche und kehrte mit einer Tasse Tee für Coram zurück. Der Lehnsmann roch ein einziges Mal daran und hustete.
»Hast du was gegen mich?«, erkundigte er sich.
Liam lachte. »Es riecht besser, als es schmeckt. Trink ihn – ich musste auch einen trinken. In Shang brachte man uns

alle möglichen Kräutermittelchen bei, für den Fall, dass mal kein Heiler in der Nähe ist.«
Coram zuckte die Achseln und gehorchte. Er erstickte fast, als er das Zeug hinunterwürgte. Doch fast augenblicklich ging es ihm besser. »Was es auch immer sein mag, es hilft. – Was es ist, will ich gar nicht wissen«, fügte er schnell hinzu, als Liam den Mund aufmachte.
»Es sind lediglich Kräuter. Deine Herrin kriegt dasselbe, wenn sie aufwacht. So – wer waren diese Männer?«
»Boten, gewissermaßen. Von einem Feind eines – eines Freundes von ihr.« Liam zog eine Augenbraue hoch, aber der Ältere schüttelte den Kopf. Er hatte nicht vor einem Mann, den er kaum kannte – auch wenn es sich um den Drachen handelte –, auf die Nase zu binden, dass Alanna in Wirklichkeit Georg Coopers Geliebte gewesen war. »Derjenige, der die geschickt hat, weiß jedenfalls, dass Alannas Tod diesem Freund namens Cooper ganz schön zugesetzt hätte«, fügte er hinzu.
Als Liam gähnte und sich streckte, packte Coram der Neid. Der Rotschopf sah aus, als hätte er keinen Kampf, sondern höchstens ein hartes Training hinter sich. »Tja«, sagte der Drache nun, »diesem Cooper ist nichts passiert und ihr beide werdet auch wieder gesund werden.«
Coram erhob sich steif und reichte Liam die Hand. »Wir verdanken dir unser Leben. Das werden wir nicht vergessen.«
Liam erwiderte den Händedruck. »Meiner Meinung nach hättet ihr es auch allein geschafft. Ich hab das Ganze lediglich beschleunigt.«

2
Die Straße nach Osten

Sie glaubte zu schlafen. Ihr Zwillingsbruder Thom, der Zauberer, stand mit erhobenen Händen vor einem Grabmal. Er war von dem funkelnden Licht seiner Zaubergabe eingehüllt, das violett war wie das ihre. Thom war bleich und er sah krank aus. Langsam öffnete sich die Tür des Grabmals.
Thom sah her zu ihr. »Ich habe nicht genug Macht, um sie wieder zu schließen. Ich brauche deine Gabe. Und das da auch.« Er griff nach dem Glutstein an ihrem Hals. Sie hielt ihn fest. »Nein, Thom! Das gab mir die Göttin. Das werde ich niemals ablegen!«
»Beruhige dich«, erklang da die warme Stimme eines Mannes. »Behalt dein Schmuckstück.«
Sie träumte wieder. Georg Cooper saß an Myles' Schreibtisch und starrte verdrossen ein Bild an. Zu ihrer Überraschung sah sie, dass es eine Miniatur von ihr in einem vergoldeten Kettenpanzer war. Zu ihren Füßen lag der Löwenschild. Hatte Georg das Bild nach seiner Beschreibung malen lassen?
In seinem dunklen Haar waren silberne Fäden. »Dabei bist du noch nicht mal dreißig!«, protestierte sie.
Er hörte sie nicht. »Was wird aus dir werden, mein Liebling?«, fragte er das Bild.
Die Tür flog auf. Jonathan kam herein. Er sah aus, als hätte er gerade einen Kampf hinter sich. »Ich höre die Erde aufbrechen«, flüsterte er.
Sie riss die Augen auf. »Coram!«, schrie sie, erschrocken darüber, wie schwach sie sich fühlte. Sie lag im Bett.
»Er schläft.« Liam stand mit einer dampfenden Tasse in den Händen neben ihr. »Er hat nicht so viel Blut verloren wie du, aber er wird immer noch schnell müde.«
Alanna setzte sich auf. Draußen regnete es; irgendwo in der Nähe prasselte ein Feuer. Wenn nur ihr Kopf aufhören

würde, sich zu drehen! »Seit wann bist du denn Hilfspfleger?«
»Coram vertraut mir«, sagte er mit einem Zwinkern. »Du nicht?«
Ganz gegen ihren Willen musste Alanna lächeln. »Nicht die Spur.«
Liam schüttelte den Kopf. »So jung und schon so zynisch. Da, trink.«
Coram hätte sie vor dem Gebräu gewarnt, wenn er da gewesen wäre. So nahm sie einen großen Schluck, noch bevor ihr auffiel, wie es roch. Ekelhaft war es, ein bitteres Zeug mit Kräutern darin. Ihr Magen wollte rebellieren – mit Willenskraft zwang sie ihn zur Ruhe. Sie schloss die Augen und schlief wieder ein.

Liam saß am Feuer, als sie ein zweites Mal erwachte. Immertreu hatte sich schnurrend neben ihm zusammengerollt. Offensichtlich mochte der Kater den kräftigen Mann. Von unten zog der Duft nach gebratenem Fleisch herauf. Alanna lief das Wasser im Mund zusammen. Sie hatte Hunger!
Liam lächelte. »Wird auch Zeit.« Er reichte ihr wieder eine Tasse Tee, aber diesmal roch er weit besser als der letzte. »Setz dich auf und versuch ihn. Wenn er unten bleibt, kannst du was essen.«
Alanna gehorchte. Der Tee schmeckte nach Zimt und Orangen. »Wieso interessiert sich der Shang-Drache für mich?«, erkundigte sie sich.
Er sah ihr in die Augen, bis sie rot wurde, dann hob er ihre Hand und küsste sie. Seine Lippen waren warm. *Die Sache wird immer interessanter!*, dachte sie.

»Schluss jetzt.« Das war Coram mit einem schwer beladenen Tablett. »Auch wenn ihr beiden euch dabei nicht komisch vorkommt, könntet ihr ja immerhin auf *meine* zarten Gefühle Rücksicht nehmen.«

Liam war ihm mit dem Tablett behilflich. »Auf deine *zarten Gefühle?*«, spaßte er. »So was besitzt du doch nicht.«

Alanna schaute zu, wie die beiden das Essen servierten. Man konnte sehen, dass sie sich angefreundet hatten; das war gut, falls Liam hinter ihr her war (und es sah ganz danach aus). Coram war schwierig, wenn er nicht einverstanden war mit ihren Liebschaften. Das hatte sie erfahren, als sie sich mit Georg eingelassen hatte. Coram hatte ihr in Georgs Haus in Caynnhafen eine unangenehme Woche bereitet, bis die beiden Männer einen Waffenstillstand geschlossen hatten (was nicht zuletzt daran lag, dass sich Coram in Rispah, Georgs Kusine, verliebte). Deshalb war Alanna erleichtert, als sie jetzt sah, dass er sich mit Liam vertrug.

Während sie den Drachen beobachtete, sah sie ihn wieder bei dem Kampf vor sich. *Wie er wohl mit dem Schwert oder der Axt umgeht? Wenn er mit Waffen so schnell ist wie ohne, dürfte er so gut wie unschlagbar sein. Ich weiß, mit dem Schwert, der Axt und dem Bogen bin ich gut, aber sobald man mir meine Waffen wegnimmt, sitze ich in der Patsche.*

Wieso interessiert er sich ausgerechnet für mich?, fragte sie sich verwirrt. *Er könnte jede Frau kriegen – wieso sucht er sich eine aus, die nicht mal sonderlich weiblich ist?* Sie nahm das Tablett, das er ihr reichte, und zuckte zusammen, als sich ihre Hände berührten. *Tja, es hängt auch damit zusammen,* überlegte sie, während sie ihre Suppe löffelte. *Wir fühlen uns ganz einfach körperlich voneinander angezogen. Eigenartig, dass ich mich für einen interessiere, den ich nicht mal richtig kenne.*

Nachdem das Gesinde das Geschirr abgeräumt hatte, machten es sich die drei gemütlich, um sich zu unterhalten.
»Coram hat mir deine Karte gezeigt«, sagte Liam. »Er sagt, du hättest vor dich zum Dach der Welt aufzumachen.«
»Coram redet zu viel«, entgegnete sie trocken.
Ihr alter Freund wurde verlegen. »Liam kennt die Gegend ein bisschen, Fräulein. Falls er uns 'nen Rat geben kann, welchen Weg wir einschlagen sollen, wär das gar nicht so übel!«
Alanna wandte sich an Liam. »Und?«
»Ihr solltet Sarain umgehen.«
»Ist der Bürgerkrieg dort so schlimm?«
Er schälte eine Orange und nickte. »Weißt du irgendetwas über Sarain?«
»Einiges«, antwortete sie. Aus seiner Frage war ersichtlich, dass er sie für ungebildet hielt, was sie wütend machte. »Ich habe eine *hervorragende* Ausbildung genossen.«
Er sah skeptisch drein. »Die Edlen wissen nur selten so viel, wie sie meinen – zumindest nicht über die Welt, so wie sie in Wirklichkeit ist. Wer regiert über Sarain?«
Alanna zog ein finsteres Gesicht. Sie hatte nicht damit gerechnet, dass Liam Charakterzüge haben würde, die ihr missfielen. Aber dieses Ich-bin-älter-und-damit-klüger-Getue ging ihr auf die Nerven. »Die *jin* Wilima – sie tragen keinen Königstitel, sondern nennen sich Kriegsherren. Der Name des jetzigen ist – äh – Adigun und er ist der dritte Kriegsherr des Wilima-Geschlechts. Vor zwei Jahren versuchten Rebellen ihn zu stürzen und stattdessen Dusan *zhir* Anduo als Herrscher einzusetzen, der von ihren früheren Königen, den *zhirit* Kaufain, abstammt.«
Coram stieß dem Drachen einen Ellbogen in die Rippen. »Na, was sagst du nun?«

»Du bist wirklich und wahrhaftig gebildet«, sagte Liam und lachte in sich hinein.

Alanna warf den beiden Männern einen wütenden Blick zu. »Mein Adoptivvater hält sich auf dem Laufenden. Er sagte, *zhir* Anduos Rebellen würde es nicht gelingen den Kriegsherrn zu stürzen.«

»So sah es einmal aus, aber jetzt hat sich die Lage gewandelt.« Liam stocherte im Feuer und legte ein weiteres Scheit darauf. »*Jin* Wilima hat letzten Frühling Söldner angeheuert, die Städte und Ernten zerstörten – und Menschen töteten.« Seine Augen verfärbten sich zu einem eisigen Grün. »Die K'mir lehnten sich gegen beide Seiten auf.«

»Die K'mir leben in Stammesverbänden wie unsere Bazhir«, erklärte Coram.

»*Jin* Wilimar war mit einer K'mir verheiratet – Kalasin war ihr Name.« Liam kraulte Immertreus hochgerecktes Kinn. »Die schönste Frau der Welt.«

»Was ist aus ihr geworden?« Fasziniert von diesem flüchtigen Blick auf eine fremdartige Gesellschaft schlang Alanna die Arme um ihre Knie und setzte sich auf.

Liam schüttelte den Kopf. Es war Coram, der leise antwortete: »Letzten Sommer hat sie sich umgebracht. Man sagt, ihre Tochter Thayet ist ebenso schön wie sie.«

»Aber Thayet ist nicht die Thronerbin«, ergänzte Liam. »Der Thron geht an den, der ihn sich nimmt, und die K'mir sagen, dass sie jeden bekämpfen werden, der ihn besteigt. Wie lange kann das noch so weitergehen?«

Alanna überlegte. »Ist es möglich, einen Bogen um Sarain zu schlagen?«

»Ihr könntet in der Festung Jirokan an der Grenze ein Boot nehmen«, schlug Liam vor. »Damit fahrt ihr den Shappa

hinunter und besteigt dann ein Küstenschiff nach Udayapur –«
Alanna wurde blass. »Keine Schiffe!« Die paar wenigen Male, die sie auf Schiffen gereist war, war es ihr erbärmlich übel geworden.
Coram grinste. »Was hab ich dir gesagt, Bursche?«
Der Drache strich sich den Schnurrbart. »Dann geht auf der Shappa-Straße bis zum Binnenmeer und von dort aus auf der Küstenstraße nach Osten. Der Krieg findet in den Bergen und auf dem Hochland statt, nicht unten am Meer.«
Alanna kämpfte gegen ein Gähnen an. Liam erhob sich. »Deine Schlafenszeit ist überschritten, kleines Mädchen. Ich reite bis zur Sarainer Grenze mit, welchen Weg ihr auch immer wählen mögt.«
Alanna warf Coram einen fragenden Blick zu. Er nickte. »Wir freuen uns, wenn du uns Gesellschaft leisten willst. Ich wollte schon immer lernen, wie die Shang zu kämpfen – und zwar ohne Waffen«, fügte sie hinzu.
Liam schüttelte den Kopf. »Du bist zu alt.«
Alanna schenkte ihm einen wütenden Blick. »Erst nennst du mich ›kleines Mädchen‹ und dann sagst du, ich sei zu alt. Entscheide dich.«
»Und *anschließend* wird sie sich große Mühe geben dir zu beweisen, dass du Unrecht hast«, scherzte Coram, während er Liam die Tür öffnete. Er kehrte zu seiner Herrin und Ritterin zurück und zog seinen Stuhl ans Bett. »Ich mag ihn. *Er* wird nicht zulassen, dass du ihn bis aufs Blut schindest.«
Alanna machte sich an ihren Decken zu schaffen. »Du siehst mir nicht bis aufs Blut geschunden aus.«
»Ich stell bloß 'ne tapfere Miene zur Schau«, neckte er sie.

Ernster fuhr er fort: »Hast du dich entschieden, welche Richtung wir einschlagen wollen?«

»Ich würde Sarain gern auf geradem Weg durchqueren. Mit Banditen werden wir schon auf die eine oder andere Weise fertig.«

»Du willst deine Zaubergabe benutzen?«, fragte Coram verdutzt.

»Was ist dagegen einzuwenden?«

Er zuckte die Achseln. »Ich weiß nicht. Ich dachte, du vermischst das Kämpfen und das Zaubern nicht gern.«

»Ich will bloß notfalls vermeiden, dass einer von uns getötet wird. Den Heeren können wir aus dem Weg gehen, falls es zu dieser Jahreszeit im Hochland welche gibt. Wenn wir diesen Weg einschlagen, erreichen wir das Dach der Welt nur fünf Tagesritte vom Chitral-Pass entfernt. Nehmen wir aber die Küstenstraße, müssen wir von Udayapur aus noch zwei Wochen lang nach Norden reiten. Was bedeutet, dass wir neun zusätzliche Tage in diesem Gebirge verbringen müssen.« Alanna schauderte.

Coram überlegte, dann sah er sie an. »Ganz zu schweigen davon, dass du 'nen Ritt durchs Sarainer Hochland für interessanter hältst.«

Alanna grinste. »Das kommt noch dazu.« Sie unterdrückte ein Gähnen. »Tust du mir einen Gefallen, Coram?«

»Kommt darauf an.« Langjährige Erfahrungen hatten ihn vorsichtig gemacht.

»Erzähl mir eine Geschichte vom Juwel der Macht«, bat sie. »Ich hab sie fast alle vergessen.«

Er lehnte sich zurück. »Eine Geschichte? Es ist schon jahrelang her, dass du 'ne Geschichte hören wolltest. Welche–? Ah ja.

Miache war eine Carthaker Hafendiebin, die vor dreihundert Jahren lebte. Gallaner heuerten sie an, damit sie dem König von Galla, einem Abkömmling von Giamo – genauer gesagt seinem Urenkel –, das Juwel stahl, weil sie selbst regieren wollten.
Miache stahl ihn – und behielt ihn für sich selbst. Sie floh zum Fluss Drell, demselben, der die Grenze zwischen Galla und Tusain und Maren bildete. Möglicherweise hätt sie ihn mit heimgenommen nach Carthak, wenn Zefrem nicht gewesen wär, den man auch den ›Bär‹ nannte. Er war Söldner, und zwar ein guter, und fuhr gerade auf dem Fluss südwärts. Unterwegs fischte er diese Miache heraus. Schon bald waren die beiden ein Liebespaar. Sie war ein hübsches Ding, mit Haaren wie Mondlicht und einem Herz aus Eis. Obwohl Zefrem das Herz ein bisschen angetaut hat.
Als sie die Stadt Tyra erreichten, griffen dort gerade die Seestreitkräfte von Carthak an. Die Stadtbewohner waren am Verhungern. Ihre Adligen hatten sich aus dem Staub gemacht; ihr Oberhaupt, ein Herzog, war nicht richtig im Kopf. Nur die Mauern hielten die Männer aus Carthak noch zurück, aber lange hätten die den Rammböcken nicht mehr standgehalten.« Immertreu hüpfte aufs Bett und rollte sich neben Alanna zusammen, während sich Coram einen Humpen Bier einschenkte. Er trank einen mächtigen Schluck und fuhr fort.
»Nun hatte sich dieser Zefrem noch nie an 'ner Schlacht beteiligt, die nicht so aussah, als könnte man sie gewinnen, und noch viel weniger an einer, die schon verloren war. Und Miache – die hätt ihrer eigenen Mutter beim Verhungern zugesehen, ohne 'nen Finger krumm zu machen, wenn für sie selbst nichts dabei rausgesprungen wäre. Alle,

die die beiden kannten, sagten, es müsse das Juwel der Macht gewesen sein, das sie dazu brachte, in Tyra zu bleiben. Sie wussten nicht mal, wie man es benutzt, aber es sieht so aus, als hätte das Juwel *sie* benutzt.

Zefrem übernahm das Kommando, scharte die übrig gebliebenen Männer um sich und baute Katapulte, um damit Feuerkugeln auf die Schiffe zu schleudern. Miache und diejenigen aus der Stadt, die schwimmen konnten – manche waren noch Kinder –, schwammen hinauf, um der Carthaker Flotte zuzusetzen. Sie haben sogar ein paar mit Männern und Katapulten beladene Boote versenkt. Wunder begannen sich in der Stadt zu ereignen – man fand nistende Vögel, obwohl es bisher in der Stadt nie welche gegeben hatte. In Kanälen unter der Stadt tauchten Fischschwärme auf, dabei hatte sich dort noch nie ein Fisch blicken lassen. Obwohl immer noch Krieg herrschte, zogen plötzlich Männer mit ihren Familien in die Stadt, um sich dort niederzulassen und für Tyra zu kämpfen. *Sie* wussten nicht, woher sie kamen. Es war das Juwel, das sie rief.

Miache, Zefrem und das Juwel der Macht retteten Tyra. Bei ihrer Ankunft war die Stadt ein Piratennest, eine Lasterhöhle, die nur für Halsabschneider und Diebe taugte. Sie machten eine ehrliche Handelsstadt daraus, in der das Wort eines Mannes als bindender Vertrag gilt. Der Mann und die Frau verschwanden und als Nächster erlangte Norrin das Juwel, aber Tyra blüht noch immer. Das war vor dreihundert Jahren.«

Alanna seufzte, als Coram fertig war. Sie war gerührt von der Geschichte und der sachlichen Art und Weise, wie Coram sie erzählte. Er hatte sie mit seinen alten Geschichten von Frauen, die Kriegerinnen geworden waren, dazu

inspiriert, Ritterin zu werden – kein Wunder, dass er ihr geholfen hatte das zu werden, was sie war.
Er stand auf und streckte sich. »Ist noch was?«
»Coram – danke. Für alles. Dafür, dass du mich aufgezogen und mir geholfen hast –«
»Jetzt hör schon auf«, schimpfte er liebevoll. »Werd mir bloß nicht sentimental – sonst bringst du uns nur beide in Verlegenheit.« Zu ihrer Überraschung beugte er sich herunter und gab ihr einen Kuss auf die Stirn. »Schlaf gut, Ritterin.«

Die Erfahrung hatte Alanna gelehrt, wie lange Wunden brauchten, um zu heilen, und wie viel sie sich im Verlauf der Genesung zumuten konnte. Sie hasste es, länger als nötig im Bett zu bleiben – jede Stunde, die sie dort verbrachte, bedeutete zusätzliche Arbeit, um wieder ihre Höchstform zu erlangen. Schon am nächsten Tag war sie draußen und machte Übungen mit Corams Breitschwert. Sie passte auf, dass sie es nicht übertrieb und nicht hetzte, aber sie ließ nicht locker.
Für die Jungen, die im Hof herumlungerten, war sie ein Geschenk der Götter. Zuerst machten sie höhnische Bemerkungen. Als sie aber sahen, dass die Lady mit dem Schwert umzugehen wusste, schnappten sie sich Stöcke und ahmten sie nach. Alanna beachtete sie nicht, sonst wären sie wahrscheinlich verlegen geworden und aus Angst, andere Jungen könnten sie auslachen, davongelaufen. Sie tat so, als sei sie vollkommen in Anspruch genommen. Allmählich wurden die Jungen mutiger, außerdem wurden es mehr. Am dritten Tag ahmten bereits zehn ihre Bewegungen nach und alle waren sie so vertieft, dass sie zuerst gar nicht

merkten, wie Alanna begann ihre Haltung oder ihren Griff zu korrigieren.
Liam sah zu, ebenso Coram. »Bei den Bazhir hat sie es genauso gemacht«, erzählte Coram dem Drachen stolz. »Sie hat sogar einige Stammesmitglieder zu Schamanen ausgebildet, dabei hat sie nebenher selbst gelernt als Schamanin zu wirken. Nicht übel für 'ne Edle oder was meinst du?«
Liam strich sich über den Schnurrbart, während er zuschaute. »Ist es ihr ernst damit, die Kampfmethoden der Shang zu lernen?«
Coram nickte. »Vielleicht hätt ich sie ja zu den Shang bringen sollen, als ich sah, wie sie war. Aber sie war eine *Trebond.* Ich hab noch nie von 'nem Edlen gehört, der zu euch kam, außer seine Familie hat ihn rausgeschmissen – und Mädchen waren keine dabei.«
»Du hast das Richtige getan«, sagte Liam. »Sie ist glücklich als die einzige Ritterin der Ostländer. Denk nur an die Lieder, die ohne deine Löwin ungesungen blieben.«
Coram zog ein Gesicht. »Sie ist nicht *meine* Löwin. Die von Cooper vielleicht oder von Prinz Jonathan, aber nicht meine.«
»Deine«, wiederholte Liam. »Deine, die von Myles, die ihres Bruders. Auch die Coopers. Ganz sicher die des Prinzen.« Er grinste. »Vielleicht sogar meine – wer weiß?«

Zwei Tage später legte Alanna strahlend Corams Schwert weg. Die Jungen konnten nicht begreifen, wieso sie glücklich war, nur weil sie eine *Übung* beendet hatte – für sie lag der Ruhm des Schwertfechtens darin, einen Gegner zu besiegen. Aber Alanna war sich bewusst, dass sie die schwierigste ihrer Übungen fehlerlos zu Ende gebracht

hatte, und das mit einem Schwert, das schwerer war als ihr Blitzschlag. Dabei hatte sich ihr Körper nur wenige Male beklagt – und nicht einmal sonderlich laut. Ihre Wunde war verheilt! Sie konnte sich wieder auf den Weg machen!
Jemand drückte ihr Blitzschlags juwelenbesetzes Heft in die Hand. Verdutzt sah sie auf. Es war Liam.
»Lass mal sehen, was du kannst, nachdem du dich ja schon aufgewärmt hast«, sagte er.
Sie kapierte nicht sofort. »Wie bitte?«
»Wir machen einen Kampf«, erklärte er geduldig. »Nur Schwerter. Keine Tritte, keine Schläge. Keine Tricks. Ich will sehen, wie gut du bist.«
Alanna zuckte die Achseln, lief zur Mitte des Hofes und ging in eine Abwehrstellung, bei der sie ihm die Seite zuwandte. Sie behielt Liam im Auge, der es ihr nachtat. *Er ist größer und schneller,* kalkulierte sie. *Er hat mehr Erfahrung und seine Klinge ist schwerer. Wenn es stimmt, was man über ihn sagt, hat er darauf hingearbeitet, rechts ebenso gut zu sein wie links. Große Barmherzige Mutter, worauf habe ich mich da eingelassen?*
Sie trat ein winziges Stück zur Seite. Liams Klinge beschrieb einen blitzschnellen Bogen nach oben und wieder herunter. Alanna riss Blitzschlag hoch, fing Liams Schlag ab und löste sich wieder. Der Drache vollführte einen Hieb von der Seite; sie parierte, wich rasch zurück und begann ihn wachsam zu umkreisen. Er wirbelte herum und schlug zu. Alannas Schulter schmerzte, als sie den kraftvollen Hieb parierte. Sie trat erneut zurück und ging mit beiden Händen am Heft in Abwehr. Diesmal kam sein Schlag erst von oben, dann auf sie zu. Ihre Klinge bewegte sich ebenso schnell wie seine, als sie reagierte.

Inzwischen hatten sie Publikum. Im Gasthaus hatte sich herumgesprochen, dass draußen ein Schwertkampf stattfand. Zu Alannas Jungen gesellten sich Bedienstete, Gäste, Stallknechte und Passanten. Die Jungen, die die besten Plätze hatten, ließen ihre Helden nicht aus den Augen. Immertreu saß zu Corams Füßen und machte Schlitzaugen in der grellen Sonne. Er hatte Coram geholt, weil er wusste, dass dieser zusehen wollte.

Ausfälle, Hiebe und Paraden folgten aufeinander, ohne dass einer der beiden einen Vorteil erringen konnte. Da Liam alle waffenlosen Techniken – sie hätten ihm den Sieg eingebracht – ausgeschlossen hatte, war es Alanna möglich, ihm zu zeigen, was sie konnte. Coram strahlte vor Stolz. Mit dem Schwert war Alanna dem Shang-Drachen gewachsen – ebenso wie mit der Axt oder dem Langbogen, darauf hätte er gewettet. Wie viele Ritter gab es, die das von sich behaupten konnten?

Beide waren inzwischen schweißüberströmt; Alannas Wunde begann zu schmerzen. Die ganze Zeit über studierte sie Liams Kampfweise und suchte nach Fehlern. Er machte es ebenso, das wusste sie. Jetzt wehrte sie rasch ab, parierte seinen Gegenhieb, wehrte noch einmal ab – und dann, als er sich für den Bruchteil einer Sekunde eine Blöße gab, riss sie ihre Klinge nach oben und legte seinen Schwertarm mit der Schulter lahm, während Blitzschlag in die Lücke fuhr und seine Kehle berührte.

In dieser Stellung verharrten sie einen Moment lang regungslos. Dann breitete sich auf Liams Gesicht ein breites Grinsen aus. »Du bist gut«, sagte er und senkte seine Waffe, während Alanna zurücktrat. »Beim Schwertfechten hab ich schon jahrelang nicht mehr verloren.«

Die Jungen umringten sie, um ihnen Wasser und Handtücher zu reichen. Alanna nahm einen tiefen Zug aus einem Wasserschlauch und goss sich etwas Wasser übers Gesicht. »Du hättest mir einen Faustschlag oder einen Tritt versetzen können«, sagte sie nach Atem ringend. »Dann hättest du gewonnen.«
»Darum ging es ja nicht.« Der Drache kippte sich mit einem zufriedenen Seufzer einen Wasserschlauch über dem Kopf aus. »Gibt es in Tortall welche, die besser sind als du?«
»Ich weiß nicht.« Sie warf dem Jungen, der ihr das Wasser gereicht hatte, ein dankbares Lächeln zu. »Vielleicht unter den Bürgerlichen – ich habe immer nur mit Rittern gefochten.« Alanna rieb sich seufzend das Gesicht ab. »Gegen Herzog Gareth von Naxen – ich meine Gareth den Älteren, nicht den Jüngeren – kann ich einen Kampf von dreien gewinnen. Er ist der Beste. Einmal hat mich Alex – Alexander von Tirragen – geschlagen.« Die Erinnerung schmerzte: Alex hätte sie damals um ein Haar umgebracht. Ihre frische Narbe tat weh, als sie sich die Arme abtrocknete, und sie unterdrückte einen Schrei. »Ich glaube, ich habe dir zu danken.«

Sie verließen Berat am nächsten Tag – Alanna mit Immertreu auf Mondlicht, Coram auf Amboss, seinem Braunen, Liam auf seinem grobknochigen Grauen, den er Herumtreiber nannte, dazu ihr Packpferd namens Tunichtgut. Es war ein sonniger Tag und der sanfte Wind verriet, dass der Frühling nahte. Die Nacht verbrachten sie in einer windgeschützten Kuhle. Als sich Alanna an diesem Abend schlafen legte, war ihr, als könne sie den Wald nach dem Winterregen wachsen hören. Der Frühling war ihre liebste

Jahreszeit – sie fragte sich, wann er wohl beim Dach der Welt anlangen würde.
Eine Stunde vor Sonnenaufgang erhob sie sich, um ihre Übungen zu machen. Liam war schon wach und bereitete sich darauf vor, dasselbe zu tun. Nachdem sie sich wortlos geeinigt hatten, fanden sie ein Stück entfernt eine kleine Lichtung, wo sie Coram nicht störten. Immertreu trottete hinterher und ließ sich auf einem Felsen nieder, von dem aus er alles sehen konnte.
Alanna trainierte schon so lange, dass ihr Körper wusste, was von ihm erwartet wurde. Er ließ alle Übungen gewohnheitsmäßig ablaufen und so konnte sie Liam im Auge behalten. Der Drache machte komplizierte Übungen, erst langsam, dann ein zweites Mal schneller. Er vollführte Hiebe und Abwehrschläge mit den Armen, verteilte Tritte aus dem Stand, dann im Sprung. Er wirbelte mit der Leichtigkeit eines Akrobaten durch die Gegend, was in Anbetracht seines schweren, muskulösen Körpers recht eigenartig wirkte. Als er fertig war, hatte er jeden einzelnen Körperteil trainiert.
Danach wischte er sich mit dem Arm das Gesicht ab und sah zu Alanna herüber. »Komm her.«
Argwöhnisch gehorchte sie. Liam nahm ihre Hand und faltete sie so zu einer Faust, dass der Daumen über den Fingern lag. »Schlag immer mit den ersten beiden Fingerknochen zu. Es wird einfacher werden, wenn du auf jeder flachen Oberfläche übst, die du findest – Erde, Felsen, eine Wand, was auch immer. Dadurch baust du genug Hornhaut auf, um diese beiden Knöchel zu schützen.« Er hielt seine Hände hoch, damit sie sah, was er meinte.
Dann zeigte er ihr einen Faustschlag, der ganz anders war

als der, den sie als Page erlernt hatte. Dabei lag die Faust erst umgekehrt in Taillenhöhe, wurde im Schlag gedreht und traf dann mit der richtigen Seite nach oben auf. Sie boxte, bis ihr rechter Arm schmerzte, dann wechselte sie über zum linken.

Liam umkreiste sie, sah zu und korrigierte ihre Bein- und Schulterhaltung. Einmal klopfte er ihr fest auf den Magen: »Halt diese Muskeln da straff!« Er hatte Alanna dabei erwischt, dass sie etwas vergaß, was sie schon wusste.

»Du solltest dir stets vor Augen halten, wo dein Schlag landen soll – du musst auf das untere Ende der Rippen deines Gegners zielen«, erklärte Liam. »Für mich liegt das etwa auf der Höhe, wo *meine* Rippen enden, aber du musst deinen Schlag nach oben richten. Sonst triffst du bei den meisten Leuten das Knie.« Alanna starrte ihn wütend an, dann versuchte sie es wieder. Später kamen noch höher und niedriger liegende Schläge dazu und wie man mit den Armen Angriffe abblockte. »Üb, bis es schmerzt«, sagte er, als sie fertig waren. »Das kennst du ja vom Fechten. Man muss es so oft tun, dass man nicht nachdenken muss, wenn man es braucht. Dann kommt der Schlag oder die Abwehrbewegung ganz von allein.«

Alanna nickte erschöpft.

Das war deine Idee, sagte Immertreu, als sie zum Bach trottete, um sich zu waschen. Während sie die Ärmel hochkrempelte – nichts hätte sie dazu bringen können, bei dieser Jahreszeit draußen ein Bad zu nehmen! –, fügte der Kater hinzu: *Wann wirst du lernen, es rechtzeitig gut sein zu lassen?*

Alanna seufzte: »Wenn ich nichts mehr dazulernen will, nehme ich an.«

Coram war wach, als sie zurückkehrte. »Du bist dran mit dem Frühstückmachen«, erinnerte er sie. Leise fügte er hinzu: »Die Götter mögen uns beistehen.« Er nahm seine Sachen und gesellte sich zu Liam an den Bach.

Alanna ignorierte seine Bemerkung und machte sich an die Arbeit. Liam kehrte als Erster zurück. Er setzte sich ans Feuer und sah argwöhnisch zu, was sie tat.

»Machst du deine Übungen oft?« Alanna füllte Haferbrei in Liams Schale und reichte sie ihm.

Der Drache stocherte mit einem Löffel in seinem Frühstück. »Jeden Morgen, dazu kommt das, was ich im Lauf des Tages erledige. Du reinigst doch auch regelmäßig deine Rüstung und die Waffen und trainierst.«

»Bloß dass ich mich dabei nicht halb umbringe. – Er ist weder angebrannt noch sonst was«, fauchte sie mit einem Blick auf seinen Haferbrei. »Ich kann kochen!«

»Die Disziplin der Shang ist strenger als die der Ritter.« Er versuchte sein Essen, schüttelte sich und aß dann weiter.

»Ist es das wert?«, fragte sie. Seine Reaktion auf ihr Essen verletzte sie, ebenso wie die Tatsache, dass er sich offensichtlich höher einschätzte als ein bewährter Ritter.

Er sah sie an. »Wenn irgendwas mit meinen Waffen passiert, kann ich mich und jeden, der des Weges kommt, immer noch verteidigen.«

Alanna verstummte. Aber ihre Neugierde gewann bald wieder die Oberhand. »Wie lang machst du das schon?«, erkundigte sie sich, nachdem sie ein paar Stunden geritten waren.

Liam musste einen Augenblick überlegen. »Dreißig Jahre, vielleicht einen Monat mehr oder weniger.«

»*Dreißig* Jahre?«

Er nickte. »Ich war vier, als der Shang-Bär in unser Dorf kam und sich die Kinder besah. Er sagte, ich sei der Einzige, der es vielleicht schaffen könnte. Ich habe meinem Vater keine Ruhe mehr gelassen, bis er mich hinschickte. Glücklicherweise war ich nicht sein Ältester, sonst wäre ich jetzt Bauer.« Er sah sie lächelnd an. »Dann hätt ich dich nie kennen gelernt.«
Alanna wandte den Blick ab. Wenn er seinen ganzen Charme spielen ließ, konnte sie spüren, wie sie innerlich dahinschmolz.
Überleg dir, auf was du dich da einlässt, riet Immertreu.
Alanna warf ihm einen wütenden Blick zu. »Ich lasse mich auf gar nichts ein und ich wär dir dankbar, wenn du deine Meinung für dich behieltest!«, schimpfte sie. Als sie sah, wie Liam starrte, senkte sie die Augen.
»Ist das nur eine komische Angewohnheit von dir oder hat er wirklich gesprochen?« Liams Gesichtsausdruck war eigentümlich gespannt und seine Augen hatten die Farbe eines fahlen Kristalls.
»Er spricht. Manchmal verstehen ihn auch andere Leute, aber meistens nicht. Die Entscheidung darüber trifft er selbst.«
»Zauberkraft.« Liam runzelte die Stirn. »Genau – die besitzt du.«
»Hast du was gegen Leute, die die Gabe haben?« Plötzlich war sie in der Defensive.
Ihre Blicke trafen sich und ließen sich nicht mehr los, bis er zu grinsen anfing. Jetzt wurden seine Augen wieder blaugrün. »Da es um *dich* geht, Kätzchen, mache ich eine Ausnahme.«
Alanna fand, dass Mondlicht allmählich einen Galopp

brauchte. Sie gab ihrer Stute einen leichten Schenkeldruck, ritt davon und ließ den Drachen zurück. Zumindest für ein Weilchen.

Wir wissen so wenig voneinander, überlegte sie, während sie zusah, wie Liam ihr Abendessen kochte. *Ich weiß, dass er der Drache ist, was bedeutet, dass er mutig, abenteuerlustig und vermutlich jähzornig ist – angeblich sind Drachen ja wild und gleichzeitig hervorragende Beschützer. Er ist also ein Held, falls es Helden tatsächlich gibt.*
Ich kenne seine Familie nicht. Dabei kenne ich die Familien von allen meinen Freunden – sogar von meinen Feinden. Und ob er eine Geliebte hat, weiß ich auch nicht, obwohl ich es bezweifle, so wie er sich mir gegenüber gibt. Sie seufzte. *Wird er uns zum Dach der Welt begleiten? Ich wäre viel ruhiger, wenn ich wüsste, dass da oben ein Drache hinter mir steht.*
»Hast du vor zu heiraten?«, fragte Liam plötzlich.
»*Wie bitte?*«, rief Alanna verdutzt.
»Du hast gehört, was ich sagte. Schließen deine Zukunftspläne einen Ehemann mit ein? Kinder?«
Sie fingerte an ihrem Glutstein herum. »Meinen Schild soll ich aufgeben, nachdem ich so hart gearbeitet habe? Meine Zeit bei Hof oder auf den Ländereien meines Gatten verbringen? Für ein derartiges Leben fehlt mir die Geduld. Außerdem – mit Kindern unter zehn habe ich überhaupt keine Erfahrung.«
»Hast du mal versucht, sie dir zu verschaffen?«
»Wann hatte ich dazu je Gelegenheit?«, erkundigte sie sich. »Kinderpflege ist eine der wenigen Pflichten, die man einem Knappen nicht abverlangt, Eisenarm! Die Bazhir haben mich auch nie gebeten mich um ihre Kleinen zu küm-

mern, es sei denn, sie waren krank. Damals war ich Heilerin, kein Kindermädchen.« Warum stellte er so unbequeme Fragen?

»Ich frage mich lediglich, wieso du denkst, du müsstest ausschließlich Kriegerin oder ausschließlich Frau sein. Kannst du nicht beides verbinden?«

Coram kam vom Waschen zurück und ersparte Alanna die Antwort. Was ein Glück war, denn sie wusste keine.

Warum verunsicherte Liam sie auf so vielfältige Weise? Weder Jonathan noch Georg hatten sie in die Enge getrieben, wie er es tat. Georg hatte sie mehrere Jahre lang umworben, ohne sie jemals zu drängen. Die Entscheidung hatte er ihr überlassen. Jonathan hatte nach dem ersten Kuss ein Jahr lang gewartet, bevor er mit ihr schlief. Alanna war dankbar gewesen, dass ihr Zeit blieb sich über ihre Gefühle für den Prinzen klar zu werden.

Aber dass Liam warten kann, glaube ich nicht, dachte sie, während sie aßen. *Wenn er mich nur nicht ständig aus dem Gleichgewicht brächte. Aber mir scheint, er ist nicht bereit damit aufzuhören.* Liam sah auf. Wieder trafen sich ihre Blicke und ließen nicht mehr los.

Coram durchbrach das Schweigen, indem er den Drachen sanft mit dem Fuß anstieß. »Sei so gut und wart, bis ich weg bin, bevor du mit ihr anbandelst«, bat er. »Ich hab immer noch ein väterliches Interesse an meiner Herrin. Und geh vorsichtig mit ihr um – sie ist nicht an derartige Spielchen gewöhnt.«

Liam lachte, Alanna wurde wieder einmal rot. »Ich kann mich selbst wehren«, protestierte sie.

Wenn du Lust dazu hättest, warf Immertreu ein. Als Coram schallend lachte, entschloss sich Alanna lieber einen Spaziergang zu machen, als dazubleiben und sich necken zu lassen.

Bei ihrer Rückkehr hob Coram hoffnungsvoll den Kopf. Am vorhergehenden Abend war sie zu müde gewesen, um ihm Rispah im Feuer zu zeigen. Jetzt kauerte sie nieder, streckte die Handflächen zum Feuer aus und griff nach ihrer Gabe. Ihre Finger verstrahlten eine violettfarbene Glut, die sie in die Flammen schickte, bis diese dieselbe Farbe hatten. Jetzt erschien Rispahs Bild. Coram rückte näher und starrte sie wie gebannt an.

Alanna ging weg und ließ Coram allein. Wo mochte Liam stecken? Warum war er verschwunden? Weil er nicht stören wollte? Oder hatte es mit ihrer Gabe zu tun? Er hatte ausgesprochen komisch geklungen, als er an diesem Morgen davon gesprochen hatte.

Sie suchte bei den Pferden und an der Quelle, aber ohne Erfolg. Schließlich fand sie ihn auf einer Lichtung in der Nähe des Bachs, wo er unter einer Weide lag.

»Du benutzt deine Gabe ziemlich oft«, empfing er sie.

»Ich habe sie schon mein ganzes Leben. Inzwischen bin ich daran gewöhnt.« Sie setzte sich neben ihn. Es verblüffte sie erneut, dass seine Stimme so seltsam klang. »Ich hätte angenommen, dass du schon viel Zauberei gesehen hast, wo du doch unentwegt herumziehst.«

Seine raue Stimme war leise. »In Shang hat keiner die Gabe.«

Alanna wollte gerade einen Grashalm pflücken, aber sie erstarrte mitten in der Bewegung. Sie musste sich verhört haben. »Haltet ihr uns *bewusst* fern? Warum?«

Er sah sie nicht an. »Diejenigen, die die Gabe besitzen, benutzen die Zauberei als Krücke. Sie sind nicht bereit sich den Shang-Studien zu unterwerfen, weil sie wissen, dass ihnen mit ihrer Gabe immer ein Ausweg bleibt.«

»Mit anderen Worten – wir *betrügen.*« Den Rest der zornigen Worte, die ihr auf der Zunge lagen, verkniff sie sich.

»Du wärst hilflos, wenn man dir deine Gabe nähme«, sagte er herausfordernd.

»Selbstverständlich nicht!«

»Woher willst du das wissen?«

Das ließ sie verstummen. Sie wusste es wirklich nicht. Sie hatte ihr ganzes Leben lang Zauberkraft besessen, selbst zu den Zeiten, als sie versuchte sie zu ignorieren. »Ich kann nichts dafür, dass ich die Gabe habe«, antwortete sie schließlich. »Als ich Page am Hof war, versuchte ich dagegen anzukämpfen. Dann kam die Schwitzkrankheit und viele Leute starben. Auch Prinz Jonathan wäre gestorben, hätte ich meine Gabe nicht benutzt.«

»Ich sage dir lediglich, was man uns in Shang beigebracht hat.«

Sie hätte gern sein Gesicht gesehen. »Sag mir – wo wären deine großen Shang-Meister ohne Heiler und deren Zauberkraft? Wo wärst *du?*«

Er antwortete nicht, also fuhr sie fort: »Mit meiner Gabe kann ich Coram eine Freude machen – wie soll er sonst seine Rispah sehen?«

»Vielleicht mag die Dame nicht, dass man ihr nachspioniert.« In seiner Stimme lag ein gefährliches Grollen.

»Unsinn! Sie war einverstanden – willst du den Brief sehen?« Alannas Stimme war scharf. Langsam wurde es ihr zu bunt. »Ohne meine Gabe und die meiner Schüler wäre mein Bazhir-Stamm den Hügelmännern zum Opfer gefallen. Ich benutze meine Zauberkraft, um zu heilen und um damit für einige der Leben zu bezahlen, die ich nehme. Womit bezahlst *du?*«

»Was ich auch immer tue, Fräulein Naseweis, erledige ich mit meinen beiden Händen!« Sie wollte aufstehen, doch Liam hielt sie zurück. »Alanna, warte! Ich wollte nicht – ich verliere leicht die Beherrschung.«

»Ich ebenfalls«, gab sie zurück, aber sie ließ es zu, dass er sie wieder neben sich zog.

»Es stimmt, der Shang-Orden gestattet, dass sich Heiler um uns kümmern. Schüler, die eine Zaubergabe besitzen, gibt es dagegen nicht. Was aber nicht so sehr daran liegt, dass die Meister denken, man könne die Gabe als Krücke benutzen. Eher, weil sie wissen, dass die Aufmerksamkeit der Schüler für andere Dinge nachlässt, sobald sie in der Zauberei unterwiesen werden. Wenn man sich Shang unterwirft, dann mit Leib und Seele – sofern man Erfolg haben will.« Er strich Alanna übers Haar. »Mach kein so böses Gesicht, Kätzchen. Mir zittern ja die Knie.«

»Ich bin, was ich bin«, erklärte sie ihm schon etwas ruhiger. »Ich habe nie darum gebeten, zur Hälfte Kriegerin und zur Hälfte Zauberin zu sein.«

»Ich weiß.« Der Drache seufzte. »Hör zu. Ich hab mich deswegen so aufgeregt, weil ich – weil ich Angst habe vor der Magie.«

Machte er Witze? Sie war nicht in der Stimmung dafür. »Du hast vor überhaupt nichts Angst.«

»Jeder hat vor irgendetwas Angst.« Daran war etwas Wahres und Alanna wusste es. »Ich habe Angst, ich könnte einen sinnlosen Tod erleiden«, fuhr Liam fort. »Ich habe Angst davor, krank zu werden – mein Großvater wurde verwundet und verfaulte buchstäblich, bis er schließlich

starb.« Sie tätschelte ihm mitfühlend den Arm, unterbrach ihn aber nicht. »Und ich hasse es, hilflos zu sein. Wozu bin ich denn der Drache?«
»Oder ich die Löwin«, flüsterte sie.
Er nickte. »Wozu sind wir sonst hier?« Alanna grinste. »Außerdem«, redete Liam weiter, »habe ich, wie gesagt, Angst vor der Zauberei – weshalb ich auch nicht gestatte, dass Heiler mich mit Magie behandeln. Dadurch erleide ich schlimmere Schmerzen und liege auch länger im Bett. Aber solange ich noch bei Bewusstsein bin, zaubert keiner an mir herum, sonst schlage ich alles kurz und klein. Manche Leute haben Angst vor Spinnen – *ich* habe Angst vor der Magie.«
Alanna schauderte. Spinnen hasste sie wie die Pest. »Ich habe noch nie von einem gehört, der *Angst* hat vor der Gabe – jedenfalls nicht so. Dass jemand sie nicht mag, kommt allerdings vor.«
»Tja, ich habe Angst.«
Sie spielte mit dem Stein an ihrer Kehle. »Liam?«
»Ja?«
»Wie –« Sie spürte, dass sie rot anlief, und war dankbar für die Dunkelheit. »Wie kann aus uns ein – na ja, irgendetwas werden, wenn du Angst hast vor meiner Gabe?«
Er umarmte sie und zog sie eng an sich. »Ich möchte es trotzdem versuchen. Wie steht es mit dir?«
»Ich kenne dich überhaupt nicht richtig«, flüsterte sie. Es klang fast wie eine Klage. »Und du mich auch nicht.«
Er lächelte. »Das ist es ja, was Spaß macht, Kätzchen.« Er küsste sie zärtlich, dann leidenschaftlich und Alanna gab nach.
Alle Bedenken, die ihr noch blieben, schob sie weg, um sie

zu einem anderen, weniger interessanten Zeitpunkt wieder hervorzuholen.

Liam schüttelte sie sanft. Von der anderen Seite ihres mit Asche abgedeckten Lagerfeuers hörte sie Coram schnarchen.
»Lass uns gehen«, flüsterte der Drache.
»Wohin?«, gähnte sie.
»Du wirst den Shang-Kampf nicht im Bett lernen.«
Sie wollte protestieren, überlegte es sich aber anders. Selbst zu dieser frühen Stunde wollte sie, dass er eine gute Meinung von ihr hatte. Also kümmerte sie sich nicht darum, dass sich ihre Arme dreimal so schwer anfühlten wie gewöhnlich – vermutlich erging es ihm noch schlimmer und er ging trotzdem seiner morgendlichen Routine nach. *Es war ja meine Idee,* gab sie sich einen Stoß. Damit zumindest Coram weiterschlafen durfte, unterdrückte sie ein Stöhnen und gehorchte.

Die Festung Jirokan war eine wehrhafte Stadt mit einem großen Zeltlager vor den Mauern. Coram deutete zum Fluss, wo ein mit Menschen beladener Lastkahn flussabwärts fuhr. »Sie fliehen vor dem Krieg in Sarain«, erklärte er Alanna, während sie zu den Stadttoren ritten. »Vermutlich wurden ihre Höfe niedergebrannt oder geplündert. Jetzt hoffen sie, dass ihnen Maren 'nen Flecken Land zuteilt, wo sie noch mal von vorn anfangen können.«
»Die Schiffe bringen sie nach Süden. Der König ist zu klug, um all diese entwurzelten Menschen an einem Platz zu lassen«, sagte der Drache und nickte zur Zeltstadt hinüber. Jetzt, wo sie näher kamen, sah Alanna im Schlamm aufgestapelte Möbel, dazu alle möglichen Tiere: Kühe, Hunde,

Ziegen, Pferde, Schweine und Hühner. Menschen in abgerissenen, schmutzigen Kleidern starrten zu den Reisenden auf der Straße hin. »Diese Lager sind nicht gut. Sie brüten Diebe und Mörder aus. In Südmaren ist Platz, um die Flüchtlinge satt zu bekommen und ihnen Land für neue Höfe zu geben.«

Alanna schwieg, als sie in die Stadt ritten und auf das Gasthaus zuhielten, das Liam empfahl. Weder sie noch Liam waren in der Lage etwas für diese Leute zu tun. Armut war eine Krankheit, die sie nicht heilen konnte; ein Bürgerkrieg konnte nicht von einem einzelnen Ritter beendet werden. *Das habe ich mit Liam gemein,* sagte sie sich. *Ich mag es ebenso wenig wie er, hilflos zu sein.*

Der Gasthof Zur Promenadenmischung hielt, was Liam versprochen hatte. Alanna verbrachte den Nachmittag damit, sich zu baden, die Haare zu waschen, ihre Kleider zu flicken – sie ruhte sich ganz einfach aus. Sie schrieb an Myles, Halef Seif und Thom, obwohl es wochenlang dauern würde, bis eine Antwort sie erreichte. Schließlich riefen Essensgerüche sie in den Gastraum zum Abendbrot.

Liam hatte geraten, sie sollten in dieser ruhelosen Stadt Aufsehen vermeiden. Er wollte keine Shang-Insignien tragen und sie und Coram sollten alles, was darauf hindeutete, dass sie Ritterin war, auf ihren Zimmern lassen. Alanna, die in Jirokan eine ruhige Zeit verleben wollte, war das recht. Während sie Männerkleidung anlegte, sagte sie sich: *Zumindest brauche ich mir jetzt die Brüste nicht mehr platt zu binden!* Für alle Fälle steckte sie sich hinten in den Hosenbund einen Dolch. Fröhlich pfeifend, setzte sie Immertreu schwungvoll auf ihre Schulter und ging nach unten.

Liam und Coram hatten auf sie gewartet. Sobald sie sich zu

ihnen setzte, brachte das Gesinde das Essen. Ein Serviermädchen war von Immertreu so begeistert, dass sie ihn mit den Worten »Mal sehen, was wir für so einen schönen Kerl wie dich auftreiben können« davontrug. Der Kater schmeichelte seiner Verehrerin schamlos.

Als die Reisenden ihr Mahl beendet hatten, kamen Marener Wachtposten mit ihren Mädchen, um den Abend trinkend zu verbringen. Coram und Liam ignorierten die Soldaten und spielten Schach, doch Alanna ließ ihre Aufmerksamkeit zwischen dem Spiel und den Soldaten wandern. Gerade kehrte Immertreu mit vollem Magen von seinem Ausflug in die Küche zurück.

Der kräftigste unter den Wachtposten war ein Feldwebel, der so schlecht gelaunt aussah, wie er sich benahm. Seine Männer wussten offensichtlich, dass er üble Laune hatte, und hielten Abstand von ihm. Seine Freundin jedoch langweilte sein eingeschnapptes Gehabe und sie gab sich auch keine Mühe, das zu verbergen. Alanna beobachtete, wie sie den Versuch machte ihn zu necken und so aufzumuntern. Als ihr das nicht gelang, ließ sie den Blick schweifen, bis sie Liam entdeckte. Zuvor hatte sich Alanna nur entfernt für das Verhalten der Frau interessiert. Jetzt sandte sie ihr einen warnenden Blick zu. Dass sie selbst wie ein junger Mann gekleidet war und dass man in dem schlecht beleuchteten Raum ihre weiblichen Formen unter der Kleidung kaum sehen konnte, hatte sie vergessen.

Der Frau entging ihr Blick.

Der Feldwebel seinerseits merkte nicht, dass die Aufmerksamkeit seiner Begleiterin inzwischen einem anderen galt. Mit einem Rülpser sagte er: »Bin gleich wieder da, Schätzchen«, und hielt auf den Abtritt zu.

Sobald der riesige Wachmann verschwunden war, kam seine Freundin an Alannas Tisch herüber. Liam war gerade am Zug und starrte konzentriert aufs Schachbrett, aber Coram sah das Gesicht, das seine Herrin und Ritterin zog. Als er den Kopf hob, wurde ihm der Grund für Alannas finstere Miene klar. Er feixte.
»Ihr seid mir aber stille Burschen«, säuselte die Frau und legte dabei die Hand auf Liams Schulter. Der Drache sah überrascht hoch. »Legt ihr denn keinen Wert auf weibliche Gesellschaft?«
Alanna erhob sich und zischte: »Dort, wo ich herkomme, gebietet es der Anstand, dass man sich an den Mann hält, mit dem man hergekommen ist.«
Die Frau warf ihr einen verblüfften Blick zu. Sie hatte nur Augen für den kräftigen Kerl gehabt. Wieso mischte sich dieser Jüngling ein? »Na, so was – dieses Bürschchen ist wohl verliebt in dich?«, fragte sie Liam. Der Drache lachte leise in sich hinein und musterte die Frau von Kopf bis Fuß. Coram hielt Alanna die Hand vor den Mund und stieß sie auf ihren Stuhl zurück. »Die sieht nicht, dass du ein Mädchen bist!«, flüsterte er ihr ins Ohr. »Liam ist in der Lage, selbst auf sich Acht zu geben!«
Coram nahm seine Hand zu früh weg. »Was suchst du, Liam? Flöhe vielleicht?«, fauchte Alanna. Mit einem Seufzer brachte Coram seine Herrin ein zweites Mal zum Schweigen.
Die Frau fuhr mit scharlachroten Nägeln durch Liams Haar. »Männliche Kumpels sind doch langweilig und der da sieht mir nicht so aus, als wär viel los mit ihm. Aber ich, ich weiß 'nen ordentlichen Kerl zu schätzen.«
Liam sah sie grinsend an, während Alanna einen Schrei

ausstieß, der von Corams Hand gedämpft wurde. Coram legte die Lippen ans Ohr der zappelnden Ritterin. »Willst du, dass der denkt, du seist eifersüchtig? So wie du dich aufführst, sieht es ganz danach aus.«
Das wurmte Alanna. Dass Liam auf derartige Ideen kam, wollte sie nicht. Also verstummte sie. Coram nahm seine Hand weg. »Ich mag einfach keine Leute, die so plump sind!«, flüsterte sie zurück. Sie war wirklich eifersüchtig, das war ihr klar.
Ein wütender Schrei schallte durch den Raum, als der Feldwebel zurückkehrte. All jene, die das Gefühl hatten sich an einem kritischen Punkt zu befinden, wenn die Kampflinien gezogen wurden, waren in Windeseile verschwunden. Die Frau machte einen Schritt rückwärts.
Alanna sah, wie sich die Augen des Drachen fahlgrün verfärbten, bevor er sich zu dem aufgebrachten Wachtposten umdrehte. »Du hast einen vollkommen falschen Eindruck gekriegt«, sagte er ruhig.
Das interessierte den Feldwebel nicht. »Auf die Füße!«, schrie er und fasste den Drachen am Waffenrock.
Liam packte die Handgelenke des Mannes. »Hör auf. Ich bin Liam Eisenarm, der Drache von Shang – du wirst Schaden nehmen.«
Der andere lachte. »Meinst du, ich nehm dir ab, dass sich ein Shang-Krieger zu uns gemeinem Volk setzt?« Seine Muskeln traten hervor, während er versuchte Liam auf die Beine zu zerren.
Liams Hände griffen fester zu. Eine Sekunde lang passierte nichts, dann stieß der größere Mann einen Schmerzensschrei aus. Liam stand auf. Der Wachtposten, dem es nicht gelang, sich aus dem Griff des Drachen zu befreien, sah sich

gezwungen zurückzuweichen. Schließlich ließ ihn Liam los. »Wenn dir nächstes Mal einer sagt, er sei ein Shang, dann hörst du besser zu.« Damit wandte er sich zu Alanna und Coram. »Hier ist es mir zu unruhig.«
Doch da stürzte sich der Feldwebel von hinten auf ihn. Alanna griff nach ihrem Dolch und wollte aufspringen, aber Coram zerrte sie auf ihren Platz zurück.
Liam ließ sich fallen, machte dabei eine Drehung und schleuderte den Feldwebel über seine Schulter hinweg, dass er in einen Tisch krachte. Die dort Sitzenden wurden wütend, doch der Wachtposten stieß sie mit einem Fluch beiseite und startete seinen nächsten Angriff. Jetzt drehte sich der Drache im Stand, dann rammte er dem Angreifer seinen linken Fuß erst in den Bauch, dann unters Kinn. Der Feldwebel ging zu Boden wie ein gefällter Baum.
Zwei andere Mitglieder der Wache kamen ihrem Kameraden zu Hilfe geeilt. Dem einen trat Liam das Schwert aus der Hand, den anderen schleuderte er auf einen Tisch. Er wartete auf den nächsten Angriff, aber vergebens. Daraufhin hob er den Feldwebel auf und fragte: »Hast du dir was gebrochen?«
»Wie, was?«, fragte der Mann benommen.
Sachverständig untersuchte der Drache sein Opfer, dann ließ er den Mann wieder zu Boden gleiten. »Du wirst es überleben.« Er sah zu den anderen hinüber, denen es recht gut zu gehen schien, anschließend winkte er Alanna und Coram zu sich. »Kommt, wir suchen uns ein ruhigeres Plätzchen.«
Die Menge wich zurück, als sie auf die Tür zuhielten. Alanna schaute noch einmal zurück. Die lästige Dame kniete bei ihrem Feldwebel und machte gurrende Geräusche. Grinsend folgte die Ritterin ihren Freunden.

Um Mitternacht saßen Alanna und Liam auf einer Mauer, die den Fluss Shappa überblickte. Coram hatte sich auf die Suche nach einem Karten- oder Würfelspiel gemacht; Immertreu ging zu einem Rendezvous mit einer Katze, die laut im Garten ihres Besitzers zeterte. Alanna und Liam hatten der Zeltstadt einen Besuch abgestattet, um die Flüchtlinge über die Lage in Sarain zu befragen. Jetzt lauschten sie dem Fluss und dem fernen Geheul eines Wolfs.

»Mir hat gefallen, wie du gekämpft hast«, sagte Alanna schläfrig. »Kein Chaos, keine Knochenbrüche, keine Toten. Schön war das.«

»Ich bin froh, dass sie so schnell begriffen haben«, gähnte Liam.

»Es macht Spaß, mit dir zu reisen.« Sie zögerte, dann fragte sie: »Hat dir Coram gesagt, *warum* wir zum Dach der Welt reisen?«

»Er sagte, es ginge um einen Schatz. Scheint mir unsinnig, dass ihr für irgendwelches Gold, das vielleicht da ist, vielleicht aber auch nicht, euer Leben riskieren wollt. Aber da ihr nichts Besseres vorhabt –«

»Es geht nicht um Gold«, unterbrach sie leise, »sondern um das Juwel der Macht. Ich will es finden und es zum Ruhme Tortalls nach Hause bringen.«

Er strich sich über den Schnurrbart, wie so oft, wenn er überlegte. »Ganz zu schweigen davon, dass du damit deinen Gegnern beweisen würdest, dass du deinen Schild zu Recht trägst.« Er sprang von der Mauer und hielt die Hände zu ihr hoch. Sie glitt hinunter in seine Arme und sie küssten sich.

»Wenn es um Heldentaten geht, mein begabtes Kätzchen,

gibst du dich nicht mit Kleinigkeiten zufrieden«, fügte Liam anschließend hinzu.
»Und du? Was hast *du* vor?« Alanna gab sich Mühe, damit es sich nicht so anhörte, als bettle sie.
»Ich werde dich und Coram begleiten, denke ich.«

Es fing eben erst an zu dämmern. Liam war angekleidet, als er Alanna weckte. »Wenn du lernen willst wie ein Shang zu kämpfen, musst du die Zeiten der Shang einhalten! Steh auf!« Er griff nach einem Wasserkrug.
Sie taumelte aus dem Bett. »Ich *bin* auf!«
»In fünf Minuten auf dem Hof vor den Ställen«, befahl er und schlug die Tür hinter sich zu. Alanna torkelte auf die Füße.
Du störst meine Nachtruhe, knurrte Immertreu.
Alanna spritzte sich Wasser ins Gesicht. »Geschieht dir recht!« Beim Anziehen stöhnte sie: »Wieso hab ich mir bloß einen Mann ausgesucht, der morgens schlechte Laune hat?«

Die Marener Wachtposten erklärten sie für übergeschnappt, weil sie nach Sarain reisen wollten, ließen sie aber passieren. Es dauerte nicht lange, bis ihnen klar wurde, was die beiden Länder voneinander unterschied: Anstatt der schönen Höfe sah man nur noch niedergebrannte bäuerliche Anwesen. Oft stießen sie auf Spuren der Flüchtlinge, die auf dem Weg nach Maren bei der Großen Straße kampiert hatten. Jetzt war die Straße verlassen.
Alanna arbeitete an ihren Shang-Lektionen. Liams Laune zu den Trainingszeiten besserte sich, als er sah, dass sie länger übte als unbedingt nötig und dass sie sich seltener

beklagte als die meisten Anfänger. Er brachte ihr nur ein paar Abwehrschläge mit den Händen und den Armen bei, dazu zwei Tritte. Die ließ er sie endlos üben, wobei er jeden kleinsten Fehler entdeckte. Nachts teilten sie sich mit Corams stillschweigender Billigung die Bettrolle.

Die ersten Zeugnisse von Kämpfen sahen sie vier Tagesritte von Maren entfernt auf einer Wiese neben der Straße. Dort hatte man die Toten aufeinander gehäuft und zurückgelassen. Jetzt waren nur noch Skelette übrig.

Immertreu kam mit, als Alanna zum Rand des kleinen Hügels ging. Wer auch immer die Toten zurückgelassen haben mochte, er hatte sich nicht die Mühe gemacht die Feinde voneinander zu trennen: Leuchtend rot, blau oder grün lackierte K'miri-Rüstungen hoben sich schimmernd von dem verrosteten Metall der Leute vom Flachland ab. Knochenhände hielten noch immer Waffen gepackt. Auf den Knien kauernd, zog Alanna das Schwert eines Flachlandbewohners hervor.

»Schwere Kämpfe«, murmelte sie und zeigte ihrem Kater die eingekerbte, verkratzte Klinge. »Zuerst kämpften sie mit Pfeil und Bogen, aber dann kam es zum Nahkampf. Ein Überfall aus dem Hinterhalt?«

»Zwischen einem guten und einem schlechten König ist ein himmelweiter Unterschied.« Das war Liams Stimme. Er hockte sich neben sie und nahm das Schwert, um es zu begutachten. »Innerhalb von fünf Jahren hatte Adigun *jin* Wilima die Arbeit von Generationen zerstört.«

»Sieht so aus, als hätte er sich wirklich damit angestrengt«, sagte Alanna und dachte: *Genau darauf können wir uns jetzt gefasst machen, falls Jonathan ohne einen Erben stirbt oder falls sich einer entschließt ihm den Thron streitig zu machen. Angeb-*

lich ist das Juwel der Macht einem Herrscher behilflich eine derartige Verwüstung zu vermeiden.

»Sie hatten was Besseres verdient.« Liam berührte einen K'miri-Armschutz, der mit einem Sonnenrad geschmückt war. »So wird es mir auch einmal ergehen, wenn ich nicht vorsichtig bin. Einen sinnlosen Tod erleiden –« Seine Augen hatten sich zu einem stürmischen Blaugrün verfärbt. Abrupt drehte er sich um und kehrte zu Coram und den Pferden zurück.

Alanna blieb und baute Äste zu einer Pyramide auf.

Das Juwel macht keine mächtigen Könige, aber es hilft denen, die dazu bestimmt sind, erfolgreich zu sein, erklärte ihr Immertreu. *Aber vergiss nie – auch einen König, der ein Weltreich aufbauen will und bei seinen Nachbarn damit anfängt, hält es nicht auf. Ganz im Gegenteil, es unterstützt ihn.*

»Alle guten Waffen können sich auch gegen den richten, der sie verwendet.« Alanna zog ein Stück Schnur aus der Tasche und knotete eine Schlinge, die sie sorgfältig hinunterließ, bis sie sich um die Pyramide legte. Dann erhob sie sich und säuberte sich die Hände. »Liam wird sich vermutlich aufregen. Meinst du, ich mache einen Fehler, dass ich seine Geliebte bin, obwohl er Angst hat vor der Gabe?«

Immertreu schlenderte davon. Er wusste, was sie plante. *Was ich meine, ist bedeutungslos. Du tust sowieso, was du willst – wie schon immer.*

Sie streckte die Arme zu den von der Schlinge umfassten Ästen aus und machte eine Handbewegung. Flammen loderten auf. Alanna berührte den Glutstein, um ihren Zauber sichtbar zu machen. Jetzt lag ein violettfarbener Dunst, aus dem Flammen emporloderten, über den Toten. Die Schlinge war zu einem Ring der Kraft geworden, der das

Feuer davon abhielt, sich auszubreiten. Als Alanna den Glutstein losließ, sah sie das Leuchten ihrer Gabe verschwinden. Die Flammen aber waren wirklich, sie loderten höher und höher zwischen den Knochen und allem anderen.
Liam sagte nichts, als sie sich wieder zu den Männern gesellte, aber er war bleich und schwitzte. *Er hat wirklich Angst vor der Magie,* dachte sie. Das deprimierte sie, denn dadurch war ihre Beziehung schon von Anfang an zum Scheitern verurteilt. Irgendwann würde sie ihn verlassen müssen. Keine Liebe konnte andauern, wenn ein Partner einen Teil des anderen fürchtete.
Sie ritten weiter, behielten die Gegend im Auge, horchten nach Geräuschen, die nicht hierher gehörten. Der Leichenhaufen hatte sie unruhig gemacht. »Mir wär's lieber, der Überfall käme gleich. Dann hätten wir's hinter uns«, schimpfte Coram leise. Er und Alanna packten aus, nachdem sie für die Nacht Halt gemacht hatten. Liam war auf der Suche nach frischer Nahrung, obwohl ihre Lebensmittelversorgung bis jetzt noch kein Problem war. Da sie gewusst hatten, wie es in dem Gebiet, das sie durchqueren mussten, aussehen würde, hatten sie sich im Gasthaus Zur Promenadenmischung gut eingedeckt.
»Ich weiß, was du meinst«, seufzte Alanna. »Wo sind die Heere?«
»Die haben sich hoffentlich schlafen gelegt.« Das war Liam, der mit an einer Schnur aufgezogenen Fischen zurückkehrte. »Trotzdem sollten wir abwechselnd Wache halten. Ich rieche Rauch.« Er reichte die Fische Alanna, die mit dem Kochen an der Reihe war.
Coram machte ein kleines Feuer, gab sich aber Mühe, dass

es nicht qualmte. Schweigend und lauschend kochten und aßen sie. Nach dem Mahl ging Immertreu auf Jagd; seine menschlichen Begleiter erledigten persönliche Dinge. Gerade begann Alanna sich zu entspannen, als der Kater angerannt kam.

Leute, zischte er. *Frauen und Kinder – auf der anderen Seite des Hügelkamms!*

Sie legten ihre Arbeit beiseite und schnürten die Schwertgürtel um. Coram gab stumm zu verstehen, er wolle die Pferde bewachen. Liam und Alanna bewegten sich lautlos durch die Büsche und Bäume zum Hügelkamm. Als sie den höchsten Punkt erreichten, gab Liam Alanna ein Zeichen, sie solle in Deckung gehen. Sie runzelte die Stirn. Seit ihre Zeit als Knappe, wo man ihr absoluten Gehorsam abverlangt hatte, hinter ihr lag, hatte sie Mühe Befehlen zu gehorchen, auch wenn es um Kleinigkeiten ging. Aber Liam war schon viel länger auf Reisen und hatte mehr Erfahrung. Die Fremden folgten einem Bach am Fuß des Hügels. Alanna suchte nach einer Stelle mit einer besseren Sicht und überlegte sich, ob sie näher hingehen sollte.

Da erklang eine barsche Stimme: »Sag dem großen Kerl, er soll sein Schwert fallen lassen, sonst kriegst *du* einen Bolzen in den Leib.«

3
Die Tochter des Kriegsherrn

Alanna musste den Befehl nicht wiederholen – Liam hatte ihn gehört. Er erhob sich aus der Hocke und ließ seine Waffe fallen. Alanna legte Blitzschlag ab. Dass Liam gefangen genommen wurde, weil ein junges Mädchen *sie* mit einer Waffe in Schach hielt, war beschämend. Eigentlich erwartete man ja von ihr, dass sie auf sich Acht geben konnte!

»Erstaunlich«, sagte das Mädchen, das Alanna überlistet hatte. »Wir gehen auf die Jagd nach Wild und finden stattdessen euch.«

Alanna hörte Coram in der Ferne fluchen. »Ist dir was passiert, Coram?«, schrie sie.

»Hier steht 'ne Göre und richtet ihre Armbrust auf mich«, war die Antwort. »Aber bis jetzt hat bloß meine Würde Schaden genommen.«

Alannas Bewacherin rief: »Thayet?«

»Alles klar, Buri.« Die tiefe und klare Stimme gehörte einer Frau.

Schwarze Augen richteten sich auf Alanna. »Setz dich in Bewegung«, befahl Buri.

»Ich lass doch mein Schwert nicht im Dreck liegen«, sagte Alanna unwirsch.

Das stämmige Mädchen bückte sich, um Blitzschlag aufzuheben, ohne das Visier seiner Armbrust auch nur eine einzige Sekunde von Alanna abzuwenden. »Los jetzt!«, befahl es dann. »Hände über den Kopf!«

»Wie schade, dass dich deine Mutter nicht gleich nach der Geburt ersäuft hat«, murrte Alanna und gehorchte.

Sie wurden von Flüchtlingen erwartet, dazu von einem Esel, der schwer beladen war mit deren Besitztümern. Es war eine kleine Gruppe: zwei halbwüchsige Mädchen, zwei Jungen um die zehn, ein Mädchen etwa im gleichen Alter. Eines der halbwüchsigen Mädchen trug einen Säugling.

Bewacht von einer Frau in Alannas Alter kam Coram mit ihren Pferden heran. Die junge Frau trug einen geschlitzten Rock, Stiefel, ein Baumwollhemd und eine mit Schaffell gefütterte Weste. Ihre Armbrust hielt sie so, als wüsste sie damit umzugehen. Außerdem war sie die schönste Frau, die Alanna jemals gesehen hatte. Ihr Gesicht – vor allem die Nase – war starkknochig, sie hatte tief liegende, braune Augen unter ebenmäßigen Brauen, ihr Kinn war entschlossen. Das kräftige Rot ihrer ungeschminkten Lippen wurde noch von der elfenbeinfarbenen Haut unterstrichen. Ihr kohlrabenschwarzes Haar trug sie in einem Knoten.

Alanna seufzte. Über *sie* würde man im günstigsten Fall sagen, sie sehe ganz nett aus.

Liam verbeugte sich vor der jungen Frau. »Hoheit –«

»Sind wir uns schon einmal begegnet, mein Herr?« Es war die Stimme, die vorhin aus der Ferne Buri geantwortet hatte.

»Nein, Hoheit.« Trotz seines bäuerlichen Dialekts war der Drache so galant wie ein Edler. »Aber ich müsste blind sein, wenn ich eine Tochter aus dem Hause Wilima nicht erkennen würde.«

Thayet *jian* Wilima lächelte. »Unglücklicherweise schlage ich wirklich meinem Vater nach«, sagte sie und berührte ihren geschwungenen Nasenrücken.

Alanna starrte Thayet an. Früher einmal hatte man diese Prinzessin für Jon in Betracht gezogen, aber die Königin hatte Nein gesagt – in der Familie der Wilimas war schlechtes Blut. *Ein Jammer, dass Jon sie nicht heiraten kann – die würde*

ihm sein förmliches Gehabe schnell abgewöhnen, dachte Alanna und musste grinsen.
Buri stach mit der Armbrust nach ihr. »Über Ihre Hoheit gibt es nichts zu lachen.«
»Lass das, Buri«, sagte Thayet. »Diese Leute sind keine Feinde.«
»Ob es Freunde sind, wissen wir nicht.«
Liam sah zu dem Mädchen, das Alanna bewachte. »Glaub mir, K'mir, wenn ich den Spieß umdrehen wollte, wäre das kein Problem.« Er machte eine Finte zur Seite und warf sich nach vorn. Es ging so schnell, dass Alanna nicht sehen konnte, was sich da abspielte, aber plötzlich saß Buri auf der Erde und Liam hielt ihre Armbrust in der Hand. Er gab sie ihr wieder, als sie sich erhob. In ihren Augen lag Respekt, während sie ihre Waffe entgegennahm, den Pfeil in den Köcher steckte und die Armbrust mit einem Nicken in ihr Halfter schob.
Diese Reaktion gefiel Alanna und plötzlich mochte sie das Mädchen, auch wenn es sie vorher überrumpelt hatte. Aus dem zu schließen, was sie über die K'miri-Stämme im Norden Sarains wusste, war Buri vermutlich zur Kriegerin erzogen worden. *Höchstwahrscheinlich habe ich mit ihr mehr gemein als mit Thayet*, sagte sie sich.
Liam übernahm das Vorstellen. Als er Alannas Titel nannte, flüsterte Buri: »Eine Frau, die zum Ritter geschlagen wurde? Eine Adlige?«
Coram wurde ärgerlich. »Sie hat das blaueste Blut von ganz Tortall«, knurrte er. »Es gab nie ein Mitglied der *zhir* oder der *jin*, das es wert gewesen wäre, einem vom Geschlecht der Trebond auch nur die Stiefel zu putzen.«
»Coram!«, seufzte Alanna.

»Ihre Familie steht im *Goldenen Buch*«, fügte Coram hinzu. »Kein *zhir*, ja, nicht mal eine *zhirit* hat es jemals weiter gebracht als bis zum *Silbernen Buch* –«

»Ich finde es großartig«, unterbrach Thayet. »Es ist an der Zeit, dass wir Adligen zeigen, dass wir keine empfindlichen Blümchen sind, die allen Ruhm unseren Shang und unseren K'miri-Schwestern überlassen.« Dann wechselte sie das Thema und fragte: »Wo wollt ihr drei hin?«

Coram sprach von ihren Reiseplänen, ohne jedoch Genaueres zu verraten. Alanna sah sich inzwischen Thayets Begleiter an. Sie waren müde; die Gesichter der Kinder waren grau vor Erschöpfung. Wie lange waren sie schon unterwegs? Und wie weit konnten sie noch gehen?

Coram kam zum gleichen Schluss. »Verzeiht mir, Hoheit, wenn ich das sage, aber Ihr braucht Hilfe. Wo wollt Ihr denn hin mit den Kleinen?«

»Zur Mutter der Wasser in Rachia«, entgegnete Buri. »Abgesehen von Thayet und dem Säugling sind wir alle Schüler im Konvent der Mutter der Berge. Den Säugling hat Thayet gefunden.«

»Soldaten haben seine Familie getötet«, ergänzte das Mädchen, das ihn trug. »Nur dieses arme Kerlchen blieb übrig.«

Alanna rechnete nach. »Rachia liegt vier Tagesritte nach Süden«, sagte sie. »Nur seid ihr ja zu Fuß – diejenigen von euch, die laufen können.«

»Wir haben keine andere Wahl«, sagte Thayet. »*Zhir* Anduos Heer war im Anmarsch.«

»Hat denn der Kriegsherr keine Männer, um euch zu beschützen?«, fragte Liam.

»Sie haben sich aus dem Staub gemacht«, sagte Buri verächtlich.

Thayet protestierte. »Buri, das ist nicht fair.« Zu Liam gewandt, fügte sie hinzu: »Sie hatten Angst. Sie hatten keine Ahnung, ob ihre Familien in Sicherheit waren.«
Buri zuckte die Achseln. »Trotzdem, wenn man die Sache beim Namen nennt, haben sie sich aus dem Staub gemacht.«
Thayet starrte ihre Begleiterin zornig an.
Liam strich sich über den Schnurrbart. »Coram hat Recht – ihr braucht uns. Wir bringen euch zur Mutter der Wasser.«
Buri war nicht bereit das Angebot zu akzeptieren. »Wir *brauchen* sie nicht!«, erklärte sie Thayet hitzig. »Wir wissen ja nicht mal, ob sie auf unserer Seite stehen –«
»Sei nicht albern, Buri«, entgegnete Thayet. »Von Alanna wie von Liam Eisenarm habe ich gehört. Derartige Leute suchen sich solche, wie wir es sind, nicht als Opfer aus.«
»Was nicht ist, kann ja noch werden«, murmelte die K'mir.
Thayets Stimme war scharf, als sie antwortete, doch die Sprache, die sie benutzte, klang melodisch. Buri sah weg.
Thayet drehte sich lächelnd zu Alanna um. »Weißt du, Buris Familie hat der Familie meiner Mutter seit Generationen gedient. Das bedeutet, dass sie keine Befehle von mir annimmt und dass sie stets sagt, was sie denkt – egal, wie peinlich es mir ist –, und dass sie sich benimmt, wie es ihr gefällt.«
Alanna warf Coram, der ein Grinsen versteckte, einen Blick zu. »Ich verstehe, Prinzessin Thayet«, sagte sie trocken. »Auch ich habe unter Bediensteten zu leiden, die meiner Familie schon eine Ewigkeit dienen.«
»Wenn ihr euch einig seid, will ich das Lager aufschlagen«, unterbrach Liam. »Die Kleinen schlafen ja schon im Stehen ein.«

Alanna und Buri wechselten einen Blick – der von Alanna war prüfend, der von Buri missmutig. Schließlich nickte die K'mir. »Wenn es sein muss.«
»Es muss sein«, sagte Thayet heftig.
Sie lagerten, wo sie waren. Die Männer legten die Kinder schlafen, nachdem sie ihnen zu essen gegeben hatten. Alanna, die die erste Wache übernommen hatte, genoss die Stille. Sie hatte das Gefühl, als wäre ihr in der nächsten Zeit nicht allzu viel Stille beschieden.
»Thayet und ich kamen gut zurecht, bevor ihr aufgetaucht seid«, sagte da plötzlich Buri. Alanna fuhr hoch. Hatte sie an diesem Abend auf dem Hügelkamm nicht schon einmal die Erfahrung gemacht, dass sich diese K'mir vollkommen lautlos bewegte? »Thayet hat eine k'miri-Ausbildung und ich bin von K'miri-Abstammung. Wir können für uns sorgen.«
Alanna konnte begreifen, wie diesem Kriegermädchen zu Mute sein musste. Sein Stolz war verletzt. »Für dich und Thayet mag es ja genügen, obwohl ich da nicht so sicher bin. Ein ganzes Heer sucht nach ihr. Aber was ist, wenn euch etwas zustößt? Dann verhungern die Kleinen.«
Buri setzte sich neben sie auf die Erde. »Von mir wird erwartet, dass ich auf Thayet aufpasse«, erklärte sie. »Und ich helfe mit den Kindern, obwohl ich mich nicht so geschickt anstelle wie die Prinzessin. Zurücklassen kann ich die Kleinen aber auch nicht, denn dann sind sie verloren. Und womit hätten sie das verdient?«
»Also bist du hauptsächlich für Thayet verantwortlich. Wenn ihr etwas zustieße, während du dich um die Kinder kümmerst, würdest du dir Vorwürfe machen.«
Buri nickte. »Vermutlich findest du das albern.«

»Überhaupt nicht.« Alanna kam es so vor, als sähe sie sich selbst – damals, als sie noch Prinz Jonathans Knappe war. »Coram, Liam und ich werden dir helfen, dass Thayet nichts passiert. In Ordnung?«
Sie saßen eine Weile schweigend beisammen. Schließlich stand die K'mir auf und gab Alanna die Hand. »Ich bin froh, dass ihr zu uns gestoßen seid«, sagte sie, als die Ritterin ihren Händedruck erwiderte. »Der Gedanke, es ganz allein mit irgendwelchen Heeren aufnehmen zu müssen, war mir nicht sonderlich angenehm.«
Alanna unterdrückte ein Lächeln. »Thayet hätte geholfen.«
»Auf gar keinen Fall«, protestierte Buri. »Glaubst du, ich ließe zu, dass sich Kalasins Tochter in Gefahr bringt? Ich würde sie an einen sicheren Ort schaffen, wo ihr nichts zustoßen kann.«
Ja, sagte Immertreu, als Buri zu ihrem Lager zurückkehrte. *Du warst tatsächlich ganz ähnlich in dem Alter.*
»Bestimmt habe *ich* nicht gedacht, ich könnte im Alleingang ein Heer schlagen!«
Das denkst du immer noch.
»Wenn man mit Katzen diskutiert, ist das Problem, dass sie die verrücktesten Behauptungen aufstellen, gegen die man sich nicht zur Wehr setzen kann«, beklagte sich Alanna.
Solltest du auch gar nicht erst versuchen. Damit trabte Immertreu davon, um einen Spaziergang im Wald zu machen.

Am nächsten Morgen absolvierten Liam und Alanna wieder ihre frühmorgendlichen Übungen. »Mir ist es egal, wie eigenartig der vorherige Tag war«, sagte er, als Alanna protestierte. »Wenn du gut werden willst, musst du trainieren.« Das Schlimmste war, dass er Recht hatte. Hatte er sich mit Immertreu verschworen, um dafür zu sorgen, dass sie sich jung vorkam und dumm?

Liam kochte das Frühstück, während Alanna die anderen weckte. Gleich nach dem Essen machten sie sich auf den Weg. Buri und Coram beseitigten die Spuren ihres Lagers: Eine kleine, aus drei Leuten bestehende Gruppe wurde von Banditen möglicherweise ignoriert, eine größere nicht. Liam ließ die Jungen und das zehnjährige Mädchen auf seinem gutmütigen Pferd reiten, führte es am Zügel und behielt dabei wachsam die Umgebung im Auge. Thayet trug den Säugling in einem Wickeltuch vor der Brust und ging mit Buri zusammen zu Fuß. Corams Ross Amboss trug die halbwüchsigen Mädchen. Dann kamen Tunichtgut und der Esel (der sicheren Abstand zu dem übellaunigen Packpferd hielt). Den Abschluss bildeten Mondlicht mit Immertreu und Alanna, die ebenso wie Liam die Umgebung überwachte.

Als sie Rast machten für ihr Mittagsmahl und Alanna sich an einem Bach kaltes Wasser ins Gesicht spritzte, kam Buri mit dem Säugling im Arm herbei. »Da«, sagte sie und reichte ihn Alanna. Die erstarrte. Was, wenn sie ihn fallen ließ? Mit einem Seufzer legte Buri die Hände der Ritterin besser zurecht, bevor sie kehrtmachte.

»Wo gehst du hin?«, fragte Alanna.

»Du stellst dich an, als hättest du noch nie einen Säugling auf dem Arm gehalten.«

»Hab ich auch nicht.«

Buri starrte sie an, als wolle sie ihren Ohren nicht trauen. »Noch nie? Säuglinge gibt es doch überall –«

»Möglich, aber ihre Eltern baten mich nie sie zu halten!« Als

der Kleine zappelte, versuchte Alanna ihn Buri zurückzugeben.
»Irgendwann musst du es ja mal lernen.« Die K'mir wandte sich wieder ab. »Bleib da. Aber pack nicht so fest zu. Ich gehe eine Decke holen. Du wirst es schon schaffen.«
Ich glaube nicht, dass Säuglingspflege unbedingt wichtig für meine Ausbildung ist, dachte Alanna. *Ich habe nicht vor irgendwo so lange zu bleiben, dass mich einer heiraten kann und Kinder von mir kriegt.* Dann runzelte sie die Stirn. *Ich rede geradeso, als hätte ich keinerlei Einfluss darauf, ob ich heiraten werde oder nicht, und als wüsste ich nicht, dass Frauen nicht unbedingt verheiratet sein müssen, um Kinder zu kriegen. Dabei trage ich ja einen Talisman um den Hals, damit ich nicht schwanger werde. Ich hätte mich für vernünftiger gehalten!*
Als der Säugling niesen musste, sah sein Gesicht so zerknittert aus, dass Alanna lachen musste. Sie schaukelte ihn sanft auf und ab, so wie sie es Coram hatte tun sehen, aber zu ihrer Bestürzung fing der Kleine an zu schreien. Sie machte gurrende Geräusche und wiegte ihn, aber ohne Erfolg. Bis Buri mit ihrer Decke kam, hatte er sich so hineingesteigert, dass er wie am Spieß brüllte.
»Was fehlt ihm?«, rief Alanna. »Ich hab ihn bloß ein bisschen geschaukelt –«
Buri breitete die Decke auf der Erde aus und legte saubere Windeln darauf. »Vermutlich ist er nass. Wickel ihn«, sagte sie und verschwand wieder.
Alanna sah den Säugling entsetzt an. »Ich habe noch nie –« In letzter Zeit sagte sie das zu oft. Eine Ritterin, die ihr Können unter Beweis gestellt hatte, musste doch zu allem fähig sein! Sie versuchte sich daran zu erinnern, wie es Thayet gemacht hatte, legte das Kind auf den Boden und

öffnete seine Windeln. Ein unangenehmer Duft zog ihr in die Nase – der Kleine war nicht nur nass. Als Alanna ungeschickt den Knoten löste, sah sie die feuchte braune Masse, die für den Geruch verantwortlich war. *Es kann doch nicht schlimmer sein, als einen Stall auszumisten,* sagte sie sich und kämpfte gegen das flaue Gefühl in ihrem Magen an. *Und das habe ich schon hunderte Male getan.*
Coram kniete sich neben sie. »Nimm die voll gemachte Windel und wisch ihm den Hintern mit den sauberen Rändern ab«, erklärte er mit Augen, in denen der Schalk blitzte. Als sie ihn flehentlich ansah, schüttelte er den Kopf. »Es ist kinderleicht. Du hebst ihn an den Füßen hoch – daran ist er gewöhnt. Ja, genau – guck, dass du so viel wie möglich davon loskriegst. Jetzt legst du die schmutzige Windel weg.« Er befeuchtete ein sauberes Tuch im Bach und gab es ihr. »Reib das arme Kerlchen ab. Überleg dir mal, wie *du* dich in diesem Zustand fühlen würdest. Ist ja gut, Bürschchen«, sagte er in einem leisen Singsang und gab dem Säugling einen Finger zu halten. Als der Kleine strahlte, konnte man etwas Weißes sehen. »Du bist am Zahnen, was? Lass mich mal sehen.« Coram fuhr ihm mit dem Finger am Gaumen entlang. »Und da kommen noch zwei – kein Wunder, dass du kratzbürstig bist.«
Als ihr Coram eine frische, trockene Windel reichte, starrte sie ihn an. »Große Göttin, wo hast du denn das alles gelernt?«
»Falt sie zu 'nem Dreieck. Ich war der Älteste, nach mir kamen noch mal vier. Und während ich Trebond verwaltete, hab ich auf die Kleinen aufgepasst, solange ihre Mütter auf den Feldern arbeiteten. Ich mag sie.« Als er mit dem Finger wackelte, den der Säugling umklammerte, krähte der Kleine

glücklich. »'nen stahlharten Griff hat der. Das wird mal ein Hufschmied, denk an meine Worte. Nein, nein – wenn du die Windel so locker knüpfst, fällt sie wieder ab. Ja, so ist der Knoten richtig.« Coram hob den Säugling hoch und schüttelte ihn sanft, was der mit einem vergnüglichen Gackern beantwortete.

Alanna wurde ganz komisch zu Mute. *Er könnte schon seit Jahren eine Familie haben, wenn er nicht für Trebond gearbeitet hätte,* dachte sie. *Ich möchte wetten, er wäre ein guter Vater.*

Coram sah sie an. »Sag jetzt bloß nicht, du müsstest mich zu Rispah bringen. Wir haben was zu erledigen, bevor wir uns auf den Rückweg machen.« Er berührte sie an der Schulter. »Ich hab ja *dich* aufgezogen. Ich hab nichts zu klagen.«

Buri zeigte Alanna, wie man den Kleinen aus einem mit Ziegenmilch gefüllten Wasserschlauch fütterte. Als das erledigt war, hob Alanna das Kind hoch, wie sie es bei Liam gesehen hatte, und klopfte ihm auf den Rücken. *Jetzt* hatte sie den Dreh raus, wie man mit Säuglingen umgehen musste!

Sie erlebte eine unangenehme Überraschung, als der Kleine rülpste und sie spürte, wie ihr plötzlich etwas Feuchtes am Rücken hinunterlief. Als Buri ihr Gesicht sah, lachte sie, bis ihr die Tränen kamen. Liam, der Mühe hatte seine Züge unter Kontrolle zu halten, reichte Alanna ein feuchtes Tuch. »Du musst dir vorher einen trockenen Lappen drüber legen«, erklärte er. »Sie spucken, wenn man sie Bäuerchen machen lässt – und wenn man sie keines machen lässt, veranstalten sie ein Theater.« Mit höchst verlegenem Gesicht ging sich Alanna umziehen.

Als sie zurückkam, schliefen alle Kinder auf Decken im Schatten. Sogar Buri hatte einen Arm über den Säugling gelegt und döste. Liam, Thayet und Coram warteten am Bach, um die Schlafenden nicht zu stören.
»Sie brauchen Ruhe«, erklärte Liam, als Alanna zu den anderen trat. »Sonst schaffen sie es nicht bis Sonnenuntergang. Wir sind ans Reisen gewöhnt – sie nicht.«
»Thayet sagt mir, dass sie keinerlei Vorräte haben«, berichtete Coram. »Unter diesen Umständen wird auch das, was wir mitgebracht haben, nicht lange reichen.«
»Wir haben versucht uns welche zu beschaffen.« Die Prinzessin kühlte sich die Füße im Bach. »Früher standen reiche Höfe in diesen Tälern, außerdem gab es Wild – aber damit ist es jetzt vorbei. Das Land ist vollständig ausgeplündert. Unsere Nahrungsvorräte gingen gestern Abend zu Ende und Buri und die älteren Mädchen haben sich schon seit Tagen nicht mehr satt gegessen. Sie können nicht mehr so weitermachen.«
Ich möchte wetten, dass sie nicht die Einzigen sind, die sich nicht genug gegönnt haben, dachte Alanna und musterte Thayets mageres Gesicht. *Wir müssen etwas unternehmen und zwar bald. Nur was, wenn es hier nichts mehr zu holen gibt?*
»Dann müssen wir Leute finden«, meinte Coram sachlich. »Wenn das Land geplündert ist, müssen wir die Plünderer finden und uns bei *denen* bedienen.«

Für den Rest des Nachmittags übergab Alanna Mondlichts Zügel an Thayet. Sie hängte sich einen Köcher über die Schulter, nahm ihren Langbogen und durchstreifte auf der Suche nach Wild die Gegend neben der Straße. Sie erlegte zwei Eichhörnchen, was ihr mehr darüber sagte, wie

schlimm es um Sarain stand, als es Thayets Worte getan hatten. Zu dieser Jahreszeit hätte ihr das Wild in den Schoß fallen müssen.
Buri gesellte sich zu ihr, aber auch ihr war nicht mehr Glück beschieden. Nachdem sie eine Stunde lang gejagt hatten, fragte Alanna etwas, was sie schon lange beschäftigte: »Warum treibt sich Thayet hier in den Bergen herum? Warum ist sie nicht bei ihrem Vater?«
»Wegen Kalasin«, sagte Buri nach einem Moment des Zögerns.
»Ihrer Mutter?«
Buri nickte. »Die schönste Frau der Welt. Sie war – erstaunlich.« Ihre schwarzen Augen waren traurig. »Kalasin bat den Kriegsherrn die K'mir gerecht zu behandeln, denn sie stammte ja ebenfalls aus unserem Volk. Die Flachlandbewohner machen uns zu Sklaven, stehlen unsere Pferde –« Das Mädchen brach ab, bis es seiner Wut wieder Herr wurde. »*Jian* Wilima hasst uns – er ist durch und durch ein Flachlandbewohner. Dann unterschrieb er Gesetze, die untersagen, dass sich mehr als fünf von uns gleichzeitig versammeln. Schon allein der Stamm der Hau Ma besteht aus dreißig Mitgliedern und er ist unser kleinster! Wie können wir einen Toten ehren und eine Hochzeit oder eine Geburt feiern, wenn der Stamm nicht das Recht hat sich zu versammeln?«
»Red weiter«, drängte die Ritterin, als Buri verstummte.
»Verzeih. Kalasin hat eine großartige Tat vollbracht, doch schmerzt es, daran zu denken. Sie und Thayet versuchten den Kriegsherrn daran zu hindern, diese Gesetze zu unterzeichnen. Sie flehten ihn sogar an – dabei bettelt eine K'mir niemals! Aber er tat es trotzdem.
Kalasin wusste, was sie nun tun musste. Sie schickte Thayet

weit weg in die Klosterschule. Meine Mutter und mein Bruder, die beide Kalasin dienten, hielten den Wachtposten davon ab, in Kalasins Turmzimmer einzudringen. Dort stand sie am Fenster und sang ihren Totengesang, sie sang davon, wie sehr sie sich für *jian* Wilimas Gesetze schämte. Eine Menschenmenge hatte sich versammelt und hörte ihr Lied – Edle, Gemeine und Sklaven. Meine Mutter und mein Bruder wurden getötet, aber sie versperrten die Tür, bis Kalasin vom Turm gesprungen war. Nun liegen sie rechts und links von Kalasin begraben. Der Kriegsherr wird allein in seinem Grab ruhen müssen.«

»Wie schrecklich«, sagte Alanna leise.

Buri schüttelte den Kopf. »Sie hatten den besten Tod, den es für einen K'mir geben kann. Meine Mutter und mein Bruder taten, was richtig war, ebenso wie Kalasin.«

»Aber nun sind sie tot«, wandte Alanna erregt ein. »Es hilft keinem, wenn man stirbt.«

»Das hängt davon ab, wie man gestorben ist.« Liam hatte sie eingeholt. »Ein sinnloser Tod ist etwas anderes. Aber durch ihr Beispiel weckte Kalasin viele Leute auf, die es bisher für richtig gehalten hatten, die K'mir zu missbrauchen. Buris Mutter und ihr Bruder machten es möglich, dass Kalasin den Menschen mit ihrem Gesang verkündete, *warum* sie sich das Leben nahm.«

»Tot ist tot«, sagte Alanna heftig. »Aus einem Grab heraus kann man überhaupt nichts mehr tun!«

Der Drache und die K'mir wechselten einen Blick, der klar besagte, Alanna wisse nicht, wovon sie redete. Dass die beiden sich einig waren, störte Alanna. Sie ließ sie hinter sich zurück. Sie selbst zog es vor, die Dinge zu ändern, solange sie noch lebte.

Als Coram Spuren entdeckte, an denen abzulesen war, dass erst kürzlich Banditen in der Gegend gewesen waren, fand es Liam an der Zeit Halt zu machen für die Nacht. Über einem Bach, wo Thayet rasch das Lager aufschlug, entdeckte Immertreu verlassene Höhlen. Die Kinder sammelten Feuerholz, während Buri und Coram angeln gingen. Liam kochte.

Alanna wurde wieder einmal zur Säuglingspflege eingeteilt – Windeln wechseln, Füttern, Bäuerchen machen lassen –, diesmal ohne Zwischenfälle.

Alanna nahm ihre Schale dünnen Eintopf mit nach draußen und setzte sich auf einen großen Felsen. An diesem Nachmittag hatte sie das Heimweh gepackt. Sie wollte bekannte Gesichter und vertraute Plätze sehen: Sie vermisste Georg, obwohl sie mit Liam eine Bettrolle teilte – oder vielleicht gerade deswegen. Seit dem Abend zuvor war Liam vorsichtig, sehr ernst und ausschließlich darauf konzentriert, dass seinen Schützlingen nichts passierte, bis sie in Rachia ankamen. Alanna respektierte das, fühlte sich aber trotzdem ausgeschlossen.

Georg und sein Sinn für Humor fehlten ihr. *Wenn er hier wäre*, dachte sie, *wäre er mittendrin – er würde den Kleinen Bäuerchen machen lassen, die Jungen zum Waschen zerren und ganz Sarain ausräubern, damit wir was zu essen haben.* Sie blinzelte unerwartete Tränen weg. Hier hatte sie keinen Georg, der sie zum Lachen brachte, keinen Jon, der sagte: »Natürlich kannst du das«, keinen Myles, der ihr die Geschichte Sarains erklärte. Sie hoffte, dass das Juwel der Macht diese Reise wert war. *Wenn ich das hinter mir habe, muss ich eine Möglichkeit finden auf Reisen zu gehen und trotzdem zwischendurch nach Hause zurückzukehren*, sagte sie sich.

Immertreu, der verschwunden war, sobald sie die Höhlen entdeckt hatten, berührte sie am Fuß. Sein Fell war voller Staub und Kletten. *Banditen,* sagte er atemlos. *Ein großes Lager, östlich von hier.*

Thayet blieb unter Protest bei den Kindern. Die beiden Männer, Alanna und Buri rüsteten sich zum Angriff und gingen, von Immertreu angeführt, leise durch den Wald. Sie marschierten eine halbe Stunde, dann kamen sie zu einer Schlucht. *Da unten,* erklärte Immertreu Alanna. *Es sind an die fünfzig, dazu ihre Frauen.* Sie schlichen bis zum Rand, wo sie unter sich das Lager sehen konnten. Dann winkte Alanna die anderen ein Stück abseits, damit sie beratschlagen konnten.

»Immertreu sagt, es seien ungefähr fünfzig«, flüsterte sie. »Da haben wir keine Chance.«

»Ich tauge nicht genug als Dieb, um mich ins Lager zu schleichen und zu stehlen, was wir brauchen«, sagte Liam. Buri und Coram waren derselben Meinung und nickten.

»Ich muss meine Gabe benutzen«, sagte Alanna und sah dabei Liam in die Augen. Hier im Dunkeln konnte sie nicht sehen, welche Farbe sie hatten, aber als sie die Hand auf seinen Arm legte, stellte sie fest, dass seine Muskeln hart waren vor Anstrengung. »Tut mir Leid – ich weiß, dass du das nicht magst. Fällt dir etwas Besseres ein?«

»Magie ist unehrenhaft«, murrte Buri. »Sie ist – *Betrug.*«

Alanna und Coram wechselten Blicke. »Ist euch ein Kampf lieber, bei dem die Chancen zehn zu eins stehen?«, fragte Coram. »Mir nicht. Ein paar tapfere Kinder und deine Prinzessin sind darauf angewiesen, dass wir wiederkommen.«

»Das Ganze gefällt mir nicht«, sagte die K'mir. »Aber ich

nehme an, dass du nicht völlig Unrecht hast. Ich kann sie ja wohl nicht alle zum Zweikampf herausfordern.«
»Wie stellst du dir die Sache überhaupt vor?«, fragte Coram seine Herrin.
Alanna überlegte, dann sagte sie: »Ich weiß nicht. Ein Netz vielleicht, um sie bewegungsunfähig zu machen, während ihr euch nehmt, was wir brauchen.« Coram runzelte besorgt die Stirn. So eine gewaltige, praktische Aufgabe hatte sie noch nie übernommen, das wusste er. Er sagte jedoch nichts, wofür sie dankbar war.
»Dann mach halt deinen Zauber«, sagte Liam mit rauer Stimme. »Wenn du damit fertig bist und dich danach fühlst, kannst du uns ja vielleicht bei den *wirklichen* Arbeiten zur Hand gehen.« Damit kehrte er zum Rand der Schlucht zurück.
»Das ist ungerecht«, protestierte Buri, aber der Drache war schon außer Hörweite. »Was er da sagte, ist ungerecht«, wiederholte Buri zu Coram und Alanna gewandt.
»Schon gut, ich verstehe ihn«, sagte Alanna. »Ihr beiden geht jetzt besser zum Lager. Das, was ich tun werde, braucht euch nicht zu kümmern – es wird euch nicht betreffen.« Sie sah zu, wie sich die beiden über den Rand gleiten ließen.
Auch du hast mal so gedacht wie Buri, kommentierte Immertreu, als er mit Alanna zusammen zur Schlucht ging. *Magie und Kampf lassen sich nicht vermischen und ein Kämpfer, der Zauberkraft benutzt, begeht einen Betrug.*
»Inzwischen bin ich älter«, flüsterte Alanna und überlegte: *Wie viel von dem, was ich als Knappe glaubte, werde ich noch ablegen müssen?*
Sie hörte Liams wilden Schlachtruf und Kampfgeräusche –

ein Späher hatte den Drachen entdeckt. Alanna blieb keine Zeit mehr zum Nachdenken. Als sie nach dem ersten Bild griff, das sie in sich trug, sah sie das Juwel der Macht. Selbst als bloße Vision wirkte es wie ein Katalysator: Alannas Gabe floss in es hinein und hindurch und wirbelte als ein schimmerndes, violettfarbenes Netz über das Banditenlager. Sie manövrierte es in die richtige Lage und gab Acht, dass jedes Zelt und jede Bettrolle darunter eingeschlossen waren. Eine freudige Erregung stieg in ihr auf. Fühlte sich Thom auch so stark, wenn er einen seiner mächtigen Zauber vollführte? Kein Wunder, dass er sein normales Leben aufgegeben hatte, um Magier zu werden!

Das Netz verfestigte sich. Coram, Buri und Liam konnten es nicht sehen, nur spüren. Alanna dehnte ihren Zauber aus, bis sie erkennen konnte, was da unten vor sich ging. Buri und Liam plünderten gerade das Vorratszelt der Banditen und packten Bündel mit Lebensmitteln und sonstigen Dingen. Coram kam ihnen mit vier Pferden entgegen. Die anderen hatte er laufen lassen, um es den Banditen unmöglich zu machen, ihm und seinen Freunden zu folgen.

Jetzt versuchte Alanna krampfhaft, sich aus dem Zauber zu lösen und ihn trotzdem an Ort und Stelle zu belassen. Aber es gelang ihr nicht einmal, das Bild des Juwels aus ihrem Kopf zu verdrängen. Wie ein Leuchtfeuer brennend hielt es ihr inneres Auge gefangen. Schon jetzt spürte sie das flaue Gefühl im Magen, das ihr sagte, dass sie sich übernommen hatte.

Lass los!, schrie ihr Immertreu ins Ohr. *Lass los, sonst wird dein Leben darin verströmen!* Doch das Bild des Juwels verlangte eine derartige Konzentration, dass sie ihren Kater nicht hören konnte.

Schmerz durchbrach diese Konzentration, als sich Immertreus Krallen und Zähne in ihren Arm bohrten, und nun gelang es ihr, sich aus dem Griff des Juwels zu lösen. Sie stieß Immertreu fort und erhob sich taumelnd. Das Netz selbst würde noch ungefähr eine halbe Stunde halten, Zeit genug, um zu entkommen. »Danke«, sagte sie atemlos.

Als die anderen kamen, um sie zu holen, sahen sie, dass Alanna nicht in der Lage war auf einem der gestohlenen Pferde zu reiten. Coram warf Liam einen Blick zu, doch an dessen Miene war deutlich abzulesen, dass ihm nicht danach war, Alanna in diesem Augenblick nahe bei sich zu haben. Also zerrte Coram die Ritterin hinter sich auf den Sattel. War der Drache wütend, weil ihn Alannas Zauberei daran gehindert hatte, es eigenhändig mit allen Banditen aufzunehmen?, fragte er sich, während sie auf ihr Lager zuhielten. Liam würde gut daran tun, sich an Alannas Zauberkraft zu gewöhnen. Aus dem zu schließen, was Coram bisher mit ihr erlebt hatte, würde er noch eine Menge davon zu sehen kriegen.

Alanna brauchte zwei Tage Schlaf, um sich zu erholen. Als sie wieder auf den Beinen war, hatte sich Liam so weit beruhigt, dass er ihr seinen frühmorgendlichen Unterricht weiter erteilte. Am selben Tag machte sich die kleine Gruppe wieder auf den Weg. Die halbwüchsigen Mädchen nahmen jeweils eines von den Kindern hinter sich auf den Sattel, das dritte ritt mit Coram. Auch Thayet saß mit dem Säugling, den sie in seinem Wickeltuch an der Brust trug, auf einem Pferd. Buri ritt das zottelige Pony, das Coram den Banditen abgenommen hatte.

Auf wenig begangenen Pfaden ritten sie rasch durch das

trostlose Hochland, vorbei an niedergebrannten Höfen und Hütten, die alle verlassen waren. Die Besitzer waren tot oder geflohen. Fast in jedem Gebäude fanden sie hässliche Spuren des Krieges – Tote, die keiner vergraben hatte, Skelette. Sie sahen und hörten nichts, was sonst auf Menschen hindeutete, doch spürten sie beobachtende Blicke. Aber wer auch immer ihnen nachspionieren mochte, war zu verängstigt oder vorsichtig, um sich der Gruppe zu nähern, und hielt sich im Schutz der Bäume verborgen.
Was Alanna sah, verursachte ihr Alpträume, in denen die Toten zu Tortallern wurden und die verkohlten Höfe zu den Häusern ihrer Freunde. Liam fand rasch einen Weg diesen Alpträumen Einhalt zu gebieten: Wenn sie abends Halt machten, gab er ihr eine zweite Lektion in den waffenlosen Kampfsportarten. Diese zusätzliche Lektion – sie hatte ja auch noch ihren frühmorgendlichen Unterricht, dazu gelegentlich Wachdienst – sorgte dafür, dass sie viel zu müde war, um zu träumen.

Rachia war eine geschäftige Handelsstadt mit Straßen, in denen es unendlich viel zu sehen gab. Nicht einmal die vielen Soldaten, die dort unterwegs waren, beeinträchtigten die Munterkeit der Menschen. Die Kinder zappelten in ihren Sätteln herum und versuchten sich nichts entgehen zu lassen. Buri wich nicht mehr von Thayets Seite. Jedem, der zu nahe kam, warf sie finstere Blicke zu. Alanna hatte Mühe zu atmen. Berat war klein und still gewesen – dort hatte sie sich wohl gefühlt. Jetzt musste sie zu ihrem Entsetzen feststellen, dass sie eher an Wüsten und Wälder gewöhnt war als an bevölkerte Städte. Wie würde es sein, wenn sie nach Corus zurückkehrte?

Sie hatten gerade den Marktplatz überquert, als ihr Instinkt sie warnte. Als sie nach oben sah, entdeckte sie einen Bogenschützen auf der Spitze eines Daches ganz in der Nähe. »Thayet!«, schrie sie.
Liam, der zu Fuß ging und seinen Herumtreiber am Zügel führte, zerrte Thayet und den Säugling bei Alannas Schrei aus dem Sattel, gerade als ein Pfeil an ihren Köpfen vorbeischwirrte. Ein zweiter folgte, den Liam in der Luft auffing.
Mit vor Wut dunkel angelaufenem Gesicht sprang Buri vom Pferd und rannte in das Gebäude, auf dem der Bogenschütze stand. Als Alanna ebenfalls abstieg, entdeckte sie das stabile Blumengitter, das an der Hauswand vom Boden bis zum Dach reichte. Sie probierte es aus und kletterte dann daran empor; dabei versuchte sie nicht an morsche Stellen oder lockere Wandhalterungen zu denken. »Coram! Bring sie in den Konvent!«, schrie sie, während Zweige auf ihr Gesicht herunterregneten. Sie sah nicht nach unten, aber sie hörte, wie Liam und Coram Befehle brüllten.
Lautlos schwang sie sich über den Rand des Daches. Der Angreifer, mit Kopf- und Halstuch bekleidet, schoss einen Pfeil auf sie ab, dann machte er einen Satz aufs nächste Gebäude. Alanna duckte sich, riss den Dolch aus der Scheide und nahm die Verfolgung auf. Hinter sich hörte sie krachend eine Dachtür schlagen und rennende Schritte. Ihr wachsamer Blick nach hinten zeigte Buri, die rasch aufschloss. Die K'mir konnte schneller rennen – innerhalb von Sekunden war sie bei Alanna angelangt. Auch sie hatte den Dolch gezogen. »Bring ihn nicht um!«, keuchte Alanna. »Wir müssen erfahren, wer ihn bezahlt!« Buri nickte.
Sie rasten von Dach zu Dach und kamen dabei immer

näher. Der Angreifer rang inzwischen nach Luft und taumelte. Das nächste Dach lag ein Stockwerk tiefer. Er sprang, landete unbeholfen, erhob sich und stolperte weiter.
Buri sprang ebenfalls. Beim Auftreten knickte ihr linkes Bein unter ihr ein und sie stürzte. Schweiß lief ihr übers Gesicht, während sie weiterrannte. Alanna, die sich unten abrollte, wie sie es von Liam und ihren Lehrern im Ringen gelernt hatte, erhob sich unverletzt. Als sie zögerte, schüttelte Buri den Kopf. »Wart nicht auf mich!«, zischte sie. »Schnapp ihn dir!«
Alanna rannte weiter. Schließlich musste der Mann stehen bleiben. Er war auf dem letzten Dach angelangt.
Alanna machte Halt, denn sie befürchtete, er könne in Panik geraten. »Red mit mir!«, rief sie. »Ich will nur wissen, warum –«
Er sprang. Als Alanna zum Rand des Daches kam, lag er lang ausgestreckt mit gebrochenen Gliedern unten in einer Gasse. Niedergeschlagen kehrte sie zu Buri zurück. Dann ging sie mit der humpelnden K'mir durch das Gebäude und auf die Gasse hinunter. Die erstaunten Blicke der Hausbewohner beachteten sie nicht. Der Sturz des Mannes war unentdeckt geblieben, wie Alanna zu ihrer Erleichterung feststellte. Sie hatte befürchtet, ein Gassenjunge oder sonst jemand könnte die Habseligkeiten des Mannes entwenden, bevor sie und Buri Gelegenheit hatten ihn zu durchsuchen.
Buri kniete sich neben den Toten und stülpte die leeren Taschen um. »Keinerlei Anhaltspunkte«, sagte sie leise, während sie das Kopftuch des Mannes anhob. Das vom Sturz entstellte Gesicht war grob; die Wangen waren von den geplatzten Äderchen eines Trinkers überzogen. »Ein

nichtsnutziger Kneipenhocker«, sagte die K'mir kategorisch. »So einen kann man sich für ein Goldstück als Mörder mieten. Vermutlich hat er seine Bezahlung schon versoffen.« Sie bedeckte den Toten wieder. »Jemand will Thayet tot sehen.«

Alanna nickte. »Sie hat Feinde.«

»Ihr *Vater* hat Feinde«, erwiderte Buri heftig und erhob sich unsicher.

»Macht es denn einen Unterschied, wessen Feinde es sind? Jedenfalls sind sie hinter Thayet her.«

Das könnt ihr im Kloster diskutieren, erklärte ihnen da Immertreu vom Eingang der Gasse her. *Dort werdet ihr ebenfalls gebraucht. Und zwar sofort.*

Als Alanna mit Buri im Besucherhof des Klosters ankam, sah sie augenblicklich, dass es dort Probleme gab. Ihre Freunde hätten sofort in einem Gästehaus untergebracht werden müssen – so war es Brauch bei allen Töchtern der Ostländer. Und doch standen sie draußen vor den Toren des eigentlichen Klosters und wurden von einer Türsteherin bewacht, die das Gewand der Töchter trug. Keine andere Priesterin war in Sicht, dabei beherbergte ein Bau dieser Größe mindestens zweihundert. Thayet war überrascht, die Kinder unruhig.

»Was geht hier vor sich?«, fragte Alanna leise Liam.

»Ich weiß nicht.« Seine Augen waren blaugrau und unergründlich. »Ein paar Töchter kamen heraus, schnatterten wie die Gänse und verschwanden wieder. Die Türsteherin sagt, wir müssten warten. Ich will nicht, dass Thayet hier herumsteht und gesehen wird.«

Buri machte ein finsteres Gesicht. »Ist das die Ehre, die man einer Prinzessin erweist? Ich müsste diesen Hühnern vom Flachland Manieren beibringen.«

»Spar dir deine Wut für Thayets Feinde«, riet Liam. »Du kannst ihr am besten dienen, wenn du Vorsicht walten lässt.«

»Dumme Hühner!«, murrte Buri widerspenstig.

Auch Alanna wollte Thayet an einem sicheren Ort wissen, nicht in diesem offenen Hof. Sie ging zur Türsteherin. »Sei so gut und überbring der Ersten Tochter des Hauses eine Nachricht von mir.«

Die Tochter nickte. Betont kühl sagte die Ritterin: »Ich bin Sir Alanna von Trebond und Olau, Ritterin des Königreichs Tortall, Schamanin und Reiterin vom Bazhir-Stamm des Blutigen Falken. Warum lässt man uns vor den Mauern stehen? Warum erklärt man uns nicht, was diese mangelnde Höflichkeit zu bedeuten hat? Die Kinder sind müde und hungrig, wir sind müde und schmutzig und auf Prinzessin Thayet wurde geschossen. Die Töchter der Mutter des Wassers sind als Dienerinnen der Mächtigen Mutter, die uns alle lenkt, den Reisenden Gastfreundschaft schuldig – warum gewährt ihr uns die nicht? Ich sehe mich gezwungen ein derartiges Versäumnis der Göttin-auf-Erden in der Stadt der Götter zu melden.« Alannas violettfarbene Augen blitzten gefährlich, als sie mit einem Nicken befahl: »Sei so gut und überbring meine Nachricht.«

Die Tochter verbeugte sich und eilte davon.

Schon Minuten später führte man sie zu einem Gästehaus, das ein gutes Stück innerhalb der dicken Klostermauern lag. Bedienstete kamen und kümmerten sich um die Kinder, während die Türsteherin die Erwachsenen und Buri zu einer Besprechung mit der Obersten des Klosters führte. Sie durchquerten einen langen Hof, dann betraten sie einen Raum, wo zwei Töchter an einem langen Tisch saßen. Die eine trug das schwarze Gewand der »Hexe« (der Muttergöttin als Königin der Unterwelt), die andere die goldene Robe, die sie als Erste Tochter einer reichen Klosterschule auszeichnete.

»Ich bin *jian* Cadao, die Erste Tochter«, sagte sie, als alle saßen. Sie vermied es, Thayet anzusehen. »Prinzessin – Lady Thayet, wir waren – nun, wir waren nicht vorbereitet auf Euer Kommen. Seid versichert, dass Euch jegliche Höflichkeit erwiesen –« Völlig verwirrt brach sie ab.

»Es gibt Probleme.« Die Frau in Schwarz war jung, doch sprach sie mit Autorität. »Mehr, als wir vorhersehen konnten.« Buri fand, dass die Tochter unhöflich war zu ihrer Prinzessin, und machte eine Bewegung. Die Hexen-Tochter nickte ihr zu. »Vergib meine Unverblümtheit – ich habe nie gelernt, mit Worten zu beschönigen. Prinzessin, Euer Vater – der Kriegsherr – ist tot. Möge der Dunkelgott seinen Heimgang erleichtern.«

Thayets elfenbeinfarbene Haut wurde kreideweiß. »Wie? Und – wann?«, keuchte sie.

»Eine Krankheit«, entgegnete die Hexen-Tochter. »Unvermittelt und schmerzhaft. Wir argwöhnen natürlich, dass er vergiftet wurde. Aber keinem liegt viel daran, es zu beweisen.« Nach einem Zögern fügte sie leise hinzu: »Vergebt mir, falls ich zu direkt war. Soviel ich weiß, sprecht Ihr mit Eurem Vater schon seit langem nicht mehr.«

»Ja. Seit das mit meiner Mutter passierte«, flüsterte Thayet und versuchte zu lächeln. »Trotzdem, ich hatte nur ihn. Fahrt bitte fort.«

»Ihr müsst versuchen auch unsere Lage zu verstehen. Der

Tod Eures Vaters gibt Eurem Aufenthalt in unseren Häusern eine andere Bedeutung.« Ihr Blick, anders als der der Ersten Tochter, hatte bisher auf der Prinzessin geruht. Der Drache begann auf seinem Stuhl hin und her zu rutschen, als sie nun ihn musterte. »Der Rebellenführer *zhir* Anduo gab klar zu erkennen, dass er mit Euch zu reden wünscht.«
»Dass er sie umbringen will, meint Ihr wohl«, knurrte Coram.
Nun lag der Blick der Tochter auf ihm. »Nicht unter unserem Dach«, sagte sie kalt. »Keine unserer Priesterinnen wird die Prinzessin verraten. Unser Haus ist ein heiliger Zufluchtsort – keiner wird ihn entweihen.« Sie warf der Ersten Tochter einen Blick zu, doch die sah weg. »Ihr sagt, dass Meuchelmörder schon einen Versuch wagten. Gegen die sind wir nicht gefeit, ebenso wenig gegen Verräter. *Zhir* Anduo ist nicht der Einzige, der sich für das Kind des Kriegsherren interessiert.« Jetzt sah sie wieder Thayet an.
»Ich verstehe«, sagte die Prinzessin leise.
»Die Kinder sind uns willkommen«, fügte die Erste Tochter hinzu. »Abgesehen – abgesehen von Eurer Leibwache –«
»Burinam«, flüsterte Thayet.
Jian Cadao wich Buris stechendem Blick aus und fuhr fort: »Sie ist eine K'mir und sie steht Euch nah. Wir können ihre Sicherheit nicht gewährleisten. Die Kinder, die bisherigen Schüler des Konvents der Mutter der Berge, werden wir zu ihren Familien zurückbringen. Soweit wir verstanden haben, ist der Säugling Waise. Wir werden ihn aufziehen. Aber Euch Obdach zu gewähren wagen wir nicht. Ich kann Euch Kleidung geben, Pferde, was immer Ihr braucht. Ihr müsst rasch gehen, bevor *zhir* Anduo erfährt, dass Ihr hier seid.«

Mit einem Blick auf die Prinzessin fügte sie hinzu: »Es tut mir wirklich Leid, Thayet. Ich habe keine andere Wahl. Schon jetzt habe ich Befehle missachtet, die verlangten, Eure Ankunft zu melden. Es wird nicht lange dauern, bis ein Spion der Rebellen die Nachricht überbringt.«

Als die Priesterinnen sie entließen, kehrten sie in das Zimmer zurück, das man Thayet zugewiesen hatte. Keiner von ihnen war überrascht, als sie an der Tür gepackte Satteltaschen vorfanden. »Sie verschwenden keine Zeit, wie?«, höhnte Buri, als sie es sah.

Alanna kämmte Schmutz und Kletten aus Immertreus Fell, etwas, was der Kater liebte, aber dadurch erschwerte, dass er vor Behagen zappelte. »Die Hexen-Tochter hat mir gefallen«, sagte sie, während sie eine verklebte Stelle bearbeitete. »Sie war ehrlich.«

»Von der Ersten Tochter hab ich immer noch 'nen schlechten Geschmack im Mund«, bemerkte Coram.

»Du darfst nicht so streng sein mit *jian* Cadao«, sagte Thayet ruhig. »Sie ist eine Kusine von mir, väterlicherseits. Es war nicht leicht für sie.«

»Eure *eigene* Familie wirft Euch den Wölfen vor?« Liams Augen verfärbten sich leuchtend grün vor Wut.

»In unserer Familie zählt Ehrgeiz mehr als Treue«, erwiderte Thayet und fuhr sich über den Nasenrücken. »Und sie sitzt selbst in der Patsche. Wenn ich verschwunden bin, wird es einfacher werden für meine ganze Familie. Jetzt, wo mein Vater tot ist –« Sie sah beiseite und schluckte mühsam. »Jegliche Macht, die ich besaß, hatte ich durch ihn. Nun bin ich nicht mehr als ein Bauer in einem Schachspiel. *Zhir* Anduo wird versuchen seinen Anspruch auf den

Thron zu bestärken, indem er mich ehelicht. Diejenigen, die ihn nicht wollen, werden mich benutzen, um sich gegen ihn zu stellen, weil ich eine *jian* Wilima bin – wenn auch von weiblichem Geschlecht.« Sie begann auf und ab zu gehen. In ihren braunen Augen lag etwas Wildes. »Wo können wir hin, Buri und ich? Ich brauche einen Rat!«

»Sie könnten doch mit uns kommen«, flüsterte Coram Alanna zu. »Sie halten uns nicht auf – das haben wir auf dem Weg hierher gesehen. Das Dach der Welt kann nicht schlimmer sein als das, was ihnen hier bevorsteht.«

Alanna spielte an ihrem Glutstein herum und musterte Thayet von Kopf bis Fuß. Sie war verlässlich. Sie war eine gute Bogenschützin, was wichtig war, wenn sie nach Nahrung jagten. Falls sie ängstlich war, so hatte Alanna noch nie etwas davon bemerkt. Sie beklagte sich nie, weinte nie, fiel nie in Ohnmacht. Sie drückte sich nie um ihre Wache. Für eine Expedition wie die ihre waren Thayet und Buri eine Bereicherung.

Als Alanna zu Buri hinsah, ertappte sie diese bei einem flehentlichen Blick. Rasch setzte das Mädchen wieder seine finstere Miene auf, aber diesmal ließ sich Alanna nicht täuschen. *Buri muss sich zu Tode ängstigen,* dachte sie. *Und sie weiß, dass Thayet bei uns in Sicherheit ist. Außerdem würde ich sie alle beide vermissen.*

»Thayet«, sagte sie laut. »Ihr wisst, wo wir hinwollen. Man könnte sagen, dass wir auf Schatzsuche sind. Wenn ich finde, was ich suche, kehre ich nach Hause zurück. Warum reitet Ihr nicht mit uns, falls Liam und Buri nichts dagegen einzuwenden haben?«

»Dagegen haben? Bei den Göttern, nein! Thayet kann besser kochen als du«, sagte Liam.

»Zum Dach der Welt«, flüsterte Thayet. Ihr Gesicht hellte sich auf.
»Fort von Sarain?«, sagte Buri strahlend. »Ihr braucht mir bloß den Weg zu zeigen!«

Eine Tochter schüttelte sie wach. Ein Blick zum Fenster zeigte Alanna, dass gleich der Tag anbrechen würde: Zeit für Liams Unterricht. Sie warf dem Drachen einen fragenden Blick zu (zwei Tage nach dem Überfall auf das Banditenlager hatten sie wieder angefangen das Bett miteinander zu teilen), aber er zuckte nur die Achseln und warf Alanna ihre Kleider zu. Sie zogen sich an und folgten der Priesterin hinaus in den Korridor.
Die schwarz gekleidete Tochter erwartete sie mit Buri, Thayet und Coram zusammen. »Wir dürfen keine Zeit verlieren«, erklärte sie ihnen leise. *Zhir* Rayong, der *zhir* Anduo treu ergeben ist, weiß, dass Thayet hier ist, und er ist schon unterwegs. Meine Leute können ihn drei Stunden lang aufhalten, aber wenn ihr entkommen wollt, müsst ihr fort.«
Alanna sah ihre Freunde an und überlegte fieberhaft. »So wie wir sind, können wir nicht gehen. Wenn bekannt wird, dass wir weg sind, werden alle nach einer Gruppe von Edlen oder nach dem Drachen und seinen Freunden suchen. Ich kann als Junge reiten.« Grinsend sah sie auf das Hemd und die Kniehosen hinunter, die sie trug. »Die Göttin weiß, dass ich darin Übung habe.«
»Wir können uns als Söldner ausgeben«, fügte Liam hinzu.
Coram nickte. Nun starrten alle Thayet an; sie hätte gar nicht auffälliger sein können, als sie schon war.
»Ich kann die Prinzessin verkleiden«, sagte die Hexen-

Tochter. »Meine Frauen werden dafür sorgen, dass eure Satteltaschen nicht mehr so gepflegt aussehen. Was ist mit den Pferden?«
Alle wechselten Blicke, doch Alanna schüttelte den Kopf. »Wir haben keine Zeit ihr Fell zu färben. Sofern es notwendig wird, kann ich einen Täuschungszauber über sie und meinen Kater legen, bis die Gefahr vorüber ist.« Liam zuckte die Achseln als Antwort auf den entschuldigenden Blick, den sie ihm zuwarf.
»Also los«, sagte der Drache. »Je schneller wir weg sind, desto besser für alle.«
Thayet und die Tochter verschwanden, während die anderen ihre schäbigsten Kleider anlegten. Novizinnen sattelten die Pferde, rieben Schmutz in ihr Fell, ihre Mähnen und auf das Zaumzeug, dann streiften sie geflickte Segeltuchhüllen über die Satteltaschen. Alannas Lanze und ihr Schild wurden auf Liams Herumtreiber befestigt, da Jugendliche aus dem Bürgertum keine derartigen Waffen trugen.
Als Alanna in den Hof trat, erkannte sie in dem graubraunen Gaul, der sie erwartete, kaum mehr Mondlicht, ihre Stute. Mit ungegerbten Lederstreifen umwickelte sie das juwelenbesetzte Heft ihres Schwerts, bis nur noch der übel zugerichtete Kristall am Knauf zu sehen war. Als Nächstes traf Buri ein, die wie Alanna mit Männerhemd, Kniehosen und Jacke bekleidet war. Dem Packpferd Tunichtgut, das bei ihrem Anblick die Ohren zurücklegte, warf sie einen bösen Blick zu, dann ging sie zu dem Pony, das sie »Trittsicher« getauft hatte.
Thayet hatte sich in eine Frau mit teigiger Haut verwandelt. Ihr mit grauen Fäden durchzogenes Haar war glanzlos und ein purpurfarbenes Muttermal lief über ihre Nase bis hi-

nunter auf die linke Wange. Dazu trug sie ein formloses braunes Kleid. Alles in allem war sie so hässlich, dass keiner sie lange anschauen würde.
»Wir haben Euch Vorräte eingepackt«, sagte eine der Novizinnen und blickte Thayet mit Tränen in den Augen an. »Sie sind auf dem Packpferd und in Euren Satteltaschen. Prinzessin, möge die Göttin auf Euch herablächeln, wo Ihr auch immer hingehen werdet!«
Alanna griff nach dem Arm der Hexen-Schwester. »Falls Ihr jemals nach Westen kommt –«
Die schwarz gekleidete Frau lächelte. »Lebt wohl, Löwin.«
Rasch galoppierten sie durch die Klostertore hinaus. Jetzt, an diesem Punkt der Reise, war es wichtiger, ein gutes Stück hinter sich zu bringen, als sich und die Pferde zu schonen.
Ausnahmsweise beklagte sich Immertreu nicht darüber, dass er so durchgeschüttelt wurde; er hakte seine Krallen in die Schale und klammerte sich fest. Der Weg vom Kloster aus führte an den Stadtmauern entlang, nicht durch die Stadt. Die Besucher, die schon am frühen Morgen in Rachia angelangt waren, waren inzwischen verschwunden, also sah keiner ihre Flucht. Und entweder lächelten die Götter auf sie herab oder die Hexen-Tochter befehligte Wettermacher: Nebel hüllte sie ein, dämpfte die Geräusche und ließ sie unsichtbar werden.
Der Ritt zur Grenze dauerte drei Tage. Liam schlug eine Geschwindigkeit ein, bei der alle mithalten konnten. Alanna hatte das Kommando an ihn abgetreten: Nicht nur, dass er den östlichen Teil von Sarain und das Dach der Welt kannte, nein, ihm selbst lag auch daran, die Führung zu übernehmen.

Ich frage mich, ob das wirkliche Juwel tun würde, was seine Vision mit mir tat – mich in sich hineinziehen, bis ich es mit meinem Leben nähre. Vielleicht liegt es daran, dass ich kein Herrscher bin – nicht so wie Jon, Georg oder sogar Liam. Ich lebe gern mein eigenes Leben – auf das anderer will ich keinen Einfluss nehmen.

Die Gegend war verlassen. Die normalen Bewohner – Fallensteller, Bergbewohner, Angehörige von K'miri-Stämmen, ein paar wenige Stammesangehörige der gewöhnlichen auf dem Dach der Welt ansässigen Doi – waren selbst zu den besten Zeiten nicht gesellig und jetzt waren sie vor den gelegentlichen Patrouillen der von Süden kommenden Heere geflohen. Alanna schenkte dem verlassenen Land wenig Beachtung. *Was wird Thayet nun tun? Sie hat keine Heimat mehr, kein Königreich. Hat sie vor sich treiben zu lassen?*

Und ist es nicht das, was auch ich plante?, sagte sie sich, als sie nach der Flucht aus der Klosterschule ihr erstes Nachtlager aufschlugen. *Von Ort zu Ort zu reisen und nach »Abenteuern« zu suchen?* In jüngster Zeit kamen ihr die alten Vorstellungen albern vor – der Traum eines Kindes, nicht der einer Erwachsenen. *Ich brauche ein Ziel im Leben. Mein Plan, auf Abenteuersuche zu gehen, fällt – sobald ich ihn genauer prüfe – in sich zusammen wie die Zuckerwatte, die auf dem Markt von Corus verkauft wird. Ich brauche ein wirkliches Ziel – etwas, worauf ich zuarbeiten kann. Einst hatte ich es – meinen Schild. Wonach kann ich jetzt, wo ich ihn habe, streben? Ich will nicht mein ganzes Leben mit der Suche nach dem Juwel verbringen!*

Drei Tage nach ihrem Aufbruch aus Rachia kamen sie zum M'kon, dem Fluss, der die Sarainer Grenze bildete. An seinem östlichen Ufer lag die Festung Wei, ein Sarainer

Vorposten. Östlich des Flusses gab es keine zentral regierten Länder mehr. Jenseits von Wei war das Land hügelig und von kleinen Tälern durchzogen. Über diesen Hügeln erhob sich drohend ein riesiges, purpurfarbenes Band, das zu regungslos dalag, um aus Wolken zu bestehen.
Thayet kam auf ihrer Stute neben Mondlicht geritten und folgte Alannas Blick. »Das Dach der Welt«, sagte sie leise.

4
Das Dach der Welt

Gleich hinter der Grenze begann der Weg anzusteigen. Die Nächte waren kalt, obwohl es schon Mai war. Alanna war dankbar für Liams Wärme in ihrer Bettrolle. Thayet zog als Erste einen pelzgefütterten Umhang über, doch die anderen taten es ihr rasch nach.

Jetzt nahmen auch Thayet und Buri am frühmorgendlichen Unterricht des Drachen teil und lernten die waffenlosen Kampfsportarten der Shang. Alanna war überrascht von ihrer eigenen Geschicklichkeit. Es schien, als käme ihr nun die jahrelange Ritterausbildung zugute. Wenn sie übte und ihre Muskeln elegant von einem Tritt zu einem Schlag und wieder zurück wechselten, spürte sie, dass mit ihrem Körper eine Veränderung vorgegangen war. Angefüllt von dem Optimismus dessen, der körperlich in Höchstform ist, forderte sie das Dach das Welt insgeheim dazu heraus, sich von seiner schlimmsten Seite zu zeigen.

Je weiter sich Thayet von ihrer Heimat entfernte, desto ruhiger wurde sie. Sie sprach so freimütig über ihre Kindheit, dass Alanna Coram für die liebevolle, wenn auch barsche Erziehung dankte, die er ihr und Thom hatte angedeihen lassen. Thayet war die Tochter eines Herrschers, der einen Sohn haben wollte, und so hatte ihr nur Kalasin gezeigt, dass sie geliebt wurde. Kalasin war es auch gewesen, die Thayet in der Lebensweise der K'mir unterwies, Kalasin und Buris Familie.

»Ich könnte niemals eine so gute Königin werden wie meine Mutter«, sagte Thayet lächelnd. »Wobei das ja jetzt keine Rolle mehr spielt, weil ich sowieso nie eine sein werde.«

»Tut es dir Leid?«, wollte Alanna wissen. Als Jon sie damals gebeten hatte seine Frau zu werden, war sie maßlos er-

schrocken bei dem Gedanken, dass sie ja dann eines Tages Königin werden musste.
»Ein bisschen«, bekannte Thayet. »Ich ändere gern die Dinge. Zum Beispiel haben die Frauen in Sarain keinerlei Rechte. Nur die, die ihnen der Ehegatte oder der Vater gewährt. Landbesitz und sonstiges Vermögen befindet sich in der Hand der Männer. Frauen können nicht erben.«
»Das ist barbarisch!«, protestierte Alanna. »Bei uns zu Hause kann jede Frau erben. Titel nicht, aber Ländereien. Ich bin nach dem Gesetz Myles' Erbin – was nicht alltäglich ist, aber es kommt vor.«
»Tortall muss wunderbar sein«, seufzte Thayet.
»Wenn du dort bist, wirst du sehen«, versprach die Ritterin. Insgeheim fügte sie hinzu: *Wir alle werden das eine oder andere sehen, wenn wir dort ankommen.*
Da gerade der Schnee zu schmelzen begann, nahm der Handel wieder zu. Bergarbeiter, Fallensteller und Handelskarawanen bevölkerten die Straßen und die kleine Gruppe begegnete Hirten, die Herden zu den Märkten im Süden trieben. Bauern mit Karren, beladen mit Käse, bunten Webstoffen und Hühnern, winkten ihnen zu, wenn sie vorüberritten. Zurückhaltend blieben nur die Angehörigen der Doi-Stämme. Sie waren ein Volk wie die K'mir, wenn auch weniger wild als ihre Brüder und Schwestern im Westen. Im Überleben auf dem Dach der Welt waren sie Experten, sie lieferten die erfahrensten Bergführer und aus ihren versteckt liegenden Dörfern kamen die besten Felle.
Die Reisenden ritten tiefer in die höchsten Berge ihrer Welt hinein; entlang des Weges lagen vereinzelte Schneewehen und Schneeflecke. Alanna kämpfte gegen ihre immer stärker werdende Ungeduld an. Aus irgendeinem Grund war

ihr, als müsse sie sich auf den Heimweg machen. Doch jetzt, wo sie schon fast am Ziel angelangt waren, wäre es töricht gewesen umzukehren. Den Pass wollte sie nun finden und, was auch immer vor ihr liegen mochte, hinter sich bringen.

Sie machte einen Versuch Thom oder Jonathan mit ihrer Gabe zu erreichen, aber sie hatte keinen Erfolg. Die Entfernung war zu groß. Seit ihrer Abreise aus dem Kloster hatte sie Coram seine Rispah nicht mehr zeigen können. Vielleicht besaß Thom die Macht, mit seiner Zauberkraft über den Kontinent zu reichen, doch sie nicht.

Irgendwann – es war bereits mehrere Tage nach dem Überschreiten der Grenze – schloss sie unterwegs zu Coram auf und machte ihm ein Zeichen, er solle sich mit ihr ein Stück zurückfallen lassen. Als ihre Freunde sie nicht mehr hören konnten, fragte sie übergangslos: »Hast du mit *der Stimme* Kontakt gehabt?« Sie bezog sich damit auf das abendliche Ritual der Buri: Jeden Tag bei Sonnenuntergang hielten alle, die den Buri angehörten, von überall her eine auf Magie begründete Zwiesprache mit der *Stimme der Stämme.* Auf diese Weise erfuhr die Stimme alle Neuigkeiten, schlichtete Streitigkeiten, gab Rat. Seit der Stamm der Blutigen Falken Alanna und Coram an Kindes statt angenommen hatte, konnten sie beide an dieser Zwiesprache teilnehmen, doch hatte sich Alanna stets geweigert. Zuerst, weil sie eine Abneigung dagegen hatte, dass irgendeiner in sie hineinblickte, auch wenn er in solchem Maß von Pflichten gebunden war wie die *Stimme.* Später, als Prinz Jonathan zur *Stimme* geworden war, hatten sie sich gerade zerstritten und ihre Liebesbeziehung abgebrochen. Daher hatte Alanna keinerlei Lust, dass Jon erfuhr, was sie dachte und fühlte.

Sie wusste jedoch, dass Coram, seit ihn der Stamm aufgenommen hatte, an diesem Ritual teilnahm.
Verdutzt starrte Coram sie an. »Letzten Herbst, als wir nach Caynnhafen aufbrachen, hast du gesagt, ich soll bloß nicht drüber reden und dir sagen, was ich weiß –«
Alanna stieg das Blut in die Wangen. »Jetzt liegen die Dinge anders. Und?«
»Seit unserem Aufbruch nach Maren nicht.«
Alanna war erstaunt. »Als wir noch bei den Buri waren, hast du dich fast jeden Abend daran beteiligt. Warum jetzt nicht mehr?«
Coram zuckte die Achseln. »Wenn man nicht beim Stamm lebt, ist es anders. Einsam fühlt es sich an. Aber letzte Woche hab ich's versucht. Ich weiß, dass du dir Sorgen machst, was wohl zu Hause los ist.«
»Und?« Sie klang erwartungsvoll, auch wenn sie es zu verbergen suchte.
»Tut mir Leid – ich muss zu weit weg sein. Ich hab rein gar nichts gespürt.«
Alanna setzte ein Lächeln auf. »Schon gut. Vermutlich mache ich mir ganz umsonst Sorgen.« Sie übersah geflissentlich Corams bekümmerte Miene und holte Liam wieder ein.

In der ersten Maiwoche erreichten sie das Lumuhu-Tal und ein weiterer Tagesritt brachte sie zu den Zwillingspässen am nördlichen Rand. Dort, wo sich die beiden Passstraßen trafen, stand ein stabiles, aus Holz und Steinen gebautes Gasthaus. Auf der Wiese hinter den Gebäuden lag eine zerfressene Schneedecke. Die Straße nach Nordosten war durch Eis und Schnee blockiert, der Pass selbst war vollkommen unbegehbar. Alanna musste schlucken, als sie

ihren Blick über diesen zweiten Pass schweifen ließ. Wieso hatte sie das Gefühl, dass das der Chitral sein musste?
Der Himmel war schon den ganzen Tag grau gewesen. Gerade als sie die Pferde im Stall unterbrachten, verdunkelte er sich noch mehr. Als sie den Gasthof betraten, ging ein Schneeregen nieder.
»Mit den Schneestürmen im Mai ist nicht zu spaßen«, sagte der Gastwirt, der ihnen heißen Most brachte, während sie warteten, dass man ihre Zimmer richtete. »Das ist der Preis für unsere hoch gelegene Bleibe hier. Ihr richtet euch am besten häuslich ein. Der Sturm wird das Tal für 'ne Woche abriegeln – vielleicht sogar länger.«
»Was ist mit dem Chitral?«, fragte Liam.
Der Mann lachte. »Vater Chitral ist erst ab Beltane begehbar und dann bloß für 'nen Monat oder zwei. Wenn euch einer gesagt hat, der Chitral-Pass sei 'ne gute Straße, dann hat er sich 'nen Witz erlaubt – ich hoff bloß, ihr habt ihm für seinen Rat nichts bezahlt.« Immer noch lachend ging er davon.
»Jetzt wissen wir, warum sich bisher keiner das Juwel geholt hat«, seufzte Buri. Thayet starrte deprimiert ins Feuer, Alanna kuschelte sich in ihren Umhang und horchte auf das lauter werdende Heulen des Winds.
Liam blieb unten, während Alanna in ihr gemeinsames Zimmer ging, um sich zu waschen und saubere Kleidung anzulegen. Als sie ihre Taschen auspackte – immerhin sah es ja so aus, als würden sie eine Weile bleiben –, fand sie das violette Kleid, das sie schon mit sich herumschleppte, seit sie Corus verlassen hatte. »Wie lang ist es her, seit ich das letzte Mal ein Kleid trug?«, erkundigte sie sich bei Immertreu.
Der Kater sah auf. *Das da hattest du letzten Herbst bei Georg in Caynnhafen an.*

»Stimmt.« Sie lächelte ihrem Spiegelbild zu. »Es ist sein Lieblingskleid.«
Bloß war es damals nicht so verknittert, bemerkte der Kater.
Alanna klingelte nach dem Zimmermädchen.

Thayet klatschte, als Alanna in ihrem violettfarbenen Seidenkleid (das Zimmermädchen hatte die meisten Falten weggebügelt) in den Gastraum trat. Buri pfiff, Coram feixte. Liam musterte sie mit eigenartiger Miene von Kopf bis Fuß.
»Na?«, fragte ihn Alanna schließlich. Die Reaktion der anderen hatte sie verlegen gemacht. »Gefällt es dir nicht?«
»Nicht schlecht«, sagte er. »Aber unpraktisch, wie mir scheint.«
Würde sie ihn jemals verstehen? »Es soll ja nicht praktisch sein – es ist ein Kleid. Ein Kleid, das sich schön anfühlt, wenn man es anzieht.«
»Einen Kampf gewinnst du nicht, weil sich dein Kleid schön anfühlt.« Seine Augen hatten das fahle Grau angenommen, das ihr nicht verriet, wie ihm gerade zu Mute war.
»Ich glaube kaum, dass ich hier mit jemandem kämpfen werde. Höchstens mit dir«, fauchte sie. »Warum kann ich nicht von Zeit zu Zeit ein Kleidungsstück anziehen, das unpraktisch ist?«
»Mach, was du willst«, sagte er achselzuckend. »Vermutlich willst du demnächst Ohrringe, Armreifen und anderen derartigen Firlefanz. Und dann? Einen Gatten aus dem Adel und Hofintrigen?«
»Ich bin eine Frau.« Peinlich berührt, merkte sie, dass Coram, Thayet und Buri unauffällig zu verschwinden versuchten. »Wie kommst du auf die Idee, ich wollte alles aufgeben, was ich bin, nur weil ich ein Kleid trage?«

»Unser Weg ist hart, kalt und schmutzig. Aber vielleicht hattest du dir das Leben eines fahrenden Ritters ruhmreicher vorgestellt.« An seiner Bemerkung war so viel Wahres, dass es schmerzte. Er deutete auf ihr Kleid. »Möglicherweise ist das die Lady Alanna, die du deinem Prinzen zeigen willst, wenn du heimkommst.«
Sie verließ den Raum. Wenn sie jetzt etwas sagte, würde sie weinen, das war ihr klar. Sie rannte in ihr Zimmer und knallte die Tür hinter sich zu. Sie war sich tatsächlich gar nicht mehr so sicher, was dieses Leben als Ritterin auf Wanderschaft betraf, doch nicht aus den Gründen, die *er* angeführt hatte.
Alanna riss sich das Kleid vom Leib und warf es in die Ecke. Unterkleid und Strümpfe flogen hinterher. Sie war gerade dabei, sich Kniehosen und Hemd anzuziehen, als sie zu weinen anfing. Schon Sekunden später war ihr Taschentuch klatschnass.
»Ich hasse ihn!«, rief sie und trommelte aufs Bett. »Ich hasse ihn! Es ist nicht recht, dass ein Mensch einem anderen so wehtun kann!«
»Du machst ihm Angst.« Thayet schloss die Tür hinter sich. »Gerade jetzt, wo er dachte, er verstünde dich, tust du etwas Neues. Er kann dich nicht in eine schöne kleine Schublade stecken, so wie uns.«
»Ich wollte nie etwas Neues für ihn sein!« Alanna fuhr sich mit dem Ärmel über die Augen und knöpfte ihre Hose zu. »Ich wollte nie *überhaupt etwas* für ihn sein! Es ist einfach passiert!«
Thayet knöpfte Alanna das Hemd zu. »Ich hab das Gefühl, auch für ihn ist es einfach passiert. Das ist es, was ihm Angst macht. Unser Drache gehört zu den Männern, die alles gern unter Kontrolle haben – vor allem sich selbst.«

Alanna starrte die Prinzessin an. Fürchtete sich Liam deshalb vor der Magie? »Was ist denn Schlimmes daran, sich in mich zu verlieben? Und was hat mein Kleid damit zu tun?«
Thayet lächelte. »Alanna, als du dieses Kleid trugst, sah er die Tochter eines Edlen – eine Frau, deren Stammbaum bis ins *Goldene Buch* zurückreicht. Liam ist von niederer Geburt.«
»Wenn *mich* das nicht stört, wieso dann *ihn?*«
»Er ist sehr stolz.« Thayet tauchte ihr Taschentuch in Alannas Waschschüssel und rieb ihr das Gesicht ab. »Manche Frauen können weinen und schön dabei sein«, sagte sie trocken. »Du und ich gehören nicht dazu.«
»Ich weiß«, schniefte Alanna. »Ich werde rot und fleckig. Als mir Georg damals sagte, er sei – na ja, interessiert an mir – da hat es mich gestört, dass er ein Bürgerlicher ist. Ich sagte sogar ›Gleich und Gleich gesellt sich gern‹ oder so etwas Ähnliches. Georg war das egal. Und Liam? Wieso kümmern den Shang-Drachen gesellschaftliche Unterschiede?«
Es klopfte leise an der Tür. Liam kam herein.
»Ich wollte gerade gehen«, sagte Thayet, zwinkerte Alanna zu, ging hinaus und machte die Tür hinter sich zu.
Liam stand da und starrte zu Boden, während er sagte: »Du hättest dein Kleid nicht ausziehen sollen. Du siehst sehr hübsch darin aus. Ich glaube, manchmal hat man sich daran gewöhnt, eine Person nur auf eine bestimmte Art und Weise zu sehen.«
Das war alles, was sie als Entschuldigung zu erwarten hatte, das wusste sie. Alanna klopfte neben sich aufs Bett. »Ich mag Kleider«, sagte sie, als er saß. »Wenn du mit uns

nach Tortall kommst, wirst du mich öfters so sehen. Dass ich Ritterin bin, heißt noch lange nicht, dass ich keine hübschen Sachen mag.« Dann fügte sie lächelnd hinzu: »Manchmal hab ich mich sogar angemalt.«
Auf seine verdutzte Miene hin erklärte sie: »Du weißt schon, Lippenstift und so. Liam, ich schäme mich nicht eine Frau zu sein.«
Zögernd berührte er Alannas Haar. »Das hatte ich auch nicht erwartet. Ich vergesse nie, Löwin, dass du eine Frau bist.« Sein Kuss war voller Leidenschaft. Alanna ließ es zu, dass er sie in seine Arme zog, doch sie dachte dabei: *Wir müssten uns ausgiebiger darüber unterhalten, warum er so ärgerlich wurde. Ich glaube, im Bett wird diese Angelegenheit nicht geklärt.* Der Drache war jedoch so zielstrebig, dass sie ihre Fragen wieder einmal beiseite schob, um sie ein anderes Mal in Angriff zu nehmen.

Später, als sie sich gerade zum Abendessen anzogen, fragte sie: »Gibt es Löwinnen in Shang?«
Liam streckte sich und dachte nach. »Seit fünfzig Jahren nicht. Die Frauen ziehen Namen vor, die ihrer Meinung nach weniger protzig sind – was bedeutet, dass es nur selten ›Löwinnen‹ und weibliche ›Drachen‹ gibt. Die Wildkatze, unsere Meisterin im Trittkampf, sagte immer, wenn die Männer unbedingt auffallen wollten, so sei das ihr Problem.«
»Ich hätte angenommen, dass Fabeltiere von *Natur* aus auffallend sind«, wandte Alanna ein. »Oder lasst ihr es überhaupt nicht zu, dass Frauen so weit aufsteigen?«
»Du müsstest mal versuchen sie zurückzuhalten!«, lachte er. »Zur Zeit gibt es drei Fabeltiere: mich, den Vogel Greif –

auch ein Mann – und das Einhorn, Kylaia al Jmaa. Sie ist das schönste Wesen auf der Götter Erdboden: Sie besteht nur aus Seide, Stahl und Blitzen.« Er kniff sie in die Nase. »Zufrieden?«

Ihr Abendessen aßen sie zusammen in dem Zimmer, das sich Thayet und Buri teilten. Bisher verspürten sie noch nicht genug Langeweile, um in den Gastraum hinunterzugehen. Eine komische Mischung aus Erregung und Angst erfüllte sie, aber keiner mochte darüber reden. Was sollten sie nun tun? Abwarten, bis der Chitral frei war?

So lange kann ich nicht warten, dachte Alanna, als sie sich zum Schlafengehen fertig machte. *Ich weiß nicht, wieso, aber in letzter Zeit denke ich laufend, ich müsste nach Hause. Und zwar je schneller, desto besser. Wenn ich nur Thom oder Jon erreichen könnte – irgendeinen, der mir sagt, was in Tortall vor sich geht.*

Am nächsten Vormittag vertrieben sie sich die Zeit mit all den Pflichten, die unterwegs vernachlässigt worden waren. Alanna und Coram verbrachten die Stunden nach dem Frühstück in den Ställen, um Sattel- und Zaumzeug zu flicken. Liam war mit seiner Kampfausrüstung beschäftigt, während Thayet Kleider flickte. Buri putzte die Waffen. Bis zum Mittagessen war ihnen schließlich allen nach einer Abwechslung zu Mute. Also gingen sie in den Gastraum, um zu sehen, wer außer ihnen noch hier festsaß, solange der Sturm wütete.

Zwei Händlergruppen waren da. Die eine trug Gewürze zu den Tälern nördlich des Lumuhu und des Chitral, die andere wollte Felle und handgewobene Waren nach Süden zur Hafenstadt Udayapur bringen. Vier Ortsansässige – zwei Schäfer, ein Hufschmied und ein Bergführer – kamen dazu, außerdem eine fünfköpfige Gruppe von Doi. Die Doi

waren an Alanna und ihren Freunden nicht weniger interessiert als Alanna an ihnen. Während der ganzen Mahlzeit wechselten sie Blicke mit ihr.
»Liam«, flüsterte Alanna so unauffällig wie möglich. »Wer ist diese Doi-Frau mit dem Onyx mitten auf der Stirn?«
Liam nickte ernst zu den Doi hinüber. Sie verbargen kurz ihre Augen, ein Zeichen von Respekt, wie der Drache sagte.
»Eine Wahrsagerin«, antwortete er. »Die stehen bei den Doi ebenso in Ehren wie bei euch die Priester. Jeder Wahrsager verwendet andere Methoden. Manche lesen aus den Teeblättern in einer Tasse, manche sagen dir deine Zukunft nach den Sternen voraus. Ich hab mir meine auch mal sagen lassen. Es ist interessant.«
»Du magst doch keine Magie?«, fragte sie überrascht.
Liam schüttelte den Kopf. »Es ist nicht das Gleiche. Kein funkensprühendes Feuer, nichts, was auf dich zufliegt, keine Dinge, die sich verändern. Ein Wahrsager sieht sich etwas an, das *wirklich* ist.«
Einer der Doi-Männer kam herüber und bedeckte kurz die Augen, um seinen Respekt vor Liam zu zeigen. »Drachenmann, wir gehören zum Stamm der Felsenmaus.«
»Ich kenne diesen Stamm«, entgegnete Liam.
»Mi-chi, unsere Dame, die sieht, weiß, dass die Zeit stillsteht, wenn man den Wind nicht mehr spürt. Falls ihr mögt, liest sie allen aus der Hand.«
»Es wird uns eine Ehre sein.« Liam erhob sich. Dabei flüsterte er den anderen zu: »Es ist eine Beleidigung abzulehnen.«
Thayet nahm neben Mi-chi Platz, als diese sie herwinkte.
»Ich lese Hände«, sagte Mi-chi. Ihre Stimme war tief, ihre Augen dunkel und geheimnisvoll. »Man sagt, die Hand,

mit der du einen Bogen spannst oder im Kochtopf rührst, zeigt den Teil von dir, den die anderen sehen. Die weniger benutzte Hand, das ist dein Inneres.«
»Ich bin Rechtshänderin.«
Mi-chi nahm die linke Hand der Prinzessin und drehte sie um. Keiner sprach, als sie mit den Fingern über die Linien auf der Handfläche fuhr. Neugierig erforschte Alanna die Doi mit ihrer Gabe. Die Zauberkraft der Wahrsagerin war wie die der Buri, sie stammte aus der Erde, nicht aus einer Quelle im Inneren der Person, die sie benutzte.
»Was siehst du?«, wollte Thayet wissen.
Mi-chi sah sie lächelnd an. »Du hast nur deine Ketten verloren, große Dame. Folge deinem Herzen – es führt dich zu einem mächtigen Ort. Und vergiss deine Heimat. Du wirst sie nie mehr sehen.«
Thayet erhob sich und ging mit abgewandtem Gesicht hinüber zum Feuer. Buri beobachtete ihre Herrin einen Augenblick lang, bevor sie neben der Doi Platz nahm. »Was du auch immer zu sagen hast, sag es mir leise, ja?«, bat sie, als sie ihre rechte Hand ausstreckte.
Mi-chi war einverstanden. Anschließend weigerte sich Buri zu verraten, was ihr die Frau vorhergesagt hatte. Coram, der Nächste, brachte dieselbe Bitte vor. Als er aufstand, lächelte er – was die Zukunft für ihn bereithalten mochte, es schien ihm zu gefallen.
Jetzt sah Mi-chi mit einem Lächeln zu Liam hoch. »Du kennst dein Schicksal bereits, Drachenmann. Nichts, was ich sage, wird deinen Weg ändern oder das, was du darüber weißt.« Sie blickte zu Alanna hin. »Jetzt du.«
Alanna nahm neben Mi-chi Platz und reichte ihr die linke Hand. Mi-chi nahm beide. Aufmerksam studierte sie die

mit Hornhaut bedeckten Handflächen der Ritterin. Als sie sprach, spürte Alanna eine Kraft in ihren Worten, die ganz anders war als die Doi-Magie, die sie zuvor gefühlt hatte. Diese hier war stärker und ungezähmt.

»Er wartet, der alte Chitral.« Mi-chis Stimme war rau. »Er weiß, dass du kamst, um seinen Schatz zu holen. Er wird ihn dir nicht überlassen, wenn du seiner nicht würdig bist.«

Alannas Freunde stellten sich rundherum und horchten.

»Meinst du, dass es anders wird, wenn du das Ende des Sturms abwartest, bevor du gehst? Er hat noch mehr, was er dir entgegenschleudern kann.«

»Ich werde doch nicht versuchen den Pass zu bezwingen, solange der Schneesturm wütet!«, protestierte Alanna.

»Dann ist dein Wunsch oder was dich antreiben mag, nicht stark genug.« In Mi-chis Augen lag Spott. »Täusch dich nicht, Heldin aus dem Flachland. Chitral bekämpft dich mit seinem Schnee und seinem Wind. Alle, die gegen ihn antreten, müssen nach *seinen* Regeln kämpfen. Oder sie müssen es lassen.«

Die Doi ließ Alannas Hände fallen und sah Liam an.

»Drachenmann, bringst du uns dein Kätzchen, um es auf die Probe zu stellen? Möglicherweise wirst du die ausgewachsene Katze nicht mehr haben wollen.«

»Ich bringe Alanna nirgendwohin, weise Frau. Sie wählt sich ihren Weg selbst.«

Mi-chi erhob sich zitternd. Einer ihrer Begleiter kam, um sie zu stützen. »Vergiss es nicht, Drachenmann.« Die Wahrsagerin krächzte vor Erschöpfung. »Wie du ist sie eine Meisterin, nur auf andere Weise. Immer auf andere Weise.« Nun führten die anderen Doi die Frau weg in ihre Zimmer.

Alanna rieb sich die Hände an den Hosen. Sie kribbelten immer noch von Mi-chis Zauberkraft, die durch sie gespro-

chen hatte. »Was sie sagte, hörte sich – ach, ich weiß nicht. Heldin bin ich jedenfalls keine. Noch nicht.«
Buri legte einen Arm um Alannas Schultern. »Freut mich, das zu hören. Komm mit nach draußen in die Ställe, dann üben wir den Trittkampf.«

Das Schlimmste war, dass sie Mi-chi oder dem, was durch die Wahrsagerin gesprochen hatte, Glauben schenkte. Die Woge der seltsamen Zauberkraft, die sie gespürt hatte, konnte sie unmöglich ignorieren. *Ich möchte wissen, was da oben in dem Pass darauf wartet, dass ich mir das Juwel holen komme*, sagte sie sich immer wieder, während dieser Tag zu Ende ging und sich der nächste vorwärts zu schleppen begann. Draußen heulte immer noch der Sturm und es sah nicht so aus, als wolle er nachlassen. *Vielleicht sollte ich dieses gottverdammte Juwel einfach vergessen und nach Hause gehen?* Aber an diesem Punkt sträubte sich etwas in ihr. In ihrem Leben musste es schon vorgekommen sein, dass ihr nicht gelungen war zu vollenden, was sie begonnen hatte; aber sie konnte sich an keinen derartigen Fall erinnern, hatte auch keine Lust dazu. Dass ihre Suche nach dem Kleinod als etwas in ihrer Erinnerung blieb, was sie begonnen und aufgegeben hatte, wollte sie nicht. Fast gegen ihren Willen begann sie sich darauf zu besinnen, was sie als Kind in Trebond vom Überleben im Schnee gewusst hatte.
An ihrem dritten Tag im Gasthaus, kurz vor Eintritt der Dämmerung, sah sie gerade durch eine Ritze im Fensterladen hinaus, als sie spürte, wie jemand hinter sie trat. An der Aura konnte sie erkennen, dass es Liam war, und drehte sich nicht um. »Ich glaube, der Sturm lässt nach«, sagte sie in dem Versuch sich selbst Hoffnung einzureden.

Liam packte sie fest an den Schultern und drehte sie um. »Ich möchte dir raten nicht mal dran zu *denken*«, sagte er. »Und reiß jetzt nicht die Augen so auf und frag mich, was ich damit sagen will. Ich bin nicht Coram. Bei mir funktionieren deine Tricks nicht.«

»Vielleicht lässt es Coram zu, dass meine ›Tricks‹ bei ihm funktionieren. Und ich weiß *wirklich* nicht, wovon du redest!«

»Warum sagt mir dann der Gastwirt, dass du dich nach Schneeausrüstung erkundigt hast?«, fragte der Drache und schüttelte sie ein bisschen. »Meinst du, du bist nicht sterblich? Dieser Schneesturm ist tödlich! Ganze Herden sind da draußen erfroren, und zwar an Ort und Stelle. Vielleicht konnte dich diese Zaubergabe, die du hast, schützen, wenn in Tortall der Wind mal ein bisschen blies. Aber hier bist du am Dach der Welt und *wirst sterben. Ich* würde es niemals versuchen und *dir* verbiete ich es!«

Jahrelange Übung in Selbstbeherrschung hielt sie davor zurück, ihm eine Ohrfeige zu geben, obwohl sie noch nie so große Lust dazu gehabt hatte wie jetzt. »Du weißt nicht, wozu ich fähig bin, Eisenarm.« Ihre Stimme klang eisig, als sie sich nun losriss. »Es missfällt mir, wenn du so tust, als würde ich nur Unsinn machen, sobald du nicht dabei bist, um mich anzuleiten!«

»Ist es denn nicht so?«, fragte er. »Manchmal benimmst du dich, als hättest du nicht mehr Verstand als das Kätzchen, dessen Namen ich dir gab!«

Das war unfair und beide wussten es. Doch Liam konnte sich nicht entschuldigen, Alanna konnte nicht vergeben. Das Abendessen verlief in frostigem Schweigen. Die anderen verzogen sich gleich anschließend in ihre Zimmer, um

den Streit nicht miterleben zu müssen. Liam blieb im Gastraum, wo er sich mit den Doi unterhielt.
Alanna ging mit Immertreu nach oben.
»Wir werden uns nie einig werden«, erklärte sie dem Kater, während sie sich auszog und ins Bett kroch. »Vermutlich sind wir uns zu ähnlich.« Dann begann sie zu weinen, weil es wehtat, obwohl sie wusste, warum ihre Beziehung mit Liam nicht klappte. Immertreu schmiegte sich an ihre Wange und schnurrte tröstlich. Bis Liam ins Bett kam, war Alanna eingeschlafen und so spürte sie nicht, wie er sanft ihre tränenverschmierte Wange berührte.

Der Traum war so klar, dass er ihr Angst einjagte.
Jonathan stand neben einem Sarg, in dem Königin Lianne, seine Mutter, lag.
»Sie hatte keine Kraft mehr.« Roger stand mit ausdrucksloser Miene auf der anderen Seite des Sargs. »Ihre Zeit war gekommen.«
Jon hatte müde Augen. »Einst, bevor du die Schwitzkrankheit schicktest, war sie von guter Gesundheit. Bevor du versuchtest sie mit deinen Zaubersprüchen umzubringen.«
»Das war in einem anderen Leben«, sagte Roger. Thom stand als Schatten an seiner Seite. »Ich besitze keine Zauberkraft mehr. Ich habe deine Mutter nicht getötet.«
Jonathan blickte auf das Gesicht seiner Mutter hinunter. »Ich weiß.«
Hinter Jon, im Dunkeln, stand Georg, dessen Augen auf Roger lagen.
Alanna fuhr hoch. Es war sehr spät. Liam schlief, das Feuer im Kamin war heruntergebrannt und glühte nur noch.
Jetzt ist es so weit, dachte sie grimmig, während sie aus dem

Bett glitt. *Jetzt habe ich genug Zeit vertan. Jetzt hole ich mir dieses Juwel und gehe nach Hause.*
Bist du sicher?, erkundigte sich Immertreu, der sich gerade auf Alannas Kissen niederließ.
»Verrückt«, flüsterte sie beim Anziehen. Liam schlief friedlich, ohne ihre Vorbereitungen zu hören. »Diese Wahrsagerin hat sich lustig gemacht über mich.« Sie griff nach einem Beutel, der ihre Kleider enthielt, und deutete dann zur Tür.
Nein, antwortete Immertreu. *Einer muss dableiben und dafür sorgen, dass er nicht aufwacht.* Als er zu schnurren begann, erhob sich ein weißes, schimmerndes Licht und legte sich über ihn und Liam.
Alanna zitterte, während sie im Flur die Sachen ablegte, die sie hastig übergeworfen hatte. Stattdessen zog sie Kleidungsstücke aus Seide an: Männerhemd, Kniehose und Handschuhe. Die nächste Lage bestand aus Wolle: Überhose, Strümpfe, noch ein Hemd. Sie begann zu schwitzen. Aber draußen sahen die Dinge ganz anders aus, das wusste sie. Den Beutel ließ sie stehen und nahm Stiefel mit weichen Sohlen in die Hand. Auf Zehenspitzen ging sie in die Passage, die vom Gasthaus zu den Ställen führte.
Heiße unterirdische Quellen ermöglichten es, die Herberge auch in der kalten Jahreszeit offen zu halten. Die Ställe waren warm – *zu* warm, so wie sie angezogen war. Alanna verfluchte laut die Hitze, bis sie den Stalljungen entdeckte, der in einem Heuhaufen schlief. Als er sich bewegte, berührte sie seine Stirn und befahl ihm mit ihrer Gabe weiterzuschlafen.
Mondlicht begann herumzutänzeln, als sie ihre Herrin sah, doch Alanna schüttelte den Kopf. »Nicht heute Nacht, mein Mädchen.«
Neben den Stalltüren standen die drei großen Tonnen, die ihr

der Gastwirt beschrieben hatte. Die mit der roten Markierung enthielt dicke Winterkleidung, so groß und weit geschnitten wie nur möglich. In der gelben waren die mittleren Größen, in der grünen die kleinen. Diese Tonne öffnete sie nun und zog das hervor, was sie als dritte Lage überziehen wollte. Alles war von den Doi hergestellt: Jacke und Hose aus Leder, mit Lammfell gefüttert, eine mit Gänsedaunen ausgestopfte Weste, eine gestrickte Gesichtsmaske, eine Schneebrille.

Als Kopfbedeckung diente ihr ein Burnustuch, für die Hände nahm sie ihre eigenen schaffellgefütterten Fäustlinge. An ihrem Gürtel hingen Blitzschlag und eine zweischneidige Axt mit einer speziell für Eis geeigneten Klinge. Als oberste Schicht zog sie schließlich einen pelzgefütterten Umhang über. Sie ließ ihren Blick über die Gestelle mit Schneeschuhen wandern, wählte das kleinste Paar und befestigte es an ihren Stiefeln. »Hoffentlich weiß ich noch, wie man mit diesen Dingern umgeht!«

Sie erhob sich und machte eine Bestandsaufnahme. Hatte sie irgendetwas, was ihr hilfreich sein konnte, vergessen? Ein Kleidungsstück oder ein anderes Zubehör?

Selbst wenn, dann fiel es ihr jedenfalls nicht ein. Behutsam holte sie ihre Gabe hervor, sandte sie in ihre Kleidung und band die Stallwärme in jede einzelne Lage. Um sicherzugehen, besiegelte sie das Ganze mit einem rituellen »So soll es sein!« Die Wärme legte sich über sie wie eine Decke. Sie holte tief Luft, öffnete die Stalltür einen Spaltbreit und ging nach draußen. Doch bevor sie die Tür wieder schloss, schickte sie einen kleinen Zauber zu dem schlafenden Jungen zurück, damit er in fünf Minuten erwachen und die Tür verriegeln würde.

Im Schutz der hohen Mauer, die den Gasthof umschloss,

lagen die Schneewehen auf den Höfen nur ungefähr einen Fuß hoch. Während sie das Tor fand und es öffnete, machte sie sich auf den ersten ungebremsten Windstoß gefasst. Er warf sie fast um, als er sie traf. Sie stemmte sich in den Sturm, ging durchs Tor und zerrte es hinter sich zu.

Der Wind war so scharf, dass sie kaum atmen konnte. Eisige Kälte stach in ihre Brust und sie begann zu zittern. *Kälte,* jammerte etwas in ihr. *Ich hasse die Kälte!*

Alanna zwang einen Fuß vorwärts. *Ich hatte schon mal bessere Einfälle.* Sie gab sich Mühe nicht an Eis und Wind zu denken. *Andererseits – wie kann es Liam wagen, mir zu sagen, was ich tun soll? Mir ging es hervorragend, bevor ich ihn traf.* Mühsam hob sie den anderen Fuß, setzte ihn wieder zu Boden. *Das war der zweite Schritt. Sie sah so gut wie gar nichts. Da fällt mir etwas ein – woher soll ich eigentlich wissen, ob das die richtige Richtung ist? Vermutlich wird der »Haushofmeister« dieses Chitral auftauchen und mir unter Verbeugungen den Weg auf den Pass weisen . . .* Sie hob ein Bein, senkte es wieder, immer gegen den Wind. *Aller guten Dinge sind drei.* Irgendwie kam sie vorwärts. Derjenige, der diesen Pass beherrschte – wer es auch war –, würde es ihr so schwer wie nur irgend möglich machen. Mit diesem Wissen kämpfte sie sich geradewegs in den Sturm hinein.

Seit ihrer Abreise aus Trebond vor vielen Jahren, wo sie die Schneeschuhe den ganzen Winter über kaum abgelegt hatte, hatte sie nur selten einmal welche benutzt. So dauerte es ein Weilchen, bis ihren Beinen und Füßen wieder einfiel, wie man mit ihnen umging: Lange Schritte machen, Schneeschuhe ganz aus dem Schnee heben, dann wieder absetzen. Alle sechs oder sieben Schritte anhalten, um den Schnee abzuschütteln, der sich auf der breiten Oberfläche anhäuft. Es war eine harte

Arbeit für ihre Beinmuskeln, die inzwischen ans Reiten gewöhnt waren, aber dafür war sie dankbar. Für alles, was sie von der Kälte ablenkte, war sie dankbar. Selbst ihrer Gabe würde es nicht gelingen, die Kälte vollkommen abzuhalten, und inzwischen verbrauchte die Gabe sich gefährlich schnell. Begann der Boden unter ihr anzusteigen oder war das eine Täuschung?

Es war keine. Sie prallte gegen eine hohe, steinerne Säule, die den Punkt markierte, an dem der Weg die Talsohle verließ und zum Pass hinaufführte. Alanna blieb einen Augenblick lang im Windschatten des Felsens stehen. Sie war vollkommen erledigt und schnappte nach Luft.

An einem windstillen Tag hätte ich für diese Strecke fünf Minuten gebraucht. Seit wann bin ich unterwegs? Seit einer Stunde?

Sie stieß sich von ihrem Unterstand ab und wieder in den Wind hinaus.

Eine plötzliche Böe schleuderte sie auf die Knie. Alanna biss die Zähne zusammen, stand auf, ging weiter, lief gegen einen Baum. Sie stolperte und fiel rückwärts in den Schnee. Voller Angst, der Schnee könnte sie unter sich begraben, wenn sie zu lange liegen blieb, kämpfte sie sich erneut hoch und verfluchte dabei die plumpen Schneeschuhe. Ihr fielen Schimpfworte ein, von denen sie gar nicht gewusst hatte, dass sie sie noch kannte. Schließlich kam ihr eine Idee. Sie griff nach einem Ast, hackte ihn mit ihrer Axt ab und schuf sich so einen Stock. *Miache musste sich nicht mit derartigem Kram herumschlagen, um an das Juwel zu kommen,* überlegte sie mürrisch, während sie den Schnee von ihren Schneeschuhen schüttelte und wieder losstapfte. *Sie hat es gestohlen!* Alanna tastete mit dem Stock vor sich den Boden ab, immer noch direkt in den Wind gestemmt. *Stehlen würde ich es nicht, glaube ich. Ich hätte Skrupel. Wenn es bloß ein Menschenfresser oder ein Drache besäße – einer, gegen den ich kämpfen kann!*

Es half ihr, Lieder zu rezitieren, während sie sich vorwärtskämpfte. Zuerst sang sie die, die ihr die Mithran-Priester im Palast beigebracht hatten. Als sie damit fertig war, begann sie mit denen, die sie von den Soldaten, den Dieben und den Pferdeknechten kannte. Nach der Hälfte von »Der unermüdliche Bettler«, dem Lied, mit dem sich Coram in Berat fast Schwierigkeiten eingehandelt hätte, versagte ihr die Stimme. Sie hielt an, um zu rasten. Wie weit mochte sie wohl gekommen sein?

Ihre innere Uhr sagte ihr, dass sie fast zwei Stunden unterwegs war. Es würde also noch ein paar Stunden dauern, bis es hell wurde. Der Gastwirt hatte gesagt, es sei ein zweistündiger, strammer Fußmarsch von seiner Haustür bis zur Spitze des Passes. Aber bei diesen Witterungsverhältnissen würde sie möglicherweise einen ganzen Tag dafür brauchen, das war Alanna klar.

Ob ich das Juwel wohl spüren kann? Sie griff nach ihrer Gabe und erschrak. Während sie sich darauf konzentriert hatte, vorwärtszukommen, hatte sie ihre Gabe in dem Versuch, sich warm zu halten, erschöpft. Sie war auf ein gefährlich niedriges Maß abgesunken, flackerte nur noch und verbrannte sich im Kampf gegen den tödlichen Frost. Umkehren konnte Alanna nicht – die Gabe wäre aufgebraucht, noch bevor sie den Baum erreichte, ganz zu schweigen vom Tal.

Alanna ging weiter. Ironisch überlegte sie sich, dass sie Liam nicht einmal einen Vorwurf machen konnte, wenn er ihr diese Kletterpartie verboten hatte. Aber sie war eine erwachsene Frau. Der einzige Mensch, der letzten Endes entscheiden konnte, was sie tun sollte und was nicht, war sie selbst.

Das habe ich also davon, dass ich die Beherrschung verlor. *Geschieht mir ganz recht*, sagte sie sich. Sorgfältig begann sie, die Bereiche, die ihr wärmender Zauber schützte, einzuschränken, bis er nur noch an den Füßen, den Händen und im Gesicht wirksam war. Sie versuchte, die Kälte zu ignorieren, die jetzt umso grimmiger nach allen anderen Körperteilen griff, und kämpfte sich wieder durch den Wind.

Die Ritterin brauchte fünf Minuten, bevor sie merkte, dass sich der Wind gelegt hatte. Sie blieb stehen und hob den Kopf. Nur noch dahintreibende Flocken waren vom Schneesturm übrig. Sie schob ihre Schutzbrille hoch und drehte sich um, weil sie die Spuren sehen wollte, die sie hinterlassen hatte. Gespenstisch gerade erstreckten sie sich hinter ihr, so weit sie sehen konnte. Eine Kälte, die nicht vom Winter kam, kroch ihr am Rückgrat empor. Eigentlich hätte ihre Spur im Schnee im Zickzack verlaufen müssen, doch sie sah aus, als hätte sie einer mit dem Lineal gezogen.

»Ich weiß gar nicht, ob es gut ist, dass kein Wind mehr bläst«, murmelte sie. »Bisher wusste ich wenigstens, in welche Richtung ich gehen muss.« Nach einem weiteren Blick zurück zu den Spuren zuckte Alanna die Achseln und machte sich wieder auf den Weg. Jetzt, wo die Flamme ihrer Gabe niedriger und niedriger brannte, war es von größter Wichtigkeit, dass sie in Bewegung blieb. Alle paar Fuß sah sie nach hinten, um sich zu überzeugen, dass sie die Richtung beibehielt. Vor ihr öffnete sich der Pass, gesäumt von weißen und glatten Wänden neben dem Weg. Am Himmel brach die Wolkendecke auf und gab den Blick auf eine dünne Neumondsichel frei. Es war eine überaus stille

Nacht; nur rutschender Schnee war zu hören und das Knacken von Felsen.
Plötzlich erklang in ihr eine Stimme, die auf ihre Art so furchtbar war wie die der Göttin. Stürzende Felsbrocken und rauschende Bäche lagen darin. Sie fiel auf die Knie und presste die Hände auf die Ohren, doch es nutzte nichts.
Also hast du es bis hierher geschafft. Du hast dir Zeit gelassen.
Alanna gelang keine Antwort.
Sieh nach links.
Sie gehorchte. Eine Lichtspur erstreckte sich über die seitliche Wand des Passes hinauf, über auseinander gebrochene Felsblöcke und Seen aus Schnee und Eis hinweg. *Das, wofür du kamst, ist am Ende dieses Weges – genau wie ich.*
Die Stimme – es musste die Stimme des Wesens sein, das Mi-chi »alter Chitral« nannte – war verstummt. Einen Augenblick lang lauschte Alanna beklommen, dann fiel ihr die Gefahr ein, die die Kälte in sich barg; also rappelte sie sich wieder auf, holte tief Luft und drehte dem glatten Weg, der so einladend vor ihr lag, den Rücken zu. Sie verstärkte den Zauber an Händen und Füßen, nahm ihn von ihrem Gesicht weg und überlegte, wie lange er noch reichen mochte. Sie war sehr müde. Ein Nickerchen –
Gewaltsam schüttelte sie den Bann der Kälte ab und hielt auf den Berghang zu. Sie machte nur Halt, um die Schneeschuhe zu lösen und sie auf den Rücken zu schnallen. Jetzt stieg wieder Wut in ihr hoch – diesmal nicht auf Liam, sondern auf Chitral. »Ich soll dir wohl als Unterhaltung dienen?«, schrie sie, während sie in die Felsen kletterte. »Da, wo ich herkomme, gilt es als ehrenhaft, ein Opfer auf der Stelle zu töten und nicht erst damit zu spielen!«
Keine Antwort. Doch sie wollte auch keine. Sie brauchte

lediglich die Hitze ihrer Wut. Als sie durch die gefrorene Schneedecke brach und ihr Bein zwischen zwei Felsen stecken blieb, stieß sie einen Schrei aus, dann nahm sie die Eisklinge ihrer Axt zu Hilfe und zog sich vorsichtig auf festen Grund und Boden. Das Bein klopfte, als sie es belastete, gab aber nicht unter ihr nach.

»Macht es dir Spaß, Chitral?« Keine Antwort. Sie kletterte weiter.

Ein paar Fuß entfernt, glitt ihr Stock auf einem verborgenen Eisfleck aus, sie stürzte auf die Knie und zerbiss sich die Unterlippe. Sie nahm eine Hand voll Schnee und presste ihn über ihrer Maske auf den blutenden Mund. Auch diese Verletzung schrieb sie auf Chitrals Konto, dann erhob sie sich und ging weiter. Dass sie sich so häufig verletzte, lag zweifellos daran, dass ihre Aufmerksamkeit durch Müdigkeit und Nervosität getrübt war. Das Beste wäre es gewesen, Halt zu machen und eine halbe Stunde zu rasten, aber sie wagte es nicht. Stattdessen begann sie noch einmal »Der unermüdliche Bettler« zu singen. Sie war zu Ende und hatte auch die Hälfte von »Des Königs neue Dame« hinter sich gebracht, als sie in die Höhle stolperte.

Ihre Gabe flackerte, verlosch und hinterließ nur noch eine kleine Spur von Glut. Sie war aufgebraucht.

Der Heimweg wird sehr interessant werden, sagte sich Alanna, während sie sich umsah. Hinter dem kleinen Vorraum lag eine größere Höhle. Dorthin ging sie nun. Hier in einer großen Halle mit Wänden, die ein trübes, gespenstisches Gelb verstrahlten, endete Chitrals Lichtspur. Am anderen Ende war ein Tunnel.

»Also gut, Chitral!«, schrie sie, während sie ihre Gesichtsmaske herunterzerrte. »Ich bin da!«

Dann bereite dich vor zum Kampf, lautete die Antwort, die ihr in die Glieder fuhr. *Du hast etwas gefordert, wogegen du kämpfen kannst. Du sollst es haben.*
Die Luft in der Höhle war kühl, aber nicht kalt. Sie streifte ihre warmen Sachen ab bis zu der Schicht aus wollener Kleidung und häufte sie auf den Höhlenboden. Dabei machte sie eine sorgfältige Bestandsaufnahme, was ihre körperliche Verfassung betraf. Sie war nicht glücklich mit dem Ergebnis. In einem so schlechten Zustand hatte sie sich noch nie auf einen Kampf eingelassen.
Da ist nichts zu machen, dachte sie, während sie Blitzschlag aus der Scheide zog und ihre Arme lockerte. *Wenn ich nächstes Mal Jagd auf etwas mache, liegt es hoffentlich in einer staubigen Ecke, wo es keiner sieht und wo es keinen stört, wenn ich es mir nehme. Das hier habe ich mir selbst eingebrockt.*
Etwas kam durch den Tunnel auf sie zugetapst. Alanna ging zur Mitte der Höhle und machte sich bereit.
Als es ins Licht trat, wurde ihr augenblicklich klar, dass es Chitral war, der diese Gestalt angenommen hatte. Sie hatte keine Ahnung, warum sie das wusste, aber sie hegte keinerlei Zweifel. Er kam als einer der riesigen Felsenaffen, die das Dach der Welt bewohnten. Man sah sie nur selten, denn sie waren unglaublich scheu. Und niemals trugen sie ein Kurzschwert wie dieser Affe. Die Klinge des Schwerts bestand aus einem schwarzen Metall und war höchst primitiv. Aber für die Arbeit, für die sie gedacht war, taugte sie, da war Alanna sicher. Der Blick, den ihr das Tier aus seinen tief liegenden Augen zuwarf, verriet große Intelligenz. *O ihr Götter,* dachte sie, als der Affe kampfbereit vor ihr Stellung bezog. *Jetzt kann ich was erleben.*
Er – es? – holte aus, schlug zu und zwang sie zurück. Sie

bewegte sich vorsichtig, mit anfangs trägen Muskeln. Da hieb er schon wieder auf sie ein; doch sie parierte und stieß ebenfalls zu, sodass der Affe einen Satz beiseite machte. Eleganz und Kunstfertigkeit wie bei den Kämpfen, die sie zum Beispiel mit Herzog Gareth ausfocht, waren jetzt nicht gefragt. Wichtig war nur am Leben zu bleiben. Wenigstens stellte das Wissen um den bevorstehenden Kampf das erschöpfte Zittern ab. Der Affe stürzte auf sie zu und schlug mit dem Kurzschwert nach ihr, als hielte er eine Axt in der Hand.

Nun kamen ihr die langen Stunden mit Liam zugute. Automatisch tauchte sie weg, wich geschickt aus, wirbelte davon und sorgte dafür, dass sie nie in die Reichweite des Affen geriet – er konnte mit einem einzigen Prankenschlag ebenso viel Schaden anrichten wie mit seinem Schwert. Inzwischen versuchte sie ihm Respekt mit Blitzschlag einzujagen. Ihre Klinge zwickte und stach zu und hinterließ Blutflecken auf seinem Fell.

Als das bei dem Sturz verletzte Bein unter ihr wegsackte, traf das Schwert des Affen sie. Vom Hals bis hinunter zum Nabel durchtrennte es Wolle und Seide und hinterließ einen blutenden Schnitt, wenn auch nicht sonderlich tief. Sie taumelte, machte einen Ausfall und schlug nach seinem Hals. Er brüllte, seine unbewaffnete Faust flog herab und traf sie am Ellbogen. Alanna stürzte vorwärts und kugelte sich im Fall aus dem Weg. Dabei ließ sie Blitzschlag los, weil ihr Arm gefühllos war. Sie erhob sich, taumelte zurück, doch da hob der Affe schon ihr Schwert vom Boden auf und musterte die grauen Lichter, die sich unter der stählernen Haut rührten.

Ein Kunstwerk hast du da vollbracht. Gegen den Schmerz, den seine Stimme in ihrem Kopf auslöste, konnte sie sich nicht wehren, wenn sie nicht riskieren wollte, dass er sie tötete, während sie sich die Ohren zuhielt. Sie fragte sich, woher er überhaupt wusste, dass Blitzschlag aus zwei verschiedenen Schwertern bestand, die sie zusammengefügt hatte, um eine unversehrte Klinge daraus herzustellen. Nun warf der Affe ihr Schwert zur hinteren Höhlenwand. *Vermutlich tatest du es nur, weil du ein Schwert wolltest, das du ganz und gar befehligen kannst. Nicht, weil du die Zauberkraft, die es innehat, um ihrer selbst willen schön fandest.*

Was er sagte, war nicht richtig, doch er gab ihr keinerlei Gelegenheit zu einer Antwort und griff wieder an.

Alanna blieb nicht die Zeit darüber nachzudenken, ob ihr Körper diesem Kampf gewachsen war. Sie duckte sich und tauchte erneut weg. Als er sich eine Blöße gab, versuchte sie sich an einem der Sprungtritte, die ihr Liam beigebracht hatte, und trat ihn gegen die Schulter, dass er brüllte. Sobald er ausholte, um sie niederzuschlagen, wich sie wieder rasch aus und umkreiste ihn. Dann, als sie eine Chance sah, schnellte sie noch einmal durch die Luft und traf dieselbe Schulter. Es war sein Schwertarm. Auf ihn konzentrierte sie sich nun, ohne ihrem Gegner jedoch zu nahe zu kommen. Beim vierten Mal zielte sie tiefer, genau auf den Muskel, auf den auch er geschlagen hatte, damit sie Blitzschlag fallen ließ. Als das eiserne Schwert klappernd zu Boden fiel, stürzte sich Alanna darauf.

Ihre Hände schlossen sich ums Heft. Ein Schmerz, bei dem sich alle ihre Muskeln verkrampften, schoss durch ihre Hände und Arme. Sie stieß einen gellenden Schrei aus. Solche Qualen hatte sie noch nie verspürt. Aber sie ließ nicht los – es wäre auch gar nicht möglich gewesen –, rollte sich auf den Rücken und richtete das Schwert auf den Affen, der auf sie zukam.

Vor Schmerz liefen ihr Tränen übers Gesicht. Sie schrie: »Bleib! Ich will dich nicht töten! Behalt dein Juwel!«
Einen Fuß von der Schwertspitze entfernt, blieb der Affe stehen und musterte sie mit einem seltsamen Blick. Alanna hätte schwören können, dass er lächelte, aber das war wohl nicht möglich. Er griff nach ihr und nahm ihr das Schwert weg. Ihre Hände waren voller Blut.
Du bist ein komisches kleines Ding. Diesmal tat seine Stimme viel weniger weh. Eigenartig. Er schien sich anders besonnen zu haben, schien ihr nicht mehr nach dem Leben zu trachten. Warum?
Er lieferte ihr keine Erklärung. Stattdessen fuhr seine nur in ihrem Kopf hallende Stimme fort: *Ich nehme an, du weißt nicht, wieso du nicht anders konntest als dieses Juwel zu suchen.*
Alanna legte die Handflächen auf ihre Brust. Sie war zu müde, um sich zu erheben. »Es soll dem Ruhme Tortalls dienen.« Ihre Kehle schmerzte noch von dem Schrei. »Jedes Land kann Nutzen daraus ziehen, wenn es dieses Juwel besitzt. Und auch dem Ritter, der es bringt, gereicht es zur Ehre. Aber es gehört nun einmal dir. Wenn ich mir's jetzt überlege, verstehe ich nicht, wie es den berühmten Helden aus der Vergangenheit möglich war, solche Dinge den Wesen wegzunehmen, die es bewachten. Nicht, wenn sie so edel waren, wie es in den Geschichten behauptet wird. Richtig besehen ist es ja wirklich Diebstahl.«
Der Affe schüttelte offensichtlich belustigt den Kopf. Mit einer Hand, die noch eine Sekunde zuvor leer gewesen war, reichte er ihr einen reich geschliffenen Stein. Als sie ihn regungslos anstarrte, legte er ihn ihr auf die Brust.
Was soll denn ich mit einem Juwel anfangen? Langsam verschwammen seine Umrisse.

»Bist du einer der Götter?«, fragte sie, während er zu verblassen begann. Plötzlich gab es unzählige Dinge, die sie von ihm wissen wollte.
Nein. Ich war schon vorher da. Deine Götter sind Kinder von mir und meinen Gefährten.
Alanna sah den Affen kaum noch; die Luft wurde merklich kühler. Sie rappelte sich hoch. »Wer bist du dann?«
Ich bin dieser Ort und dieses Gebirge. Ich bin ein Elementargeist, könnte man sagen. Jetzt begann auch seine Stimme zu verklingen.
»Wie kamst du zu diesem Juwel?« Sie zog mühsam ihre Kleidung über. Den Schmerz in ihren Händen versuchte sie zu ignorieren, das Juwel steckte sie in eine Tasche.
Von Zeit zu Zeit findet es den Weg zu mir. Nicht oft, doch hie und da. Ich habe es geschaffen und ich behalte es, weil ich Gesellschaft mag. Dein Besuch wird mir noch für Jahrhunderte eurer Menschenzeit Unterhaltung bieten. Ihr seid recht interessant, ihr Sterblichen.
Sie spürte ihn überhaupt nicht mehr, als sie sich fertig angezogen hatte. Aber vielleicht war das ganz gut so. Ob ihr der Gedanke, irgendwem als »Unterhaltung« zu dienen, gefiel, wusste sie nicht – selbst wenn es ein Elementargeist war.
Sie fand zur Höhlenöffnung, sah hinaus und hielt sich dabei am Rand fest. Der Morgen brach an, aber sie war nicht in der Lage zum Gasthaus zurückzukehren.
»Kein Wunder, dass er mir das Juwel gab«, murmelte sie, ließ sich zu Boden gleiten und setzte sich. »Ich werde so oder so hier sterben.« Eigentlich hätte sie dieser Gedanke erschrecken müssen, aber er tat es nicht. Ihre Augenlider wurden schwer, die Kälte spürte sie kaum. Sie zog ihren Umhang übers Gesicht und schlief ein.

Sie war warm – überall, nicht nur stellenweise. Es roch nach sauberen Laken und Kräutersalben. *Wie lange war ich bewusstlos?*, überlegte sie und zwang sich die Augen aufzuschlagen.
»Nie wieder.« Ihre eigene Stimme klang rau in ihren Ohren. »In dieser Kälte verbringe ich keinen Winter mehr.« Ihre Augen tränten, als sie versuchte sich umzusehen.
»Fast hättest du mich zum Narren gehalten.« Das tiefe Rumpeln kam von Liams Stimme. »Wenn man sich anschaut, was du da unternommen hast, könnte man meinen, du wärst ganz wild darauf zu erfrieren.«
Sie seufzte. »Es tut mir Leid«, flüsterte sie. Langsam wurde er klarer. Es überraschte sie nicht, dass seine Augen smaragdgrün waren.
»*Leid* tut es dir?« Seine Stimme kippte fast über bei dieser Frage.
»Es tut mir Leid, dass ich hinausmusste in diesen Schneesturm. Ich hatte keine andere Wahl – weißt du noch?«
»Du hast mich von deinem götterverfluchten Kater behexen lassen.«
Bei dem Versuch sich aufzusetzen, zuckte Alanna zusammen. Ihre mit dicken Binden umwickelten Hände klopften unter ihrem Gewicht. »Eisenarm, hör auf! Kommt es nie vor, dass *du* eigenmächtig handelst?«
»Das ist etwas anderes.«
»Quatsch, ist es nicht! Leuten wie uns muss klar sein, wann es notwendig wird, die Regeln außer Acht zu lassen. Jetzt war es so weit und es war richtig, dass ich es tat. Es tut mir ehrlich Leid, wenn ich dich gekränkt habe. Chitral ließ mir keine andere Wahl.«
Liam ging hinaus, ohne sie anzusehen.

Ein paar Minuten später kam Thayet mit einem Krug heißen Mosts, gefolgt von einer Dienstmagd mit einem Essenstablett. Alannas Magen knurrte zur Begrüßung. Thayet, die Tränenspuren auf Alannas Gesicht entdeckte, sagte: »Der Drache wird sich wieder beruhigen.« Dann schenkte sie einen Becher Most ein und half Alanna zu trinken. »Er hat Todesängste ausgestanden wegen dir – so wie wir alle.«
»Das Juwel!« Alanna wollte nicht über Liam reden. »Wo ist es?«
»Unter deinem Kissen. Kannst du einen Löffel halten?«
Alanna warf einen Blick auf den mit getrockneten Früchten und Rahm versetzten Haferbrei. »Ich tu's, und wenn es mich umbringt.«
Aber sie konnte es nicht. Thayet überhörte ihren Protest und fütterte sie. »Du hast fast eine Woche geschlafen«, sagte die Prinzessin, während sie ihrer Patientin Brei in den Mund löffelte. »Der Sturm war vorüber, als wir erwachten. Hat er sich gelegt, während du da draußen warst?« Alanna nickte. Thayet fuhr fort: »Anschließend bebte die Erde, wie bei einem kleinen Erdstoß. Gleich nach der Morgendämmerung. Hinterher war der Pass frei. Ich glaube, der Gastwirt und einige Gäste liefen daraufhin zum Tempel. Erinnerst du dich noch an die Doi, die hier wohnten? Sie gingen los und brachten dich auf einem Pony liegend herunter. Sie sagten, sie hätten dich vor einer Höhle in der Nähe der Passspitze gefunden. In einem katastrophalen Zustand warst du.«
»Kann ich mit ihnen reden? Ihnen danken?«
Thayet schüttelte den Kopf. »Sie sind fort – sie reisten ab, als es dir langsam besser ging. Buri meinte, sie mögen es nicht, wenn man ihnen dankt.«
»Haben – haben die Heiler gesagt, wie es mir geht?«

Thayet legte den Löffel weg.
»Du wirst vom Hals bis zum Magen eine Narbe behalten, direkt zwischen den Brüsten. Deine Hände werden heilen. Sie sagten, sobald du aufwachen und sie mit deiner eigenen Gabe behandeln würdest, ginge es dir besser.« Jetzt, da sie daran erinnert wurde, suchte Alanna nach ihrer Zauberkraft. Sie war da. Durch den langen Schlaf war sie wieder so stark wie zuvor. Thayet machte sich ans Aufräumen.
»Der Doi-Heiler sagte, von nun an würdest du immer wissen, wann es Sturm geben wird.«
»Alte Schwertmänner und ihre Narben fühlen den nahenden Regen«, zitierte Alanna. Es war ein altes Sprichwort. »Irgendeinen Preis musste ich wohl bezahlen.«
»War es das wert?«
»Keine Ahnung.« Alanna zog das Juwel unter ihrem Kissen hervor und betrachtete es. Es passte genau in die Mitte ihrer Handfläche. »Thayet? Willst du es haben? Für Sarain? Mir scheint, im Augenblick braucht ihr es nötiger als Tortall.« Sie wollte es der Prinzessin reichen, doch die zog eine eigentümliche Miene und machte einen Schritt rückwärts. Während Thayet es anstarrte, begann das Juwel von innen heraus zu leuchten. Schließlich stieß sie Alannas Hand weg.
»Keine Frau kann den Sarainer Thron besteigen«, erklärte sie leise. »Das *Gläserne Buch* verbietet es. Schon den Kindern erzählt man Geschichten von anderen Ländern, weniger weise als unseres, die zu Schaden kamen, weil man eine Frau regieren ließ. Die Hau Ma, die Churi und die Radeh haben eine Frau als Häuptling, aber sie sind K'mir, und dass die K'mir Wilde sind, weiß jeder.«
»Die Tortaller sind nicht wie die K'mir, aber sie sind auch nicht übel«, sagte Alanna.

Die Bitterkeit in Thayets Stimme tat weh.
»Mein ganzes Leben lang war ich nutzlos; ich war die, die ein Junge und Erbe hätte sein sollen. Mein Vater war nett zu mir, zumindest auf seine Weise. Ich schlage ihm nach, was das Aussehen betrifft.« Dabei rieb sich Thayet über den gekrümmten Nasenrücken. »Aber dass ich kein Junge war, vergaß er nie. Die Töchter der Göttin und die Mithran-Priester hatten Befehl jeden Morgen bei ihrem Götterdienst zu Tagesanbruch um einen *jin* Wilima zu beten.«
Alanna musste schlucken. Wie hatte der Kriegsherr seine Tochter so demütigen können, wenn er sie liebte? »Wie schrecklich, Thayet.«
Die Prinzessin hörte sie nicht. »Und noch etwas will ich dir sagen, Ritterin. In Tortall hast du gelogen, was dein Geschlecht betraf, hast es jahrelang geheim gehalten. Aber als die Wahrheit herauskam, durftest du deinen Schild behalten. Wir hörten von dir am Hof meines Vaters. Die meisten dort fanden, man müsste dich verbrennen, und eine Gruppe gab es, die für Tod durch Folter stimmte.« Thayet stellte das Tablett neben der Tür ab. »Für mich hörte sich Tortall immer an wie das Paradies. Bestimmt ist es schöner dort als im Palast meines Vaters oder in den Klosterschulen. Und besser als das, was mich erwartet, wenn ich jetzt nach Sarain zurückkehre, ist es allemal.«
»Du musstest mir das nicht alles erzählen«, sagte Alanna und ließ das Juwel wieder unter ihr Kissen gleiten. »Ein einfaches ›Nein‹ hätte genügt.«
Das Gesicht der Prinzessin war hart und abweisend gewesen. Jetzt hellte es sich langsam auf. »Ein einfaches ›Nein‹?«, wiederholte sie amüsiert. »Alanna, ist dir schon einmal aufgefallen, dass du hohe Ehrbegriffe hast? Pflicht und Ver-

antwortung sind eine sehr ernste Sache für dich. Wenn du den Eindruck gewinnen könntest, ich kehre Sarain auf Grund einer Laune oder aus Wut den Rücken, so würdest du jede Achtung vor mir verlieren.« Sie legte eine Hand auf die Schulter der Ritterin und fuhr fort: »Bevor ich dich traf, dachte ich, die Frauen meiner Klasse seien ohne jeglichen Nutzen. Nach Shang gehen nur Bürgerliche – Familien aus dem Adel ziehen es vor, die Töchter in ihren Zimmern anzuketten, statt ihnen ein derartiges Leben zu erlauben. Die K'mir haben keine Edlen, nur solche, die sich ihre Auszeichnungen verdienen, doch du und ich, wir kommen aus überzüchteten Familien und taugen als Schmuckstücke, sonst nichts. Trotzdem bist *du* nicht nutzlos. Absolut nicht.«

Alanna stieg das Blut in die Wangen. »Thayet, du schmeichelst mir. Es war einfacher für mich zu rebellieren, als zu bleiben und etwas mit mir anzufangen. Warum bin ich nicht in die Klosterschule gegangen und habe dort bewiesen, dass Frauen mehr sein können als nur Schmuckstücke?«

Thayet sah skeptisch drein. »Was ich sagen wollte, ist: Ich freue mich darauf, mein Leben neu zu gestalten. In Tortall wird das möglich sein, denn dort besitze ich weder Stand noch Titel.« Sie setzte sich aufs Bett. »Ich will eine Schule für Kinder von niedriger Geburt eröffnen. Sobald meine Juwelen verkauft sind, habe ich genug Geld dafür.«

Alanna, die für Thayet andere Pläne hatte, sagte hastig: »Ich werde dich nicht einfach deinem Schicksal preisgeben, wenn wir dort ankommen. Du wirst mein Gast sein – und der von Thom und Myles. Das mit der Schule ist eine großartige Idee, aber es gibt viele Möglichkeiten, die Sache anzupacken.«

Thayet zuckte die Achseln. »So was! Da rede ich und höre

nicht mehr auf, wo du doch gerade erst aufgewacht bist.« Energisch stopfte sie die Decken um Alanna fest. »Versuch noch mal zu schlafen.« Damit ging sie mit dem Tablett in der Hand hinaus.

Alanna hatte absolut keine Lust zu schlafen. Das hatte sie nun eine Woche lang getan. Mühsam stieß sie die Decken weg und stand auf. Am Bettpfosten festgeklammert, machte sie eine Bestandsaufnahme: ein verstauchtes Bein – kein Problem. Diverse Prellungen – machten sie steif, taten aber nicht weh. Eine Schnittwunde auf der Brust und eine durchgebissene Lippe – sauber verheilt. Tränende Augen, die aber funktionierten. Über ihre Hände wollte sie nicht nachdenken. In Anbetracht aller Umstände nicht schlecht. Sie nahm Kleidungsstücke, die man einfach überziehen konnte. Knöpfen und Schnallen war sie nicht gewachsen. Sie schlüpfte in Pantoffeln und fuhr sich unbeholfen mit einer Bürste durchs Haar. Dann hielt sie vorsichtig Ausschau nach wohlmeinenden Menschen, die sie womöglich wieder in ihr Zimmer scheuchen würden, und floh in die Ställe.

Der Stallbursche rannte davon, als er sie sah. Umso besser. Im Leben eines jeden Reiters gibt es Momente, wo er sich bei seinem Pferd entschuldigen musste, und Alanna zog es vor, dabei keine Zeugen zu haben. Mondlicht tat anfangs unnahbar, als ihre Herrin die Box betrat. Doch Alanna gab ihr einen aus dem Gastraum gestohlenen Apfel, streichelte sie, flüsterte Koseworte und schon bald stupste Mondlicht sie und schnupperte. Ganz offensichtlich wollte sie Alannas Hufe, ihren Widerrist und ihre Flanken überprüfen. Von der Salbe auf Alannas Verband musste sie niesen.

»Ich wollte, Liam wäre auch so schnell wieder gut mit mir«, seufzte Alanna. Als sie den Kopf hob, entdeckte sie den auf dem Gatter hockenden Immertreu. »Hast du auch eine Wut auf mich?«

Ich weiß, warum du losgezogen bist. Mondlicht und die anderen haben sich gesorgt um dich, sagte der Kater. *Ich bin schon hier im Stall, seit der Drache aufwachte und feststellte, dass du verschwunden warst. Pferde sind ruhiger. Außerdem werfen sie einem keine Sachen nach.* Er kletterte auf Alannas Schulter und rollte sich um ihren Hals.

»Armer Immertreu. Hat er wirklich Sachen nach dir geworfen?«

Nur, wenn er mich sah.

Jemand hustete. Coram hatte sein Pferd Amboss gestriegelt. Jetzt lehnte er an Mondlichts Box und sah herüber.

»Hast du auch vor mich anzubrüllen?«, erkundigte sich Alanna misstrauisch.

»Müsste ich eigentlich. Ich hab gedacht, ich hätt dich dazu erzogen, Schneestürme mit mehr Respekt zu behandeln.«

»Habe ich doch gemacht. Hättest du mir nicht beigebracht, wie man sich anzieht, wie man überlebt, dann wäre ich jetzt nicht hier.« Wenn Coram doch bloß sagen würde, dass sie das Richtige gemacht hatte! Es wäre unerträglich, jetzt nicht nur Liam, sondern auch noch Coram zu verlieren.

»Du willst doch wohl nicht behaupten, dass es nur darum ging, wie du angezogen warst und wie du mit deinen Schneeschuhen umgingst«, fragte er, mit Augen, die spöttisch funkelten.

»Nein. Ich habe meine Gabe zu Hilfe genommen. Coram, ich hatte keine andere Wahl. Wäre ich an einem sonnigen Tag losgezogen, hätte mir Chitral – das Wesen, das den Pass bewacht – einen anderen Sturm geschickt. Wenn ein ungefährlicher Weg existiert hätte das Juwel zu holen, hätte ich

ihn mit Freuden beschritten.« Zu ihrem Schrecken spürte sie, dass ihr schon wieder Tränen über die Backen liefen. »Bitte, sei nicht böse mit mir.«
Coram kam und umarmte sie. »Ist ja gut, Löwin«, flüsterte er und zog sie dabei eng an sich. »Es ist nur schwer, sich mit ansehn zu müssen, wie du erwachsen wirst und mächtige Taten vollbringst.« Er wischte Alanna mit einem Taschentuch die Augen ab. »Obwohl ich eigentlich gar nicht weiß, wieso mich das so überrascht, wo du es mir ja laufend angedroht hast.« Als er das Taschentuch an ihre Nase hob und streng »Schnäuz dich!« sagte, gehorchte sie, wie sie es mit fünf Jahren getan hatte. »So ist's recht, mein Mädchen.«

Buri, Thayet und Coram kamen, um mit Alanna ihr Abendbrot einzunehmen. Seit sich der Heiler des Gasthofs Alannas Hände besehen und sie frisch verbunden hatte, konnte sie wieder mit Messer und Gabel umgehen. Schon das allein genügte, um sie aufzumuntern. Gefüttert zu werden gab ihr ein Gefühl großer Hilflosigkeit. Nachdem die Mägde abgeräumt hatten, rösteten sie Kastanien im Feuer und erzählten Geschichten, bis alle gähnen mussten. Thayet sammelte gerade ihre Perlenarbeit ein, als Alanna sagte: »Ich würde gern übermorgen aufbrechen, wenn es euch recht ist.«
»Bist du übergeschnappt!«, rief Buri. »Du bist doch gerade erst aufgewacht. Du hast selbst gesagt, eine Woche lang wärst du nicht in der Lage mehr als eine Gabel oder einen Löffel zu halten!«
Alanna zuckte die Achseln. »Es ist einfach so, dass ich gern aufbrechen würde. Ich schaffe es schon.« Als sie Corams Blick begegnete, fügte sie hinzu: »Mondlicht wird mich nicht herunterfallen lassen.«

Kopfschüttelnd seufzte Thayet: »Mal sehen, wie es dir morgen geht.«
Buri blieb, als die anderen beiden gingen. »Ich wollte dir sagen, dass es eine Ehre für mich ist, mit dir zu reiten. Wohin auch immer«, sagte sie schüchtern. »Ich hoffe bloß, dass du mir eines Tages erzählen wirst, was da oben passiert ist. Es muss grauenhaft gewesen sein, aus deinem Zustand zu schließen.« Jetzt lachte sie. »Der Gastwirt will keine Bezahlung von uns nehmen, hat dir das Thayet erzählt? Genauso wenig wie der Heiler. Die Stallburschen streiten sich darum, unsere Pferde zu versorgen, vor allem deins. Die Dienstmädchen haben die Serviette in Stücke geschnitten, die du beim Mittagessen verwendet hast, damit jede einen Teil davon abkriegt.«
»Das ist ja Wahnsinn, Buri!«, protestierte Alanna.
»Frag sie«, sagte Buri verschmitzt. »Sie sagen, du habest den Schnee beiseite geschoben und seist hochgelaufen, um mit dem Gott des Dachs um sein Juwel zu kämpfen.«
»Sobald du losziehst und anfängst große Taten zu vollbringen, wirst du Ähnliches erleben«, drohte Alanna, als das Mädchen die Tür öffnete. Buri zwinkerte ihr zu und verschwand. »So ein Unsinn!«, sagte Alanna zu Immertreu.
Der Gasthof hat sich in den letzten drei Tagen gefüllt, antwortete der Kater träge. *Der Wirt hat seine Preise erhöht. Er erwartet ein hervorragendes Jahr – mehrere hervorragende Jahre, um genau zu sein. Es spricht sich schnell herum.* Immertreu gähnte und steckte die Nase unter den Schwanz.
Alanna murmelte etwas von der Torheit der Menschen, stieß ihre Bettdecke weg und ging nach unten. Da ihre Freunde sie erst zu später Stunde verlassen hatten, waren nur noch wenige Leute im Gastraum, vorwiegend Trinker,

die nichts um sich herum wahrnahmen. Der Gastwirt und eine Dienstmagd waren dabei aufzuräumen. Liam saß in einem tiefen Sessel vor dem Feuer, hatte die Beine übereinander geschlagen und machte ein böses Gesicht.
»Ich dachte, für einen Shang-Krieger sei es unter seiner Würde, eingeschnappt zu sein.« Alanna zog sich einen Schemel heran, damit sie vor Liam Platz nehmen konnte.
»Verschwinde, Lady Alanna«, seufzte er, griff nach seinem Humpen und leerte ihn. Der Gastwirt kam mit einem weiteren Becher und einem Krug und goss beiden heißen Most nach, bevor er sich wieder verdrückte.
Verblüfft und gekränkt, biss sich Alanna auf die Unterlippe. Als sie sich wieder unter Kontrolle hatte, sagte sie mit rauer Stimme: »Was ist los mit dir? Bist du beleidigt, weil ich deinen männlichen Rat nicht befolgte? Meinst du, ich hätte etwas getan, was dir nicht gelungen wäre? Ist dein *Stolz* verletzt?« Ihre verbundenen Hände, auf die sie hinuntersah, zitterten. *Er bringt mich immer wieder aus dem Gleichgewicht,* dachte sie traurig.
Er griff mit seiner großen Hand nach ihrem Kinn und drehte ihren Kopf herum, damit er ihr in die Augen sehen konnte. »Versetz dich mal in meine Lage.« Seine Stimme war leise, sein Gesicht angespannt. »Ich saß hier und überlegte mir, ob du wohl überleben würdest, während sich um mich herum alle über die unterhielten, die schon erfroren waren. Mondlicht versuchte die Stalltür einzurennen. Die Pferdeknechte mussten ihr einen Beruhigungstrank verabreichen. Coram – ich möchte nie wieder einen sehen, der so betrunken ist, wie er es war. Thayet und Buri ging es gut. Warum auch nicht? Die hast du behext. Genauso, wie du mich behext hast.«
Darum geht es also, sagte sich Alanna. *Ich wusste, was er von*

der Magie hält. Und trotzdem habe ich gestattet, dass Immertreu einen Zauber über ihn legte. Liam wird mir nie mehr vertrauen – und vermutlich hat er ganz Recht. Denn wenn ich müsste, würde ich es noch mal tun. »Also ist es aus zwischen uns?«, flüsterte sie.

Er ließ sie los. Ohne ihn aus den Augen zu lassen, wartete sie. »Ich weiß nicht, Kätzchen.«

Als sie ihren Kosenamen hörte, spürte sie, wie sich ihre Augen füllten. »Es tut mir *wirklich* Leid. Ich weiß, das nutzt jetzt nichts mehr. Wenn du aufgewacht wärst, hättest du mich nicht gehen lassen.«

Liam nickte. Seine smaragdgrünen Augen verblassten zu einem Blaugrau, das sie noch nie gesehen hatte. »Sieht so aus, als wäre da nichts zu machen, oder was meinst du? Ich kann mir nicht helfen, aber meine Gefühle, was die Gabe betrifft, sind nun mal so. Und du kannst dir auch nicht helfen; du musst sie einfach benutzen – und das sollst du. Wenn man ein Werkzeug besitzt, muss man es verwenden.« Er schwieg, dann schluckte er trocken und fügte hinzu: »Du hast vermutlich gesehen, dass ich meine Sachen in ein anderes Zimmer schaffen ließ.«

»Können wir trotzdem Freunde bleiben?«

»Das verspreche ich.« Es gelang ihm nicht, die Erleichterung in seiner Stimme zu verbergen, was Alanna mehr schmerzte als alles, was er gesagt hatte. Sie zog sich zurück und ging nach oben, um noch einmal um Liam Eisenarm zu weinen.

Zwei Tage später machten sie sich wieder auf den Weg. Alanna war das Gefühl nicht losgeworden, dass sie nach Hause musste, und ihre Freunde hatten sich von ihr anstecken lassen. Fast das gesamte Personal vom Gasthof

schien es zu bedauern, dass sie aufbrachen, wenn auch einige – unter anderem der Stalljunge – mit der Furcht und Respekt ausdrückenden Geste der Doi ihre Augen verbargen, als sie vorübergingen. Alanna warf dem Jungen als Ausgleich für den Schrecken, den sie ihm mit ihrem Schlafzauber eingejagt hatte, einen Goldnobel zu, doch er ließ ihn mit einem Aufschrei fallen und weigerte sich ihn anzurühren, bis ihn ein Hausmädchen aufhob.
Unterwegs machte Alanna Halt für einen letzten Blick zum Chitral-Pass. Die plötzlich frühlingshaften Temperaturen, die seit ihrem Abenteuer herrschten, hatten den Schnee fast weggetaut. Von den Felswänden der umliegenden Berge leuchtete es grün. Eine Gruppe Fallensteller war unterwegs auf den Chitral, eine weitere kam den Lumuhu-Pass herunter. Alanna fragte sich, ob Chitral sie beobachtete, und winkte hinauf für den Fall, dass er es tat.
An diesem Abend stiegen sie in einem Gasthof ab, in dem sie schon auf dem Weg nach Norden übernachtet hatten. Während man sie zuvor behandelt hatte wie alle anderen Reisenden auch, galten sie nun als Ehrengäste. Die Nachricht von Alannas Heldentaten und dem Juwel hatte rasch die Runde gemacht und das Personal ließ erkennen, dass es bereit war, Alanna und ihren Freunden jeglichen Dienst zu erweisen. Zuerst weigerte sich der Gastwirt eine Bezahlung anzunehmen, stellte dann aber fest, dass der Shang-Drache überaus stur sein konnte. In der Herberge, wo sie auf ihrer Reise nach Süden die zweite Nacht verbrachten, widerfuhr ihnen dieselbe Behandlung.
Als sich der dritte Tagesritt dem Ende zuneigte, dachte Alanna sehnsüchtig an ein Lager unter freiem Himmel. Kühl würde es sein, so wie überall nachts in den Bergen,

aber zumindest wären sie unter sich, was so gut wie unmöglich war, wenn es im nächsten Gasthaus genauso zuging wie in den vorherigen. Da aber ihre Hände immer noch nicht verheilt waren, mochte Alanna nichts sagen, denn wenn sie im Freien lagerten, würden die anderen ihre Arbeit übernehmen müssen.

Buri schloss auf, als vor ihnen die Lichter einer Stadt auftauchten. »Wir sehen uns morgen früh«, verkündete sie. »Ich will lieber erfrieren –« Sie warf Alanna einen schuldbewussten Blick zu. »Entschuldige, Löwin. Ich habe vergessen, dass du wirklich fast erfroren wärst, um –«

»*Das reicht,* Buri«, knurrte Alanna.

»Ich muss bei Buri bleiben, damit sie mich beschützen kann«, meldete sich Thayet. »Ich habe es sowieso satt, in Häusern zu schlafen.«

Auch die Männer machten unbehagliche Gesichter und Immertreu gab lautstark bekannt, wie sehr ihm die mehr als fürsorglichen Mägde auf die Nerven gingen. Alanna seufzte erleichtert. »Dann suchen wir uns also einen Lagerplatz.«

Für den Rest des Ritts nach Udayapur lagerten sie im Freien und füllten sich die Mägen mit Wild, Kräutern und Haferkuchen. Jegliche Zauberei – so wie die, die Alanna zur Heilung ihrer zerschundenen Hände anwandte – geschah so, dass Liam nichts davon mitbekam. Noch immer gelang es weder ihr noch Coram, mit zu Hause Kontakt aufzunehmen.

Bis sie die Hafenstadt erreichten, hatte Alanna ihre Verbände abgelegt und ihre Freunde fühlten sich wieder wohler mit ihr. Manchmal versetzte es ihr einen Stich, wenn sie den Drachen ansah. Andererseits wusste sie, dass ihre Freundschaft viel länger halten würde als ihre Liebesbeziehung.

Nachdem sie in einem der Gasthöfe von Udayapur Quartier bezogen hatten, trafen sie sich in Alannas Zimmer, um zu besprechen, wie es nun weitergehen sollte. Keiner war überrascht, als Alanna sagte: »Ich werde einfach das Gefühl nicht los, dass Coram und ich zu Hause gebraucht werden. Deshalb überlege ich mir, ob wir uns nicht ein Schiff mieten sollen.«

»Ich dachte, du magst keine Schiffe?« Liam klang, als sei es ihm egal.

Alanna zog eine Grimasse. »Tu ich auch nicht. Am liebsten wäre es mir, wenn ihr alle mitkommen würdet. Aber vielleicht habt ihr ja andere Pläne?«

Buri und Thayet wechselten einen Blick. »Nein«, sagte Thayet. »Ich will immer noch mit nach Tortall.« Buri nickte.

Alanna lächelte. »Gut.« Jetzt hob sie Immertreu hoch, damit Liam ihr banges Gesicht nicht sah.

»Der Gastwirt sagt, im Hafen liege eine Galeere aus Tortall«, sagte der Drache ruhig. »Ich weiß nicht, ob wir darin eine Überfahrt buchen können – es handelt sich um ein diplomatisches Kurierschiff. Aber ich kann mich erkundigen.«

Alanna strahlte – er hatte »wir« gesagt. »Würdest du das tun? Vielleicht sind sie einverstanden, wenn du meinen Namen erwähnst.«

Liam nickte und ging hinaus. Die anderen folgten. Coram wollte ihre Schneeausrüstung, die sie ja nun nicht mehr brauchten, auf den Markt bringen, um sie dort zu verkaufen. Thayet und Buri gingen auf Besichtigungstour. Alanna blieb in ihrem Zimmer, um sich eine Weile schlafen zu legen.

Ein Klopfen an der Tür weckte sie. Als sie öffnete, stand

eines der Hausmädchen vor ihr und knickste. »Entschuldigt, mein Fräulein oder meine Dame«, sagte es nervös. »Dieser Herr da besteht darauf, dass er Euch sehen muss –« Sie deutete auf einen großen und kräftigen Mann hinter sich.
Er hatte die im Flur angebrachten Fackeln im Rücken, sodass Alanna sein Gesicht nicht richtig sehen konnte. Aber *er* sah sie klar und deutlich. Eine bekannte Stimme rief: »Mithros sei gelobt, du bist es wirklich und wahrhaftig!« Damit wurde Alanna hochgehoben und begeistert gedrückt. Jetzt sah sie sein Haar und seinen Schnurrbart, die ebenso schwarz waren wie seine blitzenden Augen. Sein Gesicht hatte eine gesunde Farbe und war von der Sonne verbrannt.
»Raoul?«, flüsterte sie. Sie traute kaum ihren Augen. Als er grinste, gab sie seine Umarmung ebenso ungestüm zurück. »Raoul, du schlauer Fuchs!« In ihrer Begeisterung trommelte sie mit den Fäusten auf seinen Rücken, während er sie in ihr Zimmer trug und die Tür mit einem Tritt hinter sich ins Schloss beförderte. »Das kann nicht wahr sein! Das kann nicht wahr sein!« Er war so groß wie eh und je – als er sie abstellte, musste sie den Kopf nach hinten legen, um zu ihm hochzusehen. »Setz dich hin, damit mir nicht das Genick wehtut, wenn ich dich angucke.« Er gehorchte für einen Augenblick, nur um wieder aufzuspringen und sie noch einmal zu umarmen. Es dauerte fünf Minuten oder länger, bis beide sich so weit beruhigt hatten, dass eine vernünftige Unterhaltung möglich war. Immertreu kletterte auf Raouls Schoß, um ihn auf seine Weise zu begrüßen. Alanna schenkte ihrem Gast und sich selbst inzwischen Fruchtsaft ein.

Raoul zu sehen war fast ebenso schön wie nach Hause zu kommen. Während ihrer Zeit im Palast waren Alannas engste Freunde Raoul, Gary, Jonathan und manchmal Alex, Alexander von Tirragen, gewesen, alle älter als sie. Solange sie Page war, waren ihre Freunde Knappen, später, als sie Knappe wurde, waren die anderen schon Ritter. Sie hatten ihr die Palastsitten beigebracht und sie an allem teilhaben lassen, ob sie Abenteuer erlebten oder in der Klemme saßen. Sie selbst hatte alle außer Alex Georg Cooper vorgestellt und die Freunde hatten ihr Ratschläge gegeben und auf sie aufgepasst.
»Was machst du hier?«, fiel ihr schließlich ein zu fragen. »Als ich das letzte Mal von dir hörte, warst du damit beschäftigt, Wüstenpatrouillen zu reiten.« Ihr Blick fiel auf seine dunkle Haut und den Burnus, den er über den Schultern trug, und sie fügte hinzu: »Ich sehe, die Wüste ist dir gut bekommen. Magst du die Bazhir?«
»Sie haben mich adoptiert«, erzählte er strahlend. »Nicht deine Blutigen Falken, sondern die Sandläufer.« Das war ein Stamm, der viel weiter südlich lebte als der Alannas. »Ich mag sie sehr. Sie verlangen nur, dass ein Bursche reitet und kämpft und seinen Anteil an der Arbeit erledigt – man muss keinem, den man nicht leiden kann, irgendwelche Komplimente machen und all den anderen Kram.«
Alanna lachte. Knappe Alan und Ritter Raoul waren bekannt dafür gewesen, dass sie für gesellschaftliche Pflichten nichts übrig hatten. »Und was bringt dich jetzt hierher?«, erkundigte sie sich. »Gehört dieses Kurierschiff dir? Sag bloß nicht, du bist Diplomat geworden.« Sie setzte sich aufs Bett. Raoul machte plötzlich ein ernstes Gesicht. *Irre ich mich,* dachte sie, *oder sieht er müder aus als jemals zuvor?*

Raoul schaute auf den Becher in seinen Händen hinunter. »Noch bin ich kein Botschafter. Als Myles deinen Brief aus Jirokan erhielt – den, in dem du schriebst, du kommst auf deiner Rückreise vom Dach der Welt möglicherweise hierher –, da sagte er Jon Bescheid und der hat mich geschickt, um dich heimzubringen. Er hat außerdem überall an der Großen Straße Boten platziert, falls du es dir anders überlegt und jenen Weg für deine Heimreise gewählt hättest.«
Immertreu setzte sich neben Alanna, die langsam unruhig wurde. »Ich wusste nicht, dass Jon befugt ist derartige Befehle zu erteilen«, sagte sie nervös. »Ich dachte, nur der König könne diplomatische Schiffe aussenden.«
»Stimmt. Jon –« Raoul brach ab. Er machte ein unglückliches Gesicht. »Schau, Alan – nein, ich wollte sagen, Alanna –«
»König Roald ist *tot?*«
Raoul nickte. »Aber lass es mich von vorn erzählen. Ich will nichts weglassen.« Alanna nickte bestürzt. »Weißt du, ungefähr zum März-Neumond starb die Königin. Keiner war überrascht, jedenfalls nicht sehr. Schon seit der Schwitzfieberkrankheit war sie ziemlich schwächlich – das weißt du ja. Dann versuchte Roger sie mit seinem nach ihrem Abbild gemachten Figürchen zu töten. Thom hat das Figürchen zerstört, als du fort warst, damit es ihr nicht schadete. Aber es war schon zu spät. Es war nur eine Frage der Zeit. Dann, mit dem schlimmen Winter und allem, was sonst noch passierte …« Er seufzte. »Myles und Thom sagten, du seist gerade in Berat gewesen, als sie starb.«
»Ihnen habe ich von dort aus geschrieben. Dunkelgott, schenk ihr Frieden«, murmelte Alanna. Wenn sie an den Hof dachte, war Königin Lianne immer ein Teil davon, selbst dann, wenn sie sich den in verschwommener Zu-

kunft liegenden Tag vorstellte, an dem Jon König werden würde.
Raoul reichte Alanna sein Taschentuch und fuhr fort: »Der König ist nie darüber hinweggekommen – du weißt ja, wie es war mit den beiden.« Alanna musste ein wenig lächeln: Die Liebe des Königspaars war für jeden, der Augen und Ohren hatte, offensichtlich gewesen. »Es war ungefähr drei Wochen später, fast Anfang April. Er ging auf Jagd und wurde vom Rest der Gruppe getrennt. Als sie ihn fanden, war er tot – ein Unfall. Es sah aus, als habe er einen Sprung versucht – erinnerst du dich noch an diese enge Schlucht, etwa eine halbe Wegstunde über den Weidenfällen?«
»Natürlich.« Sie war viele Male über diese Schlucht gesprungen. Sehr tief war sie und der Sprung erforderte Geschicklichkeit und hervorragende Reflexe. Sie flüsterte: »Also ist Jon König.«
»Noch nicht offiziell. Die Krönung soll am Tag des Juli-Vollmonds stattfinden. Doch amtiert er im Grunde schon seit dem Tod seiner Mutter als König. Roald hatte einfach das Interesse verloren.«
»Jon muss untröstlich sein.«
»Das ist er, aber bis jetzt hatte er nie Gelegenheit sich zum Trauern zurückzuziehen. Nicht, wie die Dinge liegen.« Als Alanna ein verdutztes Gesicht machte, wurde Raoul blass. »Du hast keine Ahnung, was?«
Alanna spürte plötzlich, dass irgendetwas – *noch* etwas – ganz und gar nicht in Ordnung war. »Wovon soll ich keine Ahnung haben, Raoul?«
»Hast du nichts aus Tortall gehört? Überhaupt nichts?«
»Die Straßen in den Bergen waren fast unpassierbar, als Coram und ich nach Berat aufbrachen.« *Was ist los mit ihm?,*

überlegte Alanna. Raoul ballte auf dem Schoß die Hände so krampfhaft zu Fäusten, dass die Knöchel weiß hervortraten.

»Durch den Winterregen waren auch im Süden die Straßen schlecht«, fuhr sie fort. »Keine Boten kamen durch. Und für Neuigkeiten von den Schiffen her liegt Berat zu weit vom Meer entfernt.«

»Aber deine Gabe –?«

»Die wollte ich nicht benutzen, um Kontakt aufzunehmen. Ich – ich war beschäftigt«, gab sie zu und wurde verlegen bei dem Gedanken an Liam. »Was für einen Unterschied hätte es denn gemacht? Im April waren wir schon in Sarain. Dort hätte uns sowieso kein Bote gefunden.«

»Das, wovon ich spreche, geschah vorher«, sagte Raoul mit gepresster Stimme. »Erinnerst du dich noch an das Fest der Toten? Georg sagte uns, damals seist du mit ihm in Caynnhafen gewesen. Und dein Bruder Thom machte Experimente – zumindest behauptete er das.«

»Er hat sich meine Gabe geborgt.« Alanna rutschte das Herz in die Hosentasche. Raoul hatte schlechte Nachrichten, das war klar, und sie war nicht sicher, ob sie etwas davon hören wollte.

»Wir hatten keine Ahnung«, sagte Raoul übergangslos. »Er hat es bis Ende Februar geheim gehalten. Das hat der Königin vermutlich den Rest gegeben ... Erinnerst du dich noch an Delia von Eldorn?«

»Raoul, jetzt aber raus mit der Sprache. *Bitte!*« Er schien sie nicht zu hören.

»Seit deiner Abreise war sie hinter Thom her. Sie lag ihm in den Ohren, die *wirklich* mächtigen Zauberer könnten Tote wieder zum Leben erwecken. Sie packte ihn damit bei

seiner Eitelkeit – tut mir Leid, Alanna, aber du weißt ja, wie eitel er ist.
Schließlich hat Thom durchgedreht. Er war bei einem Ball am Hof; wir alle hörten ihn. Er sagte ihr, er könne *alles* zu Wege bringen –«
Alanna wurde schwindlig.
»Roger. Er holte Roger zurück.«

5
In der Hauptstadt von Tortall

Als im März Königin Lianne verstorben war, versank Tortall in Trauer. Jetzt, nach dem plötzlichen Tod des Königs, legte sich ein Gefühl von ungläubigem Entsetzen über das Land. Beide innerhalb so kurzer Zeit zu verlieren erschien den Menschen wie die Tat eines zornigen Gottes.
»Der Dunkelgott rächt sich an uns«, murrten sie. »Es missfällt ihm, dass der Lord von Trebond den Herzog aus dem Grab zurückgeholt hat. Man kann den Göttern nicht ins Handwerk pfuschen, ohne dass sie Bezahlung fordern.«
Die Gerüchte verbreiteten sich und die Leute begannen sich zuzuflüstern, Jonathans Regentschaft sei verflucht.
»Als hätte ich nicht auch so schon genug Probleme«, sagte Jonathan zu seinem stellvertretenden Premierminister, Sir Gareth (dem Jüngeren) von Naxen.
Gary sah von den Dokumenten auf, die er gerade studierte. Seine kastanienbraunen Augen waren bekümmert. Sein Vetter sah erschöpft aus. »Führst du mal wieder Selbstgespräche?« So wie er es sagte, klang es wie ein Scherz.
»Die Gerüchte«, erklärte Jonathan.
»Sie werden verstummen, vor allem deshalb, weil es keine Beweise gibt. Wenn die Götter zornig sind, warum sollten sie sich den König und die Königin als Opfer aussuchen? Warum nicht Meister Thom? Wenn sie wollen, melde ich mich freiwillig und erledige die Rache für sie. Eine ordentliche Tracht Prügel täte ihm vielleicht ganz gut – er regt mich auf.«
»Findest du, dass er *krank* aussieht?«, fragte Jon übergangslos. »Thom, meine ich.«
Gary legte seine Papiere weg. »Wenn es nicht sein muss, komme ich unserem kühnen Zauberer nicht so nah, dass ich erkennen könnte, wie er aussieht. Inzwischen hält er

seine spitze Zunge nirgends mehr im Zaum. Warum fragst du?«
»Georg hat mich neulich einmal darauf aufmerksam gemacht. Thom scheint wirklich dünn geworden zu sein.«
»Vermutlich kriegt er keinen Schlaf, weil er unentwegt auf der Suche ist nach irgendwelchen alten Zaubersprüchen. Jon, ich brauche hier deine Unterschrift.«
Jonathan gehorchte und versah das königliche Siegel auf mehreren Dokumenten mit seinem Namen. »Ich kann mich immer noch nicht daran gewöhnen, als Herrscher von Tortall zu unterschreiben. Ich hatte damit gerechnet, erst in vielen Jahren König zu werden.« Er schluckte den Kloß hinunter, der ihm plötzlich im Halse steckte. Gary schwieg voller Anteilnahme. Nach einem kleinen Weilchen fuhr der zukünftige König fort: »Jetzt komme ich mir so hilflos vor. Ich hätte *irgendetwas* unternehmen sollen, damit sie am Leben bleiben.«
»Was denn?«, fragte Gary. »Tante Lianne hat sich nie mehr richtig erholt, selbst nachdem Rogers Zauber gebrochen war. Und der König . . .« Er brach ab, denn an diese offene Wunde wollte er nicht rühren.
»Der hat sich umgebracht«, flüsterte Jon, der sich immer zwang der Wahrheit ins Auge zu blicken. Gary war einer der wenigen, die wussten, dass der König tatsächlich Selbstmord begangen hatte. »Wie konnte er das bloß tun?«
»Er hat sie geliebt«, sagte Gary leise.
Jonathan schüttelte den Kopf. »Könnte ich irgendjemanden so lieben, dass ich vergäße, dass meine erste Pflicht meinem Volk gilt? Georg sagt, in der Unterstadt könne man die Furcht richtiggehend spüren. Ich kann den Leuten keinen Vorwurf machen, wenn sie denken, dass ein Fluch über uns liegt – erst

die Hungersnot im vergangenen Winter und jetzt noch das. Und was soll ich ihnen erzählen, damit sie mir Vertrauen schenken? Sie kennen mich nicht – genauso wenig, wie sie meinen Vater richtig kannten.« Damit gab er seinem Vetter die Dokumente zurück. »Wenn sich die Dinge ein wenig beruhigt haben, werde ich Tortall bereisen, und zwar bis in die hintersten Winkel. Ich will kein König sein, der in seinem Palast sitzt und wartet, bis die Leute zu ihm kommen«, sagte er. Seine Miene war unbewegt und störrisch. »Ich hoffe, dass uns Alanna tatsächlich das Juwel der Macht bringen wird.«
»Meinst du, die Boten werden sie finden?«, erkundigte sich Gary. Außer Raoul waren noch weitere Männer an den Straßen postiert, die nach Osten führten.
»Irgendeiner wird sie finden. Irgendeiner *muss* sie finden.«

Während sich Jonathan und Gary unterhielten, betrat Georg Cooper das Haus seiner Mutter. Eine Nachricht aus Corus hatte ihn im Galopp von Caynnhafen hierher nach Hause gebracht. Kralle, entnervt durch seine monatelangen vergeblichen Versuche Georg umzubringen, hatte etwas Undenkbares getan und eine Außenstehende – Eleni Cooper – angegriffen. Männer und Frauen, die Georg treu ergeben waren, hatten Kralles Männer abgewehrt und nun glich das Haus von Eleni Cooper einem Heerlager, einschließlich Wachtposten.
Eleni sortierte und verpackte gerade die Kräuter, die sie als Heilerin verwendete, als ihr Sohn die Küche betrat. Töpfe mit Arzneien brodelten auf der Feuerstelle und verströmten Kräuterduft im ganzen Raum.
»Es hätte schlimmer sein können«, erklärte sie Georg. »Keiner deiner Leute wurde getötet und mir ist nichts passiert.«

Georg machte ein finsteres Gesicht. »*Diesmal*, Mutter. Was ist mit dem nächsten und dem übernächsten Mal? Kralle hat eine Frau angegriffen, die sich nicht dem Schurkenring verschworen hat. Wenn er dieses Gesetz übertritt, wird er auch keines unserer anderen einhalten. Wer zu Schaden kommt, kümmert ihn nicht. Und es kümmert ihn auch nicht, ob der Oberste Richter seine Soldaten schickt, um die Stadt von uns allen samt unseren Zwistigkeiten zu säubern. Nicht mal für jene, die er selbst besticht oder zur Gefolgschaft zwingt, steht Kralle ein. Wenn sie auf dem Galgenhügel enden, wird er keinen Finger rühren, um sie zu retten. Er will Schurkenkönig sein, aber er sorgt nicht für die, die sich ihm verschworen haben, so wie es seine Pflicht wäre.« Georg nahm die Tasse Kräutertee entgegen, die ihm seine Mutter einschenkte, und trank in kleinen Schlucken, ohne zu merken, was er überhaupt zu sich nahm. »Wir waren immer darauf bedacht, nie so viele Scherereien zu machen, dass der Oberste Richter sich entschließen könnte die Unterstadt von uns zu befreien.«
»Du wirst schon eine Möglichkeit finden mit diesem Kralle fertig zu werden«, sagte Eleni, während sie ein Paket Beinwellblätter mit einem Etikett versah. »Ich hab es bisher noch nie erlebt, dass du dich geschlagen gibst, Georg.«
»Manchmal fange sogar ich an den Gerüchten zu glauben«, flüsterte Georg, der müde aussah. »Machen wir uns doch nichts vor, Mutter – ein Mann, der getötet wurde, sollte tot bleiben.«
Eleni setzte sich ihm gegenüber an den Tisch. »Der Göttin sei gedankt, dass seine Gabe nicht mit ihm auferstanden ist.«
»Das behaupten *er* und *Thom*.« Georg löffelte Honig in

seinen Tee. »Manchmal glaube ich, dass diese beiden für sämtliche Probleme verantwortlich sind, die wir seit letztem Oktober hatten. Nein, das ist unfair. Dass Alanna fortging, habe ich selbst zugelassen.«
»Sie hätte auch in Caynnhafen auf dich warten können«, sagte Eleni.
Georg setzte ein trübes Lächeln auf. »Ich versuche nichts Unmögliches von ihr zu verlangen, Mutter. Sie ist kein Mädchen, das zu Hause auf seinen Mann wartet.«
»Dann hätte sie mit dir hierher zurückkehren können.«
Georg schüttelte den Kopf. »Sie hatte keine Lust unseren Edlen zu begegnen. Außerdem glaube ich, dass sie auch die Erinnerung an Jon noch schmerzte.«
»Dann solltest du sie vielleicht holen gehen. Seit sie in ihre Wüste zurückging, bist du völlig verändert.« Sie nahm seine Hand und fügte hinzu: »Ich würde mich freuen, wenn ich wüsste, dass du nicht mehr mit dem Galgen schäkerst.«
Georg drückte ihre Hand. »Ich kann nicht, Mutter, noch nicht. Zuerst muss ich hier noch ein paar Dinge erledigen. Außerdem«, fügte er mit trostloser Miene hinzu, »habe ich dir denn nicht erzählt, dass aus Maren und Sarain die Nachricht kam, sie sei mit dem Shang-Drachen zusammen? Wie soll ein Bürgerlicher mit dem König Tortalls oder mit Liam Eisenarm konkurrieren?«
Eleni zog ihre Stirn in Falten. »Es sieht dir nicht ähnlich, dich selbst zu bemitleiden – oder kampflos aufzugeben.«
Georg tätschelte seiner Mutter die Wange. »Tu ich auch nicht. Ich will ihr lediglich die Zügel lassen, während ich mich hier um meine Angelegenheiten kümmere.« Als er lächelte, lächelte Eleni ebenfalls. Nachdem er seinen Tee ausgetrunken hatte, fügte er hinzu: »Wo wir gerade davon

reden – wir müssen etwas unternehmen. Kralle ist närrisch genug, es noch mal zu versuchen.«
»Sei bloß vorsichtig, Georg. Du riskierst dich deswegen mit rechtschaffenen Leuten zu verbünden«, neckte sie. »Womöglich ist Ehrbarkeit ansteckend.« Als sie sah, dass er die Stirn runzelte, setzte sie scharf hinzu: »Was hast du vor – willst du mich mit der Leibgarde des Königs umgeben?«
Er sah sie an und begann breit zu grinsen. »Das ist gar keine so schlechte Idee, Mutter.«

Wenige Stunden später nahm Georg seine Mutter zu dem Stadthaus mit, in dem Myles von Olau wohnte. Bazhir-Wachen ließen sie ein und begleiteten sie zum Arbeitszimmer des Ritters. Bedienstete kamen rasch mit Erfrischungen für Myles und seine Gäste. Georg kannten sie als häufigen Besucher, aber die Frau, die ihn begleitete, hatte keiner von ihnen jemals gesehen. In den Küchen summte der Klatsch und auch die Bazhir, die Myles aufwarteten, standen mit dabei.
Nachdem er sich Georgs Bitte angehört hatte, ließ Alannas Adoptivvater seinen Blick von Georg zu Eleni wandern und zupfte an seinem zotteligen Bart. »Ich wäre entzückt, wenn Frau Cooper hier bleiben wollte. Aber dass die Dinge so schlimm stehen, wusste ich nicht.«
»Kralle gibt nicht so leicht auf«, erklärte Georg mit grimmiger Miene. »Und er weiß, dass er mir auf dem Umweg über meine Mutter wehtun kann. Hier, inmitten von all diesen Bazhir, wäre sie in Sicherheit. Bogenschützen hast du ja genug.«
»Das kommt daher, dass meine Tochter die Frau, die wie ein Mann reitet, ist«, erklärte Myles Eleni. Dabei blitzten seine Augen übermütig. »Ich habe sie adoptiert und die

Bazhir mich.« Er griff nach Elenis Hand. »Alanna hat mir von Euch erzählt, dazu seid Ihr die Mutter meines Freundes Georg. Ich begrüße es, dass ich Gelegenheit habe Euch einen Dienst zu erweisen, gnädige Frau.«
Sie musterte ihn von Kopf bis Fuß. »Ich hasse es, mein Haus zu verlassen«, gab sie zu. »Aber solange mein Sohn unter Schurken lebt, muss ich vorsichtig sein. Danke, Sir Myles – ich willige ein Euer Haus als Zufluchtsort zu benutzen.«
»Dann solltet Ihr ›Myles‹ zu mir sagen«, befahl der Ritter und küsste ihr die Hand.
»Und ich heiße Eleni.«
Myles hielt Elenis Hand einen Augenblick zu lange fest, was Georg nachdenklich stimmte. Auf diese Möglichkeit war er bisher nicht gekommen. *Nicht schlecht, wenn ich in meinem Alter noch einen neuen Vater kriegen würde,* dachte er und musste grinsen. *Aber am besten lasse ich der Sache ihren Lauf. Es ist noch nie was Gutes dabei herausgekommen, wenn ich probiert habe einen von den beiden zu etwas zu drängen.*

Thom sank seufzend in einen Sessel. Die leuchtenden Farben seiner seidenen Robe erdrückten sein blasses Gesicht und die glanzlosen, kupferroten Haare und ließen seine Augen zu einem fahlen Amethystblau verblassen. Er rieb sich mit der Hand über die aufgesprungenen Lippen und zuckte zusammen, als ein Riss zu bluten begann.
Roger von Conté kam herein. »Du bist also zurück. Eben habe ich meine Aufzeichnungen über Palawynn den Wind-Erwecker zu Ende gebracht.«
»Danke«, sagte Thom mit rauer Stimme, während er zuschaute, wie sich Roger setzte. Im Gegensatz zu ihm sah Roger wie die Gesundheit in Person aus. Sein braunschwar-

zes Haar und der Bart glänzten, die saphirblauen Augen leuchteten, dazu hatte er eine blühende Gesichtsfarbe. Er sah nicht so aus, als habe er im Grab gelegen, um als Zauberer ohne Zauberkraft wieder aufzutauchen.

Es ist ein Witz, dachte Thom. *Ich erwecke ihn vom Tod und sieben Monate später sehe ich selbst aus, als wäre ich gerade aus dem Grab gekrochen.* »Ich hatte gerade mal wieder ein schönes Schwätzchen mit unserem zukünftigen König«, sagte er bitter. »Diesmal brachte er den Obersten Richter mit. Ich mag ihn nicht, den Alten – ich mochte ihn noch nie. Ob ich immer noch sicher sei, dass du keine Gabe mehr hast«, äffte Thom den Richter nach. »Ob ich Meldung erstatten würde, falls es irgendwelche Anzeichen gäbe, dass sie wiederkommt. Ob ich gesehen hätte, dass du dich mit jemandem verschwörst. Ob ich dich in Verdacht hätte, dass du am Tod des Königs irgendwie beteiligt warst. Oder an dem der Königin. Oder an dem meines Vetter dritten Grades, dessen, den der Blitz getroffen hat!« Thoms Gesicht verfärbte sich zu einem hässlichen Rot. »Sie fragen mich, ob ich dir vertraue«, fügte er verdrießlich hinzu.

Roger inspizierte seine Fingernägel. »Vertraust du mir?«, erkundigte er sich mit seiner melodischen Stimme.

»Natürlich nicht. Ich vertraue keinem.«

»Abgesehen von deiner Schwester«, wandte Roger ein. »Was sagten sie noch?«

»Nichts«, entgegnete Thom. »Gewöhnlich halten sie mir einen Vortrag, dass es meine Pflicht ist, dir nachzuspionieren und jeglichen Verdacht zu melden. Aber diesmal ließen sie nichts Derartiges verlauten.«

»Ich verstehe. Gibt es Neuigkeiten von deiner Zwillingsschwester?«

Thom warf ihm einen scharfen Blick zu, dem Roger mit ausdruckslos-höflicher Miene begegnete. »Jon hat Nachricht aus Udayapur erhalten, und zwar von einer Hexe von niedrigem Rang«, antwortete Thom widerstrebend. »Dort hat Raoul meine Schwester gefunden. Möglicherweise kommen sie irgendwann nächste Woche mit dem Schiff in Caynnhafen an.«
»Bestimmt freust du dich«, murmelte Roger. »Habe ich nicht irgendwo gehört, dass sie zur Seekrankheit neigt?«
»Sehr sogar.« Thom grinste. »Stell dir vor, das hatte ich ganz vergessen.«
»Ist aus dem, was so geklatscht wird, ersichtlich, ob sie das gefunden hat, weswegen sie zum Dach der Welt ritt?«
Zum tausendsten Mal überlegte sich Thom, wie Roger in Wirklichkeit zu der Frau stand, die ihn getötet hatte. »Falls seine Majestät es weiß, so sagt er nichts darüber. Wir werden es bald erfahren. Freust du dich auf ihre Rückkehr?«
Roger nahm einen Kristall in die Hand und zuckte die Achseln. »Ich habe vor ihr aus dem Weg zu gehen. Soll ich mir als Nächstes die Schriftrollen über den Drachen-Bezwinger vornehmen?«
»Mach, was du willst«, gab Thom unwirsch zurück. »Ich bin weder dein Gefängniswärter noch dein Kindermädchen.«
Roger legte seinen ganzen Charme in sein Lächeln. »Mein lieber Junge, ich stehe hoch in deiner Schuld. Wenn es dich nicht gäbe, wäre ich immer noch zwischen hier und dem Reich der Toten gefangen. Falls ich mich revanchieren kann, werde ich es tun.«
»Sie werden dir niemals trauen«, sagte Thom, dem es die Schamröte in die Wangen getrieben hatte. »Bei allem, was

du tust, beobachten sie dich und suchen nach einem Zeichen, dass deine Zauberkraft wiedergekommen ist.«
Roger erhob sich. »Glaub mir, Thom – wenn meine Gabe zurückkehrt, bist du der Allererste, der es erfährt.«

In der Schenke Zum Tanzenden Täubchen war es still. Es war eine Stunde vor Sonnenuntergang und die Schurken streiften noch durch die Straßen. Georg, der sich im leeren Gastraum umsah, wurde klar – und nicht zum ersten Mal –, dass es ihm keinen Spaß mehr machte, hier das Sagen zu haben.
Zum Teil lag das an seinem Krieg mit Kralle. Er war ausgebrochen, als Georg Caynnhafen besucht hatte, um dort eine Revolte niederzuschlagen und eine Liebesaffäre mit Alanna zu beginnen. Vor vier Monaten hatte Kralle versucht sich in Georgs Abwesenheit zum König der Diebe zu machen, und er hatte viele von Georgs Leuten erpresst und dazu gezwungen, sich auf seine Seite zu schlagen. Anschließend hatte er den Versuch gemacht Georg zu vergiften. Um seinen Thron zu retten, war Georg in die Stadt zurückgekehrt und Alanna war wieder zu ihren Bazhir geritten. Damit hatte er sie vermutlich verloren, das war Georg schon damals klar.
Als Georg jünger gewesen war, hatten die Dinge anders ausgesehen: Wollte sich einer zum Schurkenkönig ernennen, dann forderte er den, der bisher dieses Amt bekleidete, zu einem Kampf vor Zeugen auf. Dem Sieger stand der thronartige Sessel im Tanzenden Täubchen und ein Zehntel des Gewinns bei jedem größeren Geschäft und Diebstahl zu. Er wies seinen Schurken die einträglichsten Arbeiten zu und schlichtete Streitigkeiten. Er war der König der Tortal-

ler Unterwelt und man leistete ihm wesentlich mehr Gehorsam, als der König im Palast jemals zu erwarten hatte.
Doch Kralle wollte keinen Kampf. Er schwor Georg Treue – und schickte ihm nachts seine Leute auf den Hals. Viele Schurken trafen inzwischen täglich von neuem die Entscheidung, wem sie nun folgen wollten, je nachdem, wer von den beiden gerade der Sieger zu sein schien. Nur Georgs älteste Freunde hielten zu ihm.
Was soll das Ganze?, überlegte sich der König der Diebe. *Flitterkram. Die Treue derer, die sie gleichzeitig verkaufen. Eine Chance das Los einiger weniger zu verbessern – mit der Wahl zwischen einem Messer im Dunkeln oder dem Galgen des Obersten Richters*. Inzwischen war Georg nur noch daran gelegen, Kralle zu erledigen. Myles hatte einen Mann losgeschickt, damit dieser Kralles Vergangenheit ans Licht brachte. Die Geschichte, die der einäugige Mann Georg bei seiner Ankunft in Corus erzählt hatte, stimmte ebenso wenig wie sein Name. Bei anderen Dieben war das von geringer Bedeutung. Aber Kralle sprach und benahm sich manchmal wie ein Edler.
»Majestät!« Ein Gassenjunge, den Georg nicht kannte, kam hereingestürzt. »Majestät, komm schnell! Kralle ist von den Männern des Obersten Richters geschnappt worden!«
Immer noch in Gedanken versunken, folgte Georg dem Jungen durch die Hintertür hinaus. Als er nach draußen trat, versetzte ihm ein Mann von hinten einen Schlag, dass er in den Schlamm des Küchenhofs stürzte. Georg zog zwei Messer aus den Scheiden an seiner Taille. *Das ist die Strafe*, dachte er grimmig, während er um sich hieb und traf. *Da vergisst du einen Augenblick wachsam zu sein und schon tippt dir der Dunkelgott auf die Schulter ...*

Jemand schrie, als er wieder zustach. Der Mann, der an seinem Rücken hing, stürzte herab. Georg sprang auf und seine Messer fuhren in silbernen Bögen durch die Luft. Einen der Schar, die ihn umringte, traf er in die Kehle, den Nächsten tiefer. Als ihm ein Vierter vom niedrigen Küchendach in den Rücken sprang, warf sich Georg rückwärts gegen die Mauer, um seinen Angreifer zu betäuben.
Ein anderer griff mit dem Schwert an. Schmerz zuckte in einer geraden Linie von Georgs Schulter bis zum Oberschenkel. Er knirschte mit den Zähnen, schleuderte eines seiner Messer und traf den Schwertmann in die Brust.
Auf dem Küchenhof wimmelte es von Feinden – wo waren seine eigenen Leute? Er fand ein weiteres der vielen Messer, die er am Körper versteckt trug, und trat einem Mann mit einer Handaxt gegenüber. Der brüllte und holte aus, aber vier Pfeile brachten ihn zum Verstummen und er führte seinen Schlag nicht zu Ende. Schwarze Pfeile regneten herab; sich aufbäumende Kriegsrosse der Bazhir machten jede Chance zur Flucht zunichte. Innerhalb von Sekunden waren auf dem Küchenhof nur noch die Pferde zu hören.
»Du hattest Glück, dass ich dich besuchen kam«, sagte Myles, der herangeritten kam. Er stieg vom Pferd und ging auf Georg zu, der taumelte. »Du brauchst einen Heiler!«
Georg schüttelte den Kopf. Einmal, damit der Kopf wieder klar wurde, gleichzeitig aber auch, um »Nein« zu sagen. »Solom«, murmelte er. Myles stützte ihn und führte ihn in die Küche des Tanzenden Täubchens. Gleich hinter der Tür lagen der alte Solom und zwei Serviermädchen. Sie waren tot.

Georg erholte sich immer noch im Haus von Myles, als zwei Tage später ein Diener den Ritter beim Mittagessen unterbrach, um ihm zu sagen, ein gewisser Dalil al Marganit erwarte ihn in der Bibliothek. Myles legte sein Messer weg und wischte sich rasch mit einer Serviette übers Gesicht. Al Marganit war es, den er beauftragt hatte herauszufinden, wer Kralle eigentlich war. Myles hatte den kleinen sirajitischen Agenten schon früher in Anspruch genommen und konnte sich darauf verlassen, dass er alles ausgraben würde, was es über Kralle zu erfahren gab.

Als Myles die Bibliothek betrat, erhob sich der Agent und machte eine Verbeugung. Er deutete auf die Fruchtschale und den Wein aus Tyra, die ihm die Bediensteten schon gebracht hatten, und sagte: »In Eurem Haus werde ich behandelt wie ein Edler.«

Myles setzte sich mit einem Lächeln hinter seinen Schreibtisch. »Du verdienst eine derartige Behandlung, Dalil. Setz dich bitte. Was hast du für mich in Erfahrung bringen können?«

Der kleine Mann holte ein Notizbuch aus seinem Waffenrock und blätterte verschmierte Seiten um. Kurzsichtig, wie er war, musste er sie so nah vor die Augen halten, dass sie ihn an der Nase kitzelten. Er nieste. »Also – was diesen Dieb Kralle betrifft: Er wurde vor zwei Jahren von den Männern des Obersten Richters verhaftet. Verdacht auf Raubüberfall. Auf Grund mangelnder Beweise ließ man ihn wieder laufen. Unser Richter ist gewissenhaft in derartigen Dingen, ganz im Gegensatz zu vielen anderen – wie Euer Ehren ja wissen. Vor fünf Monaten wurde er bei den Hafenkrawallen erneut verhaftet, floh jedoch. Gegenwärtig wird er von den Leuten des Richters gesucht, aber sie suchen nicht allzu gründlich; es wird angenommen, dass er hohe Bestechungsgelder bezahlt hat.

Ich ging der Spur nach, die nach Vedis in Galla führt, denn Kralle behauptete ja, dass er von dort sei. Aber weder in Vedis noch in Nenet noch Jyotis, alles gallianische Städte mit jeweils großen Diebesgemeinschaften, ist er bekannt. Also hielt ich mich an Eure Vermutung, dass er im Tonfall derer vom Tortaller Seengebiet spricht und von edler Abstammung sein muss, und reiste mit einer guten Zeichnung des Mannes ins Seengebiet. Hier ist die Liste meiner Ausgaben.« Er reichte Myles ein Blatt Papier, doch der Ritter warf kaum einen Blick darauf.
Al Marganit klappte sein Notizbuch zu und sah Myles an. »In Wirklichkeit heißt Kralle Ralon von Malven –«
Myles wurde blass unter seinem Bart. Ein weiterer Feind Alannas! Seit Jahren hatte ihn keiner gesehen oder von ihm gehört. Zwar hatte Myles angenommen, Kralle könne der unehelich geborene Sohn eines Edlen sein und eine entsprechende Erziehung genossen haben. Aber dass er als legitimer Spross einer adligen Familie sich am Schurkenhof verbarg, wäre ihm nie in den Sinn gekommen! Er spürte den besorgten Blick des Agenten, zwang sich zu einem Lächeln und sagte: »Schon gut. Fahr fort.«
Achselzuckend sprach der kleine Mann weiter. Offensichtlich wollte ihm Sir Myles nicht sagen, warum er aussah, als sei er gerade einem Geist begegnet. »Er ist der dritte Sohn von Viljo, Graf von Malven, und dessen Gattin Gaylyah. Sie haben ihn enterbt, nachdem er versucht hatte die zweite Tochter des Gutsverwalters von Anala, einem Dorf, das zu Eldorn gehört, zu vergewaltigen. Eldorn ist also Malvens Nachbar.«
Eine Verbindung zwischen Kralle und Delia?, überlegte Myles. Er kritzelte eine Notiz nieder, während Dalil fortfuhr: »Eine

Kinderfrau des Mädchens schüttete ihm Säure ins Gesicht. Sie ist für die violettfarbenen Narben verantwortlich, von denen Ihr spracht, und für den Verlust eines Auges. Wenn es mir gestattet ist, Eure Erinnerung aufzufrischen – Ralon von Malven musste im Alter von vierzehn den Hof verlassen. Herzog Gareth der Ältere ersuchte darum, und zwar als disziplinarische Maßnahme in der Angelegenheit des Pagen Alan von Trebond. Oder, wenn Ihr mir meine Unverfrorenheit verzeihen wollt, in der Angelegenheit der Alanna von Trebond und Olau.«

Myles lächelte geistesabwesend. »Obwohl es damals nur verdammt wenigen von uns bekannt war, dass sich eine Alanna hinter diesem Alan verbarg. Ralon von Malven! Wie konnte ich den nur vergessen?«

»Er trägt eine gute Verkleidung, mein Herr. Er kam, so wie mancher schlechte Kerl, um sich einen Namen unter den Schurken zu machen. Er will dem gegenwärtigen König der Diebe den Thron streitig machen, doch er fordert ihn nicht zum offenen Kampf, wie es der Brauch will – er kämpft mit Verrat. Ganz anders als der oberste Schurke heuert Ralon alias Kralle Männer an, damit sie für ihn Morde begehen oder einen guten Namen ruinieren. Selbst die, die ihm folgen, verrät er.« Kopfschüttelnd fuhr der kleine Mann fort: »Einen Edlen, der verkommen ist, hält man nicht auf. Unmöglich. Er wird sagen, dass man ihm etwas schuldet und dass er gekommen ist, um es sich zu holen.«

Myles schickte Marganit mit wohl verdientem Lob und einer dicken Börse nach Hause. Der Agent hatte ihn noch nie im Stich gelassen und diesmal hatte er mehr Erfolg gehabt, als Myles in seinen kühnsten Träumen zu hoffen gewagt hätte. Der Ritter überdachte die Angelegenheit von allen Seiten, dann, etwa eine Stunde später, ging er und erzählte das Ganze Eleni Cooper und ihrem Sohn.

Der Zufall und der erste milde Tag seit mehr als einer Woche führten an diesem Frühlingsmorgen viele Menschen auf den Marktplatz von Corus. Man hatte Jonathan lange überreden müssen, doch dann willigte er ein auszureiten – es war das erste Mal seit der Beerdigung des Königs, dass er einen solchen Ausflug unternahm. Er war eine imponierende Gestalt in seiner schwarzen Trauerkleidung, flankiert von Roger und Sir Gary, ebenfalls in Schwarz. Mit ihnen ritten weitere Ritter und Damen, darunter auch Delia von Eldorn, Alex von Tirragen und Josiane von Talos.
Die Gruppe war schön anzusehen, selbst wenn sie in ihrer schwarzen, lavendelblauen und grauen Trauerkleidung etwas düster wirkte. Auf dem Marktplatz versammelte sich rasch eine große Menschenmenge, um die Edlen vorüberreiten zu sehen. Die Männer der Königlichen Leibgarde – derzeit waren viele von ihnen Bazhir in Uniform – wechselten argwöhnische Blicke und behielten die Leute im Auge, die sich um die Reitergruppe scharten. Das Schweigen der Menge beunruhigte sie. Keiner rief dem zukünftigen König seinen Segen zu; viele machten das Zeichen gegen das Böse, als Roger an ihnen vorüberkam. Niemand jubelte; die sonst üblichen lautstarken und manchmal spöttischen Kommentare, was Kleidung und Privatleben der Edlen betraf, blieben aus.
Georg Cooper sah ebenfalls zu. Er hatte riskiert, dass seine Wunde wieder aufbrach oder dass ihn Kralles Männer oder die des Obersten Richters entdeckten, weil er sehen wollte,

wie die Leute ihren neuen König empfingen. Er musterte die Gesichter und versuchte, mehr als nur Misstrauen oder Argwohn darin zu finden.
»Dieser Herzog von Conté – er wirkt wie ein König«, murmelte jemand. »Gegen den ist Prinz Jonathan ein Jüngling.«
»Über den Prinzen hab ich nie was Schlechtes gehört«, zischte ein anderer. »Aber über diesen Herzog eine ganze Menge! Es ist nicht natürlich, wenn einer zweimal lebt –«
»Man sagt, der Prinz soll verflucht sein«, kam eine dritte, vom Alter brüchige Stimme. »Erst die Schwitzkrankheit, als er ein Junge war – sie hat mir meinen Alish genommen –, jetzt beide Eltern tot und dann kam noch der da, der Zauberer, zurück –«
»Drunten im Süden hat er böse Mächte aus der Schwarzen Stadt verjagt«, wandte eine vierte Stimme ein. »Mit den Bazhir schloss er Frieden – das hat nicht mal sein Großvater, der Alte König, geschafft.«
»Er hat 'ner Frau dabei geholfen, Ritterin zu werden. Wenn das nicht widernatürlich ist –«
»Pst! In einer Menge gibt es immer Spione und du hast eine lockere Zunge im Maul!«
Der Oberste Richter, der gerade zur Spitze der Gruppe ritt, um mit Gary den Platz zu tauschen, weckte das Interesse der Menge und jetzt kam Bewegung in sie. Georgs langjähriger Gegner war blauäugig und schlank, sein ledernes Gesicht war umrahmt von silbergrauem Haar und einem kurzen silbergrauen Bart. Bei den Tortaller Schurken wurde er »der alte Teufel« genannt und sie waren überaus stolz auf ihn. Von auswärts stammende Schurken machten das Zeichen, wenn man ihn erwähnte.
Die Leute in der Menge – die ehrlichen – mochten den

unbeugsamen alten Mann. Einer klatschte, dann ein anderer. Eine Frau stieß einen Hurraschrei aus, in den andere mit einstimmten.

Jonathan lächelte. Einer schrie: »Gott segne Euch, Majestät!« Daraufhin jubelten viele, und Georg lächelte über das launenhafte Wesen der Menge.

Eine Frau, die ein Stück vor den Reitern stand, hielt ihr Kind hoch, damit es besser sehen konnte. Als sich der Kleine strampelnd aus ihren Armen befreite und zwischen die Pferde rannte, kreischte sie auf. Jon beugte sich weit nach rechts hinunter, packte das Kind mit einer Hand und riss es aus der Reichweite der gefährlichen Pferdehufe fort. Nachtschwarz bäumte sich auf und schlug aus, aber dem zukünftigen König gelang es, ihn zu halten. Der Kleine fing an zu heulen. Schließlich griff der Richter nach den Zügeln von Jons Pferd und zwang es herunter.

Jonathan stieg mit dem brüllenden Kind auf dem Arm ab. Die Mutter rannte unter den scharfen Blicken der Königlichen Leibgarde lachend und weinend herbei, um ihren Kleinen wieder zu holen. Sie nahm Jon in den einen und das Kind in den anderen Arm und dankte dem jungen Mann. Was sie sagte, ging in dem Jubel unter, der ringsum ausbrach. Georg aber war aus irgendeinem Grund unruhig. Er verließ seinen Platz und bahnte sich einen Weg auf die Edelleute zu.

Sein Instinkt hatte ihn nicht getrogen. Er war noch ein gutes Stück entfernt, als ein Mann ein Messer aus dem Gürtel zog und auf Jonathan zurannte. Der Mann schrie etwas; später sagte der Richter zu Myles, es habe geklungen wie »Tod dem glücklosen König!«

Jonathan wurde von der Frau und dem Kind, seine Begleiter von der Menge und ihren eigenen Pferden behindert. Es war Nachtschwarz, der seinem Herrn zu Hilfe kam. Er bäumte sich erneut auf und schlug mit den Hufen nach dem Angreifer. Der Mann ging zu Boden, doch da tauchten weitere, in Umhänge gekleidete Attentäter aus der Menge auf.

Georg warf sich auf den einen, den anderen erstach er. Der Richter war vom Pferd gesprungen und kämpfte mit Messern. Mit einem wilden Grinsen band er die Klinge eines Mannes und versetzte ihm einen Stoß mit dem Knie. Rosse bäumten sich auf; Frauen kreischten. Am Markt war der große Aufruhr ausgebrochen.

Von alledem blieb Georg nur der Augenblick im Gedächtnis, als er und der Richter sich zum ersten Mal im Verlauf ihrer langen Gegnerschaft plötzlich von Angesicht zu Angesicht im Gedränge gegenüberstanden. Wäre es nach Georg gegangen, hätte er auf diese Ehre gern verzichtet. Jetzt erstarrte er und ließ den Attentäter, der sein nächstes Ziel gewesen wäre, entkommen. Der Richter sah ihn an, drehte sich um und verschwand in der Menge. Hatte er gezwinkert?

Zusammen mit seinen engsten Vertrauten – den Brüdern Orem und Shem, den Messerkünstlern Ercole und Marek – drängte sich Georg schließlich bis zu den Edlen durch. Jonathan hielt sich den Arm. Er war verwundet. Jetzt kam endlich auch die Königliche Leibgarde und bildete einen engen Kreis, der Gary, Jonathan und Josiane einschloss. Roger war nirgends zu sehen. In einem zweiten Ring, den Wachtposten gebildet hatten, bestieg der Richter gerade sein Pferd.

Georgs Schulter war wieder aufgebrochen und blutete. Er

ignorierte es. »Ich weiß einen Weg von hier weg!«, rief er Jon zu. »Falls du mir vertraust!«
Der Anführer der Leibgarde sah fragend zum Prinzen hinüber. Als dieser nickte, führte Georg Jons Gruppe in eine Seitenstraße und fort von dem Aufruhr, hielt dabei aber ständig die Augen offen nach weiteren Attentätern. An der Tempelstraße ließ er Jonathan und dessen Begleiter bei der übrigen Gruppe von Edlen zurück, die inzwischen ebenfalls eingetroffen waren. Gerade kam auch eine zweite Leibwache vom Palast heruntergeritten.
»Das war Kralles Werk«, erklärte Georg Eleni und Myles kurz danach im Hause Olau. Er zuckte zusammen, als seine Mutter einen neuen Umschlag auf seine Schulterwunde legte. »Die Mörder hat *er* gedungen, jeden Einzelnen davon, und sie wollten Jon an den Kragen.«
»Was hat denn Kralle davon, wenn Jonathan etwas zustößt?«, erkundigte sich Myles. »Zu denen im Palast, denen Jons Tod zugute käme, hat er keine Verbindung – zumindest habe ich nichts Derartiges gehört. Es sei denn, *Delia* –«
»Ich finde es interessant, dass der Herzog von Conté den Angreifern so ohne weiteres entkam«, sagte Georg mit schleppender Stimme und stellte die Füße auf einen Schemel. »Aber du hast Recht – es ergibt immer noch keinen Sinn. Nur allzu leicht hätten heute Vormittag die Unschuldigen ebenso wie die Schuldigen zu Schaden kommen können. Selbst wenn er es geplant hätte, lief er doch genau wie wir alle Gefahr niedergetrampelt zu werden.«
Kopfschüttelnd sagte Eleni: »Ich mache mir Sorgen um die, die bei dieser Wahnsinnstat verletzt wurden. Ich gehe besser nachsehen, was ich tun kann.« Sie schüttelte ihre Röcke aus und stand auf. »Aber ist es nicht immer so, wenn

Menschen sich verschwören, um Macht an sich zu reißen? Es sind die Unschuldigen, die leiden müssen.«
Das endgültige Ergebnis des Aufruhrs am Markt lautete: fünfzehn Tote, sechsunddreißig Verletzte (darunter auch der zukünftige König), unzählige Schäden an Einkaufsläden und Marktständen. Die Atmosphäre von Misstrauen und Furcht verdichtete sich.
Trotzdem – oder vielleicht gerade deshalb – begann Jonathan einmal in der Woche durch die Hauptstadt und die ländliche Umgebung zu reiten.

Jonathan stand auf einem Balkon des Palasts, sah zu, wie die Sterne am Himmel erschienen, und entspannte sich, während er sich auf einen Abend mit seinem Hofstaat vorbereitete. Wieder würde Josiane versuchen ihn zurückzugewinnen und wieder würde er sie auf Abstand halten. Nicht zum ersten Mal bedauerte er seine Affäre mit der Prinzessin von den Kupferinseln. Er war ihrer rasch müde geworden, doch sie begriff nur widerstrebend. Jetzt, da er sie besser kannte, war ihm auch klar, dass sie eine sehr schlechte Königin abgeben würde, selbst wenn Lianne, seine Mutter, sie für ihn ausgesucht hatte.
Trotz allem musste er lächeln. Gerade hatte er als *Stimme der Stämme* seine Zwiesprache mit den Bazhir gehalten. Zum ersten Mal seit Januar war es ihm dabei gelungen, mit Coram Kontakt aufzunehmen, und so hatte er erfahren, dass die Reisenden am Abend die Westgrenze Marens passiert hatten und am nächsten Tag in Tyra vor Anker gehen wollten. Bald war Alanna wieder zu Hause und er konnte seine Löwin – und das Juwel der Macht – für seine Aufgaben einsetzen.

»Das ist alles, Majestät.« Der Bucklige, der als Aled der Waffenschmied bekannt war, begann unruhig auf seinem Stuhl zu rutschen. »Ich wollte, Kralle wär nie zu mir gekommen. Es gefällt mir nicht und ich möcht erst recht nicht wissen, was passieren würde, wenn durchsickert, was da im Gange ist.«
Georg hatte sich in seinem Sessel breit gemacht und rieb sich das Kinn, während er seinen Informanten musterte. Der Waffenschmied drehte seine Kappe zu einem Knoten. Schließlich goss der Diebeskönig einen zweiten Humpen ein und reichte ihn dem anderen. »Vielleicht hat dir Kralle 'nen Bären aufgebunden, Aled. Es wäre nicht das erste Mal, dass einer die Treue seiner Leute auf die Probe stellt, indem er ihnen eine Lüge auftischt.«
»Aber er hat dafür mit Gold bezahlt«, sagte Aled. »Außerdem weiß er nicht, dass Isham Mordmeister und Kasi der Spion schon seit fünf Jahren bei mir kaufen. Und nur Mordmeister mag Rüstungen im Stil der K'mir – bloß will er sie schwarz lackiert, was die nie tun würden. Und der Spion –«
»Das reicht. Wenn *du* sagst, dass sie in die Sache verwickelt sind, muss ich dir vertrauen. Immerhin bezahle ich dir ja genug.«
»Es geht mir nicht nur ums Geld, Majestät«, protestierte Aled. »Meine Mutter hat keine Idioten aufgezogen. Für jemanden, der einen König umbringt, gibt's nur eines.« Mit einer Handbewegung zeigte er genau, was er meinte. »Ich hab Angst vor Kralle, weil er verrückter ist als ein Priester; aber auch wenn unsereins nicht ehrlich ist, unserem Herrscher sind wir trotzdem treu. Wenn unsere Leute wüssten, was Kralle da vorhat, dann würden diejenigen, die ihm helfen, gar nicht erst überleben, um dem Richter unters

Gesicht zu treten. Und ich sitze nun zwischen der Göttin und dem Dunkelgott und kein Fluchtweg ist in Sicht.«

Georg warf dem Waffenschmied einen Silbernobel zu. Der fing ihn auf und biss darauf, um sicherzustellen, dass er keine Fälschung war. »Kein Wort zu Kralle, Aled.«

Der Mann zuckte zusammen – ihm war klar, was Kralle mit ihm anstellen würde, wenn herauskam, dass er mit Georg gesprochen hatte. »Nie und nimmer, Majestät!« Vor sich hin murmelnd verließ er das Tanzende Täubchen.

Georg starrte in die Ferne. Als Alanna ihn Jonathan vorgestellt hatte, hatte er gewusst, dass einmal der Tag kommen könnte, an dem seine Pflichten dem Schurkenhof gegenüber und seine Freundschaft mit dem Prinzen in Konflikt miteinander gerieten. Jetzt war es so weit – was sollte er tun? Eine Rettungsaktion bei einem Aufruhr, wo jeder zu aufgeregt war, um klar zu denken, war *eine* Sache. Eine Verschwörung zu verraten war eine andere. Die Mörder vom Marktplatz waren tot und Kralle war sowieso untergetaucht, also hätte es gar nichts genutzt, wenn er damals gemeldet hätte, wer die ganze Sache angezettelt hatte. In der Geschichte dagegen, die ihm Aled gerade erzählt hatte, ging es um korruptes Schlosspersonal und um eine Verschwörung, die vom Palast bis zu Kralle reichte.

Georg war in der Unterwelt aufgewachsen und hatte die Gesetze der Unterwelt gelernt: Gehorche dem Schurkenkönig, bezahle seine Steuer, und – das war das Allerwichtigste – *verrate nie einen Schurken an die Gerichtsbarkeit des Königs.* Darauf stand ein langsamer Tod. Vor einem Jahr wäre Georg der Letzte gewesen, der einen solchen Verrat in Betracht gezogen hätte. *Vor einem Jahr hat es noch Spaß gemacht, Schurkenkönig zu sein,* dachte er wütend, *und ich*

hab gedacht, meine Leute würden ebenso für mich durchs Feuer gehen wie ich für sie. Damals wusste ich noch nicht, wie sie sich untereinander und mich an Kralle verpfeifen, und das für Geld, aus Boshaftigkeit oder Angst.
Jonathan war sein Freund. Sie hatten viele gute Abende zusammen verbracht, hatten dieselbe Frau geliebt und beide wussten sie, was es hieß, König zu sein. In manchen Dingen stand ihm Jon näher als Alanna – sie wusste nichts von der Bürde, die man als König zu tragen hatte. Jon dagegen hatte nie etwas anderes gekannt.
Entweder bin ich blöde geworden oder das Leben ist jetzt schwieriger, dachte er und seufzte. *Mir scheint, so kompliziert waren die Dinge nicht immer. – Zumindest wird sich Mutter freuen, wenn sie es hört.*

Als Thom von Trebond spätabends zu seinen Gemächern im Palast zurückkehrte, fiel ihm als Erstes auf, dass die Tür zu seinem Arbeitszimmer nur angelehnt war. »Ich werde die Mägde in Fische verzaubern, wenn sie es waren, die meine Tür offen gelassen haben!«, schrie er und stieß sie vollends auf.
Die dunkle, an der Feuerstelle sitzende Gestalt war klarer zu erkennen, als das Licht auf sie fiel, das Thom verstrahlte. »Ich sehe schon, Kerzen brauchen wir keine«, sagte Georg. »Mach die Tür zu, sei so gut.«
Thom starrte seinen Gast an, dann gehorchte er. Nachdem er sich in einen Sessel hatte sinken lassen, fragte er: »Was treibst du hier so spät? Du führst nichts Gutes im Schilde, da möchte ich wetten.«
»Wieso musst du überhaupt fragen? Siehst du nicht morgens in deiner Teetasse alles, was passieren wird?«, sagte

Georg sarkastisch. Er hatte gerade Jon von dem geplanten Attentat erzählt – *hatte den Schurkenring verraten, wie etwas in ihm beharrte.*

Thom versuchte im Gesicht des anderen zu lesen, aber das Licht, das von ihm ausging, war nicht hell genug. »Du bist doch hoffentlich nicht in deinem Amt als Schurke hier, oder?«

Georg funkelte ihn wütend an. »Hältst du mich für einen Idioten, Thommy, mein Lieber? Wenn ich es dir sagen wollte, würde ich es tun. Zufällig will ich aber nicht.«

Thom zuckte die Achseln. »Wie du meinst.« Er warf Feuer zu den Leuchtern hinter Georg, doch im Übermaß, sodass die dicken Wachskerzen sofort bis zur Hälfte herunterbrannten. Er schaute verstohlen zu dem Dieb hinüber, weil er wissen wollte, was der davon hielt, aber nur um die Augen herum war Georg anzusehen, dass ihm etwas Ungewöhnliches aufgefallen war.

»Sag was!«, befahl Thom mit gepresster Stimme. »Alle anderen haben es schon getan! Ich hörte, wie Baird zu Jonathan sagte, die Mithran-Priester hätten mich vielleicht zu früh gehen lassen.« Als Georg nicht antwortete, schrie er: »Verdammt, *sag* es!«

»Kühl hast du's hier drinnen«, war die gelassene Antwort. »Ich weiß ja, dieses alte, ehrwürdige Gemäuer ist schwer zu heizen, außerdem ist bald Mittsommer und überhaupt –«

Thom begann zu lachen und konnte nicht mehr aufhören. Er vergrub das Gesicht in den Händen und lachte, dass es seinen dürren Körper schüttelte. Georg wurde unruhig. Er stand auf und legte Thom eine Hand auf die Schulter.

»Nein!«, rief der Zauberer, doch es war zu spät. Georg zog seine Hand sofort zurück. Thom war viel heißer, als ein Mensch sein konnte, ohne zu sterben.

»Beim Bauch des Dunkelgotts, Thom – wie lange bist du schon so?«
»Keine Ahnung«, sagte der jüngere Mann und schüttelte den Kopf. Er sah, dass Georg schauderte. »Na los, zünd ein Feuer an. Es spielt keine Rolle. Ich würde es selber tun, aber –« Er sah zu den Kerzen hinüber.
Georg kniete sich hin, nahm Feuerstein und Stahl und machte Feuer. Während er den Flammen zusah, sagte er vorsichtig: »Als wir dich in der Stadt der Götter besuchten, hat mich dieser alte Si-cham beeindruckt –«
»Nein. Nein, sage ich dir. Damit er herkommt und sich an meinem Unglück weidet –?«
»Er schien mir nicht zu denen zu gehören, die sich am Unglück anderer weiden, Bursche. Er hätte dich gemocht, wenn du ihm nur die geringste Chance gelassen hättest. Auch er war mal ein aufgeweckter junger Bursche.«
Thom starrte ihn mit blutunterlaufenen, amethystfarbenen Augen an. »Meinst du, das da wäre ein Schlamassel, in den ich hineingestolpert bin und aus dem mich mein Lehrmeister befreien könnte? Eine Sicherheitsmaßnahme, die ich vergaß? Eine kleine Nachlässigkeit, die von einem, der älter – und natürlich erfahrener – ist, korrigiert werden könnte?«
»Nein. Solche Fehler zeigen sich sofort und sind oft tödlich. Aber vielleicht hat Si-cham bereits gesehen, was nicht mit dir stimmt, bevor –«
»Ich will nichts davon hören«, sagte Thom mit ausdrucksloser Stimme und wischte sich die Augen am Ärmel ab. »Sie waren eifersüchtig auf mich in der Stadt der Götter, alle meine Meister. Nichts gefiele ihnen besser als mitzuerleben, wie ich mich in einen Fehler verstrickt habe.«
Seine nächsten Worte überlegte sich Georg genau. Er be-

fand sich auf gefährlichem Boden, das war ihm klar. Schließlich entschloss er sich trotzdem zu reden. »Was ist mit Herzog Baird – dem Obersten Palastheiler? Vielleicht kann er –?«
Thom gab ein freudloses Kichern von sich. Es klang heiser, denn seine Stimmbänder waren nicht ans Lachen gewöhnt. »Baird! Ich werde verrückt! Dieser – dieser –« Er holte Luft. »Meinst du vielleicht, meine Zaubergabe hat sich *erkältet?*«
Georg lächelte. »Weiß dein Freund Bescheid?«
Beiden war klar, wen er meinte. »Wenn, dann behält er es für sich. Ich kann ihn nicht – ich werde ihn nicht – fragen.« Leise fügte Thom hinzu: »Ich fürchte mich davor.« Er wandte Georg ein fahles, verhärmtes Gesicht zu. »Ich glaube, er weiß genau, was mit mir los ist.« Er sprang aus seinem Sessel auf. »Bist du jetzt glücklich? Wirst du Myles sagen, dass er die ganze Zeit Recht hatte? Und warum sagst du es nicht auch Jon, wenn du schon dabei bist? Du hast keinen Beweis, dass Roger wieder – vollständig ist, gar keinen!« Tränen liefen ihm über die Backen.
»Beruhige dich, Bursche«, sagte Georg, ohne sich anmerken zu lassen, wie erschrocken er war. »Du machst mich ja ganz fertig.«
Thom lachte. »Ich selbst habe auch keinen Beweis«, fuhr er dann müde fort. »Aber was soll ich denn sonst denken, als dass er es ist, der dies mit mir anstellt? Entweder das – oder ich muss glauben, dass sich die Götter von mir abgewandt haben. Weil ich dachte und sagte, es wäre ganz einfach, aus *mir* einen Gott zu machen.«
»Wenn es einen gibt, den du um Rat fragen kannst –«
»Es gibt keinen. Dafür habe ich gesorgt, nicht wahr? Es wird vorübergehen. Ich werde eine Heilung finden –

irgendwas. Ich habe nicht an den richtigen Stellen gesucht.«
Georg begriff immer, wenn man ihn loswerden wollte. Er nahm seinen Umhang.
»Danke«, flüsterte Thom.
»Heute habe ich nichts getan, wofür du mir danken müsstest«, sagte Georg schroff. »Weder für dich noch für sonst wen.«
»Du hast mir zugehört, obwohl ich mein Bestes tat dich daran zu hindern. Und du hast nicht gesagt, du habest mich ja gewarnt. Falls er wirklich irgendetwas tut.«
Georg nickte und ging. Thom sah einen Augenblick ins Feuer, dann krächzte er drei Worte. Eine Welle von Meerwasser ergoss sich über die Feuerstelle, warf die Kerzen um und löschte das Feuer, bevor sie wieder verschwand. Für den Rest der Nacht saß Thom da, roch verkohltes Holz, Meer und feuchte Teppiche.
Der Schurkenkönig, den Thom schon vergessen hatte, als sich die Tür hinter ihm schloss, ging zu seinem neuesten Versteck. Bei Morgengrauen ritt sein Bote mit einem dringenden Brief an Si-cham, den Obersten Meister des Mithran-Ordens, nach Norden zur Stadt der Götter.

Mehrere Nächte nachdem Georg seine Informationen weitergegeben hatte, setzten Jonathan und der Oberste Richter einen Plan in Szene, um die Verschwörer zu schnappen. Sie trafen sich in einem Raum in der Nähe der Personalunterkünfte. Jon hatte auch Roger herbeordert. »Ihr übernehmt jetzt das Kommando«, sagte Jon zu dem Richter, sobald sein Vetter kam. »Sagt uns, was wir tun sollen.«
Der Richter öffnete eine versteckte Klappe, die zu dem

Gewirr von Geheimgängen und vom Personal benutzten Korridoren führte, die in diesem Teil des Palasts lagen. »Wir werden alles sehen und hören können. Meinen Jungs ist es gelungen, das Zimmer entsprechend herzurichten, was wir der frühzeitigen Warnung zu verdanken haben. Aber seid mucksmäuschenstill, sonst ist unser Spielchen aus.« Der alte Mann war von bürgerlicher Geburt – es ließ sich daran ablesen, wie er sich ausdrückte.

»Wenn sie das sagen, was man vorher behauptet hat, gebe ich das Signal zu ihrer Verhaftung.«

»Ich begreife nicht, warum *meine* Anwesenheit nötig ist«, kommentierte Roger. Er sah gelangweilt aus.

Jonathan warf ihm einen Blick zu und sagte schroff: »Nenn es eine Laune von mir, wenn du magst, Roger.«

»Seit wann betätigt sich der zukünftige König als Spion – auch wenn es nur einer Laune entspringt?« Rogers melodische Stimme klang sarkastisch.

»Wir spionieren Attentätern nach«, sagte der Richter trocken. »Königsmördern.«

»Eine Verschwörung, um meinen Vetter zu töten? So ein Unsinn!« Rogers Stimme wurde schärfer. »Verdächtigst du *mich*, Jonathan?«

»Dich hatte ich damit nicht in Verbindung gebracht«, lautete die kühle Antwort.

»Ich war der Meinung, man wolle mir meine früheren Irrtümer vergeben«, sagte Roger bitter.

»Sind deine Freunde derselben Meinung?«, erkundigte sich Jon. »Vielleicht solltest du die fragen – falls du die Antwort nicht schon kennst!«

»Genug!«, befahl der Richter. »Machen wir uns auf den Weg.«

Sie gingen durch die Korridore, bis sie einen der Männer des Richters trafen. Leise führte er die drei zu Gucklöchern in der Wand des Korridors, durch die man beobachten und hören konnte, was in dem dahinter liegenden Zimmer vor sich ging, obwohl man die Öffnungen von drinnen nicht sehen konnte. Drei Bedienstete, die je nach Temperament saßen, standen oder auf und ab gingen, waren dort. Jonathan zuckte zusammen, als er seinen Kammerdiener und das Mädchen erkannte, das ihm spätnachts zu essen oder zu trinken brachte. Der dritte Mann, der sich die Nägel abkaute, trug die Uniform der Männer von der Palastwache, den Rivalen der Königlichen Leibgarde.

Jon warf Roger einen verstohlenen Blick zu, weil ihn interessierte, wie er wohl reagieren würde. Der Mund des Vetters war ein grimmiger Strich, während er zusah, was sich hinter den Gucklöchern abspielte. Ihm war keine Aufregung oder Sorge anzumerken. Dabei hatte Jon halbwegs mit einer derartigen Reaktion gerechnet.

»Wann kommen sie?«, fragte der Wachtposten drinnen ärgerlich. »Wenn uns mein Feldwebel kontrolliert –«

»Du sagtest, er kontrolliere *nie*.« Die Stimme des Mädchens war klar und kalt.

»Aber wenn er es heute Nacht mal tut?«

»Mach dir bloß nicht in die Hosen«, sagte der Kammerdiener zornig. »Wenn du getan hast, was man dir aufgetragen hat, läuft alles nach Plan.«

Als an der Tür ein zweimaliges Klopfen erklang, erstarrten alle im Raum. Wieder klopfte es, dann noch ein drittes Mal. Das Dienstmädchen schob den Riegel zurück und ließ vier Männer ein. Der eine war der Palastschreiber, den Jonathan allen anderen vorzog. Denen, die mit ihm kamen, hatte er

offensichtlich den Weg gezeigt. Das bittere Gefühl, das Jon verspürte, weil ihn gerade dieser Schreiber verraten hatte, schob er für später beiseite und wandte seine Aufmerksamkeit den anderen zu, die nicht aus dem Palast stammten. Kralle – Ralon von Malven – erkannte er von Beschreibungen her. Die übrigen beiden waren die Attentäter, wie er annahm, der Spion und der Mordmeister. Jedenfalls sahen sie ganz nach gedungenen Mördern aus.
Das Dienstmädchen verriegelte wieder die Tür. Kralle blickte sich um. »Wart ihr vorsichtig auf dem Weg hierher?«, fragte er die Leute vom Personal. »Ist euch keiner gefolgt?«
Jon lächelte grimmig. Im Gegensatz zu Myles erkannte er Ralons Stimme auf der Stelle. Dann sah sich Kralle in allen Ecken um. Offensichtlich stand er unter dem Zwang sich unablässig zu bewegen. »Wehe dem, der mich verrät.«
»Keiner von uns kann es wagen, einen anderen zu verraten«, sagte der Kammerdiener. »Dafür sind wir alle zu sehr in die Sache verstrickt.« Er warf einen Stoß Papiere auf den Tisch, der mitten im Zimmer stand. »Das ist mein Anteil. Pläne von den Räumen des Königs, einschließlich aller Ein- und Ausgänge.«
Auch der Wachtposten legte ein Blatt Papier auf den Tisch. »Das sind die Nächte, in denen ich an der Küchenpforte Wache habe. Aber die Einzelheiten will ich nicht erfahren –«
Kralle legte mit plötzlich wildem Blick die Hand auf das Heft seines Dolchs. »Du wirst so viel erfahren, wie *ich* will! Und wenn ich deine Meinung wissen möchte, werde ich es dir sagen!« Der Wachtposten machte erschrocken einen Schritt rückwärts.
Aus den Augenwinkeln sah Jon, dass der Oberste Richter

einem seiner Männer ein Zeichen gab. Der nickte und ging leise weg.

»Prägt euch ihre Gesichter ein«, befahl Kralle gerade den gedungenen Mördern, als Jon wieder in sein Guckloch sah. »Damit ihr wisst, wen ihr umbringen müsst, falls wir verraten werden.« Die Mörder schauten sich bedächtig jeden Einzelnen des Personals an, bis diese es offensichtlich mit der Angst zu tun bekamen. Plötzlich lehnte sich Kralle über den Tisch und fuhr mit dem Finger darüber. Einen Augenblick lang starrte er seine Fingerspitze an, dann drehte er sich zu dem Dienstmädchen um.

»Du sagtest, dieses Zimmer wird nie benutzt – und trotzdem ist kein Staub auf dem Tisch.«

Das Mädchen nahm seinen ganzen Mut zusammen und antwortete: »Ich hab vorher abgestaubt. Mir war nicht danach, den Dreck von zehn Jahren einzuatmen –«

Kralle schlug ihr mit dem Handrücken ins Gesicht. »Blödes Weib!« Er lief geradewegs zum anderen Ende des Raums, bis kurz vor das Guckloch des Obersten Richters. Dort fuhr er über die fein gearbeitete Zierleiste des Wandschirms, hinter dem sich die Mauer mit den Öffnungen verbarg. Als er den Finger wegnahm, war er sauber.

»Hier hinten hast du wohl auch abgestaubt?«, schrie er das Mädchen an, rannte zur Tür, riss sie auf und zog dabei sein Schwert.

Darauf waren die Männer des Obersten Richters weder gefasst noch vorbereitet und einen schlug Kralle gleich nieder. Nun kamen auch die beiden gedungenen Mörder aus dem Zimmer gestürzt. Der Oberste Richter rannte los; Jonathan und Roger wichen von ihren Gucklöchern zurück.

»Sag mir bloß nicht, dass du davon nichts wusstest – Vetter«, sagte Jon heftig. »Das ist wieder eine deiner Verschwörungen, um den Thron an dich zu reißen, davon bin ich überzeugt. Ob du meine Mutter noch ein letztes Mal behext hast oder nicht, spielt keine Rolle. Die Lebenskraft hattest du ihr schon durch deine früheren Machenschaften geraubt. Dies ist lediglich ein weiteres deiner Komplotte oder willst du mich vom Gegenteil überzeugen? Du bist immer noch genauso scharf auf meinen Thron wie vorher. Hab ich Recht?«

Roger packte Jon am Arm. »Ich wusste nichts von einem Komplott, das schwöre ich dir bei all deinen Göttern«, sagte er ungestüm. »Wenn jene, die diese Sache hier planten, behaupten, ich hätte etwas damit zu tun, dann werde ich sie aufspüren und sie – eines Besseren belehren. Ich schwöre im Namen der Göttin und des Dunkelgotts, dass ich deinen Thron nicht haben will. Bist du nun zufrieden?«

Er hatte zwei Götter angerufen, die dafür bekannt waren, wie streng sie jene bestraften, die ihren Eid brachen. Widerstrebend nickte Jon. »Du sagtest ›deine Götter‹. Glaubst *du* nicht an sie?«

Roger lächelte bitter. »Ich glaube an sie – nur ein Narr tut das nicht. Da sie mir jedoch ganz klar gezeigt haben, dass sie mich nicht mögen, weigere ich mich sie anzubeten.« Er starrte mit blitzenden Augen in die Ferne. »Aber sie können besiegt werden, Jonathan. Der richtige Mann kann ihre Throne zum Wanken bringen.«

Wenige Minuten später gesellte sich der etwas zerzauste Richter zu Jonathan, der inzwischen allein auf dem Korridor war. »Außer Kralle haben wir sie alle«, sagte er erschöpft. »Und zwei von meinen Burschen sind tot. Die anderen werden sich das möglicherweise auch wünschen, sobald ich sie mir vorgeknöpft habe, weil sie diesen Schurken laufen ließen.«

»Er ist aalglatt«, sagte Jonathan, der mit seinen Gedanken ganz woanders war. »Aber ich bin fest davon überzeugt, dass Ihr noch einmal Gelegenheit haben werdet ihn zu schnappen.«

Eleni Cooper erwachte mit einem unguten Gefühl. In ihrem eigenen Haus bedeutete das, dass irgendjemand sie als Heilerin brauchte. Sie sagte sich, hier im Haus Olau könne es auch nicht anders sein, zog etwas über und lief nach unten. Gerade hielt eine verschlafene Dienstmagd eine Lampe hoch, während Bazhir-Wächter drei Leute zur Tür hereingeleiteten. Als eine der Wachen anderen draußen Befehle gab, sah Eleni das Funkeln von Schwertern, bevor die Tür geschlossen und verriegelt wurde.

»Frau Cooper!«, rief die verschlafene Dienstmagd erleichtert. »Diese Leute da sagen, sie seien Freunde von Meister Georg –«

»Marek Flinkmesser, kannst du nicht dafür sorgen, dass du einmal nicht in Stücken ankommst?«, rief Eleni, als sie die drei erkannte. Eilends kümmerte sie sich um die blasse, blutende Rispah, redete aber weiterhin auf Marek ein. »Es ist erst sechs Monate her, seit ich dich das letzte Mal zusammengeflickt habe!«

Marek machte einen Versuch zu lächeln. »Tut mir Leid, Mutter Cooper.«

»Wir brauchen einen leeren Vorratsraum«, befahl Eleni der Magd. »Und weck Myles –«

»Nicht nötig.« Gerade kam der Ritter mit zerzaustem Haar

und struppigem Bart hastig die Treppe herunter. »Tereze, Frau Cooper braucht ihre Tasche. Und weck die Haushälterin – wir benötigen saubere Tücher und kochendes Wasser!« Damit öffnete er die Tür zum Vorratsraum.
»Du lernst«, lächelte Eleni und half Rispah auf einen sauberen Tisch. »Wer ist am schlimmsten dran?«
»Ercole, dann Marek«, flüsterte Rispah. »Mir geht es ganz gut, Tante.«
Marek presste einen zusammengeknüllten Burnus gegen die Wunde an seiner Seite. Aus einer weiteren im Schenkel floss ununterbrochen das Blut. »Ercole haben sie fünfmal erwischt«, sagte er zu Myles, während Eleni den ältesten der drei auf einen Tisch legte.
Mit einem Blick zu einem Bazhir befahl die Heilerin: »Einer muss Frau Kuri holen. Sie wohnt im Haus Kuri in der Webergasse. Sie ist eine Freundin von mir, ebenfalls Heilerin, und ich brauche Hilfe.« Der Mann verbeugte sich und war verschwunden. Eleni entkleidete währenddessen Ercole.
Das Personal brachte alles, was Eleni brauchte. Während sie Ercoles Wunden auswusch, erzählte Marek: »Es war Kralle – er hat uns gefunden, er und seine Leute. Er sagte, er habe einen Auftrag ausgeführt, einen Geheimauftrag, und sei verraten worden.«
»Verraten?«, wiederholte Myles mit gerunzelter Stirn.
»Genauso, wie auch wir verraten wurden.« Marek sah weg und wischte sich mit dem Ärmel über die Augen. »Myles, sie sind tot – der Gelehrte, die Lachende Nell, Orem, Shem; Langfinger; der Hausierer und Lia, die Heckenhexe. Wir sind die Einzigen, die davongekommen sind.«
Kuri traf ein. Ihre bronzefarbenen Haare fielen lang über

den Umhang. Den warf sie nun auf einen Stuhl und ging mit ihrer Heilertasche zu Marek. Dort band sie sich die Haare zurück, wusch sich die Hände und besah sich mit gelassenen braunen Augen seine Wunden. Eleni hatte Ercoles Verletzungen inzwischen fertig ausgewaschen. Nun begann sie mit ruhiger Hand zu nähen. Es war ein Glück für alle beide, dass Ercole nicht bei Bewusstsein war.
»Wie haben sie euch gefunden?« Myles konnte kaum reden. Der Gelehrte war sein Freund gewesen.
»Anci«, flüsterte Marek und biss die Zähne zusammen, während Kuri die Wunde an seiner Seite untersuchte. »Sie hat sie zu uns geführt.«
»Dein *Schatz?«* Myles war entsetzt.
Marek nickte. »Kralle hat ihr gesagt, einer von uns hätte ihn an den Richter verpfiffen. Sie hat uns verraten, weil wir das Gesetz des Schurkenrings übertreten haben.«
Kuri vernähte rasch Mareks Wunden und ging dann zu der rothaarigen Rispah, die Coram ihr Herz versprochen hatte. Sie hatte einen langen Schnitt am linken Arm, der von der Schulter bis zum Handgelenk reichte. Kuri machte sich an die Arbeit. Rispah gab sich größte Mühe still zu halten.
»Ich hoffe, dass wirklich einer diesen verrückten Schweinehund verraten hat«, sagte sie wütend mit vor Schmerzen gepresster Stimme. »Seit er letzten Mittwinter Georg an den Kragen wollte, sind über hundert von uns getötet worden. Und ob sie für ihn oder gegen ihn oder ganz und gar unschuldig waren, war ihm vollkommen egal. Ich habe den Aufruhr am Markttag nicht vergessen, wer könnte das auch? Solange Kralle auf freiem Fuß ist, brauchen wir keinen Obersten Richter, damit sich unsere Reihen lichten!«
»Was wäre, wenn Kralle nicht Unrecht hätte?« Da war

endlich Georg, wie die Bazhir mit Kapuze und Umhang bekleidet, um nicht erkannt zu werden. »Was wäre, wenn ich dafür gesorgt hätte, dass man ihn und seine Leute schnappt, bevor sie Jonathan umbringen konnten?«

Stille breitete sich im Raum aus. Abgesehen von Eleni und Ercole starrten alle zu Georg. Dann flüsterte Myles: *»Königsmörder.«* Kuri machte das Zeichen gegen das Böse.

»Erinnert ihr euch an die Geschichte von Oswan, der König Adar den Schwachen ermordete?«, fragte Rispah. »Das Gesetz sagte, er dürfe erst nach einer dreitägigen, von der Morgendämmerung bis zur Dunkelheit währenden Marter sterben. Die Götter wandten ihre Gesichter von ihm ab und er lebte fast eine Woche.«

»König wird man durch die Gnade der Götter. Nur die Götter dürfen ihn absetzen – nicht die Menschen«, fügte Kuri leise hinzu.

»Ich weiß nicht, ob du richtig gehandelt hast.« Marek legte sich mit aschfahlem Gesicht zurück. »Aber mir wär's lieber gewesen, wenn du diesen Kralle eigenhändig abgestochen hättest anstatt ihn entwischen zu lassen.«

Der in Hellgrün und Cremeweiß gehaltene Salon stand der auf dem Sofa liegenden Brünetten mit den smaragdgrünen Augen hervorragend zu Gesicht, der auffallend Blonden daneben schon weniger. Ein dunkelhaariger Edler saß lässig in einem Sessel. Es war ein Zimmer zum Plaudern und Flirten – der Vierte, ein Mann mit ramponierter Kleidung und verwüstetem Gesicht, passte nicht hierher. Er stand vor der kalten Feuerstelle und hatte die Hände in die Taschen gestopft.

»Wir begingen einen Irrtum, als wir dich mitmachen ließen,

Ralon«, sagte Delia von Eldorn kalt. »Letzter Herbst sagtest du, es könne höchstens ein paar Wochen dauern, bis du der Schurkenkönig seist. Du bist *es noch immer nicht*. Du sagtest, wir sollten es dir überlassen, dass ein gewisser Prinz getötet wird. Nun hat der Oberste Richter deine Leute verhaftet, die sich um die Angelegenheit kümmern sollten, und Jonathan kennt die Gefahr, in der er schwebt.«

»Ich wurde verraten!« Ralon von Malven war starr vor Wut. »Keiner konnte ahnen, dass dieser Cooper –«

»Ich bin noch nicht fertig!«, fauchte Delia. »Erklär mir mal das da!«

Sie streckte ihm ein Pergament hin.

Auf der Zeichnung war Ralon deutlich zu erkennen. Darunter stand:

GESUCHT
WEGEN VERRATS AN DER KRONE TORTALLS:
KRALLE; GEBÜRTIGER RALON VON MALVEN
EINTAUSEND GOLDNOBEL BELOHNUNG
DER OBERSTE RICHTER

Eine genaue Beschreibung folgte. »Woher wissen die meinen Namen?«, flüsterte Ralon entsetzt.

»Das ist nebensächlich«, sagte Prinzessin Josiane.

»Du bist nutzlos für uns«, fügte Alex von Tirragen hinzu. »Mehr als nutzlos – du bist eine Gefahr.«

»Nein!«, schrie Kralle. »Ihr braucht mich –«

Krachend flog die Tür auf. Alex sprang auf und zog sein Schwert; Kralle hatte plötzlich zwei scharfe Messer in den Händen. Gefolgt von einem verängstigten Wachtposten kam Roger von Conté hereingeplatzt. »Mylady, ich konnte ihn nicht aufhalten, *den* nicht –«, stammelte der Mann.

»Geh zurück auf deinen Posten«, befahl Delia. Er gehorch-

te. Delia, die früher einmal Rogers Geliebte gewesen war, erhob sich nun, um vor dem Herzog zu knicksen. »Roger, das ist aber eine angenehme Überraschung –«
»Ich wollte keine eigenhändigen Unternehmungen von euer Seite.« Alle starrten ihn an. Als sie sahen, dass er vor Wut außer sich war, bekamen sie plötzlich Angst. »Meint ihr vielleicht, ihr hättet mir *geholfen?* Der zukünftige König behält mich nun im Auge und der Oberste Richter verdächtigt mich. Und dieses Vergnügen verdanke ich *euch vieren!*«
Delia sank elegant mit sich bauschenden Röcken auf die Knie, griff hinauf und berührte seine Hand. »Vergib uns unseren Enthusiasmus, mein Lieber«, sagte sie leise. »Wir hatten vor dir den Thron zu verschaffen, der dir von Rechts wegen zusteht –«
»Genug.« Er zerrte sie auf die Beine. »Einst träumtest du davon, meine Gemahlin zu werden. Falls du nicht willst, dass du die Gemahlin eines Schlangenzüchters aus Carthak wirst, empfehle ich dir meine Befehle abzuwarten.« Er schleuderte sie Alex entgegen und wandte sich zu Josiane. »Josiane von den Kupferinseln – ich kenne dich erst seit meiner Rückkehr aus dem Grab, aber ich verstehe dich gut. Jonathan hat dir zunächst den Hof gemacht, um Alanna von Trebond zu ärgern. Trotzdem hättest du ihn mit etwas Beherrschung deinerseits möglicherweise behalten können. Jetzt willst du ihn bestrafen, deshalb mischst du dich in Dinge ein, die dich nichts angehen. *Aber ich bin nicht deine Marionette.* Halt dich von meinen Angelegenheiten fern. Wenn du an dieser Sache teilnehmen willst, dann warte auf meine Befehle – entweder hier oder auf dem Grund des Flusses. Komm mir nicht noch einmal in die Quere!«
Nun wandte er sich dem Dieb zu. »Und du, Ralon von

Malven. Der jetzige Schurkenkönig wiegt zwanzig von deiner Sorte auf. Du hast nicht gut gewählt, Delia, was deine Werkzeuge betrifft. Er wird dich verraten, sobald er mit den Dieben fertig ist.«

Als er sich zu Alex drehte, verwandelte sich die Wut, die in seinen saphirblauen Augen lag, in Verblüffung. »*Du* überraschst mich, mein ehemaliger Knappe.«

»Ich hab ihnen gesagt, sie sollten nichts unternehmen«, sagte Alex schulterzuckend. »Ich erklärte, Ihr hättet andere Pläne. Sie dachten, man könnte die Angelegenheit beschleunigen. Ehrlich gesagt, hielt ich es nicht für wichtig genug, um Euch damit zu belästigen.«

Roger lächelte mit grimmiger Miene. »Im Grund hast du Recht. Das Problem mit ehrgeizigen Verschwörungen ist nur, dass Leute, die nichts damit zu tun haben, davon erfahren – so wie dieses Mal auch. Derjenige oder diejenigen erzählten Jonathan, was sie wussten, und der informierte den Obersten Richter. Aber du – ich weiß, dass du kein Verschwörer bist und dass du nicht ehrgeizig bist, weiß ich auch. Was erhoffst *du* dir von dieser Sache?«

Alex sah ihm lange in die Augen. Dann lächelte er ein wenig und verbeugte sich. Er wusste, Roger würde erraten, was er erwartete, wenn Jonathan der Thron streitig gemacht würde. Roger zupfte sich den Bart. »Wir werden sehen. Vielleicht . . . Du hast dich nicht verändert. Was euch andere betrifft«, sagte er und sah sie an, »keine weiteren Komplotte. Keine bezahlten Mörder. Stehlt nichts für mich, besticht keine Bediensteten für mich. Meine Pläne sind *meine* Sache und ihr werdet auf *meine* Anweisungen warten. Ich warne euch nur dieses eine einzige Mal.«

Als er eine Hand hob, sammelte sich langsam blutrotes

Feuer in der Innenfläche an. Mit einer wilden Bewegung schleuderte er es in die Richtung eines kleinen Tischs, der daraufhin zu brennenden Holzsplittern und geschmolzenen Messing- und Porzellanstücken explodierte.
In der Stille, die nun folgte, flüsterte der Herzog: »Ich kann euch nur raten mir zu gehorchen.« Damit drehte er sich um und ging hinaus.
Delia war grau im Gesicht. »Früher war seine Zaubergabe doch hellorange –?«
Alex nahm sein Taschentuch und hob eine Glasscherbe auf, die langsam kühler wurde. Er besah sie von allen Seiten und begann zu lächeln.

6
Die Heimkehr

Die Reisenden machten sich gleich nach ihrer Landung in Caynnhafen auf den Weg, denn sie hatten es eilig ihr Ziel zu erreichen. Wenn sie langsam ritten, um sich nach einer Pause von mehreren Wochen wieder an den Sattel zu gewöhnen, würden sie vor Anbruch der Nacht in Corus sein. Kurz nach zwölf Uhr mittags machten sie an einer Schenke Halt, wo die Knappen auf dem Weg nach Caynnhafen oft gerastet hatten, wie sich Alanna und Raoul erinnerten. Das Essen war gut, es war ein stiller Fleck und so schien eine Ruhepause angebracht. Buri und Thayet schliefen ein wenig; die Männer spielten Schach. Alanna nahm ihren Immertreu, setzte sich mit ihm unter einen Baum im Hof, kraulte ihn an den Ohren und genoss die Sonne. Sie war im Begriff einzuschlafen, als sie hörte, wie sich ein Reiter näherte.

Da hat es einer eilig, bemerkte Immertreu schläfrig. Alanna nickte, ohne die Augen zu öffnen. Das Zirpen der Sommergrillen klang tröstlich, nachdem sie so lange nur Wellen und Möwen gehört hatte. *Nie mehr* würde sie ein Schiff besteigen!

Sie blinzelte erst neugierig durch ihre Wimpern, als der Reiter den Hof betrat. Dann sprang sie mit einem Schrei auf und ließ Immertreu zu Boden plumpsen. »Georg!«

Der Dieb strahlte, griff nach ihr und umklammerte sie mit seinen muskulösen Armen. Sie wurde hochgehoben, herumgewirbelt und abgeküsst. Alanna sah in die blitzenden, haselnussbraunen Augen. »Woher wusstest du, dass wir hier sind?«, fragte sie mit feuchten Augen.

»Hör auf zu weinen, Mädchen«, flüsterte er. »Brieftauben, weißt du noch? – Du bist dünn. Hast du nicht gegessen, meine Heldin?«

»Ich war seekrank«, sagte sie lachend. »Es war die einzige Möglichkeit rechtzeitig heimzukommen. Und du? Geht es dir gut? Du siehst erschöpft aus.«
Georg küsste sie wieder und nahm sich Zeit sie davon zu überzeugen, dass mit seiner Gesundheit alles stimmte. Als er sie wieder losließ, lag etwas Verschmitztes in seinem Blick. »Jetzt kann mich dein Drache umbringen – ich werde glücklich sterben.«
»Du weißt also von Liam?«
Er lachte glucksend. »Schatz, jedermann weiß, dass die Löwin mit dem Drachen Sarain durchstreifte. Ich hab diese Woche zwei Lieder über euch gehört.«
»Hast du schon ihre Finger gezählt, Cooper?« Liam näherte sich. Seine Augen hatten die Farbe eines fahlen Kristalls.
Georg lächelte. »Drache, ich hab nie daran gezweifelt, dass du gut für sie sorgen wirst.« Er streckte die Hand aus, ließ aber Alanna nicht los. »Ich nehme an, du bist daran gewöhnt, dass man Lieder über dich singt.«
Liams Augen verdunkelten sich zu einem Blaugrau, dann schüttelte er lächelnd die dargebotene Hand. »Ich garantiere dir, dass es noch mehr geben wird, worüber sie singen können.«
Georg starrte mit großen Augen an Liam vorbei. »Heiliger Schurkengott!«, flüsterte er.
Gerade traten Thayet und Buri gähnend aus der Schenke. Alanna war klar, was Georg so faszinierte: Die Nachmittagssonne lag auf Thayets nachtschwarzem Haar und verfärbte ihre Haut zu einem dunklen Cremeweiß. *Thayet sieht immer gut aus, egal, wo,* dachte sie und empfand nur ein winziges bisschen Neid dabei. *Sie müsste heiraten, damit sie uns anderen nicht mehr in die Quere kommt.* »Prinzessin

Thayet *jian* Wilima, darf ich Georg Cooper vorstellen? Georg, das ist Prinzessin Thayet von Sarain mit ihrer Wächterin Buriram Tourakom.«

»Spar dir die Mühe«, brummte Buri, während Georg Alanna losließ, sich verbeugte und Thayets Hände küsste. »Meinen Namen kann er sich sowieso nicht merken.«

Georg richtete sich auf und zwinkerte der K'mir zu. »Ich bin zwar ergriffen, Buriram Tourakom, aber *so* ergriffen auch wieder nicht.«

Buri war gegen ihren Willen von Georg bezaubert und musste lächeln. »Alanna hat uns von dir erzählt«, erwiderte sie schroff. »Wir sind also gewarnt. Im Übrigen nennt man mich Buri.«

»Ich sagte dir ja, dass ich sie zurückbringen würde«, erklang da Raouls Stimme.

Georg sah Alanna an und drückte sie. »Ich werd nie mehr an dir zweifeln, Bursche.«

»Klar doch, dass du der Erste sein musstest, der hier auftaucht«, verkündete Coram, der mit Raoul zusammen von hinten die Pferde brachte.

Georg lachte. »Wenn ich du wär, würd ich den Schurkenkönig und den Vetter meiner zukünftigen Frau besser behandeln.« Die beiden Männer klopften sich zur Begrüßung auf die Schultern.

Georg tauschte sein müdes Pferd gegen ein frisches aus und ritt mit ihnen nach Corus. Dadurch verging die Reise wie im Flug: Er weigerte sich über die Neuigkeiten im Land zu sprechen, entlockte Buri und Thayet jedoch mühelos Geschichten von ihren Abenteuern. Alanna allerdings ließ sich nicht zum Narren halten. Die letzten Monate hatten Georg ihren Preis abverlangt. Er war mager geworden,

kleine Fältchen umrahmten seine Augen und den breiten Mund. Sie brannte darauf zu erfahren, was sich abgespielt hatte. Wo war sein Schurkenhof – der Gelehrte, Solom, Marek, Rispah und die anderen? Aber wenn sie ihn jetzt danach fragte, würde er lachen und stattdessen die Fragen stellen, die *sie* nicht beantworten wollte, das wusste sie.
»War er schon immer so starrsinnig?«, fragte sie Immertreu.
Das musst ausgerechnet du fragen, antwortete der Kater naserümpfend.
Alanna grinste. »Wodurch ich wiederum bestens geeignet bin Starrsinn zu erkennen, wenn ich ihn sehe.«
Auf dem Kamm der Hügel zwischen Caynnhafen und der Hauptstadt ließ Buri ihr Pony anhalten. »Götter der Berge«, flüsterte sie mit vor Ehrfurcht riesigen Augen. Die anderen machten neben ihr Halt.
Vor ihnen lag mit funkelnden Türmen Corus am Ufer des Oloron. Die Häuser der Reichen zogen sich nach Osten hin am Fluss entlang; die der Gerber, Schmiede, Wagner, Zimmerleute und der Armen drängten sich in Richtung Westen am Ufer. Die Stadt war wie ein farbenfroher Wandteppich: das Große Tor der Königsbrücke, das Straßengewirr der Unterstadt, der Marktplatz, die hohen Häuser im Viertel der Händler und derer mit Rang und Namen, die Gärten im Tempelbezirk, der Palast, der die Stadt an ihrem südlichsten Punkt überragte. Dahinter erstreckte sich meilenweit der Königswald. Corus war nicht so lieblich wie Berat, nicht so farbenprächtig wie Udayapur, aber es war Alannas Heimat.
Sie griff in den Beutel an ihrem Gürtel und berührte das Juwel. *Damit kann ich zumindest einen Teil dessen bezahlen, was mir Tortall Gutes getan hat,* dachte sie mit Genugtuung.

»Freust du dich, dass du wieder zu Hause bist?«, fragte Georg.
»Ja.«
Er streckte die Hand aus, um ihre Wange zu berühren. »Es war eine lange Reise, was?«, flüsterte er.
Alanna schaute ihn an. In seinen haselnussbraunen Augen sah sie ein solches Maß von Liebe, dass sie gleichzeitig Freude und Angst überkam.

Innerhalb der Stadttore wartete eine kleine Gruppe Bazhir mit Hakim Fahrar an der Spitze. Sie verbeugten sich im Sattel vor Alanna, die ihren Gruß auf dieselbe Weise erwiderte. Hakim ritt neben Coram her, die anderen bildeten einen lockeren Kreis um die Reisegruppe.
»Ist das nötig?«, fragte Alanna und tauschte einen unglücklichen Blick mit Thayet. »Wir wollten so wenig Aufsehen erregen wie möglich.«
»Ja, es *ist* nötig«, sagte Georg. »Unauffällig bleiben wär euch sowieso nicht gelungen – nicht mit diesem riesigen muskulösen Kerl in eurer Mitte.« Er nickte zu Liam hinüber, der sich mit einem Bazhir-Reiter unterhielt. »Die Dinge haben sich geändert und ganz Corus weiß, dass du Jonathans Ritterin bist. Es könnte dir also Schlimmeres passieren als unter Bewachung zu reiten.«
Das Tor von Haus Olau stand offen. Die Pferdeknechte begrüßten Alanna freudig, ohne Überraschung darüber zu zeigen, dass sie so viele Begleiter mitbrachte. Es war Thayet, die besorgt dreinsah und zögerte. »Buri und ich müssten uns irgendwo ein Gasthaus suchen«, sagte sie. »Wenn du uns zeigen kannst –«
»Ich kenne eins«, sagte Liam. »Dort können wir alle drei wohnen –«

»Seid nicht albern«, unterbrach Alanna. »Wieso sollten wir uns trennen?«
»Er erwartet euch«, erklärte Georg.
»Oh?«, machte Thayet. »Woher weiß er von Buri, Liam und mir?«
»Von der *Stimme?*«, erkundigte sich Alanna bei Coram.
Der kräftige Mann lachte glucksend. »Du musst zugeben, Löwin, dass die *Stimme* ein ganz nützlicher Mann ist.« Er drehte sich zu den anderen um und erklärte: »Ich habe Kontakt mit der *Stimme der Stämme* aufgenommen, seit wir Marener Gewässer erreichten. Wir werden erwartet, und zwar alle.«
»Wenn ihr anderswo Unterkunft sucht, kränkt ihr Myles«, sagte Georg. »Er ist sehr gastfreundlich – meine Mutter und meine Kusine wohnen auch bei ihm. Er dürfte eigentlich kein Junggeselle sein, nicht mit so einem schönen, großen Haus wie dem.«
»Wenn du sicher bist –«, sagte Thayet mit einem zaghaften Lächeln.
Georg verbeugte sich. »So eine schöne Dame würde ich doch nicht anlügen.«
Alanna stieg vom Pferd und reichte einem Pferdeknecht die Zügel. Immertreu machte einen Satz aus seiner Schale. Gerade als Eleni Cooper und Rispah auf den Hof kamen, verzog er sich in den Schatten. Alanna rannte auf die beiden zu, umarmte sie und gab sich Mühe nicht wieder zu heulen. Wie hatte sie nur vergessen können, wie es war, zu Hause zu sein? Sie stellte Thayet, Buri und Liam vor. Wieso Georgs Mutter und seine Kusine bei Myles wohnten, begriff sie zwar nicht, aber sie freute sich die beiden zu sehen.
Als sie einen Blick nach links warf, sah sie, wie dort Coram

in einer dunklen Ecke Rispah umarmte. Lächelnd schaute sie wieder weg.
Georg stupste Alanna an und deutete zur sperrangelweit offenen Vordertür. »Geh und begrüß ihn. Er ist schon seit dem Morgengrauen auf.«
Alanna rannte zu Myles und drückte ihn an sich. Worte waren nicht nötig zwischen den beiden; das war auch gut so, weil sie sowieso nicht hätten reden können. Myles weinte, ohne sich dessen zu schämen, strahlte sie aber gleichzeitig überglücklich an. Auch er sah gealtert und angegriffen aus und graue Strähnen durchzogen sein Haar. *Er ist nicht davon überzeugt, dass Roger ungefährlich ist,* fiel Alanna ein. *Was hat sich hier abgespielt, seit ich fort bin?*
»Kommt herein, kommt herein«, sagte Myles zu den anderen. »Seid willkommen, alle miteinander!«
Nach dem Abendessen versammelten sie sich in der Bibliothek. Die anderen unterhielten sich; Alanna hörte meistens nur zu und war glücklich daheim zu sein. Unangenehme Themen und das Juwel sparten sie sich für den nächsten Tag auf. Thayet, Buri und Liam kamen gar nicht dazu, sich ausgeschlossen zu fühlen: Sobald sie Myles vorgestellt worden waren, vermittelte er ihnen das Gefühl, sie seien gern gesehene Gäste. Thayets Vorschlag sich eine andere Unterkunft zu suchen wies er zurück, wie Alanna es vorausgesehen hatte. Coram wich nicht mehr von Rispahs Seite und es versetzte Alanna einen kleinen Stich, als ihr klar wurde, dass die Tage, wo er ihr kluger und treuer Ratgeber und Begleiter gewesen war, hinter ihr lagen. Zu ihrer Überraschung und Freude sah sie, wie Myles Elenis Hand hielt. Georg folgte ihrem Blick und zwinkerte. Später, als sie ihn beschuldigte, er habe die beiden verkuppelt, machte er keinen Versuch es abzustreiten.

Schließlich schlief Alanna in ihrem Sessel ein. Sie erwachte nur halb, als Liam sie ins Bett trug. Er küsste sie auf die Stirn und flüsterte: »Schlaf gut, Löwin.«

»Ich mag es nicht, wenn du mich Löwin nennst.« Er schien nicht zu hören, was sie sagte. Sanft schloss er die Tür und sie schlief wieder ein.

Eine Weile später fuhr sie aus dem Schlaf hoch. Was hatte sie geweckt? Sie horchte, aber im Haus war es still. Als sie sich umsah, entdeckte sie einen bräunlichen Lichtfleck beim Fenster. Mit einem einzigen Satz war sie bei ihrem Schwert, das nahebei hing, und zog es aus der Scheide, während der Fleck an Größe und Substanz zunahm.

»Leg das Ding weg«, befahl eine bekannte Stimme. »Ich hab dir doch nichts getan.«

»Thom?«

Selbst als er endgültig Gestalt angenommen hatte, ging immer noch ein so starkes Leuchten von ihm aus, dass sie seine Gesichtszüge erkennen konnte. Er verkreuzte die Arme vor der Brust und zog eine Augenbraue hoch. »Besitzt du denn keine Nachthemden?« Liam hatte ihr nur die Stiefel und die Socken ausgezogen.

Alanna umarmte ihren Zwillingsbruder heftig. Thom drückte sie ebenso fest wie sie ihn. Dabei verbarg er sein heißes Gesicht an ihrer Schulter.

»Thom, was ist los mit dir? Hast du Fieber?«, fragte Alanna mit stockender Stimme. »Du – du *glühst* ja –«

Er packte sie an den Schultern. »Beruhige dich! Die Hitze gehört dazu, also mach dir keine Sorgen.« Er berührte die Krähenfüße an ihren Augenwinkeln, fuhr mit dem Finger der harten Linie nach, die ihre Wangenknochen formte, glättete die feine Falte, die ihren Mund rahmte. Auch in sein

Gesicht hatten sich Linien eingegraben, die vorher nicht da gewesen waren, und er war sogar noch dünner als sie. Er sah erschöpft aus – zu Tode erschöpft. Impulsiv fasste sie nach dem Glutstein an ihrer Kehle.
Mit Hilfe ihres Talismans sah sie, dass Thom ein rostrotes Feuer verstrahlte. Es hatte die Farbe von eingetrocknetem Blut. »Wie sehe ich aus?«, flüsterte er, denn wozu der Glutstein fähig war, wusste er ja.
Sie versuchte zu lächeln. »Besser, du weißt es nicht.« Sie schluckte, dann fügte sie hinzu: »Es ist – als hättest du eine andere Zaubergabe oder als wäre die deine –«
»Verdorben«, beendete Thom ihren Satz. »Genug. Wir können uns ein andermal darüber unterhalten, wie es uns so ergangen ist. Du siehst aus, als wärst du völlig erledigt.« Er strich mit bebender Hand über ihr Haar. »Ich wollte dich nur anschauen und erfahren, ob du mir vergibst.«
»Da ist nichts zu vergeben«, antwortete sie. »Du hast mir sogar einen Gefallen getan. Jetzt kann ich mit ihm reden, kann mich selbst davon überzeugen, ob ich einen Fehler machte, als ich – du weißt schon. Ob er sich irgendwie hätte reinwaschen können.«
»Viel Spaß«, spottete er auf seine alte Weise. »Also, ich glaube, du hättest es auch überlebt, wenn er in seinem Grab geblieben wäre.«
»Ich meine es ehrlich«, protestierte sie.
»Geh wieder ins Bett, ja?« Er begann zu verblassen. »Ruh dich aus.« Er verschwand.
Sie starrte auf den Fleck, wo er gestanden hatte. *Weiß sonst irgendjemand, dass Thom sterben wird? Hätten sie mich nicht warnen können? Aber wovor hätten sie mich warnen sollen – außer davor, dass er im Dunkeln leuchtet?*

Tränen stiegen ihr in die Augen. Sie schniefte. Ob Myles wohl noch auf war? Barfuß schlich sie hinaus zu Myles' Lieblingszimmer, der Bibliothek. Die Tür stand offen. Da sie nicht in irgendein privates Treffen platzen wollte, blieb sie im Flur stehen.

»Ich konnte nicht früher weg.« Die tiefe Stimme gehörte Jonathan. »Feste finden zur Zeit ja keine statt, weil wir in Trauer sind, aber diese ›ruhigen Geselligkeiten‹ dauern trotzdem stundenlang.«

»Du hättest warten sollen.« Das war Georg mit seinem singenden Tonfall. »Sie ist in ihrem Sessel eingeschlafen, das arme Ding. Sie ist erledigt, genau wie die anderen auch.«

»Dabei wird meine Ritterin auch hier wenig Ruhe finden«, seufzte Jonathan.

»Weiß er, dass sie zurück ist?«

»Er weiß es. Aber ich – was?«

Georg ging mit raschen Schritten zur Tür und sah Alanna. Er verbeugte sich vor ihr und deutete auf die Bibliothek. Dann schob er sie hinein, schloss die Tür und ließ sie mit Jon allein.

Er stand mit Immertreu auf den Armen vor dem Feuer. Sie hatte vergessen, dass er einen Kopf größer war als sie. Seine schwarze Kleidung unterstrich seine saphirblauen Augen noch; sein Schnurrbart und sein Haar waren dunkler als der Waffenrock aus Samt. Sie betrachtete seinen schön geschnittenen Mund und die gerade Nase und dachte: *Jon ist immer noch der bestaussehende Mann, dem ich jemals begegnet bin – einschließlich Roger!* Seit ihrer Trennung im Streit hatte er sich verändert: Sein Gesicht hatte etwas Entschlossenes und eine Ernsthaftigkeit, die ihr gefiel. *Es tut ihm gut, die*

Stimme *zu sein, sagte sie sich. Jetzt mimt er nicht mehr wie letztes Jahr in der Wüste den »stolzen Edlen«.*
Bewegt sank sie auf die Knie und senkte den Kopf. »Mein Oberherr, ich stehe dir zur Verfügung.«
Er legte die Hand auf ihr Haar. »Bist du sicher, Alanna?«
»Bis zum Tod und darüber hinaus, Jonathan«, sagte sie und sah ihm dabei in die Augen.
Er schluckte mühsam. »Ich nehme deine Treue an, Sir Alanna. Ich nehme sie an und gelobe Treue mit Treue und Ehre mit Ehre zu vergelten, bis zum Tod und darüber hinaus.« Dann zog er sie hoch und küsste sie auf beide Wangen. Das Majestätische an ihm verlor sich. »Du weißt nicht, was es für mich bedeutet, dich wieder hier zu haben«, sagte er und plötzlich füllten sich seine Augen mit Tränen. »Alanna, mein Vater hat sich umgebracht! Er hat dafür gesorgt, dass es aussah wie ein Jagdunfall, aber es war keiner. O Götter! Warum musste ich alle beide verlieren?« Er schlug die Hände vors Gesicht und weinte. Alanna hielt ihn umschlungen, tröstete ihn und weinte mit.
Als sich Jon wieder beruhigt und Alanna ihre Tränen getrocknet hatte, sagte sie: »Möglich, dass wir eine ganze Weile keine Gelegenheit mehr finden werden allein zu sein. Was soll ich mit dem Juwel machen?«
Jonathan holte tief Luft. »Du hast es also wirklich?«
»Ich hole es, wenn du willst.« Sie versuchte sich von ihm zu lösen, aber Jonathan packte sie fester.
»Noch nicht. Es ist fast ein Jahr her, seit ich dich das letzte Mal in den Armen hielt, weißt du noch?« Mit einem Seufzer ließ er sie los. »Bewahr es vorerst gut auf. Ich muss mir überlegen, wie ich dich – und es – auf passende Weise präsentiere.« Er lächelte, aber nur kurz. »Du weißt nicht,

wie viel es mir bedeutet, den Leuten sagen zu können, dass wir das Juwel der Macht besitzen. Vielleicht verstummen dann sogar die Gerüchte, ich und meine Regentschaft seien verflucht.«

Kurze Zeit später kam Georg wieder. »Also, ist alles in Ordnung?« Alanna und Jonathan lächelten sich an. »Endlich«, seufzte Georg. »Mir war nie wohl, solange ihr beiden verkracht miteinander wart. Wir tranken gerade Tee, Alanna«, fuhr er fort. »Willst du auch welchen?« Als sie nickte, holte er eine dritte Tasse und füllte sie aus einem Kessel, der auf dem Feuer stand. Auch Jonathan und sich schenkte er noch einmal ein. »Er kommt von den Kupferinseln und nennt sich ›Roter Vogel Greif‹«, erklärte er Alanna, die sich mit schiefem Blick die scharlachrote Flüssigkeit besah. »An den Geschmack gewöhnt man sich.«

Jonathan hob seine Tasse und prostete ihnen zu: »Auf meine besten, meine alten Freunde.«

»So soll es sein«, entgegnete Alanna.

»Hört, hört«, meinte Georg.

»Oh, Entschuldigung«, erklang da eine dunkle weibliche Stimme. Jon drehte sich zur Tür, erstarrte und riss die Augen auf. »Große Gnädige Mutter!«, hauchte er.

Dort stand Thayet mit zerzaustem Haar und hielt sich den Morgenmantel am Hals zusammen. »Immertreu hat mich aufgeweckt und dann konnte ich nicht mehr einschlafen.«

Der Kater landete mit einem Satz auf Alannas Schoß. Sie fuhr zusammen, denn sie hatte ihn nicht einmal springen sehen. Thayet wurde unruhig und mied Jons Blick, während sie den Versuch machte die bloßen Füße unter dem Saum ihres Mantels zu verstecken. Alanna verbarg ein Lächeln hinter der Hand.

Georg zog die Prinzessin ins Zimmer. »Wir trinken gerade Tee«, erklärte er und schloss die Tür. »Da drüben am Feuer neben Jon ist noch Platz.«

Der zukünftige König hob Thayets Hand an die Lippen. Ihre Blicke begegneten sich, der Thayets war verwirrt, der Jons prüfend. Rasch zog die Prinzessin ihre Hand zurück und sagte: »Wir wurden nicht vorgestellt.«

Alanna war so belustigt, dass sie kein Wort herausbekam. Thayet hatte Jon schon jetzt durcheinander gebracht und schon jetzt schienen sie Gefallen aneinander zu finden. *Ich wusste es!*, sagte sie sich triumphierend. *Ich wusste, dass ich Recht damit hatte, sie mitzubringen!*

»Thayet *jian* Wilima«, sagte Georg und musterte dabei die grinsende Ritterin, »darf ich Jonathan von Conté vorstellen? Bist du inzwischen offiziell König, Jon, oder kommt das erst nach der Krönung?«

Jonathan hörte nicht zu. »Genügt diese Vorstellung Euren Anforderungen, Hoheit?« Seine Stimme war ebenso trocken wie die Thayets zuvor.

Die Tochter des Kriegsherrn machte einen Knicks, der gerade so tief war – und auch keinen Zoll tiefer –, wie es sich für eine Prinzessin geziemte, wenn sie einen König begrüßte. Anstatt bescheiden den Blick zu senken, hielt sie ihn auf Jon gerichtet. »Ich bin keine ›Hoheit‹ mehr, Eure Majestät. Mein Vater ist tot und ich bin eine Verbannte. Ich hoffe, Eurer Majestät treue Untertanin zu werden.« Anmutig senkte sie den Kopf.

Alanna musste wehmütig seufzen. Mit Thayets Sicherheit, was damenhaftes höfisches Benehmen betraf, würde sie es nie aufnehmen können. Thayet warf ihr einen Blick zu. Was der Seufzer zu bedeuten hatte, wusste sie und das gesetzte

Benehmen, das sie sowieso nur mit Mühe aufrechthielt, fiel von ihr ab.
Sie begann zu kichern, dann zu lachen. Eine vierte Tasse wurde eingegossen und Thayet setzte sich neben Jon.

Am nächsten Morgen trafen sich Alanna und Liam zu ihrem frühmorgendlichen Unterricht. Kurz nachdem sie angefangen hatten, gesellten sich auch Buri und Thayet dazu. Sie schliefen noch halb. Schweigend und hart arbeiteten sie eine Stunde lang, bevor sie sich für den Tag trennten. Alanna nahm ein Bad und entschloss sich das Frühstück ausfallen zu lassen. Sie war zu nervös, um zu schlafen oder zu essen. Trotz der kurzen Nacht und der Aufregung des vorhergehenden Tags war sie hellwach und bereit etwas zu tun, woran sie schon seit Wochen dachte.
Herzog Roger stand auf der Mauer, die das Stadttor überragte, als sie auf einen der vielen Palasthöfe ritt. Alanna starrte eine lange Weile zu ihm empor, dann sah sie zu den vier Bazhir, die sie bis hierher begleitet hatten. Wie weit würde ihr Schutz, um den sie gar nicht gebeten hatte, wohl reichen?
Ihr Anführer, der ihren Blick richtig deutete, verbeugte sich. »Wir erwarten dich hier, Frau, die wie ein Mann reitet.« Er sah zu Roger hinauf und fügte hinzu: »Solange wir dich deutlich sehen können.«
Sie nickte. Ihre Stute überließ sie den Pferdeknechten, Immertreu setzte sie sich auf ihre Schulter. Dann stieg sie die Treppe hinauf auf die Mauer.
Roger lehnte an den Zinnen und wartete. Zu ihrer Überraschung sah Alanna, dass sein Haar zu lang war und sein Gewand Essensflecke hatte – früher war er eitel gewesen,

was sein Aussehen betraf. Sie holte tief Luft und setzte ihren Kater ab. »Benimm dich«, befahl sie ihm streng. Sie trat bis auf Waffenlänge vor Roger, dort blieb sie stehen. Der Kater, der vor nur mühsam bezähmtem Hass wild mit dem Schwanz zuckte, kauerte zu ihren Füßen.

»So«, sagte Roger. Seine leise Stimme klang, als versprühe sie Gift. »Du hast überlebt. Eine Schande.«

Alanna musste lächeln vor Erleichterung. Sie brauchte also nicht so zu tun, als sei alles in Ordnung und als möge sie diesen Mann. Der offene Krieg war erklärt. »Sei gegrüßt, Roger. Du bist blass. Kommst du nicht oft genug hinaus in die Sonne?«

Seine Augen, die heller waren als die Jons, wurden schmal. »Ganz schön frech bist du, was? Hast du in letzter Zeit jemanden umgebracht?«

»Nein. Es ist so deprimierend, wenn man zurückkommt und feststellen muss, dass das, was man getan hat, rückgängig gemacht wurde.« Ihre Nerven vibrierten, als befände sie sich in einem Zweikampf.

Er verzog die Lippen zu einem grausamen Lächeln. »Du weißt ja, wem du das zu verdanken hast.«

Alanna zuckte die Achseln. »Weiß ich. Verrat mir was, ja? Du hattest vor die Königin umzubringen? Und den König und Jon?«

Roger zupfte an seinem Bart. »Ja – falls du von der Zeit sprichst, bevor du mich tötetest. Du hattest Zweifel daran? Und dann hast du dir wohl eingeredet, ein Gerichtsverfahren hätte dich von jeglicher Mitschuld an meinem Tod losgesprochen?« Sie zuckte zusammen und sah beiseite. »Du bist *nicht* losgesprochen. Wenn es dich nicht gäbe, wäre ich König – so waren meine Pläne. Jetzt sieht die Sache

natürlich anders aus. Ich hatte nichts zu tun mit ihrem Tod. Ich habe versprochen mich zu benehmen. Nicht, dass ich mich danebenbenehmen *könnte* – da ja meine Gabe nicht mitkam, als ich zu den Lebenden zurückkehrte.« Er setzte ein gefährliches Lächeln auf. »Sie hält mir mein Grab warm, bis ich wiederkomme.« Alanna schüttelte es. »Willst du dich nicht davon überzeugen, dass meine Krallen eingezogen sind? Benutze dein Andenken.« Er deutete auf den Glutstein. »Ich weiß alles darüber. Von Thom.«
Alanna gefiel es nicht, dass Thom es für richtig befunden hatte, Roger davon zu erzählen. Trotzdem berührte sie den Stein und sah nur Roger, nicht einmal ein Glimmen von orangerotem Feuer. Unruhig ließ sie ihn wieder los. »Trotzdem bist du ein gefährlicher Mann, Roger. Deine Zaubergabe hat dir die Dinge nur leichter gemacht.«
Er packte sie am Handgelenk und suchte in ihren Augen. »Du hast dich verändert, Knappe Alan. Du bist jetzt ganz und gar der erfahrene Ritter, hab ich Recht? Und du hast keine Angst mehr vor mir – so wie früher.« Er ließ sie wieder los.
Alanna steckte ihre Hände in die Taschen. Sie dachte darüber nach, was er gesagt hatte. Bedächtig entgegnete sie: »Weißt du, was? Es gibt Sandstürme, die Mann und Pferd blank fegen und sie unter sich begraben – ich habe es gesehen. Ich habe Knochen gesehen, höher aufgeschichtet als mein Kopf; sie waren das Resultat der Narrheit eines schlechten Königs und derer, die seinen Thron wollten. Ich habe einen Schneesturm überlebt, bei dem alle anderen Lebewesen zu Stein froren. Verglichen mit all diesen Dingen bist du nur ein Mensch. Mit dir werde ich fertig.«
Auf seinem scharf gemeißelten Gesicht und in seinen Au-

gen lag etwas wie Belustigung. »Meine Liebe, ich bin sicher, dass du das kannst. Bloß gebe ich dir keine Gelegenheit dazu – nicht noch einmal.«
Er ging davon und stieg auf eine höhere Ebene.
Alanna sah hinunter. Schließlich seufzte sie, hob ihren wütenden Kater auf und wärmte sich die Nase an seinem Fell. »Beruhige dich«, flüsterte sie. »Der hält mich nicht zum Narren, falls es das ist, was dir Sorgen macht.« Ihr war kalt. »Er hat etwas vor. Darauf möchte ich meinen Ruf verwetten.«
Raoul erwartete sie am Fuß der Treppe. Statt des groben Hemds und der Reiterhose, die er an Bord des Schiffes getragen hatte, war er nun in das königliche Blau und Silber der Leibgarde gekleidet mit dem silbernen Stern des Oberbefehlshabers auf der Brust. Alanna blieb stehen, um ihn zu bewundern.
»Ich weiß, du sagtest mir, dass du die Leibgarde befehligst«, sagte sie, als sie zu ihm trat. »Aber zwischen Hören und Sehen ist ein gewaltiger Unterschied.« Sie ließen die Mauer hinter sich und gingen aufs Palastgelände. »Sind sie verlottert, deine Männer, während du fort warst, um mich zu holen?«
Raoul schüttelte lachend den Kopf. »Mahoud ibn Shaham, mein stellvertretender Befehlshaber, hat ein Auge auf sie gehabt. Trotzdem bin ich froh wieder da zu sein. Ich mache mir immer Sorgen, wenn ich die Dinge nicht selber kontrollieren kann. Übrigens sah ich, mit wem du geredet hast.«
»Und?«
»Was hältst du von ihm?«
»Er ist verrückt«, sagte Alanna klipp und klar. »Ich weiß nicht, ob es daran liegt, dass er auf der Erde wandelt, wo er

doch eigentlich im Grab liegen sollte, oder ob der Zauber, der ihn zurückholte, sein Hirn durcheinander gewirbelt hat. Aber es ist mir auch egal. Verrückt ist er und gefährlich.«

Raoul nickte. »Finden wir auch, ich und Gary und sogar Jon, wie ich manchmal denke. Aber was sollen wir tun? Du weißt ja, wie sehr König Roald – die Götter seien seiner Seele gnädig – jeden Aufruhr verabscheute. Er wollte vergeben und vergessen – *vor allem* vergessen. Also gab er Roger seine Ländereien, seine Titel – alles – zurück. Und jetzt haben wir einen verrückten Herzog auf dem Hals, dazu gibt es haufenweise Leute, die denken, ein Fluch läge über uns, weil wir ihn nicht loswerden. Können wir vielleicht über was anderes reden? Ich kriege Depressionen.«

Alanna lächelte. »Einverstanden. Sag mir, wie es dir gefällt, Befehlshaber der Königlichen Leibgarde zu sein.«

»Ganz gut«, meinte Raoul. Sie gingen durch eine Passage, die zu den Übungshöfen der Ritter, Knappen und Pagen führte. »Aber es ist nicht wie bei den Grenzpatrouillen. Als Oberbefehlshaber der Leibgarde muss man spionieren und andere verpfeifen, zumal es Leute gibt, die Komplotte schmieden, um Jonathan umzubringen –«

»Wie bitte?«, flüsterte sie.

Raoul lief rot an. »Vergiss, dass ich es sagte. Die Sache ist erledigt. Frag Jon. Hör zu, ich will nicht über *mich* reden. Was hast *du* getrieben? Wie ist der Drache? Und was, in Mithros' Namen, hattest du am Dach der Welt verloren?«

»Das ist eine lange Geschichte.« Alanna betrachtete die offenen Höfe, die Gestelle mit den hölzernen Schwertern und Knüppeln, die lebensgroßen Trainingspuppen, die Zielscheiben. Zu dieser frühen Stunde waren nur ein paar wenige

Ritter da – Gary, Alex, Geoffrey von Meron. Sie umringten Alanna, schlugen ihr auf den Rücken und wollten sämtliche Abenteuer hören. Lachend weigerte sie sich und sagte, zum Geschichtenerzählen bleibe noch massenhaft Zeit.

Währenddessen musterte sie die Gesichter. Das von Alex war verschlossen wie eh und je, nur dass er sich über irgendetwas zu freuen schien. Gary dachte erst einmal nach, bevor er etwas sagte, wodurch er nicht mehr so sarkastisch war wie früher. Myles hatte berichtet, Gary habe die Pflichten seines Vaters übernommen, und Alanna fand, dass die Verantwortung ihrem Freund gut tat. Sogar Geoffrey schien schlauer, gewiefter; er erzählte Alanna, wie ihn Plünderer aus Scanra an den nördlichen Grenzen den ganzen Winter in Trab gehalten hätten.

»Komm, Alan – *Alanna*«, korrigierte er sich, als die anderen lachten. »Lass uns mal sehen, ob du noch in Form bist.« Er warf ihr ein hölzernes Übungsschwert zu.

»Natürlich ist sie in Form«, sagte Gary scharf.

»Ich möchte bezweifeln, dass sie mit dem Shang-Drachen viel gefochten hat«, kommentierte Alex. Als ihm Alanna einen Blick zuwarf, um zu sehen, ob seine Bemerkung als Unverschämtheit gedacht war, erklärte er: »Ich weiß, dass Eisenarm lieber mit der bloßen Hand kämpft als mit Waffen.«

Alanna wog das Übungsschwert in der Hand, um festzustellen, wie schwer es war. »Das bedeutet nicht, dass er nie eine Waffe anrührt.«

Gary, Raoul und Alex setzten sich aufs Geländer, um zuzusehen. »Ist es wahr, dass in Sarain ein heilloses Durcheinander herrscht?«, rief Gary, als Alanna und Geoffrey in Kampfstellung gingen.

»Ja.« Alanna wich Geoffreys Ausfall seitwärts aus, band seine Klinge und riss die ihre mit einer Drehbewegung zuerst hinunter und dann nach oben. Er befreite sein Schwert und zog sich blitzschnell zurück. Respektvoll sah er sie an. Alanna konzentrierte sich. Man stellte sie auf die Probe, um zu sehen, ob sie sich geändert hatte, das war ihr klar. Aus den Gesprächen am vorherigen Abend wusste sie, dass Jonathan sie als Ritter brauchte, um den Skeptikern zu zeigen, dass seine Vasallen treu waren und stark. Ein Problem war ihr Geschlecht, aber das konnte sie wettmachen, indem sie bewies – hier und jetzt –, dass sie deshalb nicht weniger leistete. Zum ersten Mal seit Monaten kam sie sich nützlich vor.
In einem Versuch sie zu reiner Abwehr zu zwingen brachte Geoffrey eine Serie von harten Hieben an. Sie tauchte jedes Mal weg und veranlasste ihn sich ständig zu drehen. Als er taumelte, schnellte sie vorwärts, bis ihre Schwertspitze an seiner Kehle lag. Geoffrey senkte seine Waffe.
»Ich hatte vergessen, wie götterverdammt *schnell* du bist«, feixte er.
Gary kletterte vom Geländer. »Jetzt bin ich an der Reihe.«
Alanna stellte sich in Positur. Mit einem Auge nahm sie wahr, dass Bedienstete und Edle auf den Hof kamen, um zuzusehen. Mit einem grimmigen Lächeln ging sie an die Arbeit und zwang Gary zum Angriff. Sie schlug ihn schließlich mit dem Entwaffnungshieb, den sie auch bei Geoff angewandt hatte, band seine Klinge und hakt sie ihm aus der Hand.
Raoul hielt nicht so lange durch wie Gary; er gab sich keine Mühe – was sie ihm auch sagte.
»Ich bin daran gewöhnt, dass du mich schlägst«, verteidigte

er sich. »Es ist schwer, eine alte Angewohnheit zu ändern. So wie es aussieht, kann ich mir die Mühe sparen. Du bist immer noch die Beste, abgesehen vielleicht von Alex.« Er nickte zu dem dunkelhaarigen jungen Mann hinüber, der auf dem Geländer saß. »Komm, Alex. Gib der Löwin eine Chance.«
Alannas Nackenhaare sträubten sich. Es war seltsam, von den Lippen eines alten Freundes ihren Kriegernamen zu hören. Das sagte ihr – mehr als alles andere, was sie gesehen oder gehört hatte –, wie weit sie sich von ihren Mit-Rittern entfernt hatte.
Alex schüttelte den Kopf. »Ich will mit unserer Lady kämpfen, solange sie noch frisch ist.« In seinen Augen lag etwas, was Alanna nicht deuten konnte. »Ein anderes Mal, ich verspreche es.«
Andere Freiwillige, die Lust hatten einen Ausfall oder zwei zu probieren, meldeten sich. Alanna machte noch fünf weitere Übungskämpfe, bevor sie sich verabschiedete – langsam wurde ihr zu heiß. Die Männer und Jungen protestierten, aber Alanna sah, dass sie in die Übungshöfe strömten, sobald sie ihren verließ. *Eigentlich müsste ich stolz sein, dass sie ihr Training aufgeschoben haben, um mir zuzusehen,* dachte sie und nahm ein Handtuch, das ihr jemand reichte. Sie beobachtete, wie sich Schwertkämpfer mit neuem Eifer in Kampfstellung begaben. *Vielleicht bin ich auch stolz, zumindest ein bisschen. Trotzdem, es ist, als würde ich nach Trebond zurückkehren und müsste feststellen, dass es kleiner ist, als ich es in Erinnerung hatte.*
Gary legte ihr den Arm um die Schultern und begleitete sie zu den Ställen. »Waren die letzten beiden überhaupt Tortaller?«, fragte Alanna atemlos, während sie sich das Gesicht abwischte.

»Nein.« Der große schwere Gary blickte zufrieden. »Einer war aus Galla und der Schwarze aus Carthak. Sie sind zur Krönung gekommen.«
»Ziemlich früh, findest du nicht?«
»Alle wollen wissen, wie Jonathan ist. Vor allem interessiert es sie, ob er lange König bleiben wird. Deshalb ist es gut, dass du wieder da bist. Die meisten von uns jungen Rittern sind außerhalb Tortalls nicht bekannt. Die *Löwin* jedoch ist berühmt und geachtet. Ein König, dem du die Treue schwörst, verdient Aufmerksamkeit.« Sie waren an den Stalltüren angekommen.
Alanna murmelte: »So ein Quatsch.«
»Für dich ist es Quatsch«, sagte Gary. »Für Ausländer ist es wichtig. Sie werden es nicht wagen, sich in die Angelegenheiten unseres Landes zu mischen, bis sie mehr über Jon erfahren haben.« Er salutierte fröhlich und ließ sie stehen, um zum Palast und seinen neuen Pflichten zurückzukehren.
Die Ställe waren verlassen, als Alanna sie betrat. Die meisten Pferdeknechte waren draußen auf den Höfen oder auf den Koppeln, was ihr gelegen kam. Sie legte die Finger an die Lippen und stieß einen ohrenbetäubenden Pfiff aus. Ein stämmiger Mann kam vom Heuboden heruntergerutscht, ohne sich die Mühe zu machen, das trockene Gras aus seinem Haar zu klauben.
»Da seid Ihr also«, kommentierte Stefan, verbeugte sich und erwies ihr seine Reverenz. »Tut mir in der Seele gut, Euch zu sehn. Vielleicht geht's dann auch unserer Majestät wieder besser. 'ne trübselige Zeit war das, Lady Alanna.«
Die Ritterin lehnte sich an einen Pfosten. »Warum erzählst du mir nicht, weshalb die Dinge so trübselig waren?«

Stefan sah sich argwöhnisch um. »Kommt mit rauf«, lud er sie ein und bestieg eine Leiter, die auf den Heuboden führte. »Und redet nicht so laut.«

Bei ihrer Rückkehr wimmelte es von Näherinnen im Hause Olau. »Es war Elenis Einfall«, erklärte Buri. »Sie sagt, du und Thayet, ihr würdet etwas zum Anziehen brauchen. Viel Spaß!« Als Immertreu die Unmengen von Stoffen und ernst dreinblickenden Frauen sah, floh er zusammen mit Buri. Die Männer waren schon verschwunden.
»Ich weiß, du hättest heute lieber andere Dinge unternommen«, sagte Eleni, während sie Alanna in den Anproberaum schleppte. »Aber seine Majestät will, dass du Thayet heute Abend an den Hof bringst. Da, das hat er für dich dagelassen.« Damit überreichte sie ihr ein versiegeltes Pergament. Während ihr Georgs Mutter Schwertgürtel, Waffenrock und Stiefel auszog, erbrach Alanna das Siegel und las.
Ritterin, schrieb Jonathan, *heute Abend wäre ein guter Zeitpunkt dich offiziell am Hofe zu präsentieren und auch Prinzessin Thayet vorzustellen. Je länger die konservativen Seelen Zeit haben sich an dich zu gewöhnen, desto nutzbringender wird deine Anwesenheit sein. Bei den vielen Zeugen, die zugegen sein werden, ist es zudem eine ausgezeichnete Gelegenheit, mir den Gegenstand zu überreichen, von dem wir sprachen.*
Sie war einverstanden mit Jonathans Strategie und nickte, bevor sie den Brief ins Feuer warf. Eine offizielle Vorstellung, bei der Diplomaten aus dem Ausland und Tortaller Edle gleichermaßen anwesend sein würden, war ein großartiger Anlass. Thayet stand auf Grund ihres Ranges ein derartiger Empfang zu. Und ihr eigenes Leben, das war Alanna klar, würde einfacher sein, wenn ihr Jonathan öf-

fentlich seine Anerkennung zeigte, auch wenn sie eine inoffizielle Begrüßung vorgezogen hätte. *Außerdem,* sagte sie sich, *werden die Leute somit bis zur Krönung fast sechzig Tage lang Zeit haben über das Juwel der Macht nachzudenken. Inzwischen wird es sich herumsprechen. Keiner wird es eilig haben, einen König zu stürzen, der es besitzt.*

Mit einem Seufzer zog sie Hemd und Hose aus, als eine Nähgehilfin kam, um an Hand einer mit Knoten versehenen Schnur Maß an ihr zu nehmen. Verbissen sah sie zur Decke, während sich die Schnur um ihren Leib schlängelte. Neue Gewänder waren notwendig – alles, was sie heute nicht erledigen konnte, musste eben warten.

Dann wäre beinahe alles vorbei gewesen, noch bevor es begann: Die Vorgesetzte der Näherinnen zeigte ihr nämlich Entwürfe von *Kleidern.* »Ich werde kein Kleid tragen. Nicht heute Abend«, sagte die Ritterin entschieden. »Sie werden denken, ich komme mit eingezogenem Schwanz wieder angekrochen!«

»Ihr könnt doch nicht dem gesamten Hof und seiner zukünftigen Majestät die Beine zeigen!«, protestierte die Näherin. »Das ist unanständig und respektlos und alle Edlen werden über Euch klatschen.«

»Das tun sie schon«, gab Alanna zurück.

Die Frau schüttelte störrisch den Kopf. »Die einzigen Damen, die Kniehosen tragen, sind die, die nicht besser sind, als sie zur Not sein müssen.« Rispah machte ein Husten aus ihrem Lachen, während ihr die Näherin einen wütenden Blick zuwarf.

»Ich bin keine Dame – ich bin *Ritterin«*, knurrte Alanna. »Und als solche werde ich dem Hof Reverenz erweisen.«

»Sir Alanna hat Recht und du auch«, warf Thayet diplomatisch ein. Sie hielt eine Skizze hoch, die sie gerade angefertigt hatte. »Wäre das ein angemessener Kompromiss?«

»Mit einem kleinen Gold- oder Silberstreifen am Saum?«, fügte Eleni freundlich hinzu, als die Näherin die Stirn in Falten zog.

Alanna betrachtete den Entwurf. Er zeigte Hemd, Waffenrock und weiche, weite Reithosen anstatt der Kniehosen. Der Waffenrock war länger als gewöhnlich, er reichte bis zum Knie, war aber an den Seiten bis zur Taille hinauf geschlitzt, um der Trägerin Bewegungsfreiheit zu lassen.

»Gut so?«, fragte Thayet.

»Mir gefällt es«, antwortete Alanna.

»Hm«, kommentierte die Näherin immer noch skeptisch.

Rispah legte der Frau freundlich den Arm um die Schultern. »Aus der dunkelgrauen Seide, mit – ach so, natürlich! Ich kann verstehen, wenn es Euch vielleicht zu viel wird, wo ja auch noch Prinzessin Thayets und Frau Coopers Ballkleider genäht werden müssen. Vielleicht wäre Frau Weber, die mit ihrem Laden drüben in –«

»Es wird mir nicht zu viel!«, fauchte die Näherin und riss sich von Rispah los. »Ganz und gar nicht! Immerhin führe ich ein Geschäft von erstem Rang. Diese Weber verkauft schlechtes Tuch und ihre Nähte platzen schon bei der ersten Verbeugung wieder auf –« Rispah zwinkerte Alanna zu. Der Streit war bereinigt und keiner hatte seine Ehre eingebüßt.

Alanna wurde es unbehaglich, als sie spürte, wie Eleni sie von Kopf bis Fuß musterte. Rasch zog sie sich wieder an.

»Ohrringe!«, rief Georgs Mutter.

Alanna vergaß ihr unbehagliches Gefühl und starrte sie an. Sie traute ihren Ohren kaum. *»Könnte ich?«*, flüsterte sie. Schon ihr ganzes Leben lang hatte sie die Schönheiten am Hof

um ihre Ohrgehänge beneidet, und zwar so sehr, dass sie sich weigerte den einzelnen Ohrring, der einem Mann gestattet war, zu tragen. Es war einfach nicht dasselbe. *Glöckchen,* dachte sie, *ich besorge mir welche mit vielen kleinen Glöckchen daran, die klingeln, wenn ich mich bewege. Für unterwegs sind sie ja unpraktisch, aber für einen Ball oder hier im Haus* – »Ja, bitte!«
Im Handumdrehen hatten Eleni und Thayet sie in einen Sessel verfrachtet. Rispah erhitzte die Nadel. »Dürfte eigentlich kein Problem sein«, grinste die Rothaarige, »wo du eine an Blut gewöhnte Ritterin bist. Halt still!«
Alanna biss die Zähne zusammen, als die Nadel eines ihrer Ohrläppchen durchstieß. Ihr wurde flau im Magen und in ihren Ohren rauschte es. »Weißt du, was die Töchter mir sagten, als ich meine durchgestochen bekam?«, sagte Thayet, als Rispah an Stelle der Nadel einen Seidenfaden durchzog. »Wer schön sein will, muss leiden.«
»Soll das ein Trost sein?«, stieß Alanna hervor. Sie schloss die Augen, bevor die Nadel ein zweites Mal zustach. Diesmal steigerte sich das Rauschen in ihren Ohren zu einem Tosen. Dann wurde ihr schwarz vor Augen.
Jemand wedelte mit Riechsalz unter ihrer Nase herum. Alanna nieste einmal, dann ein zweites Mal. »Was ist passiert?«, fragte sie. Rispah gab den Versuch auf ihr Lachen zu unterdrücken, Eleni wischte sich die Tränen mit einem Taschentuch ab. Sogar die Näherinnen schmunzelten. Alanna sah Thayet finster an. »Was ist los, Thayet?«
»Du bist in Ohnmacht gefallen«, stieß die Prinzessin hervor und brach in schallendes Gelächter aus.

Während die Näherinnen arbeiteten, erzählten Rispah und Eleni den Neuankömmlingen, was im Palast und in der

Stadt geschehen war. Das Bild, das sie für Alanna zeichneten, war trostlos. Jonathans zukünftige Untertanen fragten sich, ob ein Fluch auf ihm lag. Herzog Gareth war vom Tod seiner Schwester und seines Schwagers hart getroffen, er war in den Ruhestand getreten. Zwar zweifelte keiner an den Fähigkeiten seines Sohnes Gary, der nun praktisch Premierminister war, aber seinen Vater hatten alle gekannt und respektiert, während den jüngeren Naxen außerhalb des Palasts nur wenige kannten. Viele der älteren Edlen, auf deren Unterstützung sich ein König normalerweise verlassen konnte, verweigerten diese Jonathan ohne Angabe von Gründen. Sie entschuldigten sich damit, sie wollten die Krönung abwarten, dies sei der rechte Zeitpunkt und Ort dafür. Aber von Myles und Herzog Gareth wusste Jonathan, dass dieselben Edlen seinem Vater schon *vor* der Krönung Unterstützung zugesichert hatten. Kralle schien verschwunden zu sein, aber Alanna hatte von Stefan gehört, dass Kralles Anhänger Georg immer noch das Leben schwer machten. Ein nasser Frühling und ein bisher feuchter Sommer versprachen eine magere Ernte – schlechte Omen für Jonathans erstes Jahr auf dem Thron.
»Jeder wartet ab, um zu sehen, wie die Sache laufen wird«, sagte Rispah, während Alanna die Anprobe über sich ergehen ließ. »Ohne jeglichen Grund. Sie hoffen auf einen anderen Thronanwärter, aber wer sollte das sein? Herzog von Conté hat sie nicht ermutigt, das steht fest.«
»Für einige hat es schon gereicht, dass so viele Bazhir gekommen sind«, erklärte Eleni. »Viele der Leute aus dem Norden hassen sie und jeder König, den die Wüstenmänner mögen, wird sich vor Probleme gestellt sehen.«
»Manche sagen, Herzog Roger sei älter und erfahrener als

Jonathan«, fügte Rispah hinzu. »Sie sagen, was vor zwei Mittwintern passiert sei« – sie nickte zu Alanna hinüber –, »sei ein Komplott Jonathans gewesen, um Roger aus dem Weg zu schaffen.«
»Immer mit der Ruhe, Kind«, warnte Eleni und legte eine Hand auf Alannas Arm. »Das ist lediglich Geschwätz. Keiner unternimmt etwas – sie reden nicht mal in der Öffentlichkeit darüber. Aber Jonathan könnte ein Wunder brauchen.«
Zu ihrer eigenen Überraschung musste Alanna lächeln. »Dann werden wir ihm eines liefern.«

Am späten Nachmittag fand Alanna Myles in seinem Arbeitszimmer, wo er ein Nickerchen machte. Als er wach war, setzte sich Alanna, um die Begebenheiten des letzten Jahres mit ihm zu besprechen. Er füllte die Lücken aus: Er wusste besser als jeder andere, wieso sich die Edlen so aufführten, wie sie es taten, und seine Freunde unter den Händlern waren immer ehrlich zu ihm. »Sie glauben nicht, dass sich Jonathan auf dem Thron behaupten kann«, erklärte er Alanna unverblümt. »Bis er ihnen den Nachweis liefert, dass er dazu fähig ist, halten sie sich zurück. Es sind nicht sehr viele, die erwarten, dass sich Roger um den Thron bemühen wird. Tja, von denen, die am Hof leben, erwartet es keiner. Aber Tortall ist ein großes Königreich und selbst zu den besten Zeiten ist es schwer, alle unter einen Hut zu kriegen. Wenn Jonathan als Regent versagt, werden als Erstes die Lehnsgüter an den Grenzen abfallen und eigene Königreiche bilden. Tusain, Galla und Scanra werden an den äußeren Rändern knabbern. Das ist es, was man fürchtet. Roald ließ die Zügel locker und jetzt zeigen sich die Folgen einer solchen, um die zwanzig Jahre wäh-

renden liebevollen Nachlässigkeit. Beantwortet das deine Frage?« Alanna nickte. »Das Juwel wird helfen. Anschließend liegt es an Jonathan und daran, wie er euch intelligente, junge Leute einsetzt.«
Alanna lächelte. »Vergiss nicht, dass er dich auch auf seiner Seite hat.«
Myles lächelte leise in sich hinein. »Übrigens hab ich was für dich – Eleni hat mir von der schweren Prüfung erzählt, die du heute Nachmittag über dich ergehen lassen musstest. Das habe ich gekauft, damit es dir wieder besser geht.« Er wühlte in seiner Tasche und gab Alanna eine kleine Schachtel. »Mach sie nicht hier auf. Danksagungen sind mir peinlich.« Er lehnte sich in seinen Sessel zurück und legte die Füße hoch. »Jetzt würde ich gern mein Nickerchen zu Ende bringen, falls du nichts dagegen hast.«
Vor seinem Arbeitszimmer öffnete Alanna die Schachtel. Ein Paar Ohrringe mit schwarzen Perlen lag darin.

Jedes Tortaller Mädchen träumte davon, unter aller Augen die Große Treppe im Ballsaal der Königin hinunterzuschreiten; dann würde der Ritter ihrer Träume sie wählen und mitnehmen in ein Leben voller Glück. Minnesänger verdienten sich ihren Lebensunterhalt, indem sie Lieder über Mädchen von bürgerlicher Herkunft sangen, die von geheimnisvollen – reichen – Gönnern bei Hof vorgestellt wurden und denen ebendies passierte. Jetzt war Alanna an der Reihe die Treppe hinunterzugehen. An die Panik, die sie verspürte, war sie als »alter Hase« im Palast gar nicht gewöhnt. Sie hatte hunderte Male gesehen, wie jemand die Treppe herunterkam und den langen Saal durchquerte, um vor König und Königin auf die Knie zu sinken. Im Ballsaal hatte sie Mädchen getroffen, die an den Hof kamen, um eine gute Partie zu machen, dazu ausländische Diplomaten mit ihren Gemahlinnen, Händler, Krieger auf Besuch – die Liste war endlos. Wenn die ebenso viel Angst gehabt hatten wie sie jetzt, hatte man es ihnen zumindest nicht angesehen. Sie warteten in den Gemächern vor den großen Türen des Ballsaals: Thayet, Buri, Eleni und Liam, die offiziell bei Hof eingeführt werden sollten; Alanna, um – *wieder?* – präsentiert zu werden; Myles, um ihnen allen mehr Selbstvertrauen zu geben. Das Juwel in seiner Schachtel schien sich von ihrer Nervosität anstecken zu lassen: Alanna spürte durch ihre schwarzen Handschuhe, wie es summte. »Spring hoch«, befahl sie Immertreu und wies mit dem Kopf auf ihre Schulter. »Ich brauche das Gefühl der Sicherheit, das du mir gibst.«

Nein, entgegnete der Kater und schüttelte den Kopf. *Ich werde deine hübschen Kleider in Unordnung bringen.* Verdutzt wich sie zurück – er hatte so geklungen, als meine er es tatsächlich ernst!

Eleni Cooper spielte mit der goldenen Spitzenborte an ihrem Hals. »Ich wollte, ich hätte nicht eingewilligt, Myles.« Elegant sah sie aus in ihrem mahagonifarbenen Seidenkleid und dem schweren Knoten, zu dem sie ihr von grauen Strähnen durchzogenes Haar gesteckt hatte. Wie Alanna entzückt feststellte, war sie fast einen Kopf größer als Myles. »Ich bin zufrieden mit der Unterhaltung, die mir in der Unterstadt geboten wird.«

Jetzt hob Myles Elenis Hand an die Lippen. »Dieser Abend wird ebenso unterhaltsam werden, meine Liebe – wenn nicht noch mehr.«

Kräftige Finger berührten Alannas neue Ohrgehänge. »Hübsch«, lobte Liam. »Eine schöne Note.«
Alannas Herz machte einen Satz. Der Drache war nicht gezwungen für Lianne und Roald Trauerkleidung in Schwarz, Grau oder Lavendelblau zu tragen. Er sah phantastisch aus mit dem violettfarbenen Satin über dem silberfarbenen Hemd und der Hose. Flammend hob sich sein Haar ab.
»Es ist ungerecht, dass du so gut aussiehst!«, flüsterte sie.
»Dasselbe könnte ich über dich sagen. Denkst du, mir tut es nicht Leid, dass es aus ist zwischen uns?« Seine Augen hatten das leuchtende Blaugrün angenommen, das für sie vorbehalten zu sein schien. »Doch wenn du Königin von Tortall bist, wirst du es mir danken.«
Gerade machte sie den Mund auf, um zu sagen: »Ich werde nicht Königin«, als Gary zu ihnen trat. »Liam Eisenarm? Ich bin Gareth – Gary von Naxen der Jüngere. Mein Vater ist Premierminister. Könnt Ihr mir von Shang erzählen?« Er hakte Liam unter, führte ihn weg und rief: »Mit dir unterhalte ich mich später, Alanna.«
Timon, einst Herzog Gareths persönlicher Diener, jetzt Vorsteher der Lakaien, traf ein. Er machte einen abgespannten Eindruck. Gary verabschiedete sich eilends und ging, um seinen Platz neben dem Thron einzunehmen. Timon nickte Myles zu, der daraufhin Elenis Arm ergriff. »Du kannst dich neben jedem Einzelnen von denen da sehen lassen, Frau Cooper«, hörte ihn Alanna flüstern. Der Oberste Herold verneigte sich und öffnete einen Flügel der mächtigen Tür, damit das Paar eintreten konnte.
»Kann man mich so anschauen?«, erkundigte sich jetzt Buri. Sie trug eine reich mit roten und silbernen Perlen bestickte Hirschlederjacke, dazu enge hirschlederne Reit-

hosen und weiche Stiefel. Außerdem hatte sie sich mit unzähligen silbernen und schwarzen Dolchen ausstaffiert. Unter ihrer Schärpe steckten Kurz- und Langschwert. Das dichte Haar hatte sie zu festen Zöpfen geflochten und mit silbernen Nadeln zu Schnecken gesteckt. Nervös klopfte sie sich mit ihren schwarzen Stulpenhandschuhen auf die Arme, während Alanna sie prüfend musterte.
Die Ritterin lächelte. »Du siehst großartig aus. Deine Mutter und dein Bruder werden stolz auf dich sein.«
»*Wir* sind stolz«, fügte Liam hinzu. Als ihm der Herold zuwinkte, holte er tief Luft. »O ihr Shang-Meister, derartige Dinge hasse ich.« Er ließ die beiden Frauen, die ihm erstaunt nachblickten, stehen und ging durch die offene Tür.
Buri stupste Alanna am Arm. Da kam gerade Thayet aus dem Ankleidezimmer. Alanna war sprachlos, als auch die Prinzessin fragte: »Bin ich in Ordnung so?«
Ihr Haar flutete in unzähligen Löckchen bis auf ihre Schultern herunter, die haselnussbraunen Augen hoben sich riesengroß von der hellen Haut und den purpurroten Lippen ab. Das Musselinkleid in der Farbe lodernder Flammen brachte die Haut an ihrem Halsausschnitt zum Glühen, darunter bauschte es sich zu einem weiten Rock. In filigranes Gold gefasste Rubine funkelten in ihrem Haar und an ihrem Hals.
Auch der Oberste Herold starrte fassungslos. »Frag nicht *mich*«, lachte Alanna. »*Der da* hat alle Schönheiten kommen und gehen sehen und mir hat er erzählt, die könnten ihn gar nicht mehr beeindrucken.«
Thayet warf dem Obersten Herold einen neugierigen Blick zu. Er verbeugte sich so tief wie vor einem König. »Prinzessin, mögt Ihr unsere Hallen immer zieren«, sagte er aus tiefstem Herzen.

Jetzt ging auch der zweite Flügel der Tür auf. Augenblicklich verstummte jeder Laut im Großen Ballsaal, denn nur für königliche Besucher wurde die Tür ganz geöffnet. Der Herold schritt bis zur obersten Treppenstufe; dort schlug er dreimal mit seinem eisenbesetzten Stab auf den Boden. »Ihre königliche Hoheit, Prinzessin Thayet *jian* Wilima von Sarain, Herzogin von Camau und Thanhyien.« Thayet nahm Alannas Arm und so traten sie beide vor. »Sir Alanna von Trebond und Olau, Ritterin des Königreichs Tortall. Burinam Tourakom von den Hau Ma, einem Stamm der K'mir.«

Nun erhob sich Jonathan und sah zu ihnen empor. Ein Blick auf seine ehrfürchtige Miene genügte Alanna. *Thayet nach Tortall mitzubringen war wirklich eine gute Idee,* dachte sie, zufrieden mit sich selbst. Thayets Gesicht war ruhig, während sie die Treppe hinunterschritt, als schwebe sie. Nur an dem festen Griff, mit dem sie Alannas Arm hielt, war abzulesen, dass auch sie nervös war. Jonathan ging den scharlachroten Läufer zwischen Treppe und Thron entlang, um sie in der Mitte des Ballsaals zu empfangen.

Alanna zog sacht den Arm fort, an den sich Thayet klammerte, und ließ sie die letzten Schritte bis zu Jonathan allein machen. Der zukünftige König umarmte die Prinzessin behutsam und küsste sie auf beide Wangen. »Seid willkommen, Hoheit«, sagte er. »Wir bedauern den traurigen Anlass, der Euch aus Eurer Heimat verjagte.«

»Danke, Eure Majestät.« Thayet warf ihm einen vorwurfsvollen Blick zu. Für Alanna war klar ersichtlich, dass sie Jon an ihren Wunsch, eine einfache Untertanin zu werden, erinnern wollte.

Jonathan ignorierte ihre stumme Bitte. »Bis Friede einkehrt

in Sarain, sollt Ihr wissen, dass Tortall Eure Heimat ist.« Er bot Thayet den Arm und führte sie zu dem Sessel, den man gleich neben dem seinen platziert hatte. Ihr Rock legte sich zu einem perfekten Fächer, als sie sich graziös setzte. Buri stellte sich neben sie. Keiner wusste, wer damit begann, aber das Händeklatschen einiger weniger schwoll zu einem stürmischen Applaus an. In Sarain war Thayet ein Mädchen gewesen, das eigentlich ein männlicher Erbe hätte werden sollen; die Tortaller Höflinge akzeptierten sie als das, was sie war.

Auch Georg genoss Thayets Auftritt, doch war er keineswegs blind für ihre beiden Begleiterinnen. Buri nickte er anerkennend zu und Alannas Gegenwart war ihm seit dem Moment ihres Auftauchens schmerzlich bewusst. Sie wirkte elegant und düster zugleich in ihrer in dunklem Grau und Schwarz gehaltenen Kleidung. Haar und Augen flammten. Das Schwert, das sie an der Taille trug, war nicht zu übersehen. Unter ihrem Arm hielt sie ein Kästchen, kaum größer als ihre Faust.

Georg, dem einfiel, dass er ja als streng dreinblickender Bazhir verkleidet war, widerstand dem Drang zu strahlen wie ein stolzer Liebhaber. *Sie hat es geschafft*, dachte er. *Mein Liebling hat es geschafft, dass sie ihr Beachtung schenken und nach ihrer Pfeife tanzen. Ich dachte immer, das wäre nur bei Frauen von niedriger Geburt so möglich.*

Alanna wartete, bis sich der Applaus beruhigte. Inzwischen sah sie sich um. Sie erkannte Georg trotz der Verkleidung. Mit einem unterdrückten Lächeln – dass er kommen würde, hätte sie sich ja denken können! – zwinkerte sie ihm zu und freute sich über das Lob, das in seinen Augen lag.

Benimm dich!, schalt Immertreu. *Du hast was zu tun hier.*

Schließlich wurde es wieder still. Jonathan nickte. »Tretet näher, Sir Alanna.«

Mit der Hand am Heft ihres Schwerts und Immertreu zur Seite schritt sie über den Läufer. Thayet machte ihr mit ihrem Lächeln Mut, als sie vor Jonathan das Knie beugte.

»Eure Majestät.« Sie zog Blitzschlag aus der Scheide und legte das Schwert zum Zeichen ihrer Treue auf die Stufen zu Jonathans Füßen. »Ich schwöre im Namen der Mutter Euch und Euren Erben mit allem, was ich besitze, zu dienen.« Nun nahm sie das Kästchen in beide Hände und öffnete es. Da lag auf seinem schwarzsamtenen Bett das Juwel. Sie hob es hoch. »Ich bringe Euch die Frucht meiner Reisen, Majestät – das Juwel der Macht.«

Vollkommene Stille senkte sich herab, als Jonathan nach dem Kleinod griff. Sobald er es berührte, erwachte es zum Leben und begann in seiner Hand zu strahlen wie eine kleine Sonne. Er hielt es empor und nun sanken erst einer, dann weitere Höflinge auf die Knie, bis nur noch Jonathan und Thayet saßen.

»Wir danken Euch, Sir Alanna«, sagte er mit einer Stimme, die bis in alle Saalecken schallte. »Und wir preisen die Götter – und unsere Löwin –, dass sie uns in dieser Zeit der Not dieses Juwel schickten.«

7
Zeit der Trauer

Am nächsten Morgen rief Jonathan seine vertrautesten Ratgeber zu einer Sitzung: Myles, Gary, den Obersten Richter, Herzog Gareth, Herzog Baird, Raoul und Alanna. Der war unbehaglich zu Mute, doch sie ging trotzdem hin. Sie war sich nicht sicher, was für einen Platz sie bei einer solchen Sitzung einnahm. Sie war Ritterin; alle anderen trugen große Verantwortung oder waren weise wie Myles. Nicht einmal ein großes Lehnsgut hatte sie vorzuweisen.

Sie kam früh und fand den zukünftigen König in seinem kleinen Ratszimmer vor. Er erhob sich und küsste ihre Wange. »Danke, dass du da bist«, sagte er. »Ich hasse es, dich gleich mit allem zu überfallen, da du doch gerade erst heimgekehrt bist – aber wir haben viel zu tun.« Als sie ein Stück von ihm entfernt am Tisch Platz nahm, fragte er: »Hast du dir eigentlich Gedanken gemacht, welche Position du während meiner Regentschaft bekleiden willst?«

Alanna war verdutzt. »Welche Position –?«, wiederholte sie. »Eigentlich habe ich mir nie vorgestellt irgendeine Position zu bekleiden. Obwohl es schön wäre, wenn ich eine Aufgabe hätte. Es gefällt mir, einfach so herumzustreifen, aber noch viel besser gefällt es mir, wenn ich ein Ziel habe. Vielleicht ist Liam glücklich, wenn er von Land zu Land zieht wie der Wind. Ich komme mir mit meinen Fähigkeiten wie eine Waffe vor, die einen Benutzer braucht, sonst liegt sie nur herum und rostet.« Plötzlich verlegen geworden, grinste sie. »Hör dir das an. Es fehlt nicht mehr viel und ich klinge wie unser alter Philosophielehrer.«

Jonathan stöhnte. »Dieser Langweiler!«

Gary streckte den Kopf durch die Tür. »Ist das ein privates Treffen oder kann jeder kommen?« Er nahm sich einen Stuhl und ließ einen Stoß Papiere vor sich auf den Tisch

fallen. Als er Alannas entsetzten Blick sah, sagte er freundlich: »Keine Sorge – die sind nicht alle für die Sitzung gedacht. Es sind nur Sachen, mit denen ich ständig zu tun habe, deshalb schleppe ich sie mit mir herum, um keine Zeit zu verlieren.«
»Das ist ja entsetzlich, Gary!«, rief sie.
»Unsinn«, gab Gary zurück. »Vorher hatte ich keine Ahnung, wie interessant es sein kann, was in einem Königreich vor sich geht. Wenn man Dinge wie die jährliche Regenmenge, die Anzahl der Leute, die ihre Höfe verlassen, und den Preis von Eisenwaren in Beziehung zueinander bringt und sieht, wie sie sich gegenseitig beeinflussen –«
»Wenn du ihn lässt, macht er den ganzen Tag so weiter«, unterbrach Raoul, während er sich auf einen Stuhl niederließ. Der Oberste Richter, den Alanna vom Sehen kannte, setzte sich neben den großen, kräftigen Oberbefehlshaber der Leibwache und nickte zum Gruß. Alanna nickte ebenfalls. Raoul fuhr fort: »Was mich betrifft, so habe ich kein Talent für die Verwaltung. Ein gutes Pferd und eine Patrouille sind mir hundertmal lieber!«
»Du unterschätzt dich, Raoul«, sagte Jon. »Die Bazhir lieben ihn«, erklärte er Alanna. »Außerdem beeindruckt er auch die Leute aus dem Norden und die in der Leibgarde dienenden ausländischen Soldaten.«
Alanna warf ihrem Freund ein strahlendes Lächeln zu. »Ich wusste doch immer, dass du uns Ehre machen würdest«, neckte sie.
Als sie Herzog Gareth an der Tür entdeckte, stand sie auf, um ihn zu begrüßen. Ihre Bestürzung verbarg sie. Der Herzog war schon immer schlank gewesen, aber jetzt war er klapperdürr. Graue Strähnen hatten sein Haar zu einem

schmutzigen Gelbbraun verfärbt. *Ich hab nie glauben können, dass er der ältere Bruder der Königin ist,* dachte sie, während sie auf die Knie sank und seine Hand küsste. *Vielleicht lag es daran, weil sie so hübsch war und er so unscheinbar. Ihr Tod ist ihm sehr nahe gegangen.*

Garys Vater musterte Alanna, während sie sich erhob. Er hielt immer noch ihre Hand. Schließlich lächelte er. »Du hast gehalten, was du versprachst«, sagte er leise. »Wir sind alle sehr stolz auf unsere Löwin. Willkommen daheim.«

Da es von Herzog Gareth kam, der kaum einmal ein Lob aussprach, war dies die größte Ehre, die ihr zuteil werden konnte. »Danke, Herr«, flüsterte sie und blinzelte die Tränen fort. »Ihr seid sehr freundlich. Ich habe versucht meinen Lehrern – Euch – Ehre zu machen.« Dann kehrte sie mit einer Verbeugung zu ihrem Stuhl zurück, während der Herzog neben Gary Platz nahm. Die anderen hatten sich unterdessen mit ihren Papieren zu schaffen gemacht und so getan, als sähen und hörten sie nichts.

Alanna beruhigte sich wieder. Inzwischen trafen auch Myles und Herzog Baird ein, der sie munter begrüßte. Beim Empfang am vorhergehenden Abend hatte er ihre Arbeit als Heilerin bei den Bazhir gelobt. Myles zwinkerte ihr zu, dann nahm auch er Platz.

Alanna rutschte unruhig auf ihrem Stuhl herum, während das Personal Wasser, Papier, Tinte und Früchte auf dem Tisch verteilte. *Wie lange muss ich noch hier hocken, bevor ich einen Ausritt machen kann,* fragte sie sich. *Bei derartigen Ratsversammlungen habe ich nichts verloren!*

Auf ein Räuspern Jonathans hin verstummten alle. »Danke, dass ihr gekommen seid. Ich weiß, die Krönung, die in sechzig Tagen stattfindet, scheint noch in weiter Ferne zu liegen, doch haben wir viel zu tun.« Mit einem Blick auf Herzog Gareth fügte er hinzu: »Ich habe mir Gedanken gemacht, was die Ernennung eines Königs-Kämpen angeht.« Alanna bekam einen trockenen Mund. »Onkel Gareth war der meines Vaters. Es scheint ein leichtes Amt für ihn gewesen zu sein.«

»Den Göttern sei gedankt«, entgegnete der Herzog trocken. »Von meinen sonstigen Ämtern kann man das nicht behaupten.«

Jonathan lachte mit allen anderen, bevor er fortfuhr. »Abgesehen davon, dass er an der Krönung meines Vaters teilnahm, wurde nie von ihm gefordert den Thron zu repräsentieren oder ihn zu verteidigen. Ich glaube, viele haben vergessen, dass es dieses Amt überhaupt gibt. Mein Onkel will es nicht mehr haben.« Herzog Gareth nickte. »Wir sind der Meinung, dass es von einem Jüngeren bekleidet werden müsste. Von einem bewährten Krieger natürlich – einen, den unser Volk und unsere Nachbarn kennen.« Alanna sah nur allzu klar, wohin das Ganze führte. »Raoul«, sagte sie mit rauer Stimme und sah zum Oberbefehlshaber der Leibgarde hinüber. Der schüttelte grinsend den Kopf. »Oder Gary.« Gary zupfte an seinem Schnurrbart, um ein Lächeln zu verbergen. »Beides gute, starke Burschen, beliebt bei –«

»Nein«, sagte Jonathan mit fester Stimme. Auch alle anderen im Raum hatten Mühe ihrer Belustigung Herr zu werden. »Ich will, dass sie bleiben, was sie sind – Raoul Oberbefehlshaber meiner Leibgarde, Gary Premierminister.«

»Geoffrey von Meron.« Alanna wischte sich Schweiß von der Oberlippe. »Er ist von edler Geburt und wesentlich respektabler als ich –«

»Ich habe meinen Entschluss gefasst.« Jetzt, als Jonathan sprach, musste auch der Oberste Richter lächeln. Außer ihm hatten alle derartige Konfrontationen zwischen dem Prinzen und seinem störrischen Knappen schon miterlebt.

»Du wirst dir Feinde machen«, wandte Alanna ein. »Noch nie gab es einen weiblichen Kämpen, nicht einmal, als Frauen Krieger sein *durften*. Nicht in Tortall!«

»Das stimmt«, sagte Myles. »Es ist auch verständlich, dass du dir Sorgen machst, was deinen Stand in den Augen des Volks betrifft. Du warst lange weg.«

»Ob es Euch gefällt oder nicht – nachdem Ihr Euren Schild errungen habt und bei den Bazhir wart, seid Ihr zur Legende geworden«, sagte der Oberste Richter auf seine unverblümte Art. »Die Mädchen spielen inzwischen ›Löwin‹. Ich habe eines gesehen, das seinen Bruder durch die Straßen jagte, dabei schwenkte es seinen Stock und schrie, Herzog von Conté müsse sich ihrem Schwert beugen.«

Die Männer lachten. Alanna war rot geworden, schüttelte jedoch immer noch den Kopf.

»Sollen wir einen Minnesänger rufen und ihn alle Löwinnenlieder singen lassen, die ihm einfallen?«, erkundigte sich Herzog Baird mit einem freundlichen Blick. »Im allerneuesten schlagen die Löwin und der Drache ganze Heere von Sarainer Söldnern. *Mir* gefällt es, obwohl mir jetzt, wo ich dich wieder sehe, klar wird, dass du in Wirklichkeit keine zehn Fuß groß bist.«

»Die Bazhir lieben dich auch«, fügte Raoul hinzu. »Du bist die Frau, die wie ein Mann reitet, außerdem hast du mitgeholfen die Schwarze Stadt von ihrem Joch zu befreien. Derjenige, der damals bei dir war, wird nun König werden.

Die Mitglieder deines Stammes wären die Ersten, die sagen würden, dass du das Recht hast neben Jon zu stehen.«
Als Jonathan sie jetzt ansah, lag Wärme in seinem Blick, aber auch Entschlossenheit. »Und wir sollten nicht vergessen, dass deine Reise dich bis in die Sagenwelt führte, aus der du mir das Juwel der Macht brachtest.« Er holte es aus seinem Beutel am Gürtel und legte es auf den Tisch, wo es schimmerndes Licht verbreitete. »Schon allein damit hast du dir einen erhabenen Platz gesichert, auch ohne all deine übrigen Taten. Also, sag ›danke‹, Alanna.«
»Jonathan«, flüsterte sie, obwohl sie wusste, dass es nichts nutzte.
»Sag ›danke‹, Alanna«, befahl Myles mit sanfter Stimme.
Sie blickte die anderen an, doch die sahen nicht her zu ihr. Stattdessen beobachteten sie das Juwel, stellten Vermutungen über es an, staunten, je nach Wesensart. In diesem Moment wurde ihr klar, dass die hier Anwesenden Jonathans Meinung teilten. Nur Jon begegnete ihrem Blick und er gewährte ihr kein Pardon. Sie *hatte* diese Ehre verdient. Wollte sie wirklich ablehnen?
»Du sagtest doch, du wolltest dich nützlich machen«, bemerkte Jon.
Alanna musste lächeln. *Also habe ich mir das Ganze selbst eingebrockt,* dachte sie.
»Danke, Jonathan«, flüsterte sie.
Er strahlte. »Du wirst es nicht bedauern – oder zumindest *ich* nicht.« Er wandte sich wieder zu den anderen. »Wir wollen jetzt über die Lage in Tortall sprechen, und zwar geht es mir um das interessante Gerücht, meine Regentschaft sei verflucht und man würde mich stürzen.«
»Eine klare Lage gibt es nicht, so wie die Dinge stehen«,

knurrte der Oberste Richter. Aufgebracht fuhr er sich mit den Fingern durch die Haare, während er erklärte: »Es gibt lediglich Gerüchte und Andeutungen. Verschwörungen sind keine im Gange – zumindest nicht, dass ich wüsste. Nur ist leider Ralon von Malven noch auf freiem Fuß und hat immer noch Anhänger. Aber sobald ich ihn in die Finger kriege, werde ich auch deren Namen erfahren.«
»Und Roger von Conté?«, erkundigte sich Herzog Baird.
»So unschuldig wie ein Lamm«, sagte Gary angewidert. »Wir wissen genau, was er treibt, und zwar in jeder einzelnen Sekunde. Entweder er studiert Manuskripte und Schriftrollen mit Lord Thom oder er bewegt sich unter den Augen des gesamten Hofs.«
»Steht Alex von Tirragen unter Beobachtung?«, wollte Alanna wissen. »Er war Rogers Knappe.«
Der Oberste Richter, Raoul und Gary wechselten Blicke. »Über Alex wissen wir gar nichts«, bekannte Gary. »Er schließt sich stundenlang in seinen Palastzimmern ein –«
»Er wohnt in einem der alten Flügel, dessen Grundrisszeichnungen verloren gingen«, erklärte der Oberste Richter. »Möglich, dass es dort Gänge hinaus und hinein gibt, von denen wir nicht viel wissen. Aber natürlich haben wir nichts in der Hand. Solange uns seine Majestät keine offizielle Verfügung ausstellt, können wir Sir Alexanders Räumlichkeiten nicht durchsuchen, da uns keine Anhaltspunkte für irgendwelche Verfehlungen vorliegen.«
»Eine solche Verfügung stelle ich nicht aus«, sagte Jon. »Wenn ich mich dazu hergäbe, nur auf Grund von Gerüchten und Vermutungen, schriebe ich die nächste für noch weniger. Wenn ich in Alex' Gemächer einbräche, die in meinem eigenen Palast liegen – was hielte mich davon ab,

bei euch dasselbe zu tun? Von meinem ganzen Volk bin ich derjenige, der das Gesetz am meisten achten muss.«

»Wir wollen sehen, was in den nächsten Wochen passiert, wenn bekannt wird, dass Ihr das Juwel besitzt«, schlug Myles vor. »Schickt Boten aus, bis jedes Kind weiß, dass wir es haben. Vielleicht gibt das den Leuten Vertrauen in die Regentschaft unseres zukünftigen Königs.«

»Und wir werden die Augen offen halten«, versprach Gary. »Ich würde mich schwarz ärgern, wenn ich in sechzig Tagen feststellen müsste, dass unter diesem ganzen Rauch ein Feuer brennt.«

Sie gingen zu anderen Themen über – es war Mittag, bis sie zu einem Ende kamen. Jonathan gab Alanna einen Wink, sie solle dableiben, während er die anderen nach draußen geleitete. Sie gehorchte und dachte währenddessen über alles nach, was sie seit Raouls Auftauchen in Udayapur erfahren hatte.

Jonathan schloss hinter Gary die Tür und kehrte zu Alanna an den Tisch zurück. »Bitte denk nicht, dass du irgendwie festsitzt, nur weil du mein Kämpe bist«, sagte er ein wenig besorgt. »Die Zeiten, wo ein Kämpe das Gesetz des Königs mit seinem Schwert verteidigen musste, liegen längst hinter uns. Ich nehme an, dass du auch in Zukunft umherstreifen kannst, so viel du willst.«

Alanna lächelte. »Gut. Nicht, dass es mir keinen Spaß macht, zu Hause zu sein. Bloß gibt es einfach Orte, die ich noch nicht kenne. Aber wenn du mich brauchst, werde ich stets bei dir sein.«

»Das freut mich.« Ein unbehagliches Schweigen senkte sich herab, bis sie übergangslos fragte: »Machst du immer noch dieser Prinzessin, von der ich hörte, den Hof? Prinzessin Josiane, die ich gestern Abend kennen lernte?«

Jonathan lief rot an und schüttelte den Kopf. »Sie gefällt sich zu sehr als Prinzessin. Außerdem ist sie grausam. Sie verbirgt es gut, aber sie ist es.« Er spielte mit den Papieren, die vor ihm lagen. »Bist du eifersüchtig?«, fragte er. Jetzt klang seine Stimme scharf. »Mir fiel auf, dass du auch nicht gerade viel Zeit verschwendet hast, bis du Ersatz für mich fandest. Nicht einen, sondern zwei, wenn man Georg und Liam Eisenarm zählt.«

Jetzt war es Alanna, die rot wurde. »Eifersüchtig bin ich nicht«, sagte sie schließlich. »Ich hätte dir nur einen besseren Geschmack zugetraut.«

Jonathan starrte auf den Tisch hinunter. »Mein Heiratsantrag gilt immer noch, falls du willst.«

Sie sah ihn an. Ein Teil von ihr wollte »Ja« sagen, aber nur ein sehr kleiner. »Ich weiß nicht, ob es dir aufgefallen ist, Jon, aber inzwischen sind wir zwei ganz verschiedene Menschen. Wie verschieden, ist mir erst bei dieser Ratsversammlung klar geworden.«

»Komisch«, entgegnete er nachdenklich. »Ich schaue dich an und sehe, dass du an Orten warst, wo ich nie hinkommen werde.« Er lächelte wehmütig. »Du hast dich, während ich nicht aufpasste, unversehens in eine Heldin verwandelt.«

»Sag das nicht. Ich bin immer noch ich.« Alanna ging hinüber und setzte sich vor ihm auf den Tisch. Dann nahm sie seine Hand und betrachtete sie. Dabei dachte sie: *Er hat Besseres verdient als eine Frau, die findet ihn zu heiraten sei genau dasselbe, wie sich freiwillig in einen Käfig sperren zu lassen. Und ich will einen, der nicht mit einem ganzen Königreich verheiratet ist. Wir kamen gut miteinander zurecht, als ich sein Knappe war – vielleicht vertragen wir uns als König und Kämpe sogar noch besser.* Jetzt fühlte sie sich wohler. »Jon, eine Ehe zwischen uns wäre eine Katastrophe – das weißt du ebenso gut wie ich.«

Jetzt sah er sie an. »Ich wollte keinen Rückzieher machen, nachdem ich dir mein Wort gegeben habe«, erklärte er. Was darüber hinaus in ihm vor sich ging, las sie in seinen Augen. »Ich bat dich schließlich damals um deine Hand –«

Seine offensichtliche Erleichterung tat ihr weh, aber sie war trotzdem überzeugt, dass sie das Richtige tat. »Und ich sagte nein. Nein, danke. Ich liebe dich, Jon. Wir haben eine Menge zusammen durchgemacht. Aber was wir vom Leben erwarten –« Sie deutete auf seine Papiere. »Du magst diese Verwaltungsaufgaben. Ich bin eine Frau der Tat. Und ich will sagen, was ich denke.« Sie sah eine halb unter anderen Dokumenten versteckte grobe Skizze und zog sie hervor.

»Nicht –«, sagte Jon, aber es war zu spät. Alanna wedelte mit der Zeichnung von Thayet vor seinem Gesicht herum und feixte. »Du willst mich also immer noch heiraten, Majestät? Oder wolltest du dich nur überzeugen, ob du freie Bahn hast?«

Jon wurde hochrot vor Verlegenheit. »Mach dich nicht über mich lustig. Du weißt, dass ich dich heiraten würde, wenn du einverstanden wärst.«

»Den Göttern sei gedankt, dass wenigstens einer von uns vernünftig ist.« Sie betrachtete die Zeichnung genau. »Du machst dich. Als du damals Delia maltest, sah sie aus wie eine Kuh.« Sie krauste die Lippen und fügte nachdenklich hinzu: »Wenn ich es mir recht überlege, dann war dein Modell ja vielleicht tatsächlich eine –«

Jon lachte so schallend, dass ihm die Tränen in die Augen stiegen. Als er sich wieder beruhigt hatte, sagte er: »Ich brauche dich hier, und wenn es nur ist, weil du mich zum Lachen bringst.«
»Ich bin nicht sicher, ob das ein Kompliment ist«, sagte sie trocken und gab ihm die Skizze zurück.
Jonathan hielt ihre Hand fest. Sein Blick war ernst. »Ich liebe dich auch, Alanna. Du bist ein Teil von mir – mein Schwertarm.«
Sie küsste ihn auf die Stirn. »Schön. Das gefällt mir. Aber du brauchst auch eine Königin. Thayet wäre eine gute.«
»Bist du *sicher?«*, wollte er wissen. »Bist du wirklich davon überzeugt, dass wir beide kein gutes Paar abgeben würden?« Ebenso ernst erwiderte sie seinen Blick. Er seufzte. »Du hast Recht. Trotzdem, es wäre interessant geworden.«

Mit einem Kopf, der von den Ereignissen der letzten drei Tage schwirrte, kehrte Alanna langsam wieder auf den Boden der Tatsachen zurück. Bei den gesellschaftlichen Anlässen im Palast sah man sie so gut wie nie; Jonathan, der wusste, dass sie Zeit zum Nachdenken brauchte, ließ sie in Ruhe. Stattdessen fragte er nach Thayet, wenn er zum Hause Olau kam, und nahm sie zu Ausritten oder in den Palast mit. Er lud auch Buri zu diesen Ausflügen ein, wobei er ganz richtig vermutete, dass die kleine K'mir lieber mehrere Tode gestorben wäre als höfliche Unterhaltungen mit Edlen zu führen. Thayet konnte so viel drohen, wie sie wollte, Buri weigerte sich bei derartigen Gelegenheiten als Anstandsdame zu dienen. Lieber gesellte sie sich zu Alanna, während diese sich wieder mit Corus und dem Palastgelände vertraut machte.

Alanna stellte Buri dem Rest von Georgs Hof und ihren Freunden unter den Pferdeknechten und dem Personal im Palast vor. Dazu trainierten sie stundenlang mit Liam und machten Übungskämpfe. Georg nahm die beiden zu Picknicks am Fluss und zu Erkundungsgängen in den Katakomben der Stadt mit. Außerdem brachten die beiden Mädchen den Gassenkindern, Jungen und Mädchen gleichermaßen, den spielerischen Kampf mit Knüppel und Schwert bei und veranstalteten Wettrennen mit ihnen. Alanna nahm Buri auch zum morgendlichen Training im Palast mit, wo die K'mir Raoul, Gary und die anderen Ritter und Knappen kennen lernte. Viele dieser jungen Edlen, vor allem die, die Alanna nicht gut kannten, wussten nicht so recht, was sie davon halten sollten, dass sich *zwei* Frauen – darunter eine unbewährte Fremde – an ihrem Training beteiligten. Aber es dauerte nicht lange, bis sie Buri Respekt und Alanna Ehrfurcht entgegenbrachten.
Alanna wusste nicht, um wie viel sie besser geworden war, seit sie bei Liam in die Lehre ging. Wenn sie ihre alten Freunde schlug – was oft geschah –, sagte sie sich, diese seien in letzter Zeit zu viel auf Stühlen geritten. Alex forderte sie nie heraus; beim Kampf mit Messern war immer noch Georg der Bessere und Liam gewann jedes Mal.
»So werde ich wenigstens nicht eingebildet«, erklärte sie Coram nach einer Übungsstunde mit Liam verdrießlich. Coram lachte und zauste ihr Haar.
Den Herzog von Conté, der oft zugegen war, wenn sie Thom besuchte, behielt sie im Auge. Kurze Blicke reichten, um sie in ihrem Gefühl zu bestärken, dass sie ihm weniger traute als jemals zuvor. Sie teilte jedem, der bei Hof eine Rolle spielte, ihren Argwohn mit; je mehr es waren, die

Roger beobachteten, desto besser. Er fuhr fort sich auffallend unschuldig zu benehmen, doch das beschwichtigte ihre Ängste nicht, sondern verstärkte sie.
Die Tage vergingen wie im Flug. Sie bekam Kleider angemessen, die sie an den ruhigen Abenden zu Hause mit ihrer Familie oder bei Ausflügen mit Georg oder ihren Freunden vom Hof trug. Der Sommer begann mit dem Fest Beltane im Juni. Da das die Jahreszeit war, in der sich die Männer den Mädchen, die sie sich ausgesucht hatten, näherten (als Vorwand dazu diente der Brauch, Hand in Hand durchs Feuer zu springen, um eine reiche Ernte zu sichern), wartete sie darauf, dass Georg ihr wieder den Hof machte. Bestimmt hatte er inzwischen gemerkt, dass ihre Beziehung zu Liam ebenso platonisch war wie die zum Mond! Georg blieb freundlich, aber seit seiner enthusiastischen Begrüßung bei ihrer Rückkehr gab er ihr durch nichts zu verstehen, dass seine Gefühle tiefer gingen.
»Ich bin dazu verurteilt, eine alte Jungfer zu werden«, erklärte sie Immertreu kläglich, als sie sich am Morgen des Festes im Spiegel musterte.
Es gab eine Zeit, da wolltest du das, erinnerte er und schleckte sich das schimmernde Fell. *Eine Kriegerin wolltest du werden, ohne irgendwelche Bindungen.*
»Ach, halt die Klappe«, sagte sie wütend. »Musst du mir alles, was ich als Mädchen sagte, vorhalten?«
Damals kam es mir so vor, als wärst du fest entschlossen, spottete der Kater frech.
Ein Serviermädchen streckte den Kopf herein. »Verzeiht mir, Gnädigste, aber der König lässt fragen, ob Ihr nach unten kommen könnt, falls Ihr schon wach seid. Er ist in der Bibliothek.«

Alanna zupfte an ihrem neuen Kleid und genoss das Rascheln der lilafarbenen Seide, während sie mit einer Bürste durch ihr Haar fuhr. Beim Hinuntergehen zog sie Schuhe an und brach sich fast den Hals, als sie erst mit einem Fuß, dann mit dem anderen auf den Stufen hüpfte. Sie wusste zwar, dass Jon ziemlich früh aufstand, es kam aber nur selten vor, dass er zu dieser Stunde schon den Palast verließ. Er musste also in wichtigen Geschäften gekommen sein.
»Hallo«, begrüßte er sie, als sie in die Bibliothek eilte. »Ein schönes Kleid. Trägst du es für jemand Besonderen?«
»Ja«, fauchte sie. »Für mich.«
»Vielen herzlichen Dank. Du bist mal wieder ausgesprochen liebenswürdig heute. Du müsstest netter sein zu deinem König, mein Kämpe.«
»Nein, müsste ich nicht«, gab Alanna zurück. »Herzog Gareth sagt, der Kämpe müsse immer ehrlich sein, selbst wenn anderen der Mut dazu fehlt.«
Jon lächelte trübselig. »Ich muss zugeben, dass es dir noch nie an Mut gefehlt hat, deine Meinung deutlich zu vertreten.«
Sie musterte ihn besorgt. »Pass du auch gut auf dich auf – isst du ordentlich, kriegst du genug Schlaf? Es geht nicht, dass du zu deiner eigenen Krönung krank wirst.«
»Mit mir ist alles in Ordnung. Ich bin letzte Woche spät ins Bett gekommen, weil ich mit dem Juwel arbeite.«
»Wie läuft es?«
Jonathan lächelte. »Sehr gut. Thom ist eine große Hilfe, er findet mir Zaubersprüche oder schreibt mir neue dafür. Wenn man weiß, wie man mit diesem Stein umgehen muss, ist seine Macht unbegrenzt.« Er seufzte. »Das ist auch eine Versuchung, gegen die ich immer werde ankämpfen müs-

sen. Sobald ich mich allein auf das Juwel verlasse, um mein Land zu regieren, beschwöre ich Unheil herauf. Für menschliche Anteilnahme gibt es keinen Ersatz.«

»Denkst du unentwegt an solche Dinge?«, wollte sie wissen. »Oder ruhst du dich manchmal aus und machst dir normale Gedanken, so wie wir anderen?« Sie konnte ihm nicht sagen, wie er ihr ehrfürchtige Scheu einflößte, wenn er so sprach. *Wenn jemals einer zum König geboren wurde, dann Jon,* dachte sie.

»Natürlich«, antwortete er scharf. »Es gibt viele normale Dinge, über die ich nachdenken muss – die Zukunft, die Liebe und –« Er brach ab.

»Wie steht es zwischen dir und Thayet?«, erkundigte sich Alanna interessiert.

Jonathan rieb sich das Gesicht mit den Händen. »Verwirrend.« Er seufzte. »Ich weiß nicht, ob sie aus Höflichkeit mit mir ausreitet oder weil sie gern bei mir ist –«

»Gut«, sagte sein Kämpe. »Du bist sowieso zu selbstsicher, was Frauen betrifft. Es wird dir nicht schaden, wenn du dich ein bisschen anstrengen musst.«

Jon hob Immertreu hoch und strich sein Fell glatt. »Danke, liebste Alanna. Ich *wusste,* dass ich auf dich zählen kann, damit du meinen verletzten Stolz wieder aufrichtest.«

»Auf deinen Stolz hast du bisher immer selbst Acht gegeben«, erklärte sie. »*Dafür* hast du mich noch nie gebraucht. Übrigens – was willst du eigentlich von mir heute früh? Oder bist du nur gekommen, um dich mit mir zu unterhalten?«

Er schüttelte den Kopf. »Ich bin hier, weil ich mit Georg etwas zu besprechen habe – er ist noch nicht gekommen. Ich dachte, deine Anwesenheit könnte beruhigend wirken.«

»Du bist doch nicht böse auf ihn, oder?«, fragte sie besorgt.
»Ganz im Gegenteil.«
Schmutzig und schweißüberströmt kam der, über den sie sprachen, hereingeschlendert. »Tut mir Leid, dass ich zu spät bin«, sagte er zu Jonathan und ließ sich in einen ausladenden Sessel fallen. »Ich hatte ein kleines Handgemenge mit ein paar Hitzköpfen. Nichts Ernstes, aber es hat mich aufgehalten.« Alanna schenkte Georg einen Becher des Obstsafts ein, den das Personal gerade auf Myles' Schreibtisch gestellt hatte. Er nahm ihn, murmelte einen Dank und trank ihn leer. Sie schenkte noch einmal nach und hielt dabei verstohlen Ausschau nach irgendwelchen Verletzungen.
Er merkte es trotzdem. »Ich bin noch ganz, Mädchen«, sagte er lächelnd. »Sag bloß nicht, dass du dir Sorgen gemacht hast.«
Alanna, die sich über seinen spöttischen Tonfall ärgerte, machte ein wütendes Gesicht. »Hab ich nicht«, gab sie zurück.
Georg zwinkerte ihr zu. »So ist es recht!«
Jonathan öffnete eine Dokumentenmappe, die vor ihm auf dem Schreibtisch lag, und zog zwei Schriftrollen heraus. Beide trugen schwere Siegel und waren mit königsblauen Bändern umschlungen. »Hört auf euch zu streiten, ihr beiden.« Er reichte Georg die erste Rolle. Alanna sah, dass sie die fließenden Lettern eines Hofschreibers trug, nicht Jonathans exakte Handschrift.
Georg las nur einen Augenblick, bevor er aufstand und das Pergament auf den Tisch warf. Er war blass geworden, die Lippen kniff er fest zusammen. »Eine königliche Begnadigung! Wofür hältst du mich, Majestät?« Seine großen Hän-

de waren zu Fäusten geballt. »Du hattest deinen Spaß mit dem gemeinen Volk und jetzt wirfst du mir als Belohnung derartigen Firlefanz vor? Ich will keine Barmherzigkeit, Jonathan!«

Alanna zwang sich sitzen zu bleiben. Einmischen durfte sie sich nicht.

Jonathan ließ sich nicht aus der Ruhe bringen. »Ich bin nicht barmherzig«, entgegnete er kühl. »Mein Vater war es. Jetzt bedrohen die Folgen einiger seiner barmherzigen Handlungen das Königreich. Ich wollte, er wäre gerechter gewesen und dafür weniger freundlich.«

Er lehnte sich zurück. »Du warst der beste Lehrer, den ich je hatte. Muss ich aufzählen, was du mir alles beigebracht hast? Wie weit die menschlichen Tricks reichen. Sogar jene, die mir misstrauen, dazu zu kriegen, dass sie mir folgen, wohin ich sie führe. Das Ausmaß der menschlichen Gier. Zu wissen, welche Dinge man nicht kaufen kann. Dass Härte notwendig ist. Die Fähigkeit Treue zu erkennen und darauf zu vertrauen.« Jon lächelte grimmig. »Ich habe mich oft gefragt, ob ich die Prüfung zur *Stimme der Stämme* überlebt hätte, wenn du mich nicht unter deine Fittiche genommen hättest.«

Er klopfte auf die Begnadigung. »Der Lehrer verdient seinen Lohn«, zitierte er. »Aber es ist mehr als nur das. Dieses Schriftstück soll verhindern, dass ich eines Tages deinen Exekutionsbefehl unterschreiben muss.«

Georg ging zu den Bücherregalen und starrte sie an. »So weit brauchst du nicht zu gehen. Ich habe keine Lust mehr auf den Schurkenthron. Ich werde Tortall verlassen und mich irgendwo anders niederlassen.«

Als Alanna aufspringen wollte, packte Jon sie am Arm.

»Musst du mich verlassen, jetzt, wo ich dich brauche?«, fragte er den Dieb. »Hör zu: Ich selbst werde nie wieder Bewegungsfreiheit haben. Und unsere Heldin erkennt man schon von weitem, wodurch die ihre ebenfalls eingeschränkt ist.« Mit einem Lächeln ließ er Alanna los. Angespannt blieb sie, wo sie war.

Jon fuhr fort: »Ich brauche jemanden, der nicht ist wie alle anderen und der mir als Sonderbeauftragter in geheimen Missionen dient. Einem solchen Mann muss ich absolut vertrauen können. Klug und unkonventionell muss er sein und er muss sich problemlos in allen Gesellschaftsschichten bewegen können.«

Mit einer Miene, an der nichts abzulesen war, sah Georg Jon an. »Was steht in dem zweiten Schriftstück?«

»Es ist deine Ernennung zum Adligen – zum Baron, um genau zu sein; und die Überschreibung der Ländereien und Einkünfte, die traditionsgemäß dem Oberherrn der Baronie ›Piratenbeute‹ zustehen. Sie liegt einen Tagesritt südlich von Caynnhafen.«

»Ich kenne diese Baronie«, sagte Georg barsch. »Warum? Warum musst du mich zu einem ehrbaren Mann machen?«

»Ein Sonderbeauftragter braucht ein Zuhause und Einkünfte«, lautete die einfache Antwort. »Es darf nicht sein, dass über sein Kommen und Gehen – vor allem am Hof – geklatscht wird, und das bedeutet, dass er ein Edler sein muss.«

»Ich will reisen, Jon. Bevor ich alt bin und nichts anderes kenne als den Schurkenhof.«

Jonathan lächelte. »Ist das Leben hier so langweilig, dass ihr beide an nichts anderes denken könnt als ans Herumstreifen? Egal. Ich *will*, dass du reist. Ich muss auch erfah-

ren, wie es außerhalb meiner Grenzen aussieht.« Er ließ Georg ein paar Augenblicke lang nachdenken, bevor er leise hinzufügte: »Ich schaffe es nicht allein. Sag, dass du zustimmst.«
Beide, Alanna und Georg, hörten das Flehen in seiner Stimme, als er hinzufügte: »Bitte.«
Georg nahm die Begnadigung und las sie noch einmal. Er klopfte auf ein großes Siegel aus silbernem Wachs. »Wie, in Mithros' Namen, hast du den Obersten Richter dazu gekriegt, dass er das unterschreibt?«
»Du würdest dich wundern. Er ist ein erstaunlicher Bursche.« Jonathans Stimme war ironisch und respektvoll zugleich, sodass sich Alanna überlegte, was der Richter wohl getan haben mochte, um diesen Tonfall zu rechtfertigen.
Georg seufzte und rollte das Pergament zusammen. »Wo es so viele gute Gründe gibt zu akzeptieren, müsste ich ja schwachsinnig sein nein zu sagen.« Mit einem schiefen Grinsen sagte er zu Alanna: »Er ist verdammt erwachsen geworden. Ich frage mich, ob wir darüber glücklich oder traurig sein sollen!«

Während die Sonne hinter den Küstenhügeln unterging, ritt Alanna zum Palast, um Thom ihren täglichen Besuch abzustatten. Als sie ihn verließ, war sie bekümmert und unruhig wie immer. Er sah nicht besser aus als zur Zeit ihrer Rückkehr, eher schlechter, und sie hatte Angst. Auch war ihr aufgefallen, dass Immertreu Abstand hielt von Thom. Und Thom seinerseits ging dem Kater bewusst aus dem Weg. Für sie war das der beste Beweis, dass etwas ganz und gar nicht stimmte, aber als sie Immertreu befragte, weigerte er sich ihr eine Antwort zu geben.

Anstatt nach Hause zu reiten oder ihre Freunde aufzusuchen wanderte sie mit Immertreu zusammen müßig durch das Gewirr der Palastgänge. Die Männer und Frauen vom Personal, die an ihnen vorbeikamen, sahen sie erschrocken an und grüßten eiligst, aber Alanna war mit ihren Gedanken weit weg. Sie dachte an die Krönung. Es war kaum zu glauben, aber es waren nur noch drei Wochen. Ihr Spaziergang führte sie schließlich zum Saal der Kronen, der nur einem einzigen Zweck diente: Dort wurden die Tortaller Herrscher dem Throne geweiht. Zu allen anderen Zeiten blieb er geschlossen und seine Fenster waren mit schweren, samtenen Tüchern verhängt.

Es roch nach Bienenwachs, Gewürzen und Weihrauch, als sie hineingingen. Das Personal hatte schwer gearbeitet, hatte die verstauben Wandbehänge gereinigt, Holz und Metall poliert, bis sie glänzten, die aus vielen kleinen Scheiben bestehenden Fenster geputzt. Winzige Votivkerzen funkelten auf dem Altar, wo ein Mithran-Priester und eine Tochter der Göttin Jonathan mit Zauberkraft an Krone und Land binden würden.

Alannas Schritte hallten bis zur Decke, während sie umherging. Da waren die hölzernen Bänke der Edlen. Sie kletterte die steinernen Stufen empor, auf denen die wichtigsten Händler, die Zunftmeister und ihre Familien sitzen würden. Ganz oben waren die Türen zur Stadt, so hoch wie fünf Männer, so breit wie sieben. Die würden während der Krönung offen stehen. Alle, die hinter den reichen und mächtigen Bürgerlichen noch hineinpassten, würden sich dort drängen und den weniger Glücklichen mitteilen, was drinnen vor sich ging.

Nach der Krönung war vorgesehen, dass Jonathan sein

Pferd Nachtschwarz bestieg und durch die Straßen seiner Hauptstadt ritt, in denen sich die Menschen drängten, begleitet von Alanna, die sich einen Schritt hinter ihm halten würde.

Der Göttin sei gedankt, dass Mondlicht kein scheuer Jährling ist, den man in der Menge nur schwer kontrollieren kann, überlegte sie. *Trotzdem gibt es Dinge, die ich an jenem Tag lieber tun würde als ausgerechnet das.*

Sie setzte sich auf eine Treppenstufe und erdrückte dabei fast Immertreu. »Ach, hör auf«, brummte sie, als er einen Schrei ausstieß. »Dir ist doch gar nichts passiert.« Sie stützte die Ellbogen auf die Knie, legte das Kinn in die Hände und sah zum weit entfernt liegenden Altar. »Ich werde alt«, flüsterte sie. »Eigentlich müsste ich aufgeregt sein wegen der Krönung. Wenn ich nur sicher wüsste, dass ihm nichts passieren wird!«

Du wolltest ein Held sein, sagte Immertreu. *Helden haben Verpflichtungen.*

»Ich bin nicht sicher, ob ich es immer noch will«, seufzte Alanna.

Dann sitzt du in der Patsche. Das ist das Einzige, was du nie wirst ändern können.

»Ich weiß. Aber ich denke ans Heiraten – wenn ich dabei trotzdem die Welt sehen könnte. Es wäre gar nicht so übel – nicht, wenn es einer wäre, den ich mag und liebe. Einer, mit dem ich lachen kann.«

Du willst Kriegerin sein und Frau. Du willst reisen und Jonathan dienen. Kannst du dich denn nicht entscheiden?, meckerte der Kater.

»Wer sagt denn, dass ich nicht von allem ein bisschen haben kann?«, fragte sie. Als ihr klar wurde, was sie gesagt hatte,

begann sie zu strahlen. »Stimmt – warum eigentlich nicht? Bisher hab ich es ganz gut geschafft, glaube ich!«
Vermutlich, gab er widerwillig zu. *Für einen Menschen. Aber sei vorsichtig, wenn du deine Wahl triffst – vor allem, falls du tatsächlich heiraten willst. Du brauchst einen, der nicht so edel gesinnt ist wie du. Andernfalls nimmst du dich viel zu wichtig. Ich werde nicht immer da sein, um dich zurechtzuweisen.*
»Ich bin nicht edel gesinnt!«
Doch, bist du. Du verbirgst es gut, aber nicht jeder kennt dich so gut wie ich. Und du meinst, du könntest alles in Ordnung bringen, was in der Welt nicht stimmt. Du brauchst einen, der dich aufmuntert, wenn du es nicht schaffst.
Abrupt musste Alanna viermal hintereinander niesen. Sie stand auf und blinzelte. Vor dem Altar nahm etwas Gestalt an, etwas, was genug Substanz hatte, um die Votivkerzen zu verdunkeln. Es war die Göttin. Ihre weiße Haut und die smaragdgrünen Augen schimmerten im Dunkel und sie war riesengroß. Sie lächelte Alanna zu. *Natürlich ist sie hier,* dachte Alanna ehrfürchtig. *Heute ist Beltane. Heute Abend wird jedes Paar um ihren Segen für die Sommerernte bitten. Nur – wieso kommt sie zu mir? Ich bin allein, ohne Partner, und ich mache mir mehr Sorgen um die Krönung als um die Ernte.*
Die Stimme ließ Alanna trotzdem auf die Knie sinken. Sie musste ihre ganze Willenskraft zusammennehmen, um nicht die Hände vor die Ohren zu schlagen: Noch immer verkörperte diese Stimme Jägerin, bellende Hundemeuten und Sturm. Im Saal der Kronen hallte selbst das Flüstern dieser Göttin wie Donner. »Nun begegnen wir uns wieder, meine Tochter. Du hast eine weite Reise gemacht, seit wir uns letztes Mal sprachen. Bestimmt bist du nun zufrieden. Deine Arbeit in all diesen Jahren – hier und auf dem Dach

der Welt – hat Früchte getragen. Dein Jonathan soll gekrönt werden und er besitzt das Juwel der Macht.«
Alanna schaute gespannt auf. »Also wird er tatsächlich König? Bitte – könnt Ihr mir ein Zeichen geben, irgendeinen Hinweis, was geschehen wird? Ich spüre, dass Schwierigkeiten vor uns liegen, aber – Und mein Bruder? Was ist los mit Thom?«
Die Göttin schüttelte den Kopf. »Ich kann diese Fragen nicht beantworten. Die Götter dürfen nicht alles offenbaren. Wo bliebe denn sonst das Recht des Menschen sein Schicksal selbst zu bestimmen? Wo bliebe *dein* Recht eine Wahl zu treffen?«
»Ich glaube, ich habe eine gute Wahl getroffen«, sagte Alanna und erhob sich. »Wie kann ich Euch für Eure Gunst danken?«
»Dein Leben ist mein Dank. Ich habe dich geführt, so gut ich konnte, doch damit ist es nun vorbei. Du bist in deine Fähigkeiten hineingewachsen, Alanna. Die Zukunft liegt jetzt ganz in deiner Hand. Die Krönung wird ein Scheideweg der Zeiten sein. Gestalte sie nach deinem Willen – sofern du den Mut dazu hast!«
Alanna durchlief ein freudiger Schauer bei dieser Herausforderung, doch ihr gesunder Menschenverstand flehte: »Nur einen *Hinweis?*«
Die Göttin schüttelte lächelnd den Kopf. Um sie herum wurde es heller; jetzt sah Alanna weitere Gestalten vor dem Altar. Der funkelnde Krieger konnte nur Mithros, der göttliche Kämpfer, sein. Auf der anderen Seite der Göttin wartete mit Umhang und Kapuze ihr Bruder, der Dunkelgott. Alanna erkannte ihn und verbeugte sich zum Gruß, den er mit einem Nicken beantwortete.

Dahinter standen andere, von denen sie nur einige kannte: der Schurkische Gott, dessen Lächeln so boshaft war wie das von Georg; der Gott der Schmiede, die Meeresgöttin. Die Reihe der Götter war endlos und aus irgendeinem Grund sah sie deutlich jedes einzelne Gesicht. Ehrfürchtig und ängstlich verbarg sie die Augen wie die Doi.

Langsam verblasste die Pracht. Als sie ihre Augen wieder entblößte, war sie mit Immertreu allein. Eine Weile blieb sie, wo sie war, und dachte darüber nach, was sie gerade gesehen hatte. Schließlich schüttelte sie den Kopf. »Sag schon irgendwas.«

So ist es immer, bemerkte Immertreu. *Ein Gott kann einen Sterblichen leiten, ihn hegen und pflegen, ihm Lehren erteilen. Und trotzdem kommt ein Moment, wo er seinen Schützling allein lassen und das Unvermeidliche geschehen lassen muss.*

»Warum?«, fragte Alanna neugierig.

So ist das Universum gestaltet, entgegnete Immertreu. *Es gibt Augenblicke, wo nur ein Mensch auf die Ereignisse Einfluss nehmen kann.*

Sie hob ihn hoch und setzte ihn neben ihr linkes Ohr. »Willst du damit sagen, dass sie nicht wissen, was geschehen wird?«

Leute wie du sind die Angelpunkte, um die sich die Zukunft dreht. Immertreu beschnupperte ihr Ohr. *Verpfusch sie also nicht. Ich habe einen Ruf zu wahren.*

Als sie den Saal der Kronen verließ, stand sie zu ihrer Überraschung plötzlich Delia von Eldorn und Prinzessin Josiane gegenüber. Beide trugen einfache, dunkle Kleider und Schleier über dem Haar. Offensichtlich waren sie ebenso überrascht wie sie.

Delia erholte sich schnell. »Na, so was, wenn das nicht *Sir* Alanna ist«, höhnte sie mit funkelnden grünen Augen. »Die Frau, die wie ein Mann reitet!«

Alanna nahm Delias Bemerkung als Stichwort und verbeugte sich wie ein Mann. »Prinzessin Josiane. Lady Delia.«

»Ich musste immer mit ihr tanzen, als sie noch so tat, als wäre sie ein Junge«, erzählte Delia der großen Blonden. »Schon damals spürte ich, dass da irgendwas nicht stimmte.«

»Komisch«, sagte Alanna nachdenklich. »Soweit *ich* mich erinnere, wart *Ihr* hinter mir her. Ihr versuchtet mit mir zu flirten, weil die Männer sagten, ich hätte nichts übrig für Frauen, und weil Ihr wolltet, dass ich mich in Euch verliebe.«

»Lügnerin!«, zischte Delia.

Alanna zuckte die Achseln. »Wie Ihr meint. Man hat mir beigebracht die Worte einer Dame nicht in Frage zu stellen.«

»Man sagte mir, Ihr wärt einmal Jonathans Geliebte gewesen«, sagte Josiane übergangslos und verschleierte dabei ihre blauen Augen mit den Wimpern. »Hat er Euch deshalb zu seinem Kämpen gemacht?«

Von dem Angriff aus dieser unerwarteten Richtung überrascht, machte Alanna einen Schritt rückwärts. Sie ballte die Hände zu Fäusten, während sie sich Mühe gab nicht die Beherrschung zu verlieren. »Man sagte mir, Ihr hättet meinen Platz in seinem Herzen eingenommen – zumindest für ein kleines Weilchen«, entgegnete sie freundlich. »Warum hat er Euch nicht zum Premierminister ernannt?«

Die Wut verwandelte Josianes schönes Gesicht zu einer

hässlichen Maske. »Glaubt ja nicht, dass Ihr mir mit derartigen Bemerkungen eins auswischen könnt«, zischte sie.
»Hattet Ihr denn vor der Kämpe des Königs zu werden?«, wollte Alanna wissen. »Ihr habt nicht die rechte Ausbildung dafür.«
Als Delia nach Josianes Arm griff, konnte Alanna sehen, wie sich die blutroten Nägel darin vergruben. »Ich verschwende meine Zeit nicht mit Dirnen, Josiane«, fauchte Delia. »Und genauso wenig solltest du es tun.« Sie zerrte die Prinzessin im wahrsten Sinne des Wortes davon.

»Die könnte Schlimmes anrichten«, sagte Alanna später an diesem Abend zu Liam und Myles, als sie beisammensaßen und Branntwein tranken. Von draußen hörte man den Lärm des Beltane-Festes. »Ich bin keine Expertin, aber diese Josiane ist verrückt!«
»In den Adern der Könige von den Kupferinseln fließt schlechtes Blut«, sagte Liam mit schleppender Stimme und müden Augen. »In jeder Generation bringen sie einen Wahnsinnigen hervor – Josianes Onkel ist irgendwo in einem Turm eingesperrt. Es liegt wohl daran, dass es ein Insel-Königreich ist – zu viel Inzucht.«
»Ich glaube, es wäre eine gute Idee, wenn die Spione des Obersten Richters sie im Auge behielten«, sagte Alanna. »Ich traue ihr nicht.«
»Er lässt sie schon beobachten«, beruhigte sie Myles. »In Zeiten wie der jetzigen ist jeder und jede Edle aus dem Ausland verdächtig.«
Alanna rutschte unruhig auf ihrem Sessel umher. »Ich wollte, die Krönung wäre vorüber. Diese Warterei geht mir auf die Nerven.«

»Sobald er mit der Krone und dem Land verbunden ist, wird es schwer sein, ihm seine Position streitig zu machen«, sagte Liam gähnend. »Umso mehr, wenn das Juwel so viel taugt, wie man sagt.«

»Wir konnten immer noch nichts finden, was auf eine Verschwörung hindeutet«, sagte Myles. »Und jetzt, wo langsam die Leute eintreffen, die an den Zeremonien teilnehmen, wird es nicht einfach sein, bewaffnete Krieger auszumachen, die kommen, um sich an einem Umsturz zu beteiligen.«

»Georg und ich reiten jeden Tag durch die Stadt«, sagte Liam plötzlich. »Ebenso wie der Oberste Richter und Herzog Gareth. Wir vier müssten jeden Kriegertrupp mit Leichtigkeit erkennen. Auch die Männer des Richters sind in Alarmbereitschaft.« Er sah, dass Alanna ihn anstarrte, und musste grinsen. »Dachtest du, du könntest mich von deinen Sorgen fernhalten? Ich bin immer noch dein Freund – ich werde nicht untätig herumhocken, wenn auch nur die geringste Möglichkeit besteht, dass es zu Kämpfen kommt.«

Alanna lächelte den Drachen dankbar an. »Jetzt, wo ich weiß, dass auch du die Dinge im Auge behältst, fällt mir wirklich ein Stein vom Herzen.«

Georg streckte den Kopf herein. »Aha, da seid ihr. Myles, hier ist ein weiterer Besucher, den ich deiner rauen Behandlung ausliefern will.« Mit einer eleganten Verbeugung führte er den Gast herein.

»Meister Si-cham!«, rief Alanna und sprang auf. Der winzige alte Mann in den orangefarbenen Gewändern des Mithran-Meisters lächelte und hielt ihr knotige Hände hin, die sie küsste.

»*Und* Liam Eisenarm«, sagte er und nickte dem Drachen, der sich verbeugte, vergnügt zu. »Zwei gewaltige Krieger zieren dein Haus, Myles!«

Alanna ließ den Blick von Si-cham zu Liam und ihrem Adoptivvater wandern. »Ihr kennt Liam?«, fragte sie. Der rothaarige Mann zwinkerte. »Und Myles auch?«

»Als ich noch jünger war, ging ich häufiger auf Reisen«, erklärte Myles. »Si-cham, setz dich. Georg, dank dir, dass du ihn brachtest – wo war er?«

»Einige junge Rüpel hatten ihn am Wassertor in die Enge getrieben. Die betrunkenen Narren wollten, dass er für die Göttin tanzt«, sagte der Dieb, während er dem Mithran-Priester Tee eingoss. »Es gibt keinen Respekt mehr für alte Männer.«

»Zu meinen Zeiten habe ich tatsächlich für die Göttin getanzt«, gab Si-cham mit einem Lächeln zu. »Aber nicht nach einer solchen Reise.« Er trank seinen Tee. »Es tut mir Leid, dass es so lange dauerte, bis ich deiner Aufforderung Folge leistete, Georg Cooper. Als sie in der Stadt der Götter begriffen, dass ich wirklich fortwollte, gab es noch tausende von Dingen für mich zu klären. Außerdem komme ich nicht mehr so schnell voran wie früher. Ich musste mich in einer Sänfte tragen lassen – ein trauriger Abstieg, da ich doch so ein guter Reiter war.«

»Warum seid Ihr überhaupt hier?«, wollte Alanna wissen. Si-cham stellte sein Glas weg. Er sah müde aus. »Georg teilte mir mit, dass dein Bruder krank ist – vielleicht sogar schwer krank. Er hat mich gebeten zu kommen, um Meister Thom zu helfen.«

»Jetzt müssen wir nur noch Thom davon überzeugen, dass er Hilfe braucht«, sagte Georg mit einem Seufzer.

Zuerst weigerte sich Thom, auch nur in Betracht zu ziehen, dass er mit seinem früheren Meister sprechen könnte. Der Wutanfall, den er bekam, als er erfuhr, warum Si-cham in der Stadt war, machte Alanna Angst. Nicht so sehr, weil sie seinen Zorn fürchtete, sondern weil sie Verzweiflung und Angst in seiner Stimme hörte, als er sie anschrie. Jetzt stand für sie fest, dass Si-cham ihren Zwillingsbruder unbedingt treffen musste. Thom sah inzwischen fast aus wie ein Skelett, seine Haut war trocken und rissig von der Hitze, die ihn von innen heraus verzehrte.

Einige Wochen vor der Krönung gab ihr Bruder nach. Sogar Roger wurde untersagt an dem Treffen teilzunehmen, ein Verbot, dem er sich freundlich fügte. Als Thom und Si-cham das Personal anwiesen ihr Essen in Thoms Gemächern zu servieren, gab Alanna es auf, im Palast zu warten, ob man sie rief. Sie würden nach ihr schicken lassen, wenn man sie brauchte.

In den Tagen, die bis zur Krönung noch verblieben, hatte sie noch vieles zu erledigen. Sie ging zu den Palastschreibern und ließ ein neues Testament aufsetzen; das letzte stammte aus der Zeit vor ihrer Ritterprüfung. Die Schreiber wurden unruhig, als sie mit ihrem Vorhaben ankam, da doch der Tod das Letzte war, woran sie hätte denken sollen. Aber sie wurde das unbehagliche Gefühl nicht los, das sie packte, sobald sie an die Krönung dachte. Sie wollte nichts dem Zufall überlassen – für alle Fälle. Dann brachte sie ihre goldene Rüstung zum Polieren und ihr Schwert zum Schärfen. Obwohl beides nicht nach dieser zusätzlichen Pflege verlangte, war ihr wohler, als es erledigt war. Als der Frisör kam, um Elenis Haar für das Fest zu schneiden und zu frisieren, bat ihn Alanna auch ihr Haar zu

kürzen. Alle außer Georg und Buri stießen einen Schrei aus, als sie die Ritterin sahen: Die kupferroten Locken, die ihr bis über die Schultern gefallen waren, reichten jetzt nur noch bis zu den Ohrläppchen. So kurz hatte sie die Haare in ihrer Knappenzeit getragen. Sie tat den Protest mit einem Achselzucken ab. »Ich hatte sie ständig in den Augen«, erklärte sie.
Schließlich, vier Tage nachdem sich Thom und Si-cham miteinander zurückgezogen hatten, kam einer der Diener vom Palast, um Alanna zu ihrem Bruder zu bitten. Unterwegs überlegte sie sich, was für eine Überraschung die beiden Zauberer wohl für sie bereithielten.
Thom ging auf und ab, als sie kam und mit einem dankbaren Lächeln in einen Sessel sank. »Eine Gluthitze draußen«, sagte sie. *Genau wie in dir drin,* fügte sie insgeheim hinzu. Ihr fiel auf, dass seine Haut sich schälte und seine Lippen bluteten.
Thom sah sie fragend an. »Sag mir, Schwesterherz, wann macht dein Drache eine anständige Frau aus dir?«
Sie zog eine Grimasse. Wenn er sich in ihre Angelegenheiten mischte, musste es ihm besser gehen, dachte sie sich. »Tut er nicht. Wir haben schon Schluss gemacht, bevor ich heimkam. Er hat was gegen die Magie.«
»Ein dummer Mann. Und was ist mit Jonathan? Jedermann weiß, dass ihr ein Liebespaar wart, auch wenn er ein Tugendbold ist, was andere Dinge betrifft. Vielleicht sollte ich mal mit ihm reden. Nachdem er deinen Ruf verdorben hat, kann er dich nicht einfach im Stich lassen. Du trägst einen guten Namen –«
»Ich finde das Ganze nicht lustig, Thom.«
»Also *ich* denke, du solltest den Dieb nehmen, wenn du

unbedingt einen nehmen musst. Wenn du Georg heiratest, hast du meinen Segen.«
»Falls ich heirate, lasse ich es dich wissen. Kannst du von etwas anderem reden?« Sie legte die Beine über die Armlehne des ausladenden Sessels, in dem sie saß. »Ich liebe dich aus ganzem Herzen, Thom, aber du schnüffelst in meinen Angelegenheiten herum und das missfällt mir.«
Er grinste. »Was für ein Zwilling wäre ich, wenn ich nicht schnüffeln würde?« Das brachte sie zum Lächeln. Er saß auf der Kante seines Schreibtischs, zupfte sich am Bart und musterte sie von Kopf bis Fuß. »Es hat dich verändert, das Juwel. Es gab Zeiten, da hättest du dich gewaltig aufgeregt, wenn ich Jonathan einen Tugendbold genannt oder dich mit dem Drachen aufgezogen hätte. Jetzt hebst du dir deinen Zorn für wichtige Dinge auf, hab ich Recht?«
»Thom, sei so gut!«, schimpfte sie. »Ich bin nicht hergekommen, um mich von meinem Zwillingsbruder analysieren zu lassen!«
Er sah weg. »Tut mir Leid«, murmelte er verlegen. »Ich habe vergessen, wie sehr *ich* es hasse. Aber verändert hast du dich wirklich. Zum Guten, glaube ich.«
»Danke«, sagte sie leise. Komplimente machte Thom nur selten.
Es klopfte, dann öffnete sich die Tür und Si-cham trat ein. »Da bist du ja, Alanna. Jetzt können wir also anfangen.«
Alanna warf Thom einen Blick zu. Misstrauen stieg in ihr auf. *»Womit?«*, erkundigte sie sich.
»Wir haben die Bücher in Jonathans Zauberbibliothek durchgesehen«, erklärte Thom. »Dort fanden wir einige Möglichkeiten. Für den Augenblick will ich ein bisschen von der Zauberkraft loswerden, die auf mir lastet. Dann

werde ich klar denken können. Du als meine Zwillingsschwester bist am besten dazu geeignet, sie zu übernehmen.«

»Moment mal –«, begann Alanna und erhob sich aus ihrem Sessel. »Was ist, wenn sie mich vergiftet, so wie sie dich vergiftet hat? Sogar eine blutige Anfängerin unter einfachen Hexen weiß, dass man seine eigene Gabe verkraften kann, aber mehr nicht!«

»Das stimmt, sofern es um mehrere Wochen, um Monate oder Jahre geht. Aber in diesem Fall der Machtübertragung geht es nur um eine einzige Woche. Unsere Zauberformeln werden Thoms Magie umschließen und daran hindern, sich mit deiner eigenen zu vermischen«, beruhigte sie Si-cham. »Da sind wir ganz sicher.« Lächelnd begegnete er Alannas Blick.

Alanna starrte die beiden eine lange Weile an. »Eine Woche?«

»Nicht länger«, antwortete Thom. »So lange dauert es, bis der wichtigste der Kräuterauszüge, die ich zu mir nehmen muss, fertig ist.«

Alanna biss sich auf die Lippen. Thom war so dürr! »Wird es dir helfen? Wird es meine Teilnahme an der Krönung nicht stören?«

»Es wird helfen«, bestätigte Si-cham. »Es wird nicht störend wirken. Nach der ersten Nacht wirst du es gar nicht mehr merken, es sei denn, du versuchst deine Gabe zu benützen. Was ich dir nicht empfehlen würde.«

Sie setzte sich mit einem Seufzer. »Was muss ich tun?«

In den nächsten Tagen, während ihr Kopf brummte und ihr Magen rebellierte, blieb sie im Hause Olau. Verbissen übte sie auch weiterhin mit Liam. Sie hatte Angst nachzulassen, wenn sie auch nur einen einzigen Tag aussetzte. Endlich gewöhnte sich ihr Körper an die neue Bürde. Sie weigerte sich auch nur den kleinsten Zauber zu sprechen und benutzte ihre Gabe nicht einmal, um die Kerzen anzuzünden, denn sie hatte Angst davor, was dann passieren würde. Bei ihrem nächsten Besuch war sie froh, dass sie eingewilligt hatte – Thom sah bereits besser aus. Zusammen mit Sicham nahm er einen komplizierten Zauberspruch in Angriff, der erst einige Tage nach der Krönung vollendet sein würde und der – wenn er Glück hatte – seine Zauberkraft reinigen würde.

Drei Tage vor der Krönung beorderte Jonathan Alanna in den Palast, um mit ihr zu besprechen, wie man das Juwel in die Zeremonie einbauen konnte. »Es scheint zwar albern zu sein, sich darüber Sorgen zu machen«, sagte er mit einem Lächeln, »aber der Protokollmeister hat mir keine Ruhe gelassen, bis ich zustimmte es nach seiner Vorstellung zu machen. Verstehst du, ich kann den Stein nicht in der Hand halten, während ich gekrönt werde oder während man mir Zepter und Königssiegel überreicht. Das sind alles Dinge aus Tortall, das Juwel dagegen stammt nicht von hier.«
Alanna musste lachen. »Armer Jon! Vielleicht hätte ich es dir als Geburtstagsgeschenk überreichen sollen?«
Der zukünftige König zog eine Grimasse. »Sehr komisch. Jetzt sage ich dir, wie wir es machen werden. Wenn du kommst, um mir deinen Eid als Königs-Kämpe abzulegen, sagst du das da.«
Er gab ihr ein Pergament, auf dem ein Eid stand, der fast genauso lautete wie der, den sie als Ritter abgelegt hatte.

Die darunter stehenden, mit scharlachroter Tinte geschriebenen Zeilen las sie laut vor: »›Majestät, als Zeichen meiner Treue überreiche ich Euch und Euren Erben dieses Ehrfurcht gebietende Artefakt‹ – Jon, muss ich *wirklich* ›Ehrfurcht gebietende Artefakt‹ sagen?«
Jonathan nickte, ohne sich Mühe zu geben, vor ihr zu verbergen, wie lustig er das Ganze fand. »Na herrlich«, brummte Alanna, als sie weiterlas, »›– auf dessen Suche ich mich zum äußersten Ende unserer Welt aufmachte. Ich trug es durch Gefahren, zum Ruhme Tortalls und zum Ruhme König Jonathans. Ich bitte Euch dieses Zeichen meiner Ergebenheit für Königreich und Krone entgegenzunehmen: das Juwel der Macht.‹ Jon, das muss ein Witz sein!«
Jon schüttelte den Kopf. »Warte nur, bis du hörst, was *ich* als Antwort sagen muss. Ich gehe jetzt besser – die Delegation aus Tyra erwartet mich. Vergiss nicht, es auswendig zu lernen!« Hämisch grinsend, ließ er Alanna zurück, die mit finsterer Miene auf das Pergament hinunterstarrte.
Sie stopfte es in die Tasche. »Vermutlich bin ich zu alt, um ihm einen Frosch ins Bett zu stecken«, murmelte sie, während sie auf die Stallungen zusteuerte. »›Ehrfurcht gebietendes Artefakt‹, dass ich nicht lache!«

8
Scheideweg der Zeiten

In der Nacht vor der Krönung blieb Alanna bei Jonathan, der in der Prüfungskapelle Nachtwache hielt. Während er über die Verpflichtungen meditierte, die einem König oblagen, machte sie sich Sorgen. Keiner von denen, die sich zum Ziel gesetzt hatten ihn zu beschützen, war überzeugt davon, dass alle Männer, die seit Wochen in die Stadt strömten, nur gekommen waren, um sich zu vergnügen. Sie – das hieß Raoul, Gary, der Oberste Richter – hatten keine andere Wahl – die Krönung musste stattfinden. Aber jeder Waffenträger des Palastes war in Bereitschaft und auf der Hut. Alanna nahm an den Gesprächen teil, die sie am Nachmittag mit Jon führten, hatte aber nichts hinzuzufügen. Ihr Nacken kribbelte unentwegt, so unbehaglich war ihr zu Mute; aber das war natürlich kein wirklicher Beweis dafür, dass Probleme vor ihnen lagen. Als sie mit Jonathan zur Kapelle kam, sah sie zu ihrer Freude, dass Raoul die Wachen verdoppelt hatte. Ruhig und unendlich langsam verstrich die Nacht: Die einzigen Geräusche waren, wenn sie oder Jonathan sich rührten.
Die eiserne Tür des Gemachs schimmerte im Kerzenlicht und erinnerte sie lebhaft an ihre Ritterprüfung. Dort würde auch Jons Königsprüfung stattfinden. Der einzige Vorteil, den sie darin sah, dass er dieses Gemach ein zweites Mal betrat, lag darin, dass die Königsprüfung angeblich kurz war. Was sie selbst betraf, so wusste sie, dass nichts sie dazu bringen konnte, ein zweites Mal hineinzugehen. *Obwohl ich Schlimmeres mitgemacht habe,* wurde ihr zu ihrer eigenen Verblüffung klar. *Die Demütigung, als Roger vor dem gesamten Hof meine Korsettschnüre durchtrennte. Zuzusehen, wie Ali Mukhtab langsam starb, ohne dass ich mehr tun konnte als seine Schmerzen für eine Weile zu lindern. Nicht fähig zu sein Ishak*

daran zu hindern, sich mit dem Kristallschwert umzubringen. Chitral – die Kälte, der Schnee und der Wind, dann der Kampf. Die Heimfahrt mit dem Schiff. Sie starrte zur Tür und dachte: *War es das, worum es bei dieser Prüfung in Wirklichkeit ging? Zu sehen, ob man den Anforderungen, denen man als Ritter gegenübersteht, gewachsen ist, ohne in Panik zu geraten?* Damals hatte sie sich so etwas Ähnliches gedacht, hatte den Gedanken aber als unmöglich abgetan.
Plötzlich veränderte sich das Licht. Das Juwel der Macht tanzte vor ihren Augen. Es sah so wirklich aus, dass sie den Beutel an ihrer Taille berühren musste, um sich zu überzeugen, dass es noch dort war. Sie starrte, dabei fragte sie sich, ob es ein Blick in die Zukunft war oder etwas, was das Juwel selber tat. Das falsche Kleinod schimmerte, wuchs und kam näher, bis sie nichts anderes mehr sah. Darin war ein Bild:
In der Mitte des Prüfungsgemachs lag Roger auf einem Steinblock. Er stand auf und breitete die Arme aus: »Komm, Geliebte«, flüsterte er.
Man hatte ihr gesagt, sie dürfe weder reden noch schreien. Nun presste sie fest die Zähne zusammen, um ihren Wutschrei zu unterdrücken. Sie konnte sich nicht rühren. Roger kam näher. Sie biss sich in die Backe, um keinen Ton von sich zu geben. Metallisch schmeckendes Blut überschwemmte ihren Mund.
Sie war in seinen Armen, sie tanzten, sein Gesicht leuchtete vor Liebe und vor Zorn und in seinen saphirblauen Augen lag der Wahnsinn. »Wir tanzen, bis alles zu Ende ist, mein Liebling, mein Herz«, sagte er leise in einem seltsamen Singsang. »Versprich mir, dass wir für immer und ewig tanzen werden.«
Sie schüttelte den Kopf und kämpfte wild, um sich aus seinem Griff zu lösen, riss den Mund auf, machte ihn wieder zu.
Es war verboten, im Prüfungsgemach zu schreien!

Jetzt war sie wieder in der Kapelle. Die Hände hatte sie fest vor den Mund gepresst. Glücklicherweise war Jonathan in eine Art Trance versunken und sah nicht, wie eigenartig sie sich benahm. Langsam ließ sie ihre Hände sinken. Sie zitterte. Was würde der heutige Tag bringen?

Als die ersten Sonnenstrahlen durch die hohen Fenster der Kapelle fielen, kamen die Priester. Immer noch in Trance erhob sich Jonathan, um mit ihnen zu gehen. Behutsam führten sie ihn zum Prüfungsgemach und hinein. Alanna zupfte an ihren Ohrringen und versuchte an gar nichts zu denken.

Als die Tür eine Viertelstunde später aufging, war sie die Erste, die nach seiner Hand griff, so wie er vor langer Zeit nach ihrer gegriffen hatte. Er lächelte sie müde an und murmelte: »Nicht schlecht – wenn man Prüfungen mag.«

Alanna verkniff sich ein Lächeln. Gary kam und nahm Jonathans anderen Arm, dann führten sie ihn zu seinen Zimmern, wo er noch wenige Stunden schlafen konnte. Mit einem müden Winken verabschiedete sich Alanna von Gary und ging zu dem nahe liegenden Raum, den man für sie hergerichtet hatte. Ihr letzter Blick, bevor sie in Schlaf versank, fiel auf ihre vergoldete Rüstung, die in der Ecke auf einem Gestell schimmerte.

In seiner Zimmerflucht war Alexander von Tirragen damit beschäftigt, sein Schwert zu schärfen. Er war schwarz gekleidet und trug Reithosen, denn er hatte nicht vor, an der Krönung teilzunehmen. Er überprüfte die Schneide seiner Waffe und lächelte.

Delia von Eldorn stand vor dem Spiegel und machte sich

an ihrem Haar zu schaffen. Im Gegensatz zu Alex trug sie großen Hofstaat. Das smaragdgrüne Seidenkleid mit den gestärkten Röcken raschelte, während sie sich den letzten Schönheitskorrekturen widmete.
»Bist du denn kein bisschen nervös?«, fragte sie und ordnete ihren Haarschmuck.
»Wieso denn?«, war die gelassene Antwort. »Er hat an alles gedacht.«
»Was ist, wenn Josiane Erfolg hat?«
Alex lachte leise in sich hinein. »Delia, du hast kein Vertrauen zu unserem Kämpen? Sie und ich, wir haben heute eine Verabredung, auch wenn sie es nicht weiß.« Mit verträumtem Blick hielt er das Schwert hoch. »Sie wird sich nicht von einer Wahnsinnigen wie Josiane davon abhalten lassen, zu mir zu kommen.«
Knappe Henrim klopfte und trat ein. »Lord Alexander, ich habe die bewaffneten Krieger in die hinteren Korridore beim Saal der Kronen gelassen. Sie haben sich in den Lagerräumen verborgen. Hauptmann Chesli sagt, die Männer von Eldorn seien im Saal selbst verteilt, in der Menge.« Er verbeugte sich vor Delia und sie lächelte.
Alex erhob sich und steckte sein Schwert in die Scheide. »Du gehst zu den Männern in dem Geschoss, wo die Verliese sind. Aber vorher erinnerst du *beide* Hauptleute daran, dass sie erst handeln dürfen, wenn das Signal gegeben wird, und zwar nachdem die Krone auf Jonathans Kopf ruht. *Nach* der Krönung, kapiert?«
Der Knappe zögerte. »Aber – dann ist er ja schon mit dem Land verbunden. Er wird Tortalls Zauberkraft benutzen, um gegen den Herzog –«
»Idiot!«, fauchte Delia. »Glaubst du, das hat Herzog Roger

nicht mit einkalkuliert? Was fällt dir überhaupt ein deine Vorgesetzten anzuzweifeln?«
Henrim verbeugte sich betreten. »Verzeihung, Lady Delia.«
Mit einem Schnauben drehte sich Delia wieder ihrem Spiegel zu.
»Du befolgst genau deine Anweisungen«, sagte Alex. »Wenn du versagst, wirst du bezahlen.«
»Ich werde nicht versagen!«, sagte der Knappe heftig.
»Benutz die Geheimtreppe. Du kannst gehen.«
Der Jüngling verbeugte sich. »Viel Glück, Herr. Und – lang lebe König Roger!«
»Narr«, flüsterte Alex, als sich die Tür schloss. Er als Einziger kannte Rogers wirkliche Pläne. Nur er wusste, dass jene, die vorhatten Jonathan den Thron abspenstig zu machen, damit *sie* Macht gewannen, eine Enttäuschung erleben würden. Er nahm seinen Dolch und prüfte die Schneide. »So – an die Arbeit.«

Von ihrem Platz an der Wand in der Nähe des Altars sah Alanna stolz zu, als der Mithran-Priester und die Priesterin der Muttergöttin gemeinsam die silberne Krone und dann den vor ihnen knienden Jonathan segneten. Sie war dankbar, dass es ihre Pflichten nicht verlangten, diesen Teil der Zeremonie mitzumachen. Nach der durchwachten Nacht mit Jonathan war sie müde und irgendwie schien es einem derart denkwürdigen Ereignis nicht angemessen, unentwegt zu gähnen. Bis der Zeitpunkt kam Jonathan offiziell das Juwel zu überreichen, bestand ihre Aufgabe einzig darin, zu bleiben, wo sie war, und ein gelassenes Gesicht zu machen. Gary und Raoul, die links von ihr standen, taten dasselbe.

Raoul zwinkerte, als sie ein Gähnen hinter der Hand versteckte. Im Gegensatz zum Königs-Kämpen hatte der Oberbefehlshaber die Nacht zwar im Bett verbracht, doch musste sie zugeben, dass er vielleicht auch nicht mehr geschlafen hatte als sie: Die Königliche Leibgarde war dafür verantwortlich, dass Jonathan an diesem Tag nichts zustieß.
Sie ließ den Blick über die Menge schweifen, die dicht gedrängt den großen Saal bevölkerte. Die Trauerzeit war offiziell zu Ende; Edle und Bürgerliche hatten sich prächtig herausgeputzt. Da waren Myles und Eleni, Thayet, Buri und Rispah, alle in ihren schönsten Kleidern. Weitere bekannte Gesichter entdeckte sie: die Herzöge Baird und Gareth, Douglass, Geoffrey und Sacherell. Viele waren so gerührt, dass sie unverhohlen weinten.
Als der Sprechgesang abbrach, wanderte Alannas Blick zurück zum Altar, gerade als sich die Krone auf Jonathans Kopf senkte. Sofort begann sie zu funkeln und zu schimmern; die Zauberkraft des Landes senkte sich herab und hüllte den neuen König ein. Ehrfürchtige Scheu verschlug den Menschen den Atem, als Jonathan plötzlich von einem hellen Strahlen umgeben war. Nun waren Tortall und der König eins, das begriffen alle. Lächelnd berührte Alanna den Glutstein an ihrer Kehle.
Jonathan leuchtete vom silbernen Feuer der Krone, das durchzogen war von den funkelnd blauen Strahlen seiner eigenen Zauberkraft. Als Alanna den Blick senkte, wurde ihr plötzlich elend. Der Fußboden des Saals war von einem blutfarbenen Zauberlicht bedeckt.
»Jonathan!«, schrie sie; die Erde stöhnte und bebte.
Ein rasender Schmerz und das Wanken des Bodens unter

ihr warfen Alanna auf die Knie. Sie griff nach ihrem Bauch und stieß einen Schrei aus. Der Schmerz brach ab, dann kam er wieder.

Im Saal brach Chaos aus. Von der gewölbten Decke kamen Mörtelstaub und Steinsplitter geregnet, ein bedrohliches Anzeichen dafür, dass sie einstürzen könnte. Menschen schrien vor Furcht, als der Boden unter ihren Füßen rollte wie ein Schiff auf dem Meer. Alanna sah und hörte nichts von alledem.

Der Schmerz war qualvoll: Es fühlte sich an, als würde jeder einzelne Nerv durch ihre Haut herausgezogen; gleichzeitig war es, als sei der Schmerz außerhalb von ihr. *Thom,* dachte sie und versuchte sich aufzurappeln. *Etwas passiert mit Thom und ich kann es spüren. Ich muss zu ihm!*

»Beschützt den König!«, schrie sie Raoul zu und stand taumelnd auf. Immertreu war neben ihr, als sie durch eine nahe Tür stürzte und so schnell, wie es ihre goldene Rüstung erlaubte, zu den Gemächern ihres Bruders rannte. Wieder durchfuhr sie der Schmerz; sie biss sich auf die Lippen, um dagegen anzukämpfen, und stolperte weiter. Sie musste ihre Zwillingsbruder erreichen, unbedingt.

Starke Arme packten sie von hinten und halfen ihr weiter. Sie sah in Georgs Augen hinauf. Er war als einer der Leibgardisten des Königs verkleidet.

»Was ist los?«, fragte er, während sie mit großen Schritten in den zweiten Stock des Palasts eilten.

»Thom«, flüsterte sie. »Er wird angegriffen. Das Erdbeben beruht auf Magie. Es hat die Farbe von Thoms Gabe, blutrot –«

»Blutrot? Aber seine Gabe ist violett, wie die –«

»Verdorben«, japste sie, während sie durch den Korridor

liefen, der zu Thoms Gemächern führte. »Sie hat jetzt die Farbe von Blut.«
»Wie sieht eine Mischung von Violett und Orange aus?«, fragte Georg, als sie stehen blieben. »Rogers Gabe und die Gabe derer von Trebond?«
Jetzt war Alanna noch elender zu Mute.
Die Luft in Thoms Salon war so schwer, dass sie fast greifbar schien; das Licht war grünlich gelb. Alanna erstarrte.
»Was ist, Mädchen?«, flüsterte Georg angespannt. Wie sie spürte er etwas Bedrohliches.
»Das Juwel!«, rief sie, fingerte an ihrer Taille herum, nahm den Beutel vom Gürtel und presste ihm das Kleinod in die Hände. »Du musst es Jon bringen. Was hab ich mir bloß dabei gedacht, es von ihm wegzutragen? Bitte, Georg!«
Der Beutel verlor sich fast in den mächtigen Händen des Diebs. »Alanna, ich kann dich doch nicht allein lassen hier –«
»Du musst!«, rief sie. »Ich kann das Juwel nicht benutzen – Jon schon. Und ich habe das Gefühl, dass er es brauchen wird!«
Georg zögerte, als ein zweiter Erdstoß den Boden unter ihren Füßen zum Wanken brachte. Es war so schnell vorüber, wie es begonnen hatte. Mit grimmiger Miene steckte Georg den Beutel vorn in seinen Waffenrock. »Ich werde es Jon bringen, keine Sorge.« Dann küsste er Alanna rasch und heftig und lief zum Saal der Kronen.

Myles sah, wie Alanna davonlief. Er schützte seinen Kopf, als sich von den Deckenbögen Kacheln lösten und im Hauptgang zerschellten. Jonathan verstrahlte jetzt weiße und blaue Lichter und war nicht mehr zu sehen hinter dem Feuer seiner eigenen Gabe und dem der Krone. Vor den

Türen, die aus dem Saal in den Palast führten, ebenso wie vor den großen Türen zur Stadt drängten sich so viele Menschen, dass keiner mehr vor oder zurück konnte. Eleni erhob sich leichenblass. »Nicht das Land«, flüsterte sie. »Nicht die Erde selbst!«

Buris stets wachsamem Blick entging die Bewegung am hinteren Ende des Saals nicht, wo ein Mann gerade seinen Umhang abwarf. Darunter kam die violette und schwarze Livree eines Edlen zum Vorschein, dazu eine kurze Armbrust. Als er die Waffe hochriss und auf Jonathan zielte, zog Buri einen Wurfspieß aus dem Gürtel und tötete ihn. »Ein Anschlag!«, schrie sie Myles zu. »Warnt den König!«

Myles saß beim Hauptgang. Trotz seiner rundlichen Statur war er innerhalb von Sekunden schon fast beim Altar. Sein warnender Schrei brachte beide Gareths und den Obersten Richter her und zusammen mit Raoul bildeten sie einen schützenden Ring um den König. Die Leibgarde teilte sich in zwei Trupps auf, der eine schloss einen zweiten Ring um König und Edle, der andere verteilte sich in der Menge, um die Feinde zu attackieren. Beide Ringe öffneten sich, um Myles zum König durchzulassen.

»Myles?«, keuchte Jon durch die Zauberlichter, die ihn verdeckten. »Was ist los?«

»Männer in den Farben von Eldorn und Tirragen greifen jeden an, der sich zur Wehr setzen könnte«, berichtete Myles finster. »Und sie versuchen dich zu ermorden. Wo kommen die Erdstöße her?«

Jonathan schüttelte den Kopf. »Weiß ich nicht. So bald wie möglich werde ich versuchen es herauszufinden. Wo ist Alanna?«

»Fort«, erwiderte der ältere Mann. »Irgendetwas hat sie

eilig weggerufen. Georg lief hinterher und Coram folgte.«
»Sie hat das Juwel«, flüsterte der König.
»Und wo ist Meister Si-cham?«
Das hätte auch Myles gern gewusst.

In Thoms Gemächern überkam Alanna eine plötzliche Schwäche. Es war, als zerrte jemand an ihrer Gabe und sauge sie aus ihr heraus. Sie nahm ihr ganze Kraft zusammen und verschloss ihm, wer es auch immer sein mochte, sein Innerstes. Dann zwang sie sich vorwärts und machte sich auf die Suche nach ihrem Zwillingsbruder.
Er war im Schlafzimmer. So unangenehm die Luft im Salon gewesen war, hier war sie noch schlimmer. Sie lag wie ein Gewicht auf ihrer Lunge. Rasch untersuchte sie Thom. Sein Puls schlug flach und schnell und er war kühl, beängstigend kühl, nachdem er seit Wochen viel zu heiß gewesen war. Als sie nach ihrem Glutstein griff, sah sie nur noch eine Spur seiner Gabe. Sie floss von ihm fort, so wie gerade eben die ihre. Fest entschlossen, ihre Magie zu benutzen, um ihn zu retten, egal, was dann passierte, griff sie hinter die Schranke, mit der sie ihre Zauberkraft versehen hatte.
Thom riss die Augen auf und packte mit dem letzten Rest der Energie, die ihm noch verblieben war, ihre Hände. »Tu es nicht! Ich – ich bin mit ihm verbunden. Er wird dich durch mich leer saugen –«
»Roger?«, flüsterte sie.
Thom nickte. Als ihr Blick auf den Kater fiel, befahl sie: »Immertreu, geh und hol –«
»Keine Zeit!«, sagte Thom scharf, ohne seinen schmerzhaften Griff zu lockern. »Hör zu! Seine Gabe – sie ist verbunden

mit mir, dem Zauberer, der ihn von den Toten zurückholte.«
Sie legte das Ohr an seine Lippen, um ihn besser zu hören.
»Sie wurde – stärker – während er selbst stärker wurde. Aber *niemals* so stark wie meine«, fügte er hinzu.
Alanna wischte die Tränen fort und schalt: »Es ist doch gleichgültig, ob deine Gabe größer ist als seine!«
»Er kann – jeweils nur eine anzapfen. Du – du bist mit mir verbunden. Du hast einen Teil – von *meiner* Gabe – und auch von seiner. Er braucht aber – mehr, um zu beenden – was er begann. *Sorg dafür, dass er es nicht kriegt!* Benutz – deine Gabe nicht. Sein Zauber wirkt wie ein Blutegel –« Thom hatte Mühe beim Atmen. »Er wird – *alles* nehmen. Er lässt nichts mehr – übrig.« Als Thom zu lachen versuchte, klang es wie ein heiseres Bellen. »Er hat nicht – meine ganze – gekriegt. *Du* hast ja einen Teil davon –« Jetzt sank er zurück und zog Alanna mit sich. Seine Stimme war kaum zu hören, seine Hände waren kalt. »Ich liebe dich. Schon immer. Für immer.«
»Nein!«, rief sie, aber er hörte nicht mehr.
»Ich werde – nie erfahren – wie er es gemacht hat . . .«
Thom war tot.

Bei der Treppe, die zum Erdgeschoss führte, traf Georg auf Coram. »Ich sah sie wegrennen und dich hinterher«, stieß Alannas ältester Freund hervor. Er versuchte zu verschnaufen. »Ich dachte mir, dass ihr Hilfe braucht.«
Georg zeigte ihm das Juwel. »Sie hat vergessen, dass sie das noch hatte – ich soll es Jon bringen.«
»Wo ist sie?«
»Bei Thom.«

Coram zögerte. »Dann geh ich besser zu ihr. Höchstens –«
»Ich werd auf das Juwel aufpassen«, versicherte Georg. »Es ist nicht so weit bis zum Saal.«
»Weit genug.« Kralle und fünf seiner Männer tauchten aus dem Korridor auf, der hinter Georg lag. »Meine Freunde sagten mir, dass du hier entlangkommen würdest«, rief Kralle und wedelte mit der Hand. »Gib mir das Ding her, bevor es von deinem Blut besudelt wird.« Mit einem Blick auf Coram fügte er hinzu: »Du hast mit der Sache nichts zu schaffen. Verschwinde.«
Coram wägte mit verbissener Miene sein Breitschwert in der Hand und sagte dann zu Georg: »Wenn ich dich jetzt im Stich ließe, würd sie mir das nie vergeben.«
Georg steckte das Juwel in den Beutel an seinem Gürtel und zog zwei Dolche hervor. »Rispah oder die Ritterin?«, feixte er. Inzwischen schwärmten Kralles Männer aus, bauten sich mit dem Rücken zur Treppe auf und bildeten einen Halbkreis um Georg und Coram.
»Beide«, entgegnete Coram. Dann schrie er: »Für die Löwin!«, und stürzte sich auf einen der Kerle.

Im Saal der Kronen herrschte ein unbeschreibliches Durcheinander. Weitere Krieger rissen sich ihre Umhänge vom Leib, unter denen Livreen in Violett und Schwarz oder Grün und Weiß zum Vorschein kamen. Alle waren sie schwer bewaffnet und alle hatten sie spezielle Ziele: die Männer der Königlichen Leibgarde, die Edlen, die sich zur Wehr setzten, Jonathan und seine Bewacher. Sie hatten es dabei nur mit Zier-Schwertern zu tun; dazu mit unbewaffneten Bürgerlichen, die alles benutzten, was als Waffe dienen konnte, und sogar einigen Frauen und Kindern. Die

anderen versuchten zu fliehen, was die allgemeine Verwirrung noch vergrößerte.
Buri sah, wie eine Gruppe von Edelfrauen, darunter auch die energische Herzogin von Naxen, in ihrer Umgebung für Disziplin sorgte. Weitere Krieger kamen durch die von Wandbehängen verborgenen Türen hinter dem Altar geströmt und überraschten die Männer, die Jonathan umstanden. Raoul brüllte einen Befehl und stürzte mit den Wachen des äußeren Rings den neuen Angreifern entgegen. Buri konnte weder Liam noch Coram, noch Alanna entdecken. Neben ihr näherte sich Rispah mit einem großen, im Handteller versteckten Dolch einem ahnungslosen Bogenschützen. Das K'miri-Mädchen war hin und her gerissen. Seine erste Pflicht wäre es gewesen, Thayet zu schützen, gleichzeitig war es aber Kriegerin und für Situationen wie diese ausgebildet.
Thayet löste ihr Problem. »Gib mir dein Schwert! Wir müssen etwas unternehmen!«
Buri gehorchte und sah zu Eleni hinüber. Die ältere Frau stand im Schatten einer Säule und zog die komplizierte Stickerei an ihrem Ärmel auf. Während sie einen langen Faden abriss, schenkte sie Buri und Thayet ein Lächeln. »Macht euch um mich keine Sorgen.« Sie konzentrierte sich auf eine Gruppe von Bogenschützen in der Nähe des Altars und begann schweigend Knoten zu knüpfen; dabei bewegte sie lautlos die Lippen.
Buri zerrte einen Spieß mit einer langen Klinge aus einem Waffenständer an der Wand, senkte ihn und stürzte sich auf eine Gruppe von Männern in Eldorn-Farben. Als der Erste, den sie angriff, zurückwich und stolperte, machte sie einen Satz und tötete ihn. Dann, als der Fußboden unter ihr bei einem dritten Erdstoß ins Schlingern kam, taumelte sie.

Drei Männer in den Farben Tirragens rannten die Treppe hinauf, um Kralle beizustehen, gerade als Georg und Coram zwei der Feinde erledigten. Kralle selbst blieb im Hintergrund, gab schreiend Befehle und wartete auf seine Chance. Georg verlor einen Dolch, den er warf, um einen der Männer aus Tirragen zu töten; Coram erschlug einen Schurken und verwundete einen zweiten. Die Feinde, von denen sie umringt waren, verließen ihre Plätze, um bessere Positionen einzunehmen. Diese Chance ließ sich Georg nicht entgehen. Er warf sich auf Kralle.
Der einäugige Mann hieb fluchend mit seinem Messer um sich. Jetzt, wo er Georg höchstpersönlich gegenüberstand, packte ihn die Panik. Als der König der Diebe auch mit der linken Hand wieder nach einem Dolch griff, brach Kralle der Schweiß aus: Erstens fehlte ihm ein Auge, zweitens die Nerven, um mit zwei Händen gleichzeitig zu kämpfen. Wild stach er von weitem auf Georg ein, ließ dabei aber Lücken in seiner Deckung, die sein Gegner bewusst übersah. Georg, der größere und kräftigere der beiden, spielte mit ihm, sorgte dafür, dass er sich unentwegt im Kreis drehen musste, brachte ihm an den fuchtelnden Armen Kratzer bei, verhöhnte ihn. Einer von Kralles Glückstreffern landete auf Georgs Wangenknochen, ein zweiter auf seiner Brust.
Als einer der Männer aus Tirragen taumelte, erschlug ihn Coram mit einem mörderischen Hieb und wich atemlos zurück. Für den Augenblick war er in Sicherheit: Die beiden restlichen Feinde, einer aus Tirragen, ein anderer aus dem Schurkenring, sahen dem Schurkenkönig und dessen Rivalen zu.
Als Georg klar wurde, dass sich kein anderer mehr einzumischen gedachte, kauerte er sich kampfbereit nieder, nickte

und sagte grimmig: »So, Kralle, jetzt sind wir unter uns. Jetzt werden wir klären, wer von uns Schurkenkönig sein soll. Kämpfe, Ralon oder Kralle – wenn du den Mumm dazu hast.«
Kralle sah sich mit wild rollenden Augen nach einem Fluchtweg um, aber es gab keinen. Er hatte schon immer gewusst, dass er dem Schurkenkönig nicht gewachsen war, wenn der die Regeln bestimmte. Er probierte es mehrere Minuten lang, brachte seine ganze Hinterhältigkeit mit in den Kampf ein, verteilte Tritte, stach zu, versuchte unberechenbar zu reagieren. Aber mit derartigen Tricks war Georg aufgewachsen.
Einen Moment lang standen sie mit ineinander verhakten Dolchen eng beisammen. Dann stürzte Kralle zu Boden, Georgs Klinge tief in seiner Brust.

Alanna wusste nicht, wie lange sie schon dasaß und Thoms kalte Hand hielt. Sie war überzeugt, dass alles irgendwie ihre Schuld war. Wie sollte sie leben ohne ihre andere Hälfte?
Immertreu gelang es schließlich, ihre Aufmerksamkeit auf sich zu lenken, indem er Krallen und Zähne in ihr Bein schlug und wild zappelte, bis der Schmerz sie hochfahren ließ.
»Was machst du denn?«, schrie sie.
Wach auf, Königs-Kämpe!, befahl er zornig. *Du hast keine Zeit für derartige Dinge – er wird die Erde aufreißen!*
Alanna war klar, dass sie sich ihrer Verantwortung nicht entziehen durfte, auch wenn sie ihr noch nie so wenig bedeutet hatte wie eben jetzt. Sanft und zutiefst bekümmert küsste sie ihren Bruder, verließ sein Schlafzimmer und trocknete sich das Gesicht mit dem Taschentuch. Neue Tränen flossen hinterher. »Wo steckt Si-cham?«
Wie als Antwort kam der alte Mann hereingetaumelt. Er

hielt sich den blutenden rechten Arm. Alanna griff hastig nach einem Taschentuch und verband den Priester, bevor er noch mehr Blut verlor. Einen Augenblick lang musste sie gegen Übelkeit ankämpfen. Si-chams rechte Hand war weg. Ohne die einfache Aderpresse, die er trug, wäre er schon verblutet.

»Benutz deine Gabe nicht«, warnte er, während sie sich an ihm zu schaffen machte. »Branntwein.«

Alanna reichte ihm eine Flasche und sah zu, wie er den Inhalt hinunterstürzte. Wut stieg in ihr auf und verdrängte den Kummer. Sie wollte handeln!

Si-cham stellte die Flasche ab. »Ich bin ein Narr.« Jetzt war seine Stimme kräftiger. »Niemals in all diesen Jahren hat mich einer herausgefordert, ich dachte, ich wäre jedem gewachsen. Und nicht genug, dass *ich* für meine Narrheit bezahle, nein, du musst es auch.« Er griff mit seiner gesunden Hand nach dem Tisch und begegnete Alannas Blick. »Öffne mir dein Herz.«

Sie trat zurück. »Warum?«

»Wir haben keine Zeit für Erklärungen – du verschwendest das bisschen, das uns noch bleibt!« Dann flüsterte er: »Zweifelst du denn an mir? Ich habe einen Fehler gemacht. Wir sind am Leben, weil ich keine zwei gemacht habe. *Du* kannst dir keinen einzigen leisten.«

Sie schloss die Augen und ließ ihn ein. Hunderte von Einzelheiten strömten auf sie ein: *Das Tor von Idramm – ein Tor für die Magie, die von dort aus zum Gebieter des Tores fließt . . . Meine Hand! Er benutzt sie, um meine Gabe zu stehlen . . . Jonathan, Bazhir-Zauberkraft, Wüstenmagie, Tortall, Land, Krone, Juwel. Nur er allein kann sich mit der Erde verbinden . . . Schlag den geheimen Weg ein.* (Das Bild einer verlassenen

Treppe zu dem zerfallenen Tempel in den Katakomben tauchte vor ihr auf.) *In Thom war nicht die ganze Kraft Rogers gespeichert, einen Teil trägt Alanna . . . Halt dich von dem Tor fern, es ist eine Falle* (sie sah weiße Wirbel, Spiralen und Schleifen vor sich); *Zaubersprüche, die wie Blutegel wirken . . . Gib dem König alles, was er braucht – schick ihm die Zauberkraft von Alanna, Thom und Roger, um das Land zu halten!*
Si-cham fragte nicht erst. Sie hätte es nie gestattet, wenn er darum gebeten hätte. Er sandte Alannas Gabe zu Jonathan und benutzte sie als Brücke, um mit dem neuen König auf dem Zauberweg Verbindung aufzunehmen. Einen schrecklichen Moment lang war Alanna sie selbst, Si-cham und Jonathan zugleich. Doch dann stürmte das blutfarbene Feuer von Rogers Gabe auf die Abwehr des Priesters ein. Es suchte nach einem Weg, um in ihn einzudringen und die Zauberkraft an sich zu reißen, die sich um Jon aufbaute. Plötzlich war der letzte Rest von Alannas Gabe aufgebraucht. Si-cham unterbrach die Verbindung zu Jon so rasch, dass Alanna ohnmächtig wurde, gerade als der vierte Erdstoß begann.

Die Edlen, die Jonathan umringten, wehrten eine weitere große Gruppe von Angreifern ab, die durch die Tür hinter dem Altar hereingestürmt kam. Myles verschnaufte gerade eine Sekunde lang, als er sah, wie Jon die Hände hob. Violettes Feuer umwirbelte seine Arme und umschlang sie wie eine Haut. Das Licht der Krone, in das er getaucht war, wurde dunkler und saugte seine amethystfarbene Gabe auf. Ein drittes Feuer wogte über Jons Kopf und Rücken wie ein mit einer Kapuze versehener Umhang. Myles schauderte, als er die rotbraune Farbe sah.
Es war die Farbe von getrocknetem Blut.

Gerade hatte er sich seinen nächsten Gegner ausgewählt, als die Erde unter ihm wieder zu wanken begann – der vierte Erdstoß. Er währte eine ganze Minute lang, dann brach er ebenso abrupt ab, wie er begonnen hatte. Große Mörtelstücke und Steine stürzten von der Decke und begruben mehrere Menschen unter sich. Auch die feindlichen Soldaten hatten jetzt Angst, sie waren aber diszipliniert genug, um ihre Stellungen zu halten. Ihr Angriff wurde noch heftiger – je schneller sie den König umbrachten, desto schneller entkamen sie dieser Todesfalle.

Schweißüberströmt drehte Georg Kralles Leichnam den Rücken zu. Fünf Männer in den grünen und weißen Farben Eldorns waren die Treppe heraufgekommen, während Coram und die anderen dem Kampf zusahen. Nun wich Coram zur Wand des Korridors zurück; Georg stellte sich daneben, packte aber zuvor noch das Schwert eines toten Mannes. Fünf weitere Soldaten in den Farben Tirragens kamen durch den Korridor gerannt und blockierten so den Fluchtweg.

»Irgendwer muss sie in Zivilkleidung in die Stadt gebracht und in den Palast geschmuggelt haben«, keuchte Coram und schlug einen der Krieger aus Tirragen nieder.

Georg schleuderte einen Dolch, um einen Mann zu töten, der weit hinten stand, gleichzeitig hielt er zwei weitere mit seinem Schwert in Schach. Mindestens zwölf neu hinzugekommene Krieger umzingelten sie und keine Hilfe war in Sicht. *Ich hab meinem Mädchen versprochen, ich würde Jon das Juwel bringen*, sagte er sich verbissen. *Ein Schurke mag ich ja sein, aber mein Wort hab ich noch nie gebrochen.*

Coram stieß einen Fluch aus und taumelte.

»Was ist, Bursche?«
»Ein Kratzer«, stieß der Lehnsmann hervor. Er presste sich die freie Hand gegen die Seite.
Einen Augenblick lang dachten sie, die Erde bebe noch einmal, aber es war nur ein wilder Schrei, der durch den Korridor hallte. Coram strahlte. »Endlich!«, rief er, bevor er seinen gegenwärtigen Gegner mit neuer Energie attackierte.
Liam Eisenarm stürzte sich derart wild in den Kampf, dass es sogar Georg die Sprache verschlug. Es war unmöglich, den Bewegungen des Drachen mit den Augen zu folgen, als er mit Fäusten und Füßen um sich schlug und jeden, der sich ihm stellte, zu Boden streckte. Den Feinden gelang es nicht, den Shang-Krieger zu treffen; sechs nahmen die Beine in die Hand und liefen davon. Liam stürzte dem hintersten nach. Als sein Fuß den davonrennenden Mann zwischen die Schultern traf, ging auch er zu Boden.
Eisenarm kam zurück. Der Dieb legte Coram gerade einen behelfsmäßigen Verband an. Der Lehnsmann, dessen dunkle Augen in dem schweißüberströmten Gesicht funkelten, strahlte Liam an. »Du kommst spät, Drache.«
Liam lächelte. »Ich wurde aufgehalten. Wo ist Alanna?«
»Irgendwo dahinten«, sagte Georg gepresst. »Ich muss zum Saal der Kronen.« Er griff in seinen Beutel und zog das Juwel heraus.
Einen Augenblick starrte Liam in die Richtung, in die Georg gedeutet hatte. Man sah ihm an, dass er gern auf die Suche nach Alanna gegangen wäre. Dann seufzte er. »Das Juwel ist jetzt das Wichtigste. Komm mit, wir gehen.«
Coram schwieg. Er ahnte, dass seine Herrin nicht mehr in Thoms Gemächern war und dass er ihr auf dem Weg, den sie nun beschritt, nicht folgen konnte. Georg stützte Coram,

dann machten sich die drei Männer eilig gemeinsam auf den Weg zum Saal der Kronen.

Langsam kam Alanna zu sich. Wut stieg in ihr auf, als ihr einfiel, dass Si-cham ihre ganze Gabe genommen und an Jonathan weitergeleitet hatte. Die eigenmächtige Weise, wie dieser Mithran-Priester ihr Leben in die Hand nahm, gefiel ihr nicht. Sie hatte vor ihm das auch zu sagen. Also rollte sie sich auf den Bauch und stemmte sich auf alle viere. Ihr war schlecht und sie fühlte sich ausgepumpt – viel mehr als damals, als Thom ihre Gabe »geborgt« hatte, um Roger wieder zum Leben zu erwecken.
Immertreus Miauen und Si-chams Schrei dienten ihr als Warnung. Der alte Mann kämpfte mit irgendjemandem an der Tür. Alanna griff nach einem Stuhl und zog sich hoch. Eine zweischneidige Axt, die der Mithran-Priester umklammert hielt, wurde hochgerissen, fiel herab und senkte sich tief in seinen Nacken. Er stürzte. Josiane stand, von seinem Blut bespritzt, in der Tür.
»Warum hast du mich denn nicht mit deiner Zauberkraft vernichtet, du alter Narr?«, stieß sie hervor.
Alanna wusste die Antwort, sagte aber nichts. Wenn Si-cham dieses Risiko auf sich genommen hätte, wäre er für Rogers Zauber, mit dem er ihm jegliche Magie fortsaugen konnte, offen gewesen. Aus demselben Grund hatte er die Verbindung zu Alanna und Jon unterbrochen; denn Roger hätte ihm alles genommen, wenn er sich nicht auf seine eigene Abwehr konzentriert hätte. Jetzt war Si-cham tot und er und seine Gabe waren für Roger unerreichbar geworden.
Josiane löste ihre Axt, stieg über den Körper des alten

Mannes und lächelte. »Er sagte mir, du wärst hier«, erklärte sie. »Er sagte, seiner Meinung nach würde ich nicht mit dir fertig werden, aber ich könne es gern mal versuchen. Du bist nicht gerade gut in Form, wie?« Sie schob sich zollweise vorwärts und machte sich bereit anzugreifen. Alanna wollte sich in eine Position manövrieren, wo sie mehr freien Raum um sich hatte. Als sie aber über einen Fußschemel stolperte, kam Josiane mit hoch erhobener Axt auf sie zu.

Sie hatten Immertreu vergessen. Fauchend sprang er Josiane ins Gesicht und krallte sich dort fest, dass die Prinzessin mit einem Aufschrei ihre Axt fallen ließ.

Du musst Roger aufhalten!, befahl der Kater noch, bevor Josiane seinen kleinen Körper packte, ihn zu Boden schleuderte und zutrat, so fest sie konnte. Mit Immertreus Schmerzensschrei strömte Energie in Alannas Körper. Sie ging in Kauerstellung, machte einen Satz, zog Blitzschlag und schlug Josiane mit einem einzigen brutalen Hieb zu Boden. Neue Kraft pochte ihr in den Ohren, während sie die sterbende Frau beiseite stieß und Immertreu auf die Arme nahm. *Zeit, nach Hause zu gehen,* sagte er und starb.

Sanft legte sie ihn auf den Tisch. Ihre Finger zitterten, als sie den Schwertgürtel löste und ihn mitsamt der Scheide fallen ließ. Mit Blitzschlag in der Hand ging sie zur Tür hinaus und zu ihrem letzten Gespräch mit Herzog Roger von Conté.

Coram, Georg und Liam kamen im Saal der Kronen an, gerade als der fünfte Erdstoß begann. Diesmal wurde der Kampf unterbrochen und alle starrten empor, um zu sehen, ob die Decke einstürzen würde. Der steinerne Fußboden

des Gemachs rollte und schlingerte wie das Deck eines Schiffes auf See und mehrere stürzten zu Boden.
Die meisten waren inzwischen durch die Türen zur Stadt geflohen: Nur die Kämpfenden blieben zurück, von denen jeder seinen persönlichen Kampf ums Überleben führte. Herzog Gareth, Gary und Myles waren noch von denen übrig, die einen schützenden Ring um den König bildeten. Raoul und einige Männer der Königlichen Leibgarde kämpften verbissen, um die Tirragen- und Eldorn-Männer aufzuhalten, die aus den Gemächern hinter dem Saal geströmt kamen. Der Oberste Richter und andere königliche Krieger hielten die Feinde in Schach, die durch den Hauptgang stürmten.
Liam schätzte rasch die Situation ab, ergriff einen Spieß und kam Raoul zu Hilfe. Dort war die Gefahr eines Durchbruchs am größten. Coram, der sich auf einen langen Vormittag gefasst machte, gesellte sich ebenfalls zu den Männern um Jon. Die verdreckte und verschwitzte Buri begrüßte ihn mit einem Lächeln, bevor sie gemeinsam mit Thayet eine Gruppe Bogenschützen attackierte. Coram sah, dass Rispah auf Eleni aufpasste, außerdem fielen ihm mehrere feindliche Gruppen ins Auge, die gegen die unsichtbaren Stricke anfochten, mit denen sie Georgs Mutter gefesselt hatte. Georg drückte Jonathan das Juwel in die Hände, drehte sich um und gesellte sich zu den Kämpfern um den König.
Der König hielt fest das Juwel in der Hand, schloss die Augen und griff mit seiner Gabe aus. Er rief sämtliche Zauberkräfte, die ihm zur Verfügung standen – seine eigene, den Wüstenzauber der Bazhir, die an die Krone gebundene Macht der Könige und des Landes Tortall, die Magie des Juwels. All das nahm er und ließ es über das gesamte

Land strömen. Nun spürte er die Schmerzen der aufgewühlten Erde, als wäre es sein eigener Körper, der da zerschmettert wurde. Wie ein uralter Baum, der seine unzähligen Wurzeln ausstreckte, schloss er jeden Riss und Makel mit Zauberkraft, ergriff das Ganze – und *hielt es fest*. Die dem Königreich schon seit Jahrhunderten geweihte Krone loderte, das Juwel flammte noch heller und in den Korridoren des Palasts wüteten Schlachten. Jonathan war Teil von allem, sah alles. Das Amt als *Stimme der Stämme* hatte ihn auf einen so verwirrenden Augenblick vorbereitet; ein anderer hätte möglicherweise den Verstand verloren, wäre er sich jedes Menschen, jedes Tiers, Baums und Steins im ganzen Königreich bewusst gewesen. Doch Jonathan war in der Lage alles zu umfassen und einen großen Teil davon – bewacht von einem winzigen Teil seines Bewusstseins – beiseite zu schieben. Vor allem lag nun sein Blick auf einer kleinen Gestalt in Kupfer und Gold, die durch das Innere des Palasts wanderte.

In dem unter Thoms Gemächern liegenden Geschoss waren öffentliche Räume: der Saal der Kronen, Salons, Bibliotheken, Ballsäle, der Bankettsaal. Ohne zu zögern, umging Alanna dieses Stockwerk auf einer der hundert Treppen. Sie war mit allen Sinnen auf die Katakomben fixiert. Jetzt kam sie zu dem Geschoss, in dem die alltäglichen Geschäfte verrichtet wurden: Hier waren Heiler, Schneider, Wäscher, Schreiber, Quartiermeister, Kartenzeichner und die Waffenkammer angesiedelt. Heute war dieses Stockwerk verlassen; das einzige Geräusch kam von Alannas Füßen. Nun folgten die Lagerhallen: Endlose Räume, in denen alles,

was man sich nur vorstellen konnte, aufbewahrt wurde. Auch hier war es still.
Im dritten Geschoss unter der Erde waren die Kerker und Wachstuben. Alanna hörte, dass dort gekämpft wurde, aber ihr Weg verlief in sicherer Entfernung davon. Hier wurde sie von dem Erdstoß überrascht, den Jonathan in Grenzen hielt. Als er vorüber war, wartete sie auf den nächsten. Er kam nicht, doch die Erde war unentwegt in Bewegung und von Zeit zu Zeit verschoben sich die Wände ringsum ein wenig. Von der Decke regneten Stücke herab; die Treppe bekam kleine Risse, Steine brachen heraus.
Jon hat den großen Stößen – den Mutterbeben – Einhalt geboten, dachte sie, *aber wie lange kann der Palast – oder jedes andere Gebäude – dieser ständigen Belastung standhalten?*
Ihr Gesicht war angespannt, doch ihre Augen funkelten, als sie noch tiefer kletterte. Sie hielt nur einmal an, um die feuchten Handflächen an ihrem Hemd abzuwischen. Dann ergriff sie wieder ihr Schwert und ging weiter.
Die Treppen wurden länger, je tiefer sie kam, unterbrochen von Absätzen, neben denen jeweils eine Wachstube lag. Da der Weg, auf dem sie nach unten ging, nur selten benutzt wurde, waren hier die Wachstuben geschlossen. Doch jetzt, in der Nähe der Katakomben im vierten unterirdischen Geschoss, fand sie eine, die strahlend hell erleuchtet war. Sie blieb einige Schritte darüber stehen und überlegte, was sie nun tun sollte.
Möglich, dass derjenige, der sich in der Wachstube aufhielt, wusste, dass sie keine Verzögerung wünschte: In einer schimmernden Silberrüstung trat Alex von Tirragen auf den Treppenabsatz heraus. In der mit einem schwarzen Panzerhandschuh geschützten Hand hielt er sein Schwert.

»Ganz allein? Ich hätte angenommen, dass du noch andere mitbringst.«
»Ich bin in Eile«, sagte Alanna mit gefährlich blitzenden Augen. »Geh mir aus dem Weg, bevor er dafür sorgt, dass uns der ganze Palast um die Ohren fliegt.«
Auf der Treppe unter dem Absatz bewegten sich Gestalten. Es waren kräftige Lehensmänner in der violettfarbenen und schwarzen Kleidung Tirragens. »Eure Lordschaft –«, sagte der eine nervös.
»Sie hat Angst«, sagte Alex barsch, ohne den Blick von Alanna zu wenden. »Haltet eure Stellung!« Er deutete mit seiner Waffe auf den erleuchteten Raum. »Tritt ein, Lady Alanna. Dort ist mehr Platz.«
Sie zögerte und ließ den Blick von Alex zu seinen Männern schweifen. Am liebsten hätte sie geschrien vor Wut oder alle drei mit ihrer Gabe zu Boden gestreckt . . .
Sie ging nach drinnen. Die Möbel hatte man in einen zweiten Raum gerückt; Kerzenleuchter erhellten das Zimmer.
»Willst du deine Freunde nicht zusehen lassen?«
»Der einzige Zeuge, den ich brauche, ist hier.« Alex legte einen behandschuhten Finger an seine Schläfe. »Du kannst erst Lockerungsübungen machen, wenn du magst.«
»Um noch mehr Zeit zu verlieren? Nein.«
Alex versuchte sich an einigen trägen Ausfällen mit seinem Schwert und verhöhnte sie. »Auf diese Gelegenheit habe ich gewartet.«
»Du bist übergeschnappt, wenn du in einem Moment wie diesem ›Wer ist der beste Knappe im ganzen Land‹ spielen willst«, fauchte sie.
Beide nahmen Abwehrstellungen ein. »Denk doch, was du willst«, antwortete Alex.

Brutal griff er an. Sein ruhiges Gesicht stand in vollem Gegensatz zu seiner wirbelnden und zustoßenden Klinge. Alanna wehrte nur ab und verbarg dabei ihre Bestürzung. Jetzt, ohne ihre Gabe, war sie ein winziges bisschen langsamer als nötig – und das bei einem Gegner, wo dieses winzige bisschen entscheidend war. Sie kämpfte überlegt, verteidigte sich besonnen und lauerte darauf, dass Alex einen Fehler machen würde, weil ihm so viel an der Sache lag. Während sie ihn umkreiste, vollführte ihr Blitzschlag rasche, fließende Bewegungen, um Alexanders Schwert aufzuhalten, wenn es von oben, von unten, von rechts, von links auf sie zugeschossen kam. Sie erwischte ihn dabei, wie sich sein Blick von ihren Schultern fortstahl. Offenbar suchte er nach einer Blöße wie ein Anfänger, was ihr ein grimmiges Lächeln entlockte.

»Keiner kann einen Kampf gewinnen, wenn er sich unentwegt nur verteidigt«, knurrte Alex.

»*Ich* bin es nicht, die davon besessen ist, unbedingt gewinnen zu müssen«, japste sie.

Als Alex für einen kurzen Moment aus dem Gleichgewicht kam, brachte Alanna blitzschnell einen seitenverkehrten Halbmondschlag an, den seine Klinge erst in letzter Sekunde mit einem schrillen Klirren auffing. Alanna biss die Zähne zusammen und leitete sofort zum gewöhnlichen Halbmondschlag über. Als Alex sein Schwert hob, um ihn zu parieren, fuhr ihre Klinge zu einem senkrechten Schmetterlingsschlag herunter, so schnell, dass man nicht mit den Augen folgen konnte. Sie erzielte einen leichten Treffer, dann steuerte ihr Schwert reflexartig auf seine Schulter zu. Das Knirschen von Metall auf Metall ließ sie zusammenzucken. Sie stieß einen Fluch aus. Da sie unentwegt an Roger denken musste, hatte sie ganz vergessen, dass Alex eine Rüstung trug. Sie machte einen Satz rückwärts, um seinem Gegenhieb auszuweichen. Jetzt umkreisten sie sich wieder.

Alex' Blick war noch fanatischer als zuvor.

Alanna rieb sich die freie Hand trocken. Dann packte sie das juwelenbesetzte Heft ihres Schwerts mit beiden Händen. Jetzt war sie es, die mit einer Reihe wilder, von oben kommender Schläge angriff.

Er wich zurück, sie machte einen Schritt vorwärts und nun folgte ein rascher Schlagabtausch, bei dem keiner der beiden einen Vorteil errang. Aus den Augenwinkeln bemerkte sie die Lehensmänner, die seinen Befehl, ihre Stellungen zu halten, missachtet hatten.

Einen winzigen Augenblick zu spät sah sie den komplizierten Gang, den er begonnen hatte. Blitzschlag flog aus ihrer Hand und landete hinter Alex in einer Ecke. Er richtete seine Schwertspitze auf ihre Kehle und lächelte verkniffen. »Sag Adieu, Löwin.«

Langsam wich sie zurück. »Ein ehrenhafter Gegner ließe mich mein Schwert holen und weitermachen.«

Er schüttelte den Kopf. »Was ich wissen musste, habe ich erfahren. Du warst gut, das gebe ich zu. Aber mir war klar, dass *ich* –« Mit dem letzten Rest der Energie, die sie noch zurückgehalten hatte, beugte sie sich blitzschnell von seinem Schwert fort, zog den linken Fuß an und trat ihm damit in den Bauch, dass er gegen die Wand flog. Mit einem Wutschrei sprang er auf und kam wieder auf sie zu.

Liam hatte ihr nur einige wenige Tritte und Schläge beigebracht, hatte aber darauf bestanden, dass sie diese endlos wiederholte. Einen langjährigen Shang-Krieger hätte sie nicht schlagen können, aber ihre Schnelligkeit und das ewige Üben führten dazu, dass sie trotzdem mit der Kraft eines voll ausgebildeten Shang treten oder zuschlagen konnte. Als Alex nun auf sie losging, wich sie zur Seite hin aus und brachte einen zweiten Tritt an, der ihn wieder an die Mauer krachen ließ, und zwar auf dieselbe Stelle. Bei seinem nächsten Angriff kam sein Querhieb so schnell, dass sie nicht wegspringen konnte. Er traf sie auf der Wange und der bloßen rechten Hand. Die kurze Blöße, die sein Schwert dabei ließ, nutzte sie, indem sie ihm mit der einen Faust die Luftröhre zerschmetterte.

Sie standen so eng beisammen, dass sie spürte, wie das Leben aus ihm floss. Hastig wich sie zurück und ließ ihn fallen. »Der Beste? So sieht das also aus, Alex?«

Er würde nie mehr eine Antwort geben.

Sie nahm sein Schwert und fuhr herum, um die Wachtposten zu erledigen, aber die hatten die Flucht ergriffen.

Nun holte Alanna ihr Schwert und machte sich wieder auf den Weg. Sie war noch nicht weit gekommen, als ihr Körper auf das Töten reagierte. Lange erbrach sie sich trocken würgend über das Treppengeländer. Sie zitterte vor Erschöpfung. Ihre Knie drohten bei jedem Schritt unter ihr nachzugeben; dazu befürchtete sie, die Treppe könnte einstürzen, denn immer noch bebte unentwegt die Erde. Aber trotz allem ging die Ritterin mit energisch vorgerecktem Kinn weiter.

Am hinteren Ende der Katakomben erreichte sie das unterste Geschoss. Hätte sie den normalen Weg genommen, wäre sie einige hundert Ellen weiter gelandet, am Fuß der sanft abfallenden Rampen, die von den Tempeln des Palasts zu den Gräbern führten. In der Nähe jenes Eingangs lagen auch die frisch verputzten und geschmückten Grabstellen von Roald und Lianne. Jetzt aber war Alanna bei den drei- und vierhundert Jahre alten Gräbern. Irgendjemand hatte die Freundlichkeit besessen die Fackeln anzuzünden. Sie folgte dem Weg, den ihr Si-cham in ihrer Vision gezeigt hatte, und ignorierte die Angst, die sie immer stärker quälte.

Nun endeten die Gräber und machten einem ausladenden steinernen Fußboden Platz. In dessen Mitte lag ein großes, kreisförmiges, offenbar aus weißem Sand geformtes Muster, bei dessen Anblick einem schwindlig wurde von unzähligen Kringeln, Spiralen und Wellenlinien. Am Rand des Musters war ein Fleck von frischem Blut. *Das von Si-cham, da möchte ich wetten,* dachte Alanna und schluckte, als sie wieder würgen musste. Diese Abwandlung des Tors zum Idramm (das in seiner normalen Form benutzt wurde, um Elementargeister herbeizurufen) diente dazu, die Gabe dessen aufzusaugen, der das Pech hatte darauf zu treten. Hier hatte Si-cham seine Hand verloren.

Hinter dem Tor zum Idramm war ein verlassener Bau – die Legende sagte, es sei ein Tempel gewesen. Dort lehnte Roger mit verschränkten Armen an einem umgestürzten Pfeiler. Blutrotes Feuer umgab ihn und funkelte böse auf seinem schwarzseidenen Gewand.

Er lächelte. »Ich wusste, dass du mich nicht enttäuschen würdest. Aber du hast länger gebraucht, als ich dachte.«

Alanna berührte die Kringel des Musters mit dem Schwert. Sie stellte fest, dass der Sand mit dem steinernen Fußboden verschmolzen war. Eine grelle Hitze schoss durch ihre Klinge empor, dass sie aufschrie und sie wegriss. Roger musterte sie prüfend. Plötzlich wusste sie, warum. Mit ihrem altbekannten, sorglosen Grinsen breitete sie die Hän-

de aus. »Wusstest du es nicht, Roger? Meine Gabe ist weg. Es ist nichts da, was mir dein Tor stehlen könnte.«
Er bekam schmale Augen. »Wieso – ach ja, Si-cham. Jetzt verstehe ich.«
»Deshalb war dein Erdbebenzauber kein Erfolg«, sagte sie. »Jon hält dich auf. Er besitzt das Juwel, die Krone, meine Gabe und sogar Zauberkraft, die Thom auf mich übertragen hatte. Was bedeutet, dass er dich mit einem Teil deiner *eigenen* Gabe aufhält.«
Er zuckte die Achseln. »Deshalb reicht also meine Kraft nicht aus diese Komödie rasch zu beenden. Es tut jedoch nichts zur Sache.«
»Doch, tut es, Roger«, sagte sie. »Eine weitere Gelegenheit wirst du nicht kriegen. Du hast dir einen hässlichen Tod auf dem Verräter-Hügel erkauft. Anschließend werde ich deine Asche eigenhändig im Wind verstreuen!«
»Meinst du, ich hätte irgendetwas dem Zufall überlassen, meine Liebe? Ich hatte Zeit genug das Ganze zu planen. Weißt du, als sie mich begruben, war ich nämlich nicht ganz tot.« Sie öffnete den Mund, um zu widersprechen, aber er schüttelte den Kopf. »Wenn wir Zeit hätten, würde ich dir eine gewaltige Sache erklären, die sich ›Schlaf des Zauberers‹ nennt. Nach euren Begriffen war ich tot. Nach meinen –« Sein Gesichtsausdruck war kalt und Furcht erregend. Dann wischte er ihn mit einer Handbewegung fort.
»Ich habe mit Sorgfalt geplant, weil *du,* süße Löwin, mir zu oft entwischt bist, du und mein königlicher Vetter. Er hat viel gelernt – mehr als damals, als ich noch sein Lehrer war. Woher er aber diese Zauberkraft hat, die nach Wüste riecht, werde ich wohl nie erfahren.
Du hast dich nicht von meinem Tor einfangen lassen, doch

bist du müde. Sobald du in meine Reichweite kommst –« Lächelnd nahm er ein Messer, das neben ihm lag. Blutflecken waren darauf. »Ich brauche nur ein kleines Stückchen von dir abzuschneiden, wie bei Si-cham. Dieses Stückchen gewährt mir Zugang zu deinem Innersten und somit freie Bahn zu Jonathan und der Zauberkraft, mit der er umgeht.«
Alanna wurde blass und machte einen unsicheren Schritt rückwärts.
Roger legte das Messer weg und trat an den Rand des Tors zum Idramm. »Du bist so vorsichtig geworden, dass du es mir möglicherweise nicht einfach machen wirst. Sag mir, wie lange wird Jonathan noch durchhalten können?«
»Für immer!«, schleuderte ihm Alanna herausfordernd entgegen.
»Vielleicht.« Während er auf das Tor zum Idramm trat, ergriff die Energie, die durch das Muster wogte, sein Gewand. Silber funkelte auf Schwarz; das Muster wiederholte sich auf seinem Gewand. »Wenn Jonathan nicht von irgendwoher noch mehr Zauberkraft erhält – und alle, die ihm dabei helfen könnten, habe ich zur Strecke gebracht –, brauche ich nur zu warten.« Er ging bis zum Zentrum des Musters. »Die Erde hat ihre eigenen Methoden mit unerträglichem Druck umzugehen. Sie stößt ihn ab, verteilt ihn neu, verbraucht ihn in kleinen Erschütterungen. Wenn ihr nichts anderes mehr übrig bleibt, bäumt sie sich auf – und zwar so lange, bis der Druck weg ist. Ein derartiges Erdbeben können nicht einmal die Götter aufhalten. Jonathan hält das Land fest, doch der Druck meines Zaubers bleibt bestehen. Was meinst du, wie lange wird es dauern, bis dieses unausweichliche Aufbäumen beginnt?«

Alanna fror und fühlte sich allein. »Du wirst ebenso sterben wie alle anderen«, stieß sie mühsam hervor.
Sein Lächeln jagte ihr Angst ein. »Gewiss. Das hoffe ich.«
Sie packte ihr Schwert und wägte ihre Kraft gegen die seine ab. »Warum erzählst du mir das alles?«
»Weil du es mit mir teilen wirst, Fräulein Ritterin. Dachtest du, ich würde es ohne dich beenden?« Er lachte glucksend. »Ich will dir ein Geheimnis verraten. Vor Jahren, als ich in deinem Alter war und eben feststellte, wo die Grenzen meiner Macht lagen, da fing ich an Schmuck herzustellen. Jedes Stück versah ich mit einem kleinen Teil von meiner Gabe – um es als mein Eigentum zu kennzeichnen. Halsbänder, Ringe – Schwerthefte. Ich schmiedete sogar Schwerter, weil ich eine meisterliche Waffe herstellen wollte. Wieso du mein Werk verderben musstest, begreife ich nicht.«
»Es hatte etwas Abartiges an sich.«
»Typisch, dass ausgerechnet *du* das findest.« Rotes Feuer wirbelte um seine Finger, als er die Hand ausstreckte. Mit leiser Stimme sagte er: *»Mit Silber und Stein schuf ich dich, mit Zauber und Blut band ich dich, mit meinem Namen rufe ich dich!«*
Blitzschlag zuckte und strebte zu Roger hin. Wäre es noch sein ursprüngliches Schwert gewesen und nicht nur ein Teil davon, verschmolzen mit ihrer eigenen, zerbrochenen Waffe, sie hätte es niemals festzuhalten vermocht. Aber auch so war noch genug vom Kristallschwert übrig, um heftig an ihren Armen zu zerren, während sie es krampfhaft umklammerte. Kalt sah sie ihn an.
»Früher oder später wird es zu mir kommen«, sagte er. »Und du hinterher.«
Alle ihre Muskeln verkrampften sich; die Narben auf ihren

Handflächen brachen auf und bluteten. Sie stemmte die Fersen in den Boden und ließ nicht los. *Was soll ich tun?*, überlegte sie verzweifelt. *Kann ich denn keine einzige Entscheidung treffen, die er nicht vorhergesehen hat? Was erwartet er jetzt von mir?*

Etwas in ihr flüsterte: *Er erwartet von dir, dass du kämpfst. Also – hör auf zu kämpfen.*

Mit unmenschlicher Anstrengung hob Alanna die Schwertspitze und löste ihren Griff. Es war, als schösse man einen Bolzen von einer Armbrust. Sobald sie losließ, flog Blitzschlag mit einem solchen Aufkreischen davon, dass sie die Hände vor die Ohren schlug. Roger unterbrach seinen Rufzauber nicht. Er schien nicht einmal zu begreifen, was sie da tat, bis sich Blitzschlag in seine Brust bohrte.

Jetzt packte er nach dem Heft. Es war unglaublich, aber er lachte – lachte, bis seinen sterbenden Lungen die Luft ausging. Das silberne Muster auf seinem Gewand zerfloss und tropfte hinab, dann schloss er die Augen und fiel zu Boden. Flammen loderten aus dem Tor zum Idramm und verschlangen den Körper des Herzogs von Conté.

Buri war es, die sie dort fand. Mit Hilfe der Königlichen Leibgarde schaffte sie die bewusstlose Alanna auf einer Tragbahre nach oben. Von der wärmeren Luft im Erdgeschoss belebt, ließ sich Alanna von Buri zum Saal der Kronen führen. Ihr wurde schlecht, als sie die Toten sah, die überall herumlagen. Der Angriff war heftig gewesen. Die Männer der Palastwache verbeugten sich tief, als sie die beiden Frauen in den Saal ließen. Buri wartete schweigend, während sich Alanna umschaute.

Das Erdbeben und der Anschlag hatten den Saal verwüstet

zurückgelassen. Die Türen zur Stadt hingen schief in den Angeln; die steinernen Stufen hatten sich aufgestülpt und waren stellenweise eingestürzt. Ein Teil der gewölbten Decke war heruntergebrochen und hatte Banner und Girlanden mitgezerrt, die nun herumlagen und höhnisch Festtagsstimmung vorspiegelten. Überlebende wühlten im Geröll, befreiten Verschüttete und zerrten Tote hervor, die man in den Hauptgang legte. Erst später würde man die in den Farben Tirragens oder Eldorns von den anderen trennen, um sie auf dem Verräter-Hügel zu verbrennen.

Gerade kam der Oberste Richter angehinkt. Unterwegs strich er sich das dichte silbergraue Haar aus dem Gesicht, über das der Schweiß Streifen gezogen hatte. »Es ist nicht so schlimm, wie es aussieht«, sagte er kurz angebunden, wie es seine Art war. »Die haben größere Verluste erlitten als wir. Sie rechneten nicht mit viel Gegenwehr.« Seine eisblauen Augen richteten sich auf Alanna. »Habt Ihr Euch um die Dinge gekümmert, die Euch betrafen?«

Als sie grimmig lächelte, lächelte er auch. Buri fiel auf, dass sich die beiden in diesem Augenblick ziemlich ähnlich sahen. »Selbstverständlich.«

Der Richter legte sanft die Hand auf ihre Schulter. »Recht so.« Nach einer kurzen Pause fügte er hinzu: »Euer Freund Cooper hat seine Sache heute gut gemacht.« Hinkend, weil er sein verwundetes Bein schonen musste, ging er wieder zu denen, die im Geröll suchten, um ihnen zur Hand zu gehen.

Eleni sah angegriffen und alt aus. Sie verband gerade ihren lädierten und verwundeten Sohn. Georg zwinkerte und warf Alanna eine Kusshand zu; als ihn seine Mutter ausschimpfte, weil er nicht still hielt, brachte er sie zum Verstummen, indem er sie an sich drückte. Thayet sah seinen Blick und winkte erschöpft zu Alanna hinüber. Sie hielt ein zerbrochenes Schwert auf dem Schoß, saß neben einer Edelfrau und hatte den Kopf an ihre Schulter gelegt. Ihre neue Freundin war so müde und übel zugerichtet wie sie selbst. Ganz in der Nähe versorgte Rispah ihren Coram, behielt aber dabei Delia im Auge, die mit Stoffstreifen – es sah aus, als stammten sie von einem Unterrock – gefesselt und geknebelt war. Rispah lächelte, als sie Alannas Blick auffing. »Die Dame hier dachte, sie könnte seine Majestät erstechen, während die Kämpfe am härtesten wüteten und die Männer alle anderweitig beschäftigt waren«, erklärte sie. »Nur war ihr nicht klar, dass ich ihr Spielchen durchschaut hatte.«

Gary, der ebenfalls verbunden war, gab Alanna einen hastigen Kuss. »Vater hatte einen Herzanfall«, sagte er leise. »Dank Herzog Baird wird er wieder werden. Jetzt sind sie im Krankenrevier – Baird, Vater und Myles. Myles hat ganz allein gegen zwei von jenen Kerlen gekämpft«, fuhr er müde lächelnd fort. »Mächtige Burschen waren es – ich weiß nicht, was in ihn gefahren war. Aber den einen hat er umgebracht, den anderen hat Georg erledigt.«

»Aus Barmherzigkeit«, erklärte Georg, der eben herkam. »Myles hatte den armen Mann schwer verwundet.« Er legte beide Hände um Alannas Gesicht und musterte sie prüfend. Offensichtlich gefiel ihm, was er sah. Er nickte und gab ihr einen zarten Kuss. »Wenn ich du wäre, würd ich mich vor Myles in Acht nehmen – er ist kaum zu bremsen, wenn er wütend ist. Er wollte sich nicht mal seine Wunden vernähen lassen. Glücklicherweise hat Herzog Baird darauf bestanden. Wir konnten doch nicht zulassen, dass

Myles die Gefangenen terrorisiert.« Leise fügte er hinzu: »Es geht ihm gut, Mädchen.«
»Die Damen haben uns alle gerettet«, sagte Gary und deutete dabei auf Thayet, Eleni, Buri und Rispah. »Sie haben die Bogenschützen daran gehindert, seine Majestät zu ermorden. Wir sind stolz auf sie – und auf dich.« Unruhig sah er Alanna an, dann wandte er den Blick wieder ab. »Jon – der König – erzählte uns, was du in den Katakomben getan hast. Irgendwie konnte er alles sehen.«
Alanna drehte sich zum Altar, an dessen Fuß Jonathan gegen einen Stein gelehnt saß. Er wirkte abgespannt und sie war entsetzt, als sie weiße Strähnen, die am Morgen noch nicht da gewesen waren, in seinem Haar entdeckte. Das Juwel lag auf seinem Schoß. Gerade bewegte er sich, und Geoffrey von Meron reichte ihm einen Becher mit Wasser. Den Altar selbst hatte man abgeräumt, um Platz für Liam Eisenarm zu machen.
Wusste ich es?, fragte sie sich. *Ahnte ich es?* Sie konnte es wirklich nicht sagen. Sie stieg die Altarstufen empor, um den Drachen allein anzusehen.
Acht Pfeile lagen neben ihm; seine Fingerknöchel und Wunden waren sauber verbunden. Alannas Augen brannten, aber sie hatte keine Tränen mehr. Hilflos fasste sie ihn am Ärmel. Weinen wäre eine Erleichterung gewesen. Sie wünschte sich, sie könnte ihn zurückholen.
»Liam und Georg haben mein Leben gerettet – das von uns allen.« Jonathan kam mühsam heraufgeklettert und lehnte sich gegen den Altar. »Du warst gerade unten bei Roger angekommen, als mich eine große Schar von Soldaten aus Tirragen angriff. Myles, Herzog Baird, Raoul, Herzog Gareth, alle waren schon kampfunfähig. Aber es geht ihnen

gut – ich denke nur, dass Raoul als Andenken ein lahmes Bein zurückbehalten wird. Coram und Gary hatten gerade anderweitig zu tun. Ich selbst war hilflos.« Er zog eine Grimasse.

»Du hast mehr als genug getan.« Ihre brüchige Stimme war kaum zu hören.

»Davon war ich vollkommen in Anspruch genommen. Georg und Liam sorgten dafür, dass ich nicht gestört wurde.«

Alanna schauderte. Wenn Jons Konzentration durchbrochen worden wäre, hätte sich das Land so aufgebäumt, dass es in Stücke zerbrochen wäre. »Zwei Bogenschützen gelang es, sich freizukämpfen. Liam fing mit seinem Körper die Pfeile ab, die für mich gedacht waren. Er wankte erst beim allerletzten.« Jonathan sah ihr in die Augen. »Ich weiß, das ist kein großer Trost, aber über den letzten Kampf des Drachen wird man noch jahrhundertelang singen.« Nach einem Augenblick fügte er hinzu: »Es tut mir wirklich Leid.«

Sie versuchte sich abzuwenden, doch die Knie gaben unter ihr nach. Georg fing sie auf und führte sie neben Jonathan.

»Es war genau der Tod, den er wollte«, sagte der König. »Wir werden ihn stets in Ehren halten.«

Alanna nickte stumm. Als Jon die Hand nach ihr ausstreckte, blitzte etwas auf und eine winzige Kugel aus rot-violettfarbenem Feuer sprang von seinen Fingern auf ihre über, die unter Binden versteckt lagen. Sanft griff er nach ihrer Hand und küsste sie. »Wir haben es geschafft, Königs-Kämpe. Tortall ist in Sicherheit!«

Epilog

Herolde wurden ausgesandt, um dem Volk zu erklären, was am Tag der Krönung geschehen war. In diesem Jahr würden keine Festwochen abgehalten werden. Tortall brauchte Zeit, um zu trauern, wieder herzurichten und neu aufzubauen. Stattdessen plante der König ein Fest, um ein Jahr später das erste Jahr seiner Regentschaft zu feiern. Anschließend würde er sein Königreich bereisen, etwas, was sein Großvater getan hatte, sein Vater jedoch nie.

Jene, die vom Gerichtshof für schuldig befunden wurden an dem Aufstand mitgewirkt zu haben, verloren ihre Ländereien und jeglichen sonstigen Besitz und wurden mit ihren Familien ins Exil geschickt. Delia, die Einzige, die von den Anführern noch lebte, bekam eine lebenslange Kerkerstrafe. Eigentlich hätten alle zum Tode verurteilt werden müssen – die Gesetze waren streng, was Hochverrat betraf –, aber Jonathan wollte seine Zeit als König nicht mit Exekutionen beginnen. In der ersten Woche seiner Regentschaft sprach er mehr Begnadigungen aus als König Roald in seinem ganzen Leben.

Eine Woche nach den Bestattungen fand der König seinen Kämpen in den Katakomben, wo er auf einer Bank saß und das geschwärzte Muster zum Idramm ansah. Dort, im Zentrum des Musters, stak Blitzschlag. Die Klinge war rußverschmiert, die Juwelen am Heft waren gesprungen und hatten sich schwarz verfärbt. Jonathan packte das Schwert und versuchte ohne Erfolg es herauszuziehen.

»Schon gut«, sagte Alanna. »Ich will es nicht haben. Es gibt andere Schwerter und mir gefällt Blitzschlag dort, wo es ist.«

Jon ließ die Waffe los und betrachtete seine schmutzigen Hände. »Gut.«

»Ich denke lediglich nach. Gehst du bitte vom Tor zum Idramm fort? Es macht mich nervös.«

Der König zuckte die Achseln, trat näher und setzte sich neben sie. »Was geht dir im Kopf herum?«

Sie zögerte einen Moment, bevor sie sagte: »Hättest du etwas dagegen, wenn ich ein Weilchen zum Stamm des Blutigen Falken zöge? Ich brauche einfach Zeit zum Nachdenken und ausruhen würde ich mich auch gern.« Sie lächelte. »Ich habe ein arbeitsreiches Jahr hinter mir.«

»Nimm dir so viel Zeit, wie du magst«, sagte Jon. »Ich weiß ja, wo ich dich finde, wenn du gebraucht wirst.«

Alanna an Georg Cooper, Baron von Piratenbeute, geschrieben Ende Juli: »*. . . also hat dich Jon dazu angestellt, die letzten der Krönungsrebellen aufzuspüren. Das überrascht mich nicht. Es ist sehr ruhig hier. Sag Myles, ich käme endlich genug zum Schlafen. Ich vermisse dich . . .*«

Sie nahm am Alltagsleben des Stammes teil, jagte Wüstenlöwen mit den jungen Männern und ließ sich von den Schamanen die Legenden der Bazhir erzählen. Beim Wachdienst, den sie übernahm, genoss sie die Stille und die hell funkelnden Sterne. Kurz nach ihrer Ankunft sah Alanna innerhalb der Sternengruppe, die man »Die Göttin« nannte, ein neues Sternbild. Sie fand nie heraus, von wem der Name stammte, aber überall, wo ihre Reisen sie in den nächsten Jahren hinführten, hörte sie immer wieder, dass man es »Die Katze« nannte.

Junge Leute kamen von überall her, um die Frau, die wie

ein Mann reitet, kennen zu lernen. Meistens waren es Knaben, doch gelegentlich waren auch Mädchen dabei. Viele der Jungen waren auf dem Weg nach Norden, um sich der Königlichen Leibgarde anzuschließen. Die meisten Mädchen hatten vor ihr Glück als Kriegerin zu versuchen.

In der zweiten Oktoberwoche trafen, eskortiert von einem Trupp der Königlichen Leibgarde, Thayet und Buri ein. Jetzt, da Alannas Trauer um Thom, Liam und Immertreu schon ein bisschen erträglicher war, freute sie sich über diesen Besuch. Doch es dauerte nicht lange, bis sie sich zu fragen begann, ob Thayet gekommen war, um etwas ganz Bestimmtes mit ihr zu bereden. Was es auch immer sein mochte, die Prinzessin konnte sich tagelang nicht überwinden es anzusprechen. Stattdessen erzählte sie von der Schule, die sie mit Myles', Elenis, Garys und Georgs Hilfe eröffnet hatte, oder von Myles und Coram, die beide zu Mittwinter heiraten wollten, oder sie wollte wissen, was Alanna so trieb. Außerdem lernte sie Alannas Stammesfreunde kennen und versuchte sich im Weben.

Buri gesellte sich zu den Mädchen, die zum Entsetzen der Älteren Kriegerkünste lernten. Als sie ihnen das Trickreiten der K'mir beibrachte, lockte sie damit auch die jungen Männer an und vereinte beide Gruppen in ihrem Lerneifer.

»Ich bin froh, dass wir gekommen sind«, erklärte Thayet Alanna eine Woche nach ihrer Ankunft. Sie saßen nach dem Abendessen vor Alannas Zelt. Vom Hauptfeuer her konnten sie hören, wie Buri ihren Freunden ein freches Lied von den Stadtbewohnern beibrachte. »Buri vermisst in der Stadt das aufregende Wanderleben«, fügte die Prinzessin hinzu. »Da ist sie dir ganz ähnlich.«

Alanna massierte sich mit einem ironischen Lächeln die Handflächen. »Wenn es so ist, wird sie andere Dinge finden, die sie fordern. Sie wird gar nicht anders können.« Sie brach ab, dann entschloss sie sich herauszufinden, was Thayet eigentlich wollte. »Du bist nicht hier, um Buri einen Urlaub zu verschaffen, Thayet. Und nur um Guten Tag zu sagen, ist es ein weiter Ritt.«
Die Prinzessin wandte den Blick ab. »Jonathan bewundert die Bazhir. Er ließ mich ihre Geschichten lesen. Er glaubt, dass die K'mir, die Doi und die Bazhir Abkömmlinge derselben Rasse sind. Die Bazhir allerdings nicht in einer direkten Linie, sie sind eher so etwas Ähnliches wie Vettern und Basen –«
»Thayet –«, seufzte Alanna.
Die Prinzessin verknotete ihr Taschentuch und sagte leise: »Er wollte, dass ich alles über dich erfahre und darüber, dass es zwischen euch vorüber ist. Ich müsse genau Bescheid wissen, sagte er.«
Leise fügte sie hinzu: »Aber ich stelle mir Fragen – das muss ich, da ihr euch immer noch so nahe steht –«
Alanna nahm ihrer Freundin das Taschentuch weg, bevor diese es zerfetzen konnte. »Wir standen uns schon immer nahe, lange bevor wir ein Liebespaar wurden. Ich denke, wir werden uns immer nahe stehen, nur anders. Wir sind Freunde. Und sein Kämpe bin ich auch.«
»Aber alle scheinen zu denken – wenn du zurückkommst –«
»*Alle?*«, wollte Alanna wissen. »Ich glaube, einer denkt das *nicht*, sonst würde er nicht so viel Zeit mit dir verbringen.«
Thayet flüsterte: »Wenn ich nicht nach Tortall gekommen wäre –«
Alanna malte ein Muster in den Sand. »Unsinn. Damals

wollte ich, wie wir alle, dass du in Sicherheit bist. Außerdem war mir klar, dass du eine bessere Königin abgeben würdest als ich.«

»*Was?*«, rief die Prinzessin.

»Jonathan braucht eine Frau, die ihn als Mensch behandelt, nicht nur als König«, erklärte Alanna. »Das kann ich nicht – ich bin seine Untertanin, auch wenn ich mit ihm befreundet bin. Du wurdest zur Königin geboren und erzogen. Dir macht es keine Angst. Du wirst nicht zulassen, dass er allzu streng oder selbstgefällig wird.« Nach einem Zögern fügte sie hinzu: »Ich hatte gehofft, inzwischen hättest du ihn ins Herz geschlossen.«

»Aber du bist meine Freundin!«, schluchzte Thayet. »Ich kann dir doch nicht deinen Mann wegnehmen!«

Alanna umarmte sie. »Er ist nicht mein Mann. Er ist deiner, wenn du ihn liebst und er dich. Ich will, dass ihr alle beide glücklich seid – und mir wäre es lieber, ihr wärt es *miteinander.*«

Thayet zog die Nase hoch und wischte sich die Augen. »Vermutlich sehe ich aus wie eine Hexe.«

Alanna lachte. »Fisch nicht nach Komplimenten. Es passt nicht zu dir.«

Thayets glückliches Lachen klang immer noch nach Tränen. »Ich war so glücklich, weil ich dachte, mir bliebe eine Staatshochzeit erspart.«

»Tja, das dachtest du, bevor du Jon kennen lerntest, also ist es in Ordnung so.«

Jetzt, da sie nicht mehr befürchten musste ihre Freundin zu verletzen, wollte Thayet genau wissen, wie Jonathan als Junge gewesen war. Als dieses Thema erschöpft war, erzählte sie von den Dingen, die sie und Jon in Tortall zu ändern gedachten. Buri, die gerade zu ihnen trat, wartete, bis Thayet eine Pause machen musste. Dann sagte sie: »Ich bin froh, dass es ausnahmsweise mal nicht ich bin, die sich das anhören muss. Verliebte sind so langweilig.« Thayet belohnte sie mit einer Grimasse.

Viel später, als Alanna und die Prinzessin in ihren Bettrollen lagen, flüsterte Thayet: »Alanna? Hast du auch jemanden?«

Alanna kamen plötzlich die Tränen. »Ich weiß nicht«, sagte sie.

»Mir ist klar, dass er sehr unkonventionell sein müsste«, seufzte Thayet. »Die meisten Männer –«

»Würden in Panik geraten bei dem Gedanken eine Ritterin zu heiraten«, beendete Alanna ihren Satz. »So einer würde mich tödlich langweiligen. Ich habe mächtiges Glück gehabt, was meine Liebhaber betraf.« Sie spielte mit dem Glutstein an ihrer Kehle und überlegte, wo Georg wohl gerade war.

»Dann wirst du auch wieder Glück haben.«

Am nächsten Morgen absolvierte Alanna gerade ihre Shang-Übungen, als sie den warnenden Pfiff eines Wachtpostens hörte. Er wurde von zwei weiteren beantwortet, dann erklang noch einer zur Entwarnung. Trotzdem nahm sie ihr Schwert, um sich zu überzeugen, als eine Frau hinter ihr sagte: »Diese Pfiffe galten mir.«

Alanna wirbelte herum, machte einen Schritt rückwärts und ging in Kampfstellung. Die drahtige Frau, der sie nun gegenüberstand, hob die Hände, um zu zeigen, dass sie keine Waffe trug. Ihr dicht gelocktes Haar enthielt mehr Grau als Kastanienbraun; die fahlen Augen waren umrahmt von einem sonnengebräunten, wettergegerbten Gesicht. Auf ihren Handschuhen waren die Shang-Kugeln eingeprägt, darüber eine Katze mit gesträubtem Fell. »Nicht schlecht, deine Reflexe«, sagte die Wildkatze mit heller, trockener Stimme. »Erwartest du sogar hier einen Angriff?«

Alanna senkte ihr Schwert. »Ich habe ein interessantes Jahr hinter mir.«

»Soso.« Liams Lehrerin musterte sie genau. »Also warst du seine letzte Schülerin. Er dachte, du könntest eine von uns werden, obwohl du schon zu alt warst.« Alanna sah beiseite. Sie hatte Angst, sie könnte anfangen zu weinen. »Begleite mich auf den Hügelkamm dort. Ich bin lediglich auf der Durchreise. Du kannst mitgehen und mich verabschieden.«

»Nur um durchzureisen, bist du ein schönes Stück weit gekommen«, entgegnete Alanna, die sich wieder unter Kontrolle hatte. Sie ging hinter der Wildkatze her auf einen Hügelkamm, von dem man auf die Südstraße hinuntersehen konnte. Die ältere Frau blieb stehen, um in die Wüste zu starren. Die Linien an ihren Augenwinkeln wurden tiefer.

»Es tut mir Leid – um Liam. Ich wollte, ich hätte es verhindern können«, sagte Alanna.

Die Wildkatze tat ihre Erklärung mit einer Handbewegung ab. »Du musst verstehen, Ritterin, was es heißt, ein Shang zu sein. Wir alle wissen, dass wir einen frühen Tod riskieren. Und er ahnte seinen. Er schrieb mir aus Corus, und zwar am Tag, bevor er getötet wurde. Er bat mich seinen Brief zu vergessen, falls er Glück haben sollte. Wenn nicht, sollte ich dir das hier geben.«

Sie reichte Alanna ein zusammengefaltetes, versiegeltes Pergament. In ihren Augen standen Tränen, aber mit einem winzigen Lächeln sagte sie: »Ich liebte ihn mehr als meine eigenen Söhne. Es ist schön zu wissen, dass er einen sinnvollen Tod gehabt hat.«

Alanna öffnete mit zitternden Händen den Brief und las:

Kätzchen –

so wie ich dich kenne, wirst du denken, es sei deine Schuld, dass ich nun tot bin. Du wirst denken, wenn du mich nicht mitgeschleppt hättest . . . Vergiss es. Erinnerst du dich noch an die Doi-Frau, Mi-chi, die sagte, ich würde mein Schicksal kennen? Jahre zuvor hatte mir ein Doi gesagt, ich würde wissen, wenn die Zeit des Dunkelgotts für mich gekommen sei. Ich glaube, jetzt ist es so weit. Falls ich mich irre und am Leben bleibe, wird die Wildkatze diesen Brief sowieso verbrennen und du wirst nicht erfahren, dass ich ihn geschrieben habe.

Mach dir bloß keine Vorwürfe. Wann habe ich mir jemals von dir etwas sagen lassen? Ich habe mein Leben selbst gewählt, habe den Rang eines Drachen akzeptiert, obwohl ich wusste, dass es noch nie einen gab, der vierzig wurde. Wie die Dinge stehen, bin ich seit fast hundert Jahren der älteste Drache.

Wir beide haben den Tod nie auf dieselbe Weise gesehen (ebenso wenig wie einige andere Dinge), deshalb habe ich mich nicht mit dir darüber unterhalten. Für dich ist es nur ein Ende. Für mich ist es von Bedeutung, wie man endet. Für wichtige Dinge zu sterben ist besser als ein Leben in Sicherheit zu führen.

Ich habe Tortall oft besucht, auch wenn wir uns dort nie über den Weg liefen. Bei den letzten beiden Malen – das erste Mal war, als ich dich noch nicht kannte, das zweite Mal, als wir in Caynnhafen landeten – spürte ich, dass sich etwas geändert hatte. Wie in der Natur, wenn der Frühling kommt. Bazhir unterhielten sich plötzlich mit den Leuten aus dem Norden und kämpften nicht mehr gegen sie. Bürgerliche und Edle planten eine gemeinsame Zu-

kunft. Sogar du, mein Kätzchen, dein Versteckspiel als Page und Knappe – alles ist Teil von etwas Neuem, in dessen Mitte du stehst und Jonathan. Wenn ich diesen Anfang schützen kann, werde ich als Drache sterben. Du sollst alt werden und Löwen und Löwinnen heranziehen mit einem Mann, der alles an dir liebt. Sogar deine Zaubergabe, deine Unabhängigkeit und deinen Starrsinn.

Üb die Tritte mit dem linken Fuß – ob sie dich mehr ermüden als die mit dem rechten, kümmert mich nicht.

Vergiss nicht, die Narben an deinen Händen mit der Salbe einzureiben, die ich dir gab.

Die Wildkatze war gegangen, während sie gelesen hatte. Alanna war froh allein zu sein. Sie setzte sich, weinte; und endlich ließ sie den Drachen ziehen.

Thayet und Buri reisten wenige Tage danach ab. Alanna begann an ihre eigene Rückkehr zu denken, bevor sich die Straßen durch Winterregen und Schnee verschlechterten. Da sie als Mittwintergeschenk für Georg eine Decke weben wollte, fasste sie den Entschluss aufzubrechen, sobald sie damit fertig war. Eines Nachmittags arbeitete sie allein in ihrem Zelt, als ein Schatten auf ihre Arbeit fiel. Georg Cooper kam herein. Umhang und Stiefel waren voller Staub.

Alanna legte ihr Weberschiffchen weg. Sie spürte ihr Herz trommeln und es fiel ihr schwer, leichthin zu sagen: »Eigentlich hatte ich gehofft, du würdest schon früher kommen.«

Er setzte sich neben sie und musterte das Tuch auf dem Webstuhl. »Ich auch«, gab er zu. »Aber um ehrlich zu sein – den Schurkenring aufzugeben und respektabel zu werden, erfordert Gewöhnung. Manchmal stehe ich morgens auf und

weiß nicht, wer ich bin. Außerdem hat mich Jonathan auf Trab gehalten, das schrieb ich ja. Und dann musste ich erst einmal das Schloss der Baronie in Ordnung bringen, bevor ich eine –« Er sprach den Satz nicht zu Ende. »Jon hat öffentlich bekannt gegeben, dass er Thayet heiraten wird«, sagte er dann übergangslos. »Das wirst du ja von den Bazhir erfahren haben.«
»Einer der Vorteile, wenn man einen König hat, der gleichzeitig die *Stimme der Stämme* ist.« Wenn er nicht mit dem Rücken zum Licht gesessen hätte, wäre es leichter gewesen, in seinem Gesicht zu lesen.
»Thayet sagte, du hättest deinen Segen dazu gegeben.«
»Habe ich.« Sie schlang die Hände um die Ellbogen, damit man nicht sah, wie sie zitterten.
»Tut es dir nicht Leid? Wenn du gewollt hättest, wärst du Königin.«
»Ich wollte nicht.«
Er streckte die Hand aus, um mit ihrem Glutstein zu spielen.
»Und was *willst* du, Alanna?«
Sie ergriff seine Hand, sah ihm in die Augen und lächelte. »Dich. Falls du noch Interesse hast.«
Seine Finger schlossen sich um die ihren. »Warum?«
Alanna sah zu Boden. »Ich liebe dich.«
Er zwang sie ihn anzusehen. »Genug, um mich zu heiraten? Genug, um das Herumstreifen aufzugeben und dich als Herrin auf Piratenbeute niederzulassen?« Sie sah ihn zweifelnd an. Er wurde rot. »Na gut, um gemeinsam mit mir herumzuziehen?« Alanna nickte. Georg holte tief Luft. »Genug, um meine – unsere – Kinder großzuziehen?«
Jetzt wurde auch Alanna rot. »Ein Jahr oder zwei hätte ich dich gern für mich allein. Anschließend können wir so viele

Kinder haben, wie wir wollen.« Mit einer Stimme, die ziemlich wacklig klang, fügte sie hinzu: »Ich wäre stolz.«
Georg stand auf, nahm sie in die Arme und küsste sie. »Also habe ich mir schließlich doch noch eine Löwin gezähmt«, flüsterte er dann.
Alanna lachte. »*Gezähmt* würde ich es nicht nennen, mein Lieber. *Zahm sollte die Herrin von Piratenbeute nicht sein.*«
Georg grinste. »Vor allem dann nicht, wenn sie auch noch der Königs-Kämpe ist. Einverstanden.« Er hob sie hoch und küsste sie noch einmal. Als er sie schließlich absetzte, nahm er ihre Hand und zog sie nach draußen. »Komm, Löwin. Wir sagen deinem Stamm, dass wir verlobt sind.«